異域 異人 異獸

山海經在明代

鹿憶鹿 著

謝辭

感謝科技部多年來研究計畫補助

感謝東吳大學戴氏基金會海外移地研究補助

    I owe the Ministry of Science and Technology a deep debt of gratitude for years' funding for my research projects.

    Also, this book will not be possible without the overseas off-site research subsidies generously provided by J. T. Tai & Co. Foundation through Soochow University.

代序　漂流在山海異域

鹿憶鹿

　　讀一本書像認識一個人，需要許多因緣際會，否則，不免失之交臂，或者，一生都無由見到，或者，永遠錯過了。

　　要做一個晚明日用類書的研究計劃，朋友寄來一篇論文，提到東京御茶水圖書館藏有《新編京本贏蟲錄》這本書。《贏蟲錄》原書如何？不得而知。因此一看到新刻《贏蟲錄》，新編《贏蟲錄》，馬上精神一振。對研究者來說，沒魚，蝦也好。不過，換個角度思考，小蝦有時也能釣出大魚的。

　　人生到一個年歲上，都覺得做學問已是無望的田地，可還有人在意你研究室中揉捏的一點文字，時不時寄資料表示關心，有知交如此，真的此生亦是無憾。不能辜負朋友好意，心裡就一直惦記著，無論如何一定要排除萬難去讀一下這書不可。

　　《贏蟲錄》是一本奇特的書，據說元末就出現了。晚明日用類書上不斷出現〈贏蟲錄序〉：贏蟲者，四方化外之夷是也。何則以人為贏蟲之長？書曰，生居中國，故得天地之正氣者為人；生居化外，不得天地之正氣者為禽為獸，故曰贏蟲。

　　這樣的話簡單說，就是中國人是人，外邦諸國都是贏蟲，也就是裸蟲，沒穿衣服的蟲。毛蟲是獸，羽蟲是鳥，鱗蟲是魚。贏蟲兩字一般人少見，有個教授先生在會議上宣讀論文，一路讀成贏（雷）蟲到底，書面論文也寫成贏蟲，似乎都未發現贏蟲真面目。

　　《贏蟲錄》記海外諸國，並繪刻圖像，是考察明代海外諸國地理人物、風俗民情的重要資料。揣測著，一定要看看那本叫《贏蟲錄》的書。

　　在台北的學術會議上見到東京大學的大木康教授，談起這本書。成簣堂文庫在御茶水圖書館，是一家私人圖書館，去看書要先申請。就這樣說定，夏天去東京看書。

　　大木康教授是研究馮夢龍《山歌》的權威，自己則是研究生時期短暫接

觸過馮夢龍，因為這樣認識。其後斷斷續續見過幾次面，有時在日本東京大學，有時在台北東吳大學，或在一些學術會議上。印象深刻的是，請大木來東吳講座，事後商量晚餐地點，他表示想去士林夜市吃炒冰。那次，很難得地目睹一個知名學者如何童心未泯，在嘈雜的夜市中開懷地又吃又喝，挖起一球球冰淇淋堆在冰凍的大平鍋上，翻過來鏟過去。

在東京大學頗有歷史的赤門口與大木康教授見面，出發去本鄉三丁目地鐵站，準備搭車到御茶水，第一次去看成簀堂文庫資料。接下來，又去了幾次。

本鄉三丁目駅，駅就是驛，驛站是旅人停留之所，那是自己對東京最熟悉的一個地點。每次搭地鐵在這個站下車，無非為了去東京大學，去東大幾次後，對本鄉三丁目駅有些感情出來，當然感情由於熟悉之故。因為向任教的大學申請一筆經費到東京圖書館看資料，停留東京十天，每天進出本鄉三丁目駅，熟悉感就更深了。

首先，車站內的地鐵彩色地圖讓人過目不忘，是A3大小，清楚醒目，與一般地鐵站的A4形式不同。曾對眼睛老花將地圖拿反的朋友開玩笑，一定是東京大學的老教授太多，A4的地鐵站名太不濟事，有人建議，地鐵站才有異於平常的站名地圖出現。

在東洋文化研究所看資料，用相機拍了一些異域蠃蟲的圖片，因為書不攤平不好拍照，每一頁朋友都用手輕輕壓著，於是每張圖都有他的手指在上面。想起有些論文的照片上有拍攝者的姓名，不知要出版的書是否也要標上有某學者的拇指或食指？看了兩三個鐘頭的資料，在小店點了海鮮米漢堡，新鮮的蝦、干貝，在被烤過的壽司米中透出香味，比任何日本料理都吸引人。朋友說他從未吃過，也許是一面討論著一本經典好書，一面討論去神保町買書的愉悅，頓時真有日本人說的幸福感覺。在來來回回去東大看資料的路途上，那家小店似也成為經過的亮點，像生命中停駐的一段美好時光。

走在微雨的本鄉三丁目巷弄中，經過樋口一葉在明治九年四月、五月住過的櫻木之宿，櫻花開過、凋落，一葉在二十幾歲的青春中夭亡。詩人喜在燦爛時與人世道別，那樣短暫的美麗，成為小小的巷弄中一抹不朽的鈐記。

東京大學的赤門前，有一個看板，列著許多民宿的名稱，有一間民宿，石川啄木曾經住過的。記得啄木，他有個雕像在青森，一座很美的城市，令

人想起鮮紅的蘋果的夏天，啄木兩手交疊放在胸前，站的姿勢宣告他是詩人。不知道啄木是否喜歡東京？自始至終，一直以為啄木代表的意義是青森，每次在超市看到蘋果時就想起青森，以及青森的啄木。研究室有一個木頭小女孩，兩個蘋果樣子的木頭堆疊起來的小女孩，大蘋果上黏著一顆小蘋果，是三十年前經過青森的黃昏向晚，有個小店鋪的老太太，她帶著將女兒出嫁的不捨表情，讓售蘋果小女孩。

與東大赤門口有關的記憶當然不只石川啄木，看到下榻的巷子叫落第橫丁，直接的反應是，一定有許多人十年寒窗被東京大學拒絕後就搬到這裡，如同下一站地鐵有一個阿美橫丁，據說是因為美利堅共和國大兵喜歡在此商鋪購物，因而得名，順理成章地，落第橫丁就被如此聯想了。落第的人都成了小說家、詩人嗎？

樋口一葉當然沒有落第的問題，她根本無緣參與考試。她來不及認識更多世界的美好，來不及體會刻骨銘心的情愛，在生活的磨難中，年僅24歲就撒手人寰，只留下幾篇小說，並將自己的影像留在日本的五千元紙鈔上。東大前的公車站牌有個一葉案內圖，其中一個小點，標示著半井桃水的墓地，他是一葉的老師，或者，也是一葉唯一愛過的男人。

無法細細去尋訪一葉走過的每一步履，因為要去御茶水圖書館。

御茶水圖書館位於東京都千代田區，現在屬於石川文化事業財團，1941年雜誌《主婦之友》的創刊者石川武美創立石川文化事業財團，1947年石川文化事業財團創辦御茶水圖書館，後來成為獨特的女性專用圖書館。2003年，改成以「女性、生活、實用」為主題的專門圖書館，滿二十歲的男女均可申請閱覽圖書，但是入館費要三百日幣，看古籍如《新編京本贏蟲錄》則要另外付兩千日幣。有趣的是，館內看書的人仍以女性居多，同行看書的大木教授解釋，以前圖書館不准男性進去，現在則保留有些女性專屬的閱覽區，他因為要陪遠地來的閱覽者，才能獲准坐在女性的樓層看資料。

成簣堂文庫藏書屬御茶水圖書館古典籍、古文書部門管理，所有藏書不得複印，只得乖乖抄寫筆記，此情此景，似回到二十幾年前，寫碩士論文的土法煉鋼的方式，一字一句地抄寫。事後，發現筆記中《新編京本贏蟲錄》的序有一半是大木教授的筆跡，這無乃是另一種意外的驚喜。

看的書有兩卷兩冊，卷首的序有兩頁，本文各頁皆有繪圖，四周雙邊，

長五寸三分，寬三寸四分。各卷首有鼎形、朱色的「養安院藏書」印記，表示原來藏在韓國的寺院中，1592年，在豐臣秀吉攻打朝鮮的戰役中將其擄到日本。此書的圖像刊刻隨意，其中的文字有許多誤植的現象，而圖像部分又常常出現一些宗教卍字或錢幣的圖案，草率可見一斑。全書並無編者或刻書者名號，只有在最末一頁註明「嘉靖庚戌靜德書堂刊」，意思就是此書刊刻於嘉靖29年，西元1550年，應該算是很珍貴難得的明書。查了一些資料，卻未發現明代有靜德書堂這個書坊的記錄，讓人不禁疑惑，此書為明代的盜版書？

學術界認為，明代盜版的現象十分常見，為了給自家刻書增加分量，就標榜是「京本」、「古本」、「祕本」。因為底稿一般是購買或請人創作的，無論哪種渠道都要支付不菲的稿酬。如從這個部分來看，《新編京本贏虫錄》的確像盜版，不但品質粗糙，而且特別強調是「新編京本」。

也談一下成簣堂原來的主人，德富蘇峰。德富蘇峰（1863-1957），本名豬一郎，名字與藏書家太不相稱了，難怪要改。他當過報社老闆，一生喜歡收藏典籍文獻，書齋名「成簣堂」，藏書達十萬冊，身後，藏書樓歸了御茶水圖書館，因此，圖書館有了這一批善本甚至是世界珍本。

德富蘇峰曾到中國各省旅行過，也到過台灣。1907年他第一次到中國深度旅行，在瀋陽參觀文溯閣《四庫全書》，還去長沙拜訪藏書家葉德輝，參觀他的藏書。

1918年，蘇峰又到中國旅行，他參觀故宮、國子監、孔廟、琉璃廠，與畫家吳昌碩會面，有趣的是，他的日語口譯是戴傳賢。真巧，在東吳大學日日要經過的是一座叫「傳賢堂」的建築物，「傳賢堂」是蔣緯國為了紀念戴傳賢而捐款興建的。人世間有許多瓜葛牽扯真是耐人尋味。

據說《贏蟲錄》又稱《異域志》。在撰寫《贏蟲錄》相關論文時，曾到南京圖書館閱覽「正德白棉紙抄本」的《異域志》。正德版《異域志》所保存的資料，較一般通行的萬曆年間、周履靖作序本更為詳實，從手抄本上發現《四庫全書總目提要》上的序有一些誤漏，發現《異域志》有 卷本、兩卷本或三卷本。被版本考證搞得七葷八素時，得到曾來東吳大學交換、在南圖工作的田丰博士許多幫助，南京的短暫時光是一段閱讀的幸福記憶。

在找書的過程，發現與《異域志》一起列在《四庫全書總目提要》的

《異域圖志》藏在劍橋大學，那是所知的海內外孤本啊。寫信詢問，卑微地想印兩張書影，沒想到回信很快來了，有全書縮影微卷檔案，只是要90英磅。大喜過望，真想說200英磅也要，總比機票便宜多了。用信用卡付錢時，劍橋圖書館又說，他們算錯了頁數，其實只需70英磅。收到微卷檔案，馬上到東吳大學的圖書館去借一柸古老機器觀看。古籍電子數位化以後，用底片拍照已經罕見，縮影微卷幾乎成絕響，這個艱難的閱讀方式也說明這本書關心的人似乎不多。論文撰寫完畢，正式刊登以後，在網路上看到許多劍橋大學所藏的古籍，其中就包括了《異域圖志》。

發現建陽日用類書、《三才圖會》對《山海經》引用，發現《嬴蟲錄》此書在明代的特殊現象，閱讀到《山海經》在日本的流傳、受容情形。《山海經》在明代是一個特殊的存在，反映明代社會的異域觀、書籍出版文化。明代讀者找到閱讀《山海經》的閱讀趣味，而自己也體會這分趣味的意義。

此書的《嬴蟲錄》是這麼長的一段故事。

《山海經》的故事就更長了，要從1990在北京認識馬昌儀老師開始。

第一次去北京，第一次見到馬昌儀老師，也許是一種情感因緣，當時的北京城，旅行的人很難應付一日三餐，於是厚顏的向初次見面的馬老師提出去她家吃飯的請求。如今想來，當時厚顏的自己所以如此，是因為一種如見平生的情感，初見就覺得沒多言語的馬老師是一個極其可愛的人，真誠、純潔的一位學者，特別地喜歡她。將近三十年的歲月，或開會、或演講，往來北京，總是在安定門外的馬老師家叨擾。兩人永遠有說不完的話，說知識的趣味，說年輕時的情愛，說辜負人的痛楚，說生命的艱難，一點一滴地進入《山海經》的情境當中。

1995年4月，那個春日我記得很牢，彼時初孕，穿著一套寬鬆的衣裙應付千瘡百孔的論文。馬老師與楊利慧教授（她當時還是博士生）來台灣參加神話學會議，會後，兩人在翠山里的寒舍小住，三人偶在廚房燒菜，喝茶吃點心，一起去原住民博物館。時光流轉，年年赴京，或在銀杏滿地的地壇公園談論胡文煥，或在楊柳依依的東河沿談論劉素明。《山海經》中的一些不成熟的看法，是與馬老師在安定門外牽手散步，慢慢醞釀成形的。記得吃許多水蜜桃，記得國子監旁的燒餅舖，記得九頭鳥餐廳的烤竹筴魚，記得河邊涮肉，記得稻香村賣的甜點，許許多多小事串成此書的章節。

有時候不免懷疑，不自量力的處理《山海經》相關的論文題目，的確是一種因緣，是紀念人世間一種難遇的情感。這樣的小書，更像是向馬昌儀老師致意的方式，是她引導才得以進入山海異域的奇幻樂園，而轉瞬間就已悠遊了十年左右。

　　《山海經》的性質，自古以來眾說紛紜，魯迅說《山海經》是一本「巫書」，朋友劉宗迪認為《山海經》是一本「天書」，充滿天文的密碼；陳連山則認為《山海經》是人文地理。他們的觀點啟發許多的研究者。甚至有人認為《山海經》是古中國的「X檔案」，或者是一本充滿性意涵的「A書」。A書論的作者，從諧音的角度寫成了另一本黃色封面的「A書」，在他看來《山海經》裡的怪獸「其音如鴻雁」，是「其窨，茹泓宴」的諧音，作者又說「泓，潭也，指女陰」。「泰山」在作者眼中，則諧音「台膳」，意指「橫陳的女體」。白話一點，這個先生要說的是，一個一絲不掛的女人大刺刺仰躺在面前，一群人圍著，夾取她身上的刺身來食。當然，也有人把《山海經》當成一本聖經來看，似乎想離開學術場域而企圖成一家之言的學者越來越多了。

　　既是《山海經》，到處漂流成為必然的宿命。為了看版本，去過許許多多的圖書館。去京都大學的人文科學圖書館，想起小川琢治當過所長，想起讀過他兒子貝塚茂樹、小川環樹的論文，當然也不會忘記讀過湯川秀樹的傳記《旅人》。湯川秀樹是得過諾貝爾獎的物理學家，物理學對自己猶如天書，與大氣科學、天文學意義差不多，但是，湯川秀樹是有意思的，因為他是寫過〈山海經考〉的小川琢治的兒子，研究過《山海經》的學者父親一直覺得讀高中的數理天才兒子天資不夠，茂樹、環樹自小穎異，顯得秀樹暗淡得很。在京都大學圖書館看過版本的黃昏，還去了金戒光明寺紫雲墓地向小川琢治一家人致意。同行的枕書說，琢治原非京都人，背景似不能有這個身後待遇，是考古學家朋友的幫忙才能永留京都。為了這個家族的長眠之所還頗費了一番周折，可見學者的認真態度，千秋萬世都想與齊驅的人為鄰，可不是，附近有第一任的京大校長，還有狩野直喜的家族，討論學問比較方便吧。

　　京都大學的校園有湯川秀樹的塑像，琉球大學圖書館前大石頭上，則有秀樹的題字，學不厭。琉球大學有許多相關異人、異域的資料，因此去過沖

繩幾次,那個與自己出生地澎湖很像的海島,充滿閩南文化的地方。於是,很認真地一而再讀陳侃《使琉球錄》。

仙台的東北大學也令人印象深刻。圖書館有魯迅塑像,許多人都知道,魯迅曾經讀過東北大學醫學院,學校還保留了他似乎不太出色的成績單。當然,魯迅也說過,他的保姆阿長教過他讀《山海經》。去東北大學圖書館看《山海經》的書,也見到那兒有四卷本《嬴蟲錄》電子檔,省去另外還要去尊經閣文庫的麻煩。

在東北大學,山田仁史教授幫了許多忙,他是研究大林太良先生的專家,也為《粟種與火種》一書寫過推薦文字,我們曾經一起切磋過許多學術觀點。山田是一位熱情的人,他不用手機,堅持過昭和時代的生活。

仙台令人難忘的還有佳慧,她東吳德文系畢業後去白百合女子大學當碩士生,成為小澤俊夫的學生。我們因為對民間故事的愛好而在東吳課堂短暫的師生關係後,成為永久的朋友。佳慧的女兒奈奈、兒子優樹也成為熟悉的小友,年年出現在東吳的研究室裡。

寫作《山海經》論文的過程,去了東京無數次,去過東京大學東洋文化研究所、國會圖書館、國立公文書館、東洋文庫等地。與朋友一起搭地鐵到廣尾站,去有栖川公園內的東京都立圖書館,為了買上文庫的一個掃葉山房《山海經》版本。難忘的是吃了許多晚餐,神樂坂,月宴。還有大雨中去日比谷公園的松本樓,有許多百年銀杏的松本樓是孫中山與宋慶齡訂婚的餐廳,一枱宋慶齡彈過的鋼琴。記得全身溼透,松本樓的雨夜讓人想起生命與情感的陷落。

發現椙山女學園大學有一本蔣應鎬繪圖本《山海經》,藉著去京都之便,也去了名古屋。記得匆忙見面的,除了名古屋的有香老師之外,還有當日早晨與枕書在京都大學的大鐘前會晤,因為時間太早,幾乎沒有喝咖啡的地方,兩人只好在麥當勞裏短暫敘舊。日後,與枕書的相見就多了,在台北、在京都,甚至在北京的國子監街,書架上也多出枕書的大作,《京都古書店地圖》、《有鹿來》、《京都如晤》、《松子落》……尋訪《山海經》版本的路上結識許多精彩的人。

大學研究所時期,斷斷續續上過昌彼得老師幾年的版本學,如今想來,才知當年聽他講宋版元版明版是如何幸福的事。我們沿著溪,過橋,走故宮

路，到故宮博物院，看圖書文獻處的人員展示真正的宋版書。悠悠三十年，原來生命中有種召喚，《山海經》的書還在那兒，元末明初的曹善手抄了一分，像似特為自己留的版本。曹善是蘇州人，他在全書最末頁端正落款，至正乙巳東吳曹善。讀到1365年的東吳人曹善手抄本《山海經》，像似故人重逢。因為曹善手抄本，起心動念有了再為《山海經》作注的想法，或許這也是自十八歲進入東吳大學的因緣，人生若只如初見，從未料到，這個倚山臨溪的校園竟是一生安身立命之所在，我們愛過，一起被第41頁有圖書館印章的大林太良神話學論著啟蒙。神話是詩，是青春的夢與愛戀。

萬曆年間出生的劉素明，不只繪畫，一生都以刊刻圖像為職志，看到他從不起眼的山石間隙落款，一直到把名字題在書的首頁，從建陽到金陵或蘇州，因為《山海經》的圖像，我們在五百年後的時空相逢。蕭條異代不同時，召喚我的還有劉會孟、胡文煥、王圻、吳任臣、陳夢雷、汪紱、郝懿行、樋口謙貞、西川如見、歌川國芳。

波赫士（Jorge Luis Borges，1899-1986）《想像的動物》一書在翻譯的過程中錯誤百出，英文本的強良神讓人一頭霧水，再中譯回來變成麒麟，帝江神則成了無臉的鳥，然而，《山海經》活脫是盲詩人的愛書無誤。學者艾可（Umberto Eco，1932 2016）《異境之書》中的一隻大腳，似在呼應東西方對一足一目國的異域想像有志一同。山海異域，殊途同歸，原來飛翔心靈的鍾情點沒有隔閡。

在學術邊緣的自己一直是幸福的，因為馬昌儀、劉錫誠、曾永義、王孝廉諸位老師的鞭策，未曾失去對學術的一點熱情，多年來不致忘卻初心。感謝許多學術同行的提供資料與高見，劉宗迪、陳連山、楊利慧、孫正國，他們也是相識多年的好友。父母棄世，親愛的妹妹是相依傍的手足知己，多年來她始終協助解決相關的外語資料，血緣與情感使我們彼此的人生變得豐盈，我撰寫的點滴成果都有她的貢獻。

這本書大部分章節都是科技部研究計畫的成果，主要著眼於晚明的圖像學上面。特別感謝所有的學生投入心力，趙惠瑜、于千喬、范玉廷、施政昕、劉亞惟、王沛如、普瑋翎，我們一起紀念在臨溪路上的時光。

2020年4月春雨的東吳大學研究室

目錄
content

第一章 《臝蟲錄》在明代的流傳
——兼論《異域志》相關問題

一、前言

　　在這些年執行研究計畫期間，悉數閱讀了晚明建陽地區民間通俗日用類書中所收的「諸夷門」資料，見到這個門類一開頭常有一篇〈臝蟲錄序〉，如《新鍥三才備考萬象全編不求人》、《新刊翰苑廣記補訂四民捷用學海群玉》、《新板全補天下便用文林妙錦萬寶全書》、《新刻搜羅五車合併萬寶全書》、《新刻天下民家便用萬錦全書》等等。這篇動輒出現的序透露出一個訊息，《臝蟲錄》是一本流傳普遍的書，「諸夷門」上欄的「山海異物」資料毫無疑問引自《山海經》，收錄各種神獸異物，而下欄的資料引自《臝蟲錄》，收錄海外諸夷圖像。

　　試以《學海群玉》的〈臝蟲錄序〉為例，看看這本書的內容為何？

> 鱗蟲三百六十，而龍為之長。羽蟲三百六十，而鳳為之長。毛蟲三百六十，而麟為之長。介蟲三百六十而龜為之長。臝蟲三百六十而人為之長。臝蟲者，四方化外之夷是也。何則以人為臝蟲之長？書曰：生居中國，故得天地之正氣者為人，生居化外，不得天地之正氣者為禽為獸。故曰臝蟲。孔子曰：治夷狄如治禽獸，其說有自矣。原其無倫理綱常，尚戰鬥輕生樂死，虎狼之性也。貪貨利，好淫僻，麀塵（應為麈，形近而誤）之行也，故與人之性情，實相遙矣。[1]

　　可見此書是在記載四方化外諸夷，然而，何以《臝蟲錄》似不為一般人所知，到底流傳情形如何？陸峻嶺曾校注《異域志》，根據《四庫全書總目

---

[1]　《新刊翰苑廣記補訂四民捷用學海群玉》，23卷4冊，卷10「諸夷門」，萬曆35年（1607）序潭陽熊沖宇種德堂刊本，現藏東京大學東洋文化研究所仁井田文庫。

提要》的說法，以為此書原名《臝蟲錄》。[2]我們似乎也可從近代比較常見的《異域志》一書著手，了解《臝蟲錄》的流傳始末。

二、朱權與《異域志》

根據明嘉靖間周弘祖（1529-1595）《古今書刻》記載，在江西的弋陽王府刻朱權著作書目三十六種，其中有《異域志》一卷。[3]弋陽王為寧獻王朱權之後，朱權著作大都為弋陽王府所重刊，或者也可佐證《異域志》一書與寧獻王朱權有關。

萬曆年間刊刻的朱謀㙔（1564-1624）《藩獻記》在卷二記錄寧獻王朱權有《異域志》一卷。[4]《藩獻記》為朱權後人所著，應該較有可信度。

焦竑（1540-1620）在萬曆年間的《國朝獻徵錄》載錄寧獻王朱權有著述十九種，《異域志》一卷。[5]

也是朱權後人的朱謀㙔在崇禎年間的《續書史會要》載錄書目中也有朱權著《異域志》。[6]朱謀㙔的《續書史會要》與朱謀㙔的《藩獻記》應該可信度都極高，《異域志》的編者為朱權，大致是沒有疑問的。

康熙年間編《明史・藝文志》的內容幾乎都是以《千頃堂書目》為本，書中記載朱權著作與刻書共十八種，有《異域志》一卷，歸入地理類。而這樣的記載，似乎也可佐證《古今書刻》、《藩獻記》、《國朝獻征錄》所言，朱權曾編一卷本《異域志》。

錢謙益（1582-1664）《列朝詩集小傳》的乾集下則載錄寧獻王朱權有著述十九種，包括《異域志》一卷。[7]錢謙益的《絳雲樓書目》中的地誌類有《異域志》，未註明作者也未註明卷數。[8]

---

[2]   陸峻嶺：《異域志・前言》，元・周致中撰，陸峻嶺校注：《異域志》（北京：中華書局，2000年），頁2。

[3]   明・周弘祖：《古今書刻》（上海：上海古籍出版社，2005年），頁352。

[4]   明・朱謀㙔：《藩獻記》四卷本（北京：書目文獻出版社，據明萬曆刻本影印，1988年）。

[5]   明・焦竑：《國朝獻徵錄》（臺北：臺灣學生書局，1965年），卷之1，頁48。

[6]   明・朱謀㙔：《續書史會要》（臺北：臺灣商務印書館，景印文淵閣四庫全書・子部，1983年），第814冊，頁811。

[7]   清・錢謙益：《列朝詩集小傳》（上海：上海古籍出版社，2008年），頁6-7。

[8]   清・錢謙益：《絳雲樓書目》，《海王邨古籍書目題跋叢刊》（北京：中國書店，2008年），第1冊，頁80。

民國18年（1929）纂修，務本堂木活字印本《盱眙朱氏八支宗譜・寧獻王事實》載錄三十二種，其中有《異域志》一卷。[9]

朱權為朱元璋之子，他的皇族身分使得他編書時用朱元璋所賜的國號「朝鮮國」，可謂天經地義。其他書都沿襲元以前的稱號「高麗國」，只有《異域志》使用大明帝國官方的封號。

而《異域志》將「扶桑國」「長生國」置前，也讓人聯想朱權的個性與著述。朱權，生於太祖洪武10年（1378），卒於英宗正統13年（1448），號臞仙、涵虛子、丹丘先生，又號南極遐齡老人，研習道典，弘揚道教義理，對訪仙長生一直有高度興趣。朱權與淨明道的關係則主要見於《淨明宗教錄・涵虛真人傳》的記載：朱權「不樂藩封，棲心雲外，一日顧左右侍臣曰：『爵祿空華，勳名泡影，每思仙道，住世長年，在昔常聞龍沙有讖，師出豫章，欲往求之。』侍臣進曰：『疆土重任，未便遠游。』忽而布袍草履，掛冠宮門，飄然雲水，……加封真人為涵虛真人，號臞仙，日與張三豐、周顛仙詠歌酬唱。」朱權所撰《洞天秘典》、《太清玉冊》、《神隱》、《淨明奧論》、《肘後奇方》、《吉星便覽》等書大都是講淨明道的。[10]

朱權常親為他人文集作序，在南昌設有寧府刊書館，專門刊刻書籍，「凡群書有關風化及情物修辭，人所未見者，莫不刊行國中」，以致於焦竑感慨「古今著述之富，無逾獻王者」。[11]

朱權晚年於南昌郊外構築精廬，創建道觀與陵墓，成祖朱棣賜額「南極長生宮」。這樣的「南極長生宮」似乎頗能呼應他所編的《異域志》將「扶桑國」、「長生國」置首的用意。《四庫全書總目》所收《寧藩書目》記載朱權編著與刊刻的書「凡一百三十七種，詞曲院本道家煉度齋醮諸儀具附焉。」[12]朱權以寧藩之尊，財力雄厚，不缺校對編輯，編著刊刻的書多不勝數，其中又不乏求道訪仙長生的書，所撰《壽域神方》、《遐齡洞天志》等書，很明顯讓人看出他的編書旨趣。

9　中研院傅斯年圖書館所藏哥倫比亞大學圖書館微捲，朱溫丹等編纂・《盱眙朱氏八支宗譜》。
10　胡之玫編校，朱良月鑒定：《淨明宗教錄》（大羅玉京堂），頁99，據中研院文哲所圖書館青雲譜藏板。
11　魏佑國：〈朱權崇道芻議〉，《南方文物》第4期，2005年，頁98。
12　清・永瑢、紀昀等：《四庫全書總目》（北京：中華書局，1987年），卷87，頁744。

《異域志》中「扶桑國」何以置首？《異域志》的「扶桑國」比他書詳細，此國「在日本之東南，大漢國之正東。」文中更強調：

> 人無機心，麋鹿與之相親，人食其乳則壽，罕疾，得太陽所出生炁之所熏炙故也。然其東極清，陽光能使萬物受其氣者，草木尚榮而不悴，況其人乎！

　　「扶桑」最早可能出自《山海經‧海外東經》，「湯谷上有扶桑，十日所浴，在黑齒北，居水中，有大木，九日居下枝，一日居上枝。」[13]後來的《十洲記》記載更翔實：

> 扶桑在東海之東岸……扶桑在碧海之中，地方萬里，上有太帝宮，太真東王父所治處。地多林木，葉皆如桑，又有椹樹，長者數千丈，大二千餘圍，樹兩兩同根偶生，更相依倚，是以名為扶桑。仙人食其椹，而一體皆作金光色，飛翔空玄。……[14]

　　而《南史‧東夷傳》則記載扶桑國的沙門慧深到中國，說扶桑在大漢國東二萬餘里，「國人養鹿如中國畜牛，以乳為酪。」[15]編輯者明顯不參考《山海經》中浴日的扶桑，而摘引的段落，強調人食鹿乳可以長壽，強調充滿陽光有如仙境的宜居處所，似見出其道教長生思想，安排上有明顯的考量，因此，《異域志》罕見地將「扶桑國」置於第一位。

　　《異域志》的首圖為扶桑國，其次為長生國。《異域圖志》、《新刻臝蟲錄》都無長生國，以不死國稱之，從後面附錄也可見到，這三個版本都將不死國置於相當後面。

　　不死國出自《山海經‧海外南經》：「其為人黑色，壽，不死。一曰在穿匈國東。」、《楚辭‧遠遊》：「仍羽人於丹丘兮，留不死之舊鄉。」[16]

---

[13] 袁珂：《山海經校注》（臺北：里仁書局，1982年），頁260。
[14] 漢‧東方朔撰，晉‧張華注：《十洲記》（上海：上海古籍出版社，1990年），頁7。
[15] 唐‧李延壽：《南史》（臺北：鼎文書局，1979年），頁1976。
[16] 漢‧劉向輯，漢‧王逸章句，宋‧洪興祖補注：《楚辭章句補注》（臺北：世界書局，1956年），頁101。

郭璞注《山海經》說得比較清楚:「有員丘山,上有不死樹,食之乃壽;亦有赤泉,飲之不老。」出現吃了可以長壽的不死樹,飲了可以不老的赤泉,這個不死樹、不老泉後來就了樂園仙境的基本元素。《博物志》一書記物產的說法與郭璞一樣,元代泰定本的《事林廣記》、《異域圖志》所記內容與郭璞的注也無二致。

《異域志》的內容明顯有編者個人喜好,「長生國」的篇幅較多,可見編者刻意詳細描寫。

> 其國在穿胷國之東,秦人曾至其國。其人長大而色黑,有數百歲不死
> 者,其容若少。其地有不死樹,食之則壽;有赤泉,飲之不老。蓋
> 其國乃在天地靈氣之所鍾,神明秀氣之所蔭。凡草木鳥獸皆壽,何況
> 人乎!

改不死國為「長生國」,似也能呼應編者可能是朱權,寄情淨明道的朱權是較有可能熱衷於長生不老的追求,他在書中將兩個可能虛構想像的國度「扶桑國」、「長生國」放在最前頭,與其他各種《贏蟲錄》都不同。

現在普遍流傳的刻本《異域志》二卷,都是萬曆年間周履靖(1549-1640)輯刊《夷門廣牘》本,屬重編後的刻本,已非周致中輯本的原貌,更非朱權所編的一卷本。《異域志》早先應是抄寫本,後來才出現刻本。[17]可見《異域志》常常在改編,有的不分卷,有的兩卷本,或者三卷本。

我們似可得到一個結論,按照明代一些藏書家的記載,《異域志》有一卷本,一卷本有時似乎也註記為不分卷的情況,作者為朱權。而朱權之前,可能有《異域志》寫本,作者可能是元末的周致中。兩卷本或三卷本,可能都是後來所編,而且可能與周履靖、陳繼儒(1558-1639)的增補有關。

三、《贏蟲錄》與《異域志》

南京圖書館藏有正德二年(1507)梅純所編《藝海彙函》一書,此書共分十卷,「第四卷格物類」收書十三種,其中第二種正是「異域志一

---

[17] 元·周致中纂集,明·周履靖輯刊,明·陳繼儒校:《異域志》二卷,序一卷,目錄一卷(臺北:藝文印書館,據國家圖書館所藏荊山書林刊《夷門廣牘》本影印,1966年)。

卷」，此書為正德白棉紙抄本，書前有序：

> 按胡惟庸序云：《贏蟲錄》者，予自吳元丁未出鎮江陵，有處士周致中者，前元之知院也，持是錄獻于軍門，曰：昔在元歷仕十九載，奉使外番者六，其四夷人物風俗靡所不知，乃作《贏蟲錄》云，以壯其為使之意。開濟為之跋曰：今我朝混一大統，其萬國之來王者，又將有待于是書。吾兄得之于青宮，其原本首尾脫落一十有三張，誠國初之故物也。今吾兄重編以更其名曰《異域志》，當紀其實云。時壬午長至弟藏息生靜明子書。

我們從靜明子的序見到，《四庫提要》的記錄應該是有所本的。首先，原為太常少卿的胡惟庸（？-1380）曾為《贏蟲錄》做序，說明周致中是前元知院（樞密院長官），《贏蟲錄》一書是周所編所獻。而開濟（？-1383）為此書寫跋，開濟與胡惟庸兩不相涉。靜明子則說明此書出自青宮（太子東宮），其兄重編過。

《四庫全書總目提要》也記載，《異域志》一卷，是浙江范懋柱天一閣藏本，其中有一段話：

> 不著撰人名氏。篇首胡惟庸序曰：《贏蟲錄》者，予自吳元年丁未出鎮江陵，有處士周致中者，前元之知院也，持是錄獻於軍門。則此書初名《贏蟲錄》，為周致中所作。又開濟跋曰：是書吾兄得之青宮，乃國初之故物，今吾兄重編，更其名曰《異域志》。則此書名《異域志》乃開濟之兄所更定。然考明太祖於元至正二十四年甲辰建國號曰吳。丁未當稱吳三年，不得稱元年。又濟跋題壬午長至，為惠帝建文四年。其時濟被誅已久，不應作跋，疑皆出於依託也。其書中雜論諸國風俗物產土地，語甚簡略，頗與金銑所刻《異域圖志》相似，無足採錄。[18]

---

[18] 清・永瑢、紀昀等：《四庫全書總目提要》第3冊（臺北：臺灣商務印書館，1968年），卷78，史部34，地理類存目7，頁1659。

《明史》卷138，列傳26有開濟的記載，他在元末為察罕帖木兒掌書記，1382年曾為刑部尚書，卒於1383年。[19]《異域志》的序是靜明子在壬午年（1402）所書，開濟的跋應在壬午年之前，《四庫提要》以為壬午年開濟被誅已久，不應作跋，其實是把靜明子誤為開濟所致。而近代學者陸峻嶺以為開濟為胡開濟，是胡開濟之兄胡惟庸重編，更名為《異域志》。更是在《四庫提要》的解讀上又錯一次，壬午年距離開濟被誅已20年，開濟之兄於理也不應再更定《異域志》。照原書的序看來，靜明子只是引用開濟的跋語，而「吾兄」其實是靜明子之兄，非開濟之兄。靜明子是一個關鍵人物。

根據前文所言，朱權是編《異域志》的人，那麼，靜明子所稱的「吾兄」是朱權，靜明子也是宗室人物了。王崗（Richard G.Wang）對大明宗室有深入研究，他認為靜明子是朱元璋第22子，朱權之弟安惠王朱楹（1383-1417）。明代的王子以「子」為號者，有十八個，其中的十四個具有道教的意涵，靜明子朱楹是其中一員。[20]在許多資料中也可見到，靜明子朱楹與朱權的感情似不比一般，他不但在壬午年長至為朱權所編《異域志》做序，也在同年的12月為朱權編的《漢唐秘史》做跋，跋後署名「安王楹」，還有一個「靜明子」的印章。[21]

靜明子既是朱權之弟朱楹，那麼他的序言有更多的可信度，《異域志》原名《贏蟲錄》，是經過朱權更定的，在明初即已流傳。

《大一閣書目》中，給皇帝的〈進呈書〉中寫著「寧波府鄞縣附學生員臣范邦甸恭錄」，包括有《異域志》一冊，《異域圖志》一冊。[22]按照《天一閣書目》的說法，《異域志》、《異域圖志》是兩部不同的書，都要主呈給帝王的，即後來要收進《四庫》的書。

---

[19] 開濟，字來學，河南洛陽人。元末為察罕帖木兒掌書記。洪武年間，因明經被舉薦。後擔任河南府訓導，入朝為國子助教，後因病罷免歸鄉。洪武十五年，被御史安然舉薦，召為刑部尚書。
清·張廷玉：《新校明史并附編六種》（臺北：鼎文書局，1998年），卷138〈列傳第26〉，頁3977。

[20] Richard G.Wang, The Ming Prince and Daoism: The Institutional Patronage of an Elite, Oxford University Press, 2012, p.242, n.71. 中文版見,王崗著,秦國帥譯·《明代藩王與道教：王朝精英的制度化護教》（上海：上海古籍出版社，2019年）。

[21] 明·朱權：《漢唐秘史》，《四庫全書存目叢書》史部四五（濟南：齊魯書社，據中國人民大學圖書館藏建文刻本影印，1996年），頁287。

[22] 清·范邦甸等撰，江曦、李婧點校：《天一閣書目·天一閣碑目》，《中國歷代書目題跋叢書》第3輯（上海：上海古籍出版社，2010年），卷1-1，頁35。

《浙江採集遺書總錄》為沈初（1729-1799）所編，乾隆40年刻，就是修《四庫全書》時浙江省所進呈遺書的目錄：

> 致中奉使外番者六，熟知四夷人物風俗，因作此。原名《贏蟲錄》。
> 其書明初始流傳，後有重編之者，改題今名。見靜明子序。[23]

晁瑮（1507-1560）、晁東吳（1532-1554）父子在嘉靖間的藏書目《寶文堂書目》中，圖誌類中收有《贏蟲錄》與《異域志》。[24]按照《寶文堂書目》的情形看來，兩者都屬「圖誌類」。

鄭舜功《日本一鑑》[25]中也同時提到《贏蟲錄》和《異域志》二書。《日本一鑑》全書共3部16卷，成書於嘉靖34年（日本弘治2年，1556年），也許可以約略勾勒一個輪廓，嘉靖後的《贏蟲錄》已形同一本有圖的《異域志》。從資料上看來，《異域志》與《贏蟲錄》常會一起被編列。

嘉靖19年（1540）高儒編的《百川書志》，收有《異域志》，說明為：「異域志二卷不著作者凡所編入者一百五十八國。」[26]萬曆30年壬寅（1602）徐𤊹（1570-1642）編的《徐氏紅雨樓書目》，外夷類中有《異域志》二卷。[27]根據高儒和徐𤊹的記載，《異域志》為二卷，未提編著者姓名。

明代趙用賢（1535-1596）《趙定宇書目》其中收有《異域志》二本，附黃葵陽（黃洪憲號葵陽，1541-1600）家藏《稗統目錄》，《稗統》中第22冊有《異域志》。[28]

清初黃虞稷（1629-1691）撰的《千頃堂書目》卷8，史部地理下，所收書目中同時出現《贏蟲錄》一卷、寧獻王朱權《異域志》一卷、周致中《異域志》三卷。[29]一卷本與三卷本的《異域志》、《贏蟲錄》同時出現，都為史部地理類。

---

[23] 清・沈初：《浙江採集遺書總錄》（上海：上海古籍出版社，2010年），頁292。
[24] 明・晁瑮：《晁氏寶文堂書目》（上海：上海古籍出版社，2005年），頁184、192。
[25] 明・鄭舜功著，三ケ尻浩校訂：《日本一鑑》，1939年影印本，藏於中央研究院傅斯年圖書館。
[26] 明・高儒：《百川書志》（上海：上海古籍出版社，2005年），頁71。
[27] 明・徐𤊹：《徐氏紅雨樓書目》（上海：上海古籍出版社，2005年），頁291。
[28] 明・趙用賢，《趙定宇書目》（上海：上海古籍出版社，2005年），頁1、3。
[29] 清・黃虞稷，《千頃堂書目》（上海：上海古籍出版社，1990年），頁216、217、232。

有意思的是，《千頃堂書目》，倪燦（1627-1688）《補遼金元藝文志》[30]和錢大昕（1728-1804）的《補元史藝文志》[31]都著錄周致中《異域志》為三卷，但未見有此種傳本。

常見的《異域志》為兩卷本，是萬曆25年（1597）周履靖金陵荊山書林刊行的《夷門廣牘》版本，周履靖還在書前小序說此書來自陳繼儒。[32]

吳蕙芳對明清的萬寶全書（即通俗日用類書）一直有深入而精闢的研究，她認為崇禎元年（1628）存仁堂刻本《新刻眉公陳先生編輯諸書備採萬卷搜奇全書》，到光緒27年（1901）的《增補萬寶全書》，都註明經陳繼儒編撰。[33]而這些所謂通俗日用類書或萬寶全書，其中都包括了「諸夷門」的《贏蟲錄》。

周履靖還在小序中說原本《異域志》「多魯魚」，似乎他對原有寫本不甚滿意。然而，經過將近兩百年，經過筆者比對，周的兩卷刻本與現在能見到的靜明子朱楫壬午年（1402）所序寫本，並無太大差異，順序或內容近乎雷同。

《異域志》或許與《贏蟲錄》性質類似，同為明初記錄諸夷人物形象及風俗道里的圖文書。然而，在流傳過程中，又各自有不同的抄寫本或刊刻本，內容則大同小異，或無圖，或有圖，自然被學者一起歸類，常常並列，出現在書目中。

四、《異域圖志》與《贏蟲錄》

《異域圖志》一書在《四庫提要》及《浙江採集遺書總錄》都著錄，撰者不詳，書中有明廣信知府金銑序，因列入存目，《四庫全書》也未收錄。英人威妥瑪（Thomas Francis Wade，1818-1895）曾在中國輾轉得到《異域圖志》一書，現藏劍橋大學圖書館。

《四庫提要》記載：

---

[30] 清·倪燦，《補遼金元藝文志》，王雲五主編《叢書集成簡編》第9冊（臺北：臺灣商務印書館，1965年），頁54。

[31] 清·錢大昕：《補元史藝文志》，王雲五主編：《叢書集成簡編》第9冊（臺北：臺灣商務印書館，1965年），頁25。

[32] 元·周致中纂集，明·周履靖輯刊，明·陳繼儒校：《異域志》二卷。

[33] 吳蕙芳：《萬寶全書：明清時期的民間生活實錄》下（新北市：花木蘭文化工作坊，2005年），頁397。

異域圖志一卷，浙江范懋柱家天一閣藏本，不著撰人名氏。後有廣信府知府金銑序，謂宋亦有應天府，疑是宋書。然書中載明初封元梁王子於耽羅，則為明人所作無疑。其書摭拾諸史及諸小說而成，頗多疏舛，如占城役屬於安南，乃云安南為占城役屬，殊不足據，其他敘述亦太寥寥。

　　彭元瑞（1731-1803）的《知聖道齋讀書跋》有《異域圖志》的題跋，說明他見到四庫館本的《異域圖志》。[34]而目前所見《異域圖志》前的嘉慶丙辰（1796）題識，與《知聖道齋讀書跋》所記，字字相同。（圖1-1）

　　此書的第一頁包含標題《異域圖志》，下有四個收藏章，這些印章按照順序為：南昌彭氏、知聖道齋藏書、遇者善讀、太原叔子藏書記。（圖1-2）

　　「南昌彭氏」、「知聖道齋藏書」兩個章都顯示此書曾經為彭元瑞藏書。彭元瑞，字芸楣，江西南昌人，現藏《異域圖志》的題識即署名「芸

| （左）圖1-1：彭元瑞題識書影
| （右）圖1-2：高麗國

[34]　清・彭元瑞：《知聖道齋讀書跋》（臺北：臺灣商務印書館，1965年），頁16。

楣」。這分題識似乎透露原為彭元瑞所藏的劍橋大學圖書館藏本與天一閣進呈本非同一部書，因為其中並無金銑的序，也無天一閣的藏書章。而第三個章應該也屬彭元瑞，《木犀軒藏書題記及書錄》有多種「遇者善讀」印記，是彭元瑞知聖道齋舊藏。[35] 而我們見到國家圖書館所藏明代高啟的《槎軒集》一書有許多藏書印，其中就包括：「南昌彭氏」朱文方印、「知聖道齋藏書」朱文長方印、「遇者善讀」白文方印等。[36] 從《槎軒集》與《異域圖志》兩書的藏書章例子，彭元瑞似乎習慣在書上連蓋三個藏書章，都有南昌彭氏、知聖道齋藏書、遇者善讀，而且順序一樣。

最後一個章「太原叔子藏書記」，放在第一頁的最右下角落，按常理推測應該也是最先的藏書者所蓋的，此人要比彭元瑞早擁有這本書。「太原叔子藏書記」的白文長方章可能是擁有大量藏書的王聞遠所有。[37]

也許，我們可以進一步說，彭元瑞說《四庫》館本「後有明廣信府金銑序」，而筆者所見《異域圖志》並無金銑序，而書中又有「明封元梁王子於耽羅事」，筆者搜尋全書，也未見此言，可見此書與四庫館本或非同一版本，應是再版或其複本。彭元瑞似不太可能在原來天一閣的進呈本上蓋上自己三個藏書章，據為己有。現藏這本《異域圖志》，明顯不會是原來天一閣所藏的金銑所序本子。

《浙江採集遺書總錄》戊集也有《異域圖志》的記載：

> 異域圖志一冊刊本右有弘治己酉金銑序，謂編者不知姓名。考寧獻王權撰有《異域圖志》，當即此。書中畫殊域人形象凡一百五十八國，各記其道里，去應天府若干云。[38]

由《四庫提要》與《浙江採集遺書總錄》的說法，可知此書原為寧波天一閣藏本，後來是四庫進呈本。

---

[35] 李盛鐸著，張玉範整理：《木犀軒藏書題記及書錄》（北京：北京大學出版社，1985年），頁61，頁78。

[36] 明‧高啟：《槎軒集》，舊抄本，藏於臺北國家圖書館。

[37] 清‧王聞遠：《孝慈堂書目》，《叢書集成續編》（臺北：新文豐出版公司，1989年），總類5，頁218。

[38] 清‧沈初：《浙江採集遺書總錄》（上海：上海古籍出版社，2010年），頁292。

藏於劍橋大學圖書館的《異域圖志》共有171圖，和有目無文的31國名，與《浙江採集遺書總錄》所言158國不類。筆者以為，《異域志》、《異域圖志》、《臝蟲錄》可能是同實異名，而且三者都有不同的寫本或翻刻版本。《異域志》或者原是元末周致中所編，而後經過不同人的更訂重編，在更定的過程中，可能也是有圖的，如有圖的《臝蟲錄》或《異域圖志》。朱權所編的《異域志》可能有時被誤以為是《異域圖志》。

《四庫提要》與彭元瑞都未提及《異域圖志》的編者，只註明曾藏於天一閣的刻本後有弘治己酉年（1489）金銑序。如果金銑所序《異域圖志》是158國，那麼，劍橋大學所藏這個171圖（不包括異域禽獸圖）的版本顯然非天一閣版本，或者說是有增飾的複本。不過，還有一個可能性，沈初所編的《浙江採集遺書總錄》中的「一百五十八國」另有所本，如《百川書志》收的《異域志》二卷，就註明是158國，或許是沈初將《異域圖志》誤以為是《異域志》。另一個很少人提及的，「考寧獻王權撰有《異域圖志》」，資料顯示的是，朱權有《異域志》一卷而非《異域圖志》，《浙江採集遺書總錄》中以為朱權撰有《異域圖志》應是訛誤的。我們從靜明子朱楗的序與明人的集子中都看到，朱權編定《異域志》，卻罕見他編《異域圖志》的記錄。

目前所見的孤本《異域圖志》藏於劍橋大學圖書館，最早一篇詳細介紹此書的論文就是劍橋大學的慕阿德（A.C.Moule，1873-1957）在1930年所寫。[39]慕阿德之後，1940年美國國會圖書館恆慕義（A.W.Hummel，1884-1975）的報告也提到過《異域圖志》，並比較美國國會圖書館收藏此書的複本。[40]1947年薩頓（G. Sarton，1884-1956）的論文中也提到過《異域圖志》，大抵不出慕阿德的看法。[41]

慕阿德的論文中提到，大琉球國的王子及陪臣之子入太學讀書應是在1392年，書中附錄的「異域禽獸圖」斑馬、麒麟應該都與鄭和（1371-

[39] A. C. Moule, "An introduction to the *I YÜ T'U CHIH*", *T'ung pao*. (Leiden: E. J. Brill, 1930.), V.27, pp.180-188。

[40] A.W.Hummel, 'A Ming Encyclopaedia [*Wan Yung Chêng Tsung Pu Chhiu Jen Chhüan Pien*] with Pictures on Tilling and Weaving [*Kêng Chih Thu*] and on Strangs Countries [*I Yü Thu Chih*].' "Annual Report of the Librarian of Congress for the Fiscal Year Ending June 30,1940 (Washington, D.C.: U.S. Government Printing Office, 1941) 165., pp.166-167.

[41] G.Sarton, *Introduction to the History of Science*; Vol. 3, 1947. Williams & Wilkins, Baltimore (Charegie Institution Pub. No. 376)

1433）下西洋有關，而鄭和下西洋最後一次在宣德5年（1430）。從這些紀錄顯示，《異域圖志》的原書應該完成於明初，介於1392到1430中間。這本藏於劍橋圖書館的《異域圖志》應是1489年出自金銑，可能是再版，也可能是初版，但無法確定真正的編著者和刊刻時間。《異域圖志》原書長31公分，寬19公分，是黑口本。在魚尾部分註記頁碼，本文有90頁，開頭有一頁用硃筆手抄的蝴蝶頁。而有些頁碼已破損，第90頁被裝訂的人錯置在附錄的第7頁以後。附錄是7頁的異域禽獸圖，被單獨放在書後面，未標明頁碼。值得注意的是，《四庫總目》通常會有明顯標題，規律地顯示附錄或其他額外的章節。[42]慕阿德的意思是，《四庫總目》並未提到《異域圖志》有附錄7頁的異域禽獸圖，顯示這非此書原貌，而《浙江採集遺書總錄》也沒有注意到這個附錄，由此似更難有理由證明此書與寧波天一閣原來藏本是一樣的。

由彭元瑞的硃筆手抄的蝴蝶頁題跋看來，他也見過四庫館本《異域圖志》，並未說明兩個版本有何差異，可見慕阿德所說的現藏《異域圖志》後的附錄7頁的異域禽獸圖，的確應是後來加上的。

李約瑟（Joseph Needham，1900-1995）認為《異域圖志》一書成於宣德5年（1430）前後，作者已不詳，但有迹象顯示此書是明代寧獻王（朱權）所作，而朱權是煉丹術師、礦物學家和植物學家，幾乎可以肯定他曾受益於鄭和遠航所帶回來的動物學和人類學知識。他還舉例出《異域圖志》中的烏衣國，無疑是指阿拉伯地區的某一個地方。[43]（圖1-3）李約瑟的說法可能需要斟酌，因為《異域圖志》中的烏衣國其實在所有的相關書中都被收錄（見附錄二表一中的烏衣國），當然1402年朱橚所序的《異域志》中即已出現，可見與鄭和下西洋無關。

竺可楨在1960年1月17日的日記上寫他閱讀李約瑟書的感想：

今天看了地學這一部分，此部又分為地理與地圖、地質、地震、礦物（包括地植物、地化學等），再加索引。李閱書之淵博殆無倫比，如

---

[42] A. C. Moule, "An introduction to the *I YÜ T'U CHIH*", *T'ung pao*. (Leiden: E. J. Brill, 1930.), V.27, pp.180-188

[43] 李約瑟著，翻譯小組譯：《中國科學技術史》（香港：中華書局香港分局，1978年），卷5，第22章，頁35。

圖1-3：福鹿（左）、烏衣國（右）

講《異域志》、周去非《嶺外代答》、趙汝适《諸蕃志》、周達觀
《真臘風土記》是見過的，但王玄策《中天竺國圖》、康泰《吳時外
國傳》、朱權《異域圖志》，不但未見其書，甚至不知其名。[44]

李約瑟提朱權《異域圖志》，竺可楨表示未見其書，甚至不知其名。

《1421：中國發現世界》這本書爭議很大，不過那不是本文要討論的
重點，而是作者孟西士（Gavin Menzies，1937-）的書中有一段記載與《異
域圖志》有關。

英國劍橋大學東亞書庫（East Asian Collection）的館長愛爾默教授
（Professor Charles Aylmer）告訴我有一本特別的書，叫做《異域圖
志》，是中國人在宣德五年（西元一四三〇年）所知的所有人種與地
名的總整理。這本書的封面已經遺失，所以不確定作者是誰。但是一
般相信是明皇子寧獻王朱權所寫，在宣德五年前後刊印。[45]

[44] 竺可楨：《竺可楨全集》（上海：上海科技教育出版社，2004年），卷15，頁571-572。
[45] （英）孟西士著，鮑家慶譯：《1421：中國發現世界》（臺北：遠流出版事業公司，2003年），頁272。

一直到近幾年，似乎許多西方學者都還相信《異域圖志》的作者是朱權。

　　為何清代的《浙江採集遺書總錄》會以為《異域圖志》作者是朱權？

　　唯一的線索是做序的金銑，然而金銑的資料很少，也未有他與《異域圖志》相關的訊息。

　　金銑，字宗潤，山陽人，正統六年（1441）舉人，授蘄州知州。以文學著稱，聘典江西文衡，擢禮部員外郎，充中秘編纂官。書成，升廣信府知府，著有《省庵集》。[46]所能掌握的資料只是他的廣信府知府背景，他可能是《異域圖志》刊刻者，而且他的刊刻可能是參考流傳較普遍的有圖的《嬴蟲錄》一書。而此書是否如慕阿德所說，成書於1392年到1430年之前，還有待進一步的論證。

　　另一個值得思考的問題是，根據《朝鮮王朝實錄》的世祖10年，也就是明代天順8年（1464）的記載，《異域志》一書曾在當時的朝鮮引起注意，「都承旨盧思慎出《異域志》，殊形詭狀，咸模效焉。雖素所親昵者，苟非同事者，不令相觀。」[47]這本《異域志》，殊形詭狀，或可能是有圖的，不知是否為當時中國刊刻的《異域志》？如《異域志》是來自中國，那麼1464年出現於《朝鮮王朝實錄》的這本似乎可能是有圖的《異域志》，也比金銑1489年所序的《異域圖志》要早。

　　由此思考，也許有些學者認為《異域圖志》成書於1392到1430之間，編者為朱權，則似乎顯得證據薄弱，或者，是受了《浙江採集遺書總錄》的影響。從朱楧的序中既已肯定朱權更定過《異域志》，是《異域志》編者，那麼他又是《異域圖志》的編者似乎可能性更低了。何況在明清的各種資料中，似乎罕見有朱權編《異域圖志》的記載。

　　前面提到慕阿德，他的論文中曾強調，現在見到的《異域圖志》藏本或許是所知唯一僅存的複製本。隔了十年，華盛頓美國國會圖書館的恆慕義

---

[46] 明・甘澤：《蘄州志》，《天一閣藏明代方志選刊・湖北省》（臺北：新文豐出版公司，1985年），第16冊，頁557-558。

[47] 原文為：「命承政院分左右各役所屬諸司，競為奇巧，求市恩寵，多張數月，嚴期督納，甚於催賦。諸司不勝其苦，務出人意表，殊異之物，恐人窺覦放效，隨作隨匿。都承旨盧思慎出《異域志》，殊形詭狀，咸模效焉。雖素所親昵者，苟非同事者，不令相觀。至於工伇之人，互相爭奪，遂成嫌隙，其人心險譎如此。適有事郊廟，不時賜覽，再經風雨，多致折毀至是。」國史編纂委員會編：《朝鮮王朝實錄・世宗實錄》第4冊（서울：東國文化社，1955-1958年），卷32，10年甲申正月壬午，頁606-607。

卻說，還有一個華盛頓版本的《異域圖志》，只有129個圖，而劍橋藏本有168個。此外，華盛頓本比劍橋藏本小，每一頁的上半部有兩個圖示，佔去一頁的三分之一，圖片集中在人、動物、魚、鳥，還有古《山海經》中出現的爬蟲類。[48]

1947年，薩頓也相信美國國會圖書館保有一部1609年出版的《異域圖志》複製本，或刪減本。[49]

影響所及，即使過了半個世紀，學者還是引用恆慕義的論文，認為保存於美國國會圖書館的這部書，有一部分記載外國風俗（即諸夷雜誌）的圖是來源於《異域圖志》。[50]

其實，美國國會圖書館並無另一個版本的《異域圖志》，那是萬曆年間建陽地區所刻一系列通俗日用類書中的一部，《萬用正宗不求人》[51]。

因為美國國會圖書館的恆慕義將《萬用正宗不求人》中的〈諸夷雜誌〉當成另一部《異域圖志》，導致學者以為除了劍橋大學藏本《異域圖志》之外，還有另一個版本。其實，難怪恆慕義有這樣的解讀，因為晚明一系列在建陽刊刻的日用類書「諸夷門」中都有諸夷蠃蟲，就是《蠃蟲錄》。因此，許多「諸夷門」的開頭都會出現一篇〈蠃蟲錄序〉。《萬用正宗不求人》中的圖像與《異域圖志》並不太像。學者所以會將《萬用正宗不求人》中的〈諸夷雜誌〉當成另一部《異域圖志》並非事出無因，《萬用正宗不求人》等晚明日用類書的「諸夷門」其實就是《異域圖志》一書的派生版本。

《萬用正宗不求人》35卷12冊，引語末記萬曆37年（1609），建陽，書林余文台刊。目錄書名為《鼎鍥崇文閣彙纂四民捷用分類萬用正宗》，卷一書名則題為《鼎鍥崇文閣彙纂士民萬用正宗不求人全編》。書前有序，說明彙纂成帙而名為《學府全編》的理由：「余觀其書，乃天文地輿紀圖，及

[48] A.W.Hummel, A Ming Encyclopaedia [*Wan Yung Chêng Tsung Pu Chhiu Jen Chhüan Pien*] with Pictures on Tilling and Weaving [*Kêng Chih Thu*] and on Strangs Countries [*I Yü Thu Chih*].' "Annual Report of the Librarian of Congress for the Fiscal Year Ending June 30, 1940 (Washington, D.C.: U.S. Government Printing Office, 1941) 165., pp.166-167.

[49] G. Sarton, *Introduction to the History of Science*; Vol. 3, 1947. Williams & Wilkins, Baltimore (Charegie Institution Pub. No. 376), pp1625-1627.

[50] Hostetler, Laura, *Qing colonial enterprise: ethnography and cartography in early China*, The University of Chicago Press, Ltd., London. 2001, p93.

[51] 《鼎鍥崇文閣彙纂四民捷用分類萬用正宗》，此書不只藏於美國國會圖書館，京都陽明文庫也藏有相同版本。

《山海經》、《博物志》、怪異符籙、諸夷傳、南越志、西域紀,總總琳琅,無不遍閱。」十三卷〈諸夷門〉將書名作為《鼎鋟崇文閣彙纂士民捷用分類學府全編》,諸夷門當卷部分不註明山海異物與諸夷雜誌,只是按一般習慣分上下層,但書前目錄卻按一般習慣在〈諸夷門〉註記「上層山海異物俱全,下層諸夷雜誌俱全。」其實,從恆慕義的說法都可了解,建陽所刻的《萬用正宗不求人》中所有的諸夷贏蟲國只有129個,遠比《異域圖志》的168國少,而「每一個木版插畫大約比2×4英吋還要大一點」,與《異域圖志》的一圖一文完全不成比例。

何予明(Yuming He)認為,《異域圖志》應該是成書較早,大概在15、16世紀,後來《贏蟲錄》取代了《異域圖志》的題名,《贏蟲錄》這本書在明人的閱讀世界中的地位在嘉靖年間似乎就已經很穩固了。[52]其實,照南京圖書館所藏正德間《異域志》抄本的靜明子朱梴的序看來,《贏蟲錄》應在明初即已成書,比帶圖的《異域圖志》可能更早。

五、《贏蟲錄》的新編與新刻

《贏蟲錄》一書曾經出現在《使琉球錄》中。《使琉球錄》共有12種,最早的作者為明陳侃(1489-1507)。其書描寫他於嘉靖12年出使琉球的見聞,內容包括一章〈群書質異〉,提及七本書:《大明一統志》、《贏蟲錄》、《星槎勝覽》、《集事淵海》、《杜氏通典》、《使職要務》、《大明會典》。[53]《贏蟲錄》像似出使者必讀的一本書。

其實在異外的《朝鮮王朝實錄》中就有《贏蟲錄》的資料,較早的出現在朝鮮世宗22年(1440,明英宗正統5年)1月3日的記錄:

> 今通事金辛來言:「遼東人家藏胡三省《贏蟲錄》欲市之,臣既與定約而來。」其以今送麻布十五匹買來。[54]

---

[52] Yuming He, *Home and the World: Editing the Glorious Ming in Woodblock-printed Books in of Sixteenth and Seventeenth Centuries*, Cambridge, MA. Harvard University Asia Center, 2013, Ch4; "The Book and the Barbarians in Ming China and Beyond: *The Luo chong lu*", or "Record of Naked Creatures", *Asia Major* 2011.1, pp.43-85. 何予明對《贏蟲錄》的歷史有很深入的研究。何予明:《家園與天下——明代書文化與尋常閱讀》(北京:中華書局,2019年)。

[53] 明·陳侃:《使琉球錄》(臺北:藝文印書館,1965-1971年),頁31。

[54] (韓)國史編纂委員會編:《朝鮮王朝實錄·世宗實錄》第4冊,卷88,頁261。

《朝鮮王朝實錄》資料的訊息是，在金銑1489年序的《異域圖志》之前，1440年的朝鮮就以十五匹麻布買一本《臝蟲錄》，可見《臝蟲錄》有一定的價值，甚至受到域外官方的注意。

　　世宗26年（1444，明英宗正統9年）2月21日則拿《臝蟲錄》的說法當朝鮮封君之法。[55]中宗3年（1508，明武宗正德3年）1月8日也提到臣子讀《臝蟲錄》，提到書中記載當時唯有朝鮮人衣冠上有笠纓，被中國人譏其領下垂珠。[56]我們比對所有的《臝蟲錄》相關資料，都不見出現笠纓二字，似可推測，當時所見的《臝蟲錄》非現在可見版本。

　　除了官方史書，知識分子讀到《臝蟲錄》的也不少。徐居正（1420-1488）《筆苑雜記》[57]第2卷、李肯翊（1736-1806）《燃藜室記述》[58]別集13卷都引用到《臝蟲錄》一書。而朝鮮學者許穆（1595-1682）《泛海錄》中有一段話：

> 其人以舟為室，善沒海取蠔，鶉衣而極貧，此臝蟲誌所謂蜒蠻。其性變譎。……其南則海外諸蠻夷。測其方。如羽民，沙菫，爪蛙，琉球，麻羅奴。外夷誌，皆在海中，天下之東南。[59]

　　我們似乎可以確定一點，在15世紀中期，《臝蟲錄》已受到朝鮮官方與知識分子的注意，那麼，或許可以推測，在15世紀中期或更早，《臝蟲錄》在中國已經出現了。《臝蟲錄》的名稱的確出現很早，或者早於《異域圖志》，甚至早於《異域志》。

　　郎瑛（1487-1566）嘉靖26年（1550）的《七修類稿》[60]引用：「臝蟲集

---

[55] 同前註，頁544。

[56] （韓）國史編纂委員會編：《朝鮮王朝實錄・中宗實錄》第14冊（서울：東國文化社，1955-1958年），卷5，頁219。原文如下：「臣嘗見《臝蟲錄》，唯我朝有笠纓，笠纓非中朝制也。華人譏其領下垂珠，中原人造笠纓，為我國也。廢主法制雖無常，而唯此事為便，以無用之物，而濫施高價，請廢其制。」上曰：「禮度則已成風俗，天使曾見之，今不可改也。笠纓雖非華制，我朝不遵華制者頗多，不必盡改也。」

[57] （韓）徐居正：《筆苑雜記》（서울：太學社，1996年）。

[58] （韓）李肯翊編，金教獻訂：《燃藜室記述・別集下》（서울：景文社，1976年），卷17，頁191。

[59] （韓）許穆：《眉叟記言》，原集67卷，別集26卷記言，（서울：景仁文化社，1996年），慶尚大學圖書館文泉閣所藏。

[60] 黃阿明指出，建安坊刻本《七修類稿》的刻印時間為嘉靖二十六年。黃阿明：〈明代學

中所載，老撾國人，鼻飲水漿，頭飛食魚。」[61]《異域圖志》、《新刻臝蟲錄》都有「老撾國」，皆有「鼻飲水漿」一句話，但「頭飛食魚」目前則無相關資料。《異域志》無此國。

《嘉靖建陽縣志》卷5〈藝文志‧圖書〉中「書坊書目‧雜書」也記載，當時坊間刊刻有「《山海經》、《博物志》、《臝蟲錄》」的書。[62]可見嘉靖年間的福建建陽是能見到《臝蟲錄》一書的。

另一個更重要的訊息出自蔡汝賢在萬曆14年（1586）的《東夷圖說》[63]，此書文圖並陳，作者在書前的總說中提到他參考《臝蟲錄》的資料，而且提到《臝蟲錄》能「圖狀貌」。

《卍新纂續藏經》第57冊所收萬曆35年（1607）刊本「法界安立圖」中記載：俗書《臝虫錄》載諸國人形各異，或是海中諸小洲也。[64]

馮夢龍（1574-1646）萬曆48年（1620）自刻的《古今笑》（天啟年間，葉昆池重版，改名《古今譚概》），其中「非族部第三十五」的「頭飛」條下言及《臝蟲集》，所記與《七修類稿》雷同。[65]郎瑛與馮夢龍都記到「頭飛」一事，目前的《臝蟲錄》相關資料未見此一記載，或許，兩位學者所參考的是另一版本的《臝蟲錄》。

《康熙字典》：「虼魯，國名。至江南，馬行七月。見《臝蟲錄》。」[66]《康熙字典》特別說虼魯國出自《臝蟲錄》，從後面所附表中也明顯看到，《異域圖志》、《新刻臝蟲錄》皆有此國，內容大同小異，都改成「至應天府，馬行七個月」，獨獨在《異域志》一書中並未出現虼魯國，似可窺見《異域志》與《臝蟲錄》的關係較密切。

我們現在見不到《臝蟲錄》原貌，卻能找到許多相關此書的記載，由

者郎瑛生平與學術述略〉，《蘇州科技學院學報》（社會科學版）2009年第1期，頁98-103。
[61] 明‧郎瑛：《七修類稿》（上海：上海交通大學出版社，2009年），卷49。
[62] 《嘉靖建陽縣志》，收入「天一閣藏明代方志選刊」10（臺北：新文豐出版公司，1985年），卷5。
[63] 明‧蔡汝賢：《東夷圖說》，收入《四庫全書存目叢書》，史部，地理類，第255冊（臺南：莊嚴出版社，1996年，據北京圖書館藏明萬曆刻本影印。）
[64] 《卍新纂續藏經》，本經文取自CBETA中華電子佛典協會網站。
[65] 明‧馮夢龍：《古今譚概》（臺北：新文豐出版公司，1979年），頁1517。
[66] 清‧陳廷敬、張廷玉等編纂：《康熙字典》，申集中〈虫部〉（北京：中國書店，2010年），頁2117。

陳侃、郎瑛、馮夢龍、許穆的記載，似乎推測，以「贏蟲」來稱異域職貢國，在嘉靖、萬曆年間非常普遍，而且原先應該有各種《贏蟲錄》的版本流傳。

東京御茶水圖書館成簣堂文庫藏有一本《新編京本贏虫錄》，既是「新編」，明顯也非本尊。《新編京本贏虫錄》是嘉靖29年（1550）的版本，此書有兩卷兩冊，圖文並陳，圖為主，旁附文字。卷首序有兩頁，卷末刻有「嘉靖庚戌年靜德書堂刊」的木記。四周雙邊，長5寸3分，寬3寸4分。各卷首有鼎形、朱色的「養安院藏書」印記。[67]（圖1-4）此書原是1592年，豐臣秀吉攻打朝鮮的「文祿之役」

| 圖1-4：《新編京本贏虫錄》序文

戰利品。此書收錄130幾個有圖有文的國家，也包括30個左右有目無文的國家。此書可與《異域圖志》對照，似能見到《異域圖志》與《贏蟲錄》的密切關係。

值得注意的是，東北大學的狩野文庫所藏《新鍥三才備考萬象全編不求人》，其中卷7「諸夷門」中也有〈贏蟲錄序〉，與成簣堂文庫所藏版本的序文近似，應有所因襲。而其下欄註明為《新編京本贏虫錄》，不只書名與御茶水圖書館成簣堂文庫所藏相似，收錄圖文也大致符合，推測此「諸夷門」中的內容似應參考過成簣堂文庫版本，或者嘉靖29年的版本《新編京本贏虫錄》，流傳也相當普遍。

胡文煥（1558-？）在萬曆21年（1593）編新刻《贏蟲錄》，全書共四卷，前三卷各收錄40國，第四卷收錄41國，共161國。胡文煥的刻本可見到圖像與《異域圖志》的相似性。第二章會有詳細的討論。

萬曆35年（1607）前後，王圻（1530-1615）《三才圖會》刊刻問世，是首部以圖像為中心編輯而成的事典，換言之，圖像並非輔助性的，可以說是現在

---

[67] 川瀨一馬編著：《新修成簣堂文庫善本書目》（東京：御茶水圖書館，1992年），頁1046。

圖鑑的元祖。[68]我們不敢肯定，《三才圖會》參考胡文煥的新刻《贏蟲錄》，
卻見到《三才圖會》與《新刻贏蟲錄》的圖不殊，兩者不能說沒有關聯。

　　我們有必要先將《異域志》、《異域圖志》、《新編京本贏虫錄》與
《新刻贏蟲錄》的篇目做個對照，試著了解彼此的大同小異與可能的沿襲關
係。前三者，除了職貢國的正文外，各收錄了31個有目無文的國家，因此，
詳細統計，《異域志》收錄210國，包括正文的179國，和有目無文的31國；
《異域圖志》有202國，包括有圖的171國，與有目無文的31國；《新編京本
贏虫錄》包括正文136國，與有目無文的31國。（見附錄二表一對照表）

　　《異域志》與《異域圖志》收錄的異域職貢國極為豐富，而其中所收錄
與《山海經》國名相同者也很多：狗國、長毛國、盤瓠、三首國、三身國、
長人國、無腹國、小人國、聶耳國、交脛國、長臂國、長腳國、穿胸國、女
人國、利國（骨利國）、羽民國、奇肱國、不死國、丁靈國、氐人國、一臂
國、無臂國、一目國，等等。《異域圖志》的重要性在，與現存能見到的不
同版本《贏蟲錄》一樣，都是圖文並存，不像現存的《異域志》寫本，只有
文字而無圖像。《異域圖志》似乎是較早的《山海經》圖像，早於萬曆的胡
文煥新刻《贏蟲錄》，也早於嘉靖年間的《新編京本贏虫錄》，我們並由此
窺見進而揣想《贏蟲錄》的原貌。

　　陸峻嶺認為，《三才圖會・人物篇》很可能是王圻採摭《異域圖志》所
載的圖像和敘文編撰的。另外，《四庫提要》說《異域志》與《異域圖志》
相似，而《三才圖會・人物篇》大琉球國的敘文，又恰與《贏蟲錄》所載完
全相同，《三才圖會・人物篇》既是採摭《異域圖志》編成，以此推斷，
《異域圖志》很可能是明人根據《異域志》的原書《贏蟲錄》增以圖像，編
成的一書。明代有不少的史籍，都是前後抄襲，或採錄舊書而成的，特別是
地理外紀類的書，更為明顯。[69]陸峻嶺的推斷有其參考價值，然而，《異域
圖志》與《贏蟲錄》相似，或許並非《異域圖志》根據《贏蟲錄》增以圖像
編成，是《異域圖志》與《贏蟲錄》同實異名罷了。經過比對，《三才圖
會・人物》與胡文煥新刻《贏蟲錄》的圖文恰巧都是161圖，可見兩者系出

---

[68] 明・王圻纂輯：《三才圖會》（臺北：成文出版社據明萬曆35年槐陰草堂藏板影印，
　　1974年）。
[69] 《異域志・前言》，頁2。

同源，如果不是王圻參考胡文煥所編，即王圻與胡文煥有同一個母本。詳細情況可能還要進一步思考，《異域圖志》可能與《贏蟲錄》有關，或者說，《異域圖志》的原名也可能是《贏蟲錄》，有不帶圖的《異域志》抄本，也有帶圖的《異域圖志》刻本，他們都與《贏蟲錄》有關。

從《朝鮮王朝實錄》見到《贏蟲錄》在1440年就受到當時朝鮮大臣的注意，靜明子朱樟在1402年《異域志》的序即說明，其兄朱權將《贏蟲錄》更定為《異域志》，可見1440年之前，《贏蟲錄》一書即已成書，而且流傳到域外。我們看到相關《贏蟲錄》的翻刻，也看到晚明日用類書的引用。然而，《贏蟲錄》原書畢竟不可得，目前所能見到的只有成簣堂藏本《新編京本贏虫錄》、胡文煥新刻《贏蟲錄》與圖像近似的《異域圖志》。

學者提到《異域圖志》的人並不多，向達可能是較早對此書做研究比較的學者。根據陸峻嶺的說法，向達1936年在劍橋大學圖書館抄下《異域圖志》的目錄。[70]向達當時抄的目錄，因為原書錯落，以致未見到錯置在全書最後的「扶桑國」，筆者有幸見到劍橋大學圖書館的微縮本，「扶桑國」出現在全書最後。

經過比對，發現《異域圖志》與《新編京本贏虫錄》、《新刻贏蟲錄》的圖極為相似，如無參照，應不至此。建陽地區刊刻的《萬用正宗不求人》差異較大，如扶桑國的圖，前三圖類似，都有人取鹿奶的刻畫，而一隻小鹿依偎在母鹿身旁，右一圖《文林妙錦萬寶全書》則有背景，在一棵樹下，一人取鹿奶，那隻鹿明顯是有角的公鹿，旁邊沒有小鹿。公鹿是沒有鹿奶的，然而，建陽地區的通俗日用類書與《萬用正宗不求人》相似，「扶桑國」的圖全是一個人為一隻有角公鹿取奶的畫面，不管如何，文字都大同小異。（圖1-5、圖1-6、圖1-7、圖1-8）

我們再看一下每本書都會出現的「日本國」。《異域志》寫本記載日本國：「在大海島中，島方千里，即倭國也……而中國詩書遂罨於此。故其人多尚作詩寫字。自唐方入中國為商，始有奉胡教者，王乃髡髮為桑門，穿唐僧衣，其國人皆髡髮，孝服則罨頭。」[71]

---

[70] 《異域志·前言》，頁3-4。

[71] 筆者所據《異域志》為正德白棉紙抄本，《藝海彙函》卷4，格物類，有正德二年（1507）梅純序。此書現藏南京圖書館。

（由左至右為圖1-5～1-8）
圖1-5：《異域圖志》　圖1-6：《新編京本嬴蟲錄》
圖1-7：《新刻嬴蟲錄》　圖1-8：《妙錦萬寶全書》

（由左至右為圖1-9～1-12）
圖1-9：《異域圖志》　圖1-10：《新編京本嬴蟲錄》
圖1-11：《新刻嬴蟲錄》　圖1-12：《妙錦萬寶全書》

　　我們比對幾個日本國的圖，人物溫文儒雅，「髡髮為桑門，穿唐僧
衣」，似為日本學問僧形象，與《異域志》中所載的形象一致，可見這應是
較早期的日本國形象。然而，值得注意的是，圖像雖是僧人模樣，文字上卻
是以「沿海寇盜」的倭寇來稱呼。（圖1-9、圖1-10、圖1-11、圖1-12）

　　海野一隆（1921-2006）的論文對晚明日用類書中日本國的圖像曾加以
區分。[72]我們往前追溯，明顯地見到《異域圖志》或《嬴蟲錄》對建陽地區

日用類書的影響，卻也明顯地看到改變，成簣堂文庫藏本《新編京本臝虫錄》、胡文煥新刻《臝蟲錄》與《異域圖志》的圖是同一個系統，保留較早的「髡髮為桑門，穿唐僧衣」的形象。而《異域圖志》、《臝蟲錄》中的文字敘述明顯與圖像有異，「沿海寇盜為生，中國呼為倭寇」，或許也可推測，《異域圖志》、《臝蟲錄》中的文字可能是在嘉靖年間之後形塑的，嘉靖年間，大明帝國的東南沿海就深以倭寇侵擾為苦。

有些晚明建陽地區的日用類書，如《五車萬寶全書》（1614）、《士民備覽万珠聚囊不求人》（萬曆年間）等，也是禿頭、穿著寬袖衣的學問僧形象，然而，日用類書這樣的構圖較少。較普遍的是另一種造型，如《妙錦萬寶全書》的日本人裸身扛刀劍，似在呼應文中「沿海寇盜」的倭寇形象，萬曆以後，對日本國的圖像形塑，以此居多。（圖1-12）

婆彌爛國也是一個值得思考的例子，也可推測無圖的《異域志》寫本應是較早出現的，記錄中有「去金陵二萬五千五百五十里」，而《異域圖志》在「婆彌爛國」中則作「去應天府二萬五千五百五十里」。「婆彌爛國」也出現在《太平廣記》482卷的〈蠻夷三〉：「去京師二萬五千五百五十里。此國西有山，巉岩峻嶮。上多猿，猿形絕長大，常暴田種，每年有二三十萬。國中起春已後，屯集甲兵，與猿戰。雖歲殺數萬，不能盡其巢穴。」[73]兩相比較，似可推斷一點痕跡，《異域志》寫本或可能在元末明初，當時的京師已在現在的南京，故將「京師」改為「金陵」。而《異域圖志》不管是否為初本，則明顯在建都「應天府」之後，既不稱「京師」，也不稱「金陵」。再者，「婆彌爛國」也是少數只存於《異域圖志》，而不見他本《臝蟲錄》收錄的一個職貢國。

《異域圖志》的名稱，有可能是明代中葉才出現的，明代藏書家的資料中大都出現的是《異域志》或《臝蟲錄》，罕見提及《異域圖志》。筆者所見《異域圖志》一書，有些收錄的內容，在《異域志》、《新編京本臝虫錄》或《新刻臝蟲錄》都未見，如點戛斯國、驅度寐國、禪國、滑國、厭達國、缽和國、三瞳國、大盧尼、西女國、吐火羅、蝦夷國、鬼國、夜叉國，這13個國家是置於有目無文的31國之前，也就是說，減掉這13國，《異域

---

[73] 宋・李昉等編：《太平廣記》第3冊（臺北：文史哲出版社，1981年），頁3975。

圖志》的圖剩下158個。這些多出的13個圖像不只在現存的《異域志》、《新編京本贏虫錄》、《新刻贏蟲錄》中未收錄,在晚明各種版本日用類書「諸夷門」的贏蟲中也很少見,似乎是在流傳過程中增補的。

回頭再來看嘉靖19年(1540)高儒編的《百川書志》提到,《異域志》有158國;《浙江採集遺書總錄》戊集所稱金銑序《異域圖志》的記載,有殊域人形象凡158國,如此劍橋大學圖書館所藏《異域圖志》減掉似為後來所加的13國,也剛好是158國。胡本《贏蟲錄》四卷共收錄161國,其實扣除胡文煥添入的君子國、回回國、哈蜜國三個,也是158個。我們似乎隱約可以推測出,不管是《異域志》或是《異域圖志》,可能都有一個原先的母本,而那個母本差不多是158國。即使國名或內容有一些差異,但差異也不大。

現藏的《異域圖志》似非金銑所序那個版本的原貌,現藏本不只頁碼有破損錯置,最後所附的7頁「異域禽獸圖」是增添的,而未見他書的13國也是多出來的,並非是原來158國的《異域圖志》。

《贏蟲錄》原貌已不可得,也許《異域圖志》一書可以補償一點缺憾,讓我們可以將之與成簣堂文庫藏本《新編京本贏虫錄》、胡文煥新刻《贏蟲錄》或晚明通俗日用類書作對照,探討《贏蟲錄》在明代的各種流傳情況。

六、結語

綜觀相關《贏蟲錄》的書,似乎可以歸納出幾點意見。首先,從明清以來學者的藏書目可以肯定朱權應該編過《異域志》;而朱權所編的《異域志》可能有一個較早的寫本。從靜明子朱栟為其兄朱權《異域志》做序的內容看來,《異域志》原名《贏蟲錄》,而胡惟庸與開濟曾為原書作序跋,肯定此書原為周致中所作。現在所見的萬曆刊本《夷門廣牘》所收兩卷本《異域志》或經陳繼儒、周履靖整理過,又與梅純正德年間所編《藝海彙函》中的寫本差異不大。

相關《贏蟲錄》都以「高麗國」居首,沿用明以前的名稱。只有《異域志》不稱「高麗國」,而使用朱元璋所賜的國號「朝鮮國」,如果此書為皇家的朱權所更定,倒也合情合理。

其次,從《新編京本贏虫錄》與新刻《贏蟲錄》,都可見到《贏蟲錄》

是有圖的，而且與《異域圖志》近似。我們稍微比對幾個圖，似可推測母本應為同一個，或者說，這三部書是同一系統的，《贏蟲錄》、《異域志》、《異域圖志》應是常被重編、改編，而過程中同實異名。

　　如果一卷本的《異域志》寫本的作者為朱權的話，有圖的《異域圖志》可能是後來才出現的，也可能是參考《贏蟲錄》的圖加上去的。一系列日用類書中的「諸夷門」與《贏蟲錄》的關係密切，應是有所參照。

　　在晚明建陽地區日用類書中，因為《贏蟲錄》不停被引用刊刻，使得《異域圖志》在明清時期一直被忽略。我們還可以進一步推測，明清以來，《贏蟲錄》的名稱在民間流傳應比《異域圖志》普遍，《新編京本贏虫錄》、新刻《贏蟲錄》以及建陽地區一系列的通俗日用類書不斷地引用刊刻，就是最好的證明。我們也發現，明代藏書家或明人文集罕見提到《異域圖志》。

　　再者，朱元璋建立大明帝國後，定都南京，改稱「應天府」。《異域圖志》、《新編京本贏虫錄》、新刻《贏蟲錄》書中一律以應天府為中心的計里程、天數寫法，是明代以後的用法。而《異域志》未出現「去應天府馬行〇年〇月」的字樣，甚至以「去金陵二萬五千五百五十里」來形容「婆彌爛國」，可見此書沿襲的應是應天府時期前的說法。

　　可以肯定地說，《贏蟲錄》的名稱很早就出現，後來被朱權更名為《異域志》，而有的版本可能有圖像，有圖像的或被稱為《異域圖志》，而不管有無圖像，在收錄的國名內容上幾乎大同小異。或者我們也可以說，無圖的《贏蟲錄》可能被更名為《異域志》，我們後來所見的《異域志》，不論寫本或刻本，都是不帶圖的；《異域圖志》則是某一種帶圖的《贏蟲錄》，而帶圖的《贏蟲錄》一再被新編、新刻，或者被日用類書「諸夷門」收錄，普遍流傳。

第二章　殊俗異物，窮遠見博

——新刻《山海經圖》、《嬴蟲錄》的明人異域想像

一、前言

漢劉秀的〈上山海經表〉言明《山海經》可以考禎祥變怪之物，見遠國異人之謠俗。[1]此書似乎一直都被當成一本博物學代表作，可考禎祥變怪之物，可見遠國異人謠俗，而歷代關於所謂遠國異人的描寫似乎一直在增加。

南宋周去非（1135-1189）《嶺外代答》，其中的〈外國門〉收錄了女人國、波斯國、沙華公國、蒲家龍、蜒蠻、麻離拔、眉路骨、三伏馱國、故臨國等等，似乎大多為真實的職貢國度，也包括了〈禽獸門〉與〈蟲魚門〉。[2]〈外國門〉與〈禽獸門〉、〈蟲魚門〉分開，可見異域的職貢國度也包含了異物奇珍。

題為南宋陳元靚所編而在元代刊刻的各種版本類書《事林廣記》，「方國類」記載中國港口出發經由海路可達的島夷，包括占城、賓童龍、真臘、三佛齊等國，也羅列部分《山海經》當中的奇異國度；「獸畜類」則收錄山海靈異40種，包括龍馬、應龍、檮杌、俞兒、當庚等。[3]

從《山海經》開始，中國對異域的態度似乎就包括了所謂的外國與鳥獸蟲魚，甚至神祇。而大明帝國是經歷所謂異族統治又回到漢族的政權，似乎對異域有一種更開放的心態。

呂柟（1479-1542）《涇野子內篇》曾有一段與王崇慶在嘉靖年間的對話，《倮蟲錄》不如《山海經》，《山海經》不如《博物志》，《博物志》

---

[1]　宋・尤袤池陽郡齋刻本：《山海經》18卷，《歷代山海經文獻集成》（西安・西安地圖出版社，2006年），第1卷。

[2]　南宋・周去非：《嶺外代答》（上海：上海遠東出版社，1996年）。

[3]　關於《事林廣記》各種版本差異，可參看胡道靜1963年為至順本《事林廣記》所寫的〈前言〉（北京：中華書局，1999年），森田憲司：〈關於日本的《事林廣記》諸本〉，收入《國際宋史研討會論文選集》（保定：河北大學出版社，1992年）。

不如《爾雅》，《爾雅》不如《詩》。[4]可見晚明某些知識精英對《山海經》與《贏蟲錄》的評價並不高，而王崇慶會做《山海經釋義》似也說明，此書在晚明是受到重視的，或者是有消費市場的，而《山海經》與《贏蟲錄》被批評，更暗示兩書可能在一般非知識精英階層是受到歡迎的。

王崇慶（1484-1565），字德徵，號端溪子，大名府開州人，曾著18卷《山海經釋義》。《山海經釋義》現在所見最早版本的自序落款時間是「明嘉靖歲丁酉」，即嘉靖16年（1537），而萬曆25年（1597）蔣一葵堯山堂藏本，18卷，附圖2卷，有董漢儒《山海經釋義·序》。[5]萬曆47年（1619）又有大業堂刻本。[6]

根據王崇慶自述的寫作目的看，只是考慮到《山海經》傳世既久，其中也有一些內容合乎道理，為避免未來出現「異言出而教衰，邪音奏而雅亡」的局面才作《釋義》的，以糾正郭璞注「弗信理而信物，不語常而語怪」的問題。[7]從王崇慶的擔憂似可窺見「不語常而語怪」在當時或許是常見的。或者說，《山海經》在明代也受到知識階層的某些關注，我們能見到《山海經》屢屢被翻刻、重刻或新刻，而獲得青睞的關鍵應在市井階層的實用考量，書肆的翻刻、販賣，還是建立在有讀者購買的考量上，相關《山海經》的內容在晚明有消費市場應是可以想見的。胡文煥應是在這樣的背景下經營他的書肆，他刻的《山海經》與《山海經圖》很常見。

胡文煥，字德甫，號全菴，生卒年不詳，推測生於嘉靖37年前後，祖籍婺源，寓居杭州，每每在書上自稱「錢唐」人，刻書處為杭州文會堂，又設分店於金陵思蓴館，是晚明有名的刻書家。他在萬曆20年（1592）至25年（1597）短短五年中，刻書超過500種，平均兩三天一種，莊汝敬、姪孫胡光盛等人都協助過他的刊刻工作，《山海經圖》與《贏蟲錄》都有莊汝敬的序與胡光盛的跋，這樣莊序胡跋的模式，似乎在胡文煥所刻的書中屢見不鮮。而胡文煥就像一般的明人一樣，刊刻時喜好改易卷第或變換著者名姓，我們

4　明·呂柟：《涇野子內篇》，《景印文淵閣四庫全書》第714冊（臺北：臺灣商務印書館，1983年），頁547。

5　明·王崇慶：《山海經釋義》18卷，圖2卷，萬曆二十五年堯山堂藏本，北京國家圖書館藏。

6　明·王崇慶：《山海經釋義》18卷，圖1卷（臺南：莊嚴出版社，1995年），據清華大學圖書館藏明萬曆大業堂刻本影印。

7　陳連山：《《山海經》學術史考論》（北京：北京大學出版社，2012年），頁120-121。

明顯地見到《山海經圖》與《贏蟲錄》應該是有所本，再移山倒海地大肆整編一番，當然其中也看到身為文人的出版者有自己的編輯原則與詮釋方式。

刊刻於萬曆22年的文言短篇小說集《稗家粹編》有二序一跋，分別為胡文煥序、程思忠（心甫）序和莊汝敬跋。程序認為：「凡天壤間神仙鬼怪、草木鳥獸之奇說，辭可以資翰墨、事可以供緩頰者，咸拔其萃，編為一帙，此誠膏粱之薺鹽、紈綺之布褐也。」[8]我們由此也可窺知，胡文煥對神仙鬼怪與草木鳥獸情有獨鍾，而從他在萬曆21年同時新刻《山海經圖》與《贏蟲錄》，其中不也是神怪鳥獸或異域異人嗎？

胡文煥在萬曆年間刊刻過很多書，很早就有學者做過詳細研究。[9]而胡文煥所刊刻的書在日本被保留下來的也極多，據《商舶載來書目》記載，寶曆辛未元年（1751）購有《百家名書》一部12套，寬延己巳二年（1749）購有《格致叢書》一部14套，宮內廳書陵部藏《舶載書目》記載寬延四年（1751）四月中國船帶入日本《百家名書》一部12套120本，《御文庫目錄》則記載壬辰元年（1652）有「百家名書百十九本」，承應癸巳2年（1653）有「《格致叢書》廿六本」。[10]似可窺見江戶時期大量購買的情況，或許日本知識階層也有一批讀者。既然胡文煥刊刻的書籍在日本的流傳不少，也可推測當時的中土一定更普遍。

張秀民認為：「杭州書肆中刻書最多的有胡文煥的文會堂，明人稱胡文煥板。……他所刻的書總數約四百五十種，每一種都冠有「新刻」二字，他不但藏書刻書，自己又很博學，這是毛晉等人所不及的。」[11]關於胡氏的著作，《兩浙著述考》、《杭州府志》等書都有許多記載。[12]

---

[8] 明・胡文煥編：《稗家粹編》（北京：中華書局，2010年）。

[9] 于為剛：〈胡文煥與格致叢書〉，載上海市圖書館學會編《圖書館雜志》第4期，1982年11月，頁63-65。

王寶平：〈中國胡文煥叢書經眼錄〉，杭州大學日本文化研究中心等合編《中日文化論叢——1991》（杭州：杭州大學出版社，1992年）。

王寶平：〈胡文煥叢書考辨〉載《中華文史論叢》2001年第1輯（2001年5月），頁120-145。

王寶平：〈明代刻書家胡文煥考〉收入《中日文化交流史論集——戶川芳郎先生古稀紀念》（北京：中華書局，2002年），頁239-257。

[10] 王寶平：〈日本胡文煥叢書經眼錄〉，陸堅、王勇主編：《中國典籍在日本的流傳與影響》，（杭州：杭州大學出版社，1990年）。

[11] 張秀民：《中國印刷史》（上海：上海人民出版社，1989年），頁367。

[12] 王寶平：〈明代刻書家胡文煥考〉。

胡文煥從書坊的角度出發，新刻《山海經圖》與《臝蟲錄》，說明的是這兩本書在市場上是有銷路的。

二、山海異物，句深索遠

　　新刻兩卷本《山海經圖》，圖本為合頁連式，右圖左說，採用的是無背景一神一獸一圖的格局。神怪鳥獸的順序沒有規則，既不按神、獸、鳥、蟲分類，與18卷經文也不相配合。全本共133圖，見於《山海經》的神與獸共110圖，其中，靈祇16圖、獸族54圖、羽禽23圖、鱗介（魚蛇蟲）17圖。[13]雖有多數《山海經》的神與獸，本書卻的的確確是新刻，將《山海經》的順序澈底打散，再重新編排。

　　馬昌儀先生十幾年前就相當關注這本書，認為《山海經》的神祇與鳥獸蟲魚受到編選者的青睞。其中23圖未見於《山海經》，如：俞兒、白澤、比目魚、世樂（鳥）、玄鶴、角獸、龍馬、獬豸、比肩獸、三角獸、和尚魚、酋耳、貘等。這些神與獸分別出自《管子》、《軒轅本紀》、《爾雅》等書。[14]這些山海異物應是晚明社會上一般讀者比較熟悉的，站在刻書者的立場，是有商業價值的。特別要注意的是，胡文煥不停地強調，這些神或獸都是真實不誕，他在〈山海經圖序〉中說明圖都是有所本，他校集增補重繪：

> 《山海經》迺晉郭璞所著，摘之為圖，未詳其人；若校集而增補之，重繪而剞劂之，則予也。余唯郭璞實為異人，所窮者遠，故其所見者博，所見者博，故其所著者異，苟非窮遠見博之士，非唯不足以識此，而亦且目此為誕矣。夫有陽必有陰，有常必有變，有中國必有夷狄，有異人必有異物。

　　書中強調，窮遠見博之士，可知陰陽，可知常變，可識異人異物，夷狄與中國同為理之自然。另一位寫序的莊汝敬也明白言及《臝蟲集》，強調兩書可以並觀，可見原先兩書就是要一起刊刻出版的。

---

[13] 明‧胡文煥編：《山海經圖》2卷，格致叢書本，萬曆21年（1593）刊。
[14] 馬昌儀：《全像山海經圖比較》（北京：學苑出版社，2003年），頁26。

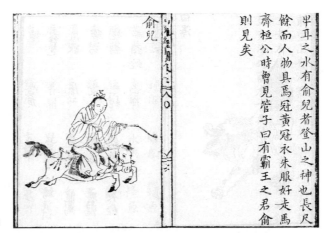

圖2-1：俞兒神

故山海一圖中，多句深索遠，出耳目睹記之外，未敢深信。及取贏蟲
一書並觀，然後知窮陬僻壤之外，千態萬狀，難以形貌拘之，夫《贏
蟲集》內多職貢圖，載在廣輿圖等書者可考，則其書非無據審矣。

新刻《山海經圖》似乎都在實踐窮遠見博的觀念，而這些山海異物似都
是真實非誕的，「非無據審」，可以「句深索遠」，具有實用的價值。

然而，我們困惑的是，胡文煥的新刻母本何在？我們在晚明建陽所刻
的一系列日用類書〈諸夷門〉中也會見到山海異物圖，類似的書籍一直被翻
刻，說明的是當時市場上有需要，讀者是捧場的。

此書的前三圖為俞兒、白澤、比目魚。其實，這三種分別為神、獸、魚
的內容都非原本《山海經》所有。

卑耳之水有俞兒者，登山之神也。長尺餘，而人物具焉。冠黃冠，
衣朱服，好走馬。齊桓公時曾見。管子曰：「有霸王之君，俞則見
矣。」（圖2-1）

《管子・小問》記載了這一段故事：

桓公北伐孤竹，未至卑耳之谿十里，闞然止，瞠然視。援弓將射，引

而未敢發也，謂左右曰：「見是前人乎？」左右對曰：「不見也。」
公曰：「事其不濟乎？寡人大惑，今者寡人見人，長尺而人物具焉，
冠右袪衣，走馬前疾，事其不濟乎？寡人大惑，豈有人若此者乎？」
管仲對曰：「臣聞登山之神有俞兒者，長尺而人物具焉，霸王之君
興，而登山神見，且走馬前疾，道也。袪衣，示前有水也。右袪衣，
示從右方涉也。[15]

此書中的第二圖是白澤獸：

圖2-2：白澤

東望山有澤獸者，一名曰白澤，能言
語。王者有德，明照幽遠，則至。昔
黃帝巡狩至東海，此獸有言為時除
害。（圖2-2）

《雲笈七籤》卷一百引《軒轅本紀》：
「帝巡狩，東至海，登桓山，於海濱得白
澤神獸，能言，達於萬物之情，因何天下
神鬼之事，自古精氣為物、遊魂為變者凡萬
物一千五百二十種，白澤能言之，帝令以圖寫之，以示天下。」[16]《瑞應圖
記》：「黃帝巡於東海，白澤出，達知萬之情，以戒於民，為除災害。」[17]
白澤獸與黃帝有關，是東海神獸，表瑞應，能除害，山海異物是有實用的
功能。

第三個比目魚似也是挑選過的。

東海有鰈（音搭）魚者，即比目魚也。不比不行，古之王者將行封
禪，東海進貢此魚。郭璞云；狀似牛脾，鱗細，紫黑色，一眼，兩片
相合方能行。江東人又呼為王餘魚。（圖2-3）

[15] 凌汝亨輯評：《管子輯評》（臺北：臺灣中華書局，1970年），頁259-260。
[16] 宋‧張君房：《雲笈七籤》（北京：書目文獻出版社，1995年），頁714。
[17] 梁‧孫柔之撰：《瑞應圖記》，《叢書集成續編》（臺北：新文豐，1989年），頁405。

《爾雅・釋地》中說：「東方有比目魚焉，不比不行，其名謂之鰈。南方有比翼鳥焉，不比不飛，其名謂之鶼鶼。西方有比肩獸焉，與邛邛、岠虛比，為邛邛、岠虛齧甘草。即有難，邛邛、岠虛負而走，其名謂之蟨。北方有比肩民焉，迭食而迭望。」[18]胡文煥也將郭璞注「比翼鳥」、「比肩獸」的內容放在新刻《山海經圖》中，而在新刻《臝蟲錄》中收錄一臂國，即比肩民。《管子・封禪》則提及「古之王者封禪」，東海會有比目魚，比目魚也是王者不召而至者。[19]比目魚與鳳凰麒麟的象徵意義類似，是一種瑞應。《山海經圖》完全呈現一個海外的風貌，各種奇異的鳥獸蟲魚，博物觀表現了異域觀。

圖2-3：比目魚

原來18卷本《山海經》中曾出現的貘獸，《山海經圖》中如此記載：

> 南方山谷中有獸，名曰貘，象鼻，犀目，牛尾，虎足，身黃黑色，人寢其皮辟瘟，圖其形可辟邪，舐食銅鐵，不食他物。（圖2-4）

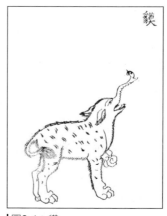

圖2-4：貘

白居易曾有〈貘屏贊并序〉：

> 貘者，象鼻、犀目、牛尾、虎足，生南方山谷中。寢其皮，辟溫；圖其形，辟邪。予舊病頭風，每寢息，常以小屏衛其首。適遇畫工，偶令寫之。按《山海經》，此獸食鐵與銅，不食他物。因有所感，遂為

---

[18] 清・郝懿行撰：《爾雅郭注義疏》（濟南：山東友誼書社，1992年），頁638-641。
[19] 凌汝亨輯評：《管子輯評》，頁253。

贊曰：邈哉奇獸！生於南國。其名曰貘，非鐵不食……。[20]

張彥遠《歷代名畫記》卷三〈述古之秘畫珍圖〉記載：「古之秘畫珍圖固多散逸，人間不得見之。今粗舉領袖，則有……《山海經圖》（六，又鈔圖一）……《大荒經圖》（二十六）……。」[21]不但說到《山海經圖》，也說到《大荒經圖》。

宋黃伯思曾見過《山海經圖》中的貘獸圖。在《東觀餘論》卷下〈跋滕子濟所藏貘圖後〉又提白居易的貘獸圖小屏風一事：

> 按《山海經圖》：『南方山谷中有獸曰貘。象鼻，犀目，牛尾，虎足。人寢其皮辟溫（當為「瘟」）；圖其形辟邪。嗜銅鐵，弗食他物。』昔白樂天嘗作小屏衛首，據此像圖而贊之，載於集中。今觀此畫，夷考其形。與《山海圖》、《樂天集》所載同。豈非白屏畫迹之遺範乎？[22]

遙遠的南方山谷貘獸圖，會進入《山海經圖》中，可能是讀者對「寢其皮可辟瘟，圖其形可辟邪」感興趣，巫術神怪可窮遠見博，有醫學療效。

厭火獸在〈海外南經〉作厭火國，形容它獸身黑色，火出口中。胡本記載大致如《山海經》：

> 厭火國有獸，身黑色，火出口中，狀似獼猴，如人行坐。（圖2-5）

▌圖2-5：厭火獸

原來〈海內南經〉有梟陽國，記載比較簡單，到《山海經圖》作「如人」，文字增加不少：

20 唐・白居易：《白居易文集》（北京：中華書局，1979年），第3冊，頁880。
21 《景印文淵閣四庫全書》（臺北：臺灣商務印書館，1986年），第812冊，頁312-313。
22 《景印文淵閣四庫全書》（臺北：臺灣商務印書館，1986年），第850冊，頁375。

東陽國有寓寓，《爾雅》作狒狒。狀
似人，黑身，披髮，見人則笑，笑則
唇掩其目。郭璞云：「狒狒，怪獸，
披髮，猩竹，獲人則笑，唇蔽其目，
終乃號咷，反為我戮。」（圖2-6）

圖2-6：如人

〈海外東經〉也記載青丘國中有「狐四
足九尾」。而這隻九尾的狐，在被講述流傳
的過程中一直都很有名氣：

> 青丘國在海東之北，有狐四足九尾，
> 汲邵云：栢杯子出征，嘗獲一狐九
> 尾。[23]（圖2-7）

圖2-7：九尾狐

《山海經圖》所選的鳥獸魚蟲，似乎都
有佩戴或服食的巫術作用，有各種醫學上的
療效，或者可以避免各種兵災和毒害：

> 飛魚：騩魏山，河中多飛魚，狀如
> 　　　豚，赤文，有角，佩之不畏雷
> 　　　霆，亦可禦兵。
> 當扈：甲山有鳥，名當扈，狀如雉，
> 　　　飛咽，毛尾似芭蕉，人食則目不瞬。
> 鵸鵌：基山有鳥，狀如雞，三首、六目、六足、三翼，名鵸鵌，食之
> 　　　令人少睡。
> 耳鼠：丹熏山有獸，狀如鼠，而兔首、麋耳，音如鳴犬，以其髯飛，
> 　　　名曰耳鼠。食之不眯，可以禦百毒。

---

23 胡文煥新刻《山海經圖》將郭璞所注《汲郡竹書》誤作「汲邵」，「柏杼子」誤作「柏
　杯子」。

佩「飛魚」可以「不畏雷霆，可以禦兵」；食「當扈」可「目不瞬」；食「鳥鳴」可以「少睡」；食「耳鼠」可以「不眯，可以禦百毒」。可以想見，一般的閱聽大眾應該對其中的奇珍異獸有某種的巫術療癒想像，這樣的書應該也有不錯的銷售市場。

《山海經圖》的文字有時是編者的改易，如畢方鳥的記載：

> 義章山有鳥，狀如鶴，一足，赤文白喙，名畢方，見則有壽，《尚書》實云。漢武帝有獻獨足鶴者，人皆以為異。東方朔奏曰：《山海經》云，畢方，鳥也。驗之果是。

《事林廣記》中的畢方鳥就是在義章山，而見則有壽。的確，《山海經‧西山經》早出現畢方鳥：「章莪之山，無草木，多瑤碧。所為甚怪……有鳥焉，其狀如鶴，一足，赤文青質而白喙，名曰畢方，其鳴自叫也，見則其邑有訛火。」原《山海經》中的畢方鳥出現時會有怪火，表凶禽。到《山海經圖》中則成為祥禽，還強調這隻像獨足鶴的畢方鳥在漢武帝時的獻貢歷史。新刻中不只山的名稱換了，關於山的描述也省略了，只將焦點放在鳥的外形奇特與祥瑞壽徵上。

不只「畢方鳥」提到祥禽是異域獻貢，「酋耳」也提到此獸是周成王時的異域獻貢，並強調「王者威及四夷，則此獸至」，「黑狐」是周成王時四夷所貢，「黑熊」也是周成王時東夷所貢，而「鸞鳥」則是西戎所貢等等。可見《山海經圖》所記載的鳥獸也與異域職貢有關，是異域的異獸異鳥，是祥禽瑞獸。

胡光盛〈跋山海經圖〉提到：

> 大塊之氣，凝為山，融為海，浩浩無垠，其間奇異絕常之物，不一而足，如此經所具載者，海外之物，略可睹記矣。昔仲尼辨一足之鳥，識土羵之奇，肅慎之矢，巨人之骨，至今嘉嘆之。雖曰天聰明，亦必有藉博物之士，固不可疑為恠異而忽之也。[24]

---

[24] 明‧胡光盛：〈跋山海經圖〉，《山海經圖》，頁283。

而這樣的殊俗異物似也合乎胡文煥一向的養生追求，他對延年益壽的理論技術有深入研究，在《格致叢書》中包括有關養生著述十餘種，更以《壽養叢書》編纂輯校養生書籍34種，可說是集明以前養生學大成。[25]《山海經圖》主要記載異域異物，胡文煥所以青睞這樣的書，與他喜歡出版養生書籍也不無關係。

　　胡文煥認為，有異人必有異物，顯然他對異物更感興趣，或者說，閱聽大眾對包含各種鳥獸蟲魚與靈祇的異物更感興趣，可以避瘟避邪獲獸、食之可以少睡的鷩鵂，食之可以療疫疾的人魚，食之可以治癩病的阿羅魚等等，或許可以說《山海經》的異域異物與胡文煥的養生出版要求有某種呼應，而這樣的出版也符合從知識精英到市井小民的閱讀心態。

　　胡文煥自謂新刻《山海經圖》，《山海經圖》先滿足明人以異為常為尚的異域想像，是一種對祥禽瑞獸的想像，接著再刊刻以諸夷異人殊俗為主的《嬴蟲錄》。

三、嬴蟲諸夷，異人殊俗

　　胡文煥在萬曆21年春天刻《山海經圖》，同年夏天再刻《嬴蟲錄》一書。[26]《嬴蟲錄》一書記海外職貢的夷狄嬴蟲，並繪刻圖像，原刻本現已不傳，只能從胡文煥新刻與一些其他的資料去揣想他可能的內容。

　　異域的異人異物知識或許一直是明人極為感興趣的閱聽部分，胡文煥的新刻，是有所本的。本書前有〈嬴蟲錄序〉一文，說明嬴蟲與《山海經》的關聯：

> 天地間，人為嬴蟲之長。人蓋生中國，得具體。有若麟、鳳、龜、龍之出其類，拔其萃，是謂之長，毋論已。長之外，而列嬴蟲之名者，有若毛、羽、鱗、介諸蟲之為類，不一已也。苟不有以志之，何以知其類之繁？而吾中國之人，若是其尊且貴乎？第舊本多以毛、羽、鱗、介錯雜其間，今予悉迸諸《山海經》中。而《山海經》中所有嬴

---

25 明・胡文煥輯：《壽養叢書全集》（北京：中國中醫藥出版社，1997年）。據明萬曆年間胡氏文會堂初劇本清人精抄本點校。
26 明・胡文煥：《新刻嬴蟲錄》4卷，萬曆21年刊。

第二章　殊俗異物，窮遠見博——新刻《山海經圖》、《嬴蟲錄》的明人異域想像　051

蟲，亦悉拔之於此……

「天地間，人為贏蟲之長。人蓋生中國，得具體。」又隱然有華夏中心思想。此書最後有胡光盛的〈跋贏蟲錄〉一文，華夷之別更明顯，明顯表現知識分子的漢族或中國中心思想，然而，這畢竟是知識階層的想法。

> 夫有中國則有夷狄矣，僻在荒隅，就水草茹毛吞腥之獸，然嘉則交頸相戲，怒則分背而蹄，是以聖王絕焉。……予嘗謂天之生人，內外懸絕如此，而窮陬島嶼人跡所不及者，亦莫不種種咸具，昔人比之以蟻蝨，良有見也。然今觀篇中所紀雖各各殊方，要其性多暴戾，其人多狡猾，衣冠禮樂之教所不及者良多。倘欲議招狹俯循之術，惟有不治之治而已。

胡文煥的《贏蟲錄》分四卷，與《山海經圖》的刊刻方式一樣，右圖左說。此書前三卷各40國，第四卷41國，合計161國，見不出編排的順序原則為何？而此書所列可以見出其中一些18卷《山海經》中的國名：君子國、高麗國、羽民國、奇肱國、穿胸國、不死國、女人國、聶耳國、長臂國、長腳國、小人國、三首國、三身國、交脛國、柔利國、盤瓠、丁靈國、氐人國、一臂國、一目國等。[27]出自《山海經》的海外遠國異人並未像《淮南子》所稱的海外36國，而更多是《山海經》中未曾出現的異國贏蟲，而這些異國贏蟲似乎大都是現實地理中的國名，新刻《贏蟲錄》與其他同類型的書一樣，似乎代表晚明新的異域地理觀，想像與實證的異域地理同樣受到重視，異域殊俗對一般人是有吸引力的。

新刻《贏蟲錄》的第一卷中置首的君子國出自《山海經》。我們稍微比較一下胡文煥之前或之後一系列日用類書，大都將高麗國置首，而且全書

---

[27] 北京學苑出版社曾出版此書，只有3卷，其實全書有4卷。卷四包含41國，依序如下：撥枚力國、波廝國、晏陀蠻國、默伽國、昆吾國、婆羅遮國、義渠國、五溪蠻、大食勿斯離國、勿斯里國、南尼華羅國、乾陀國、蘇都識匿國、龜茲國、焉耆國、烏孫國、新千里國、正瑞國、撒馬兒罕、檐波國、悄國、丁靈國、猴孫國、入不國、西南夷、氐人國、西番國、鳩尼羅國、哈蜜國、可只國、馬羅國、蜓三蠻、野人國、印都丹、退波、一臂國、七番、黑暗國、日蒙國、麻阿塔、一目國。明·胡文煥，《新刻贏蟲錄》（北京：學苑出版社，2001年）

未列「君子國」。萬曆年間建陽地區所刻的這一系列日用類書,一直到清末都有許多類似的刻本,吳蕙芳稱為「萬寶全書」,認為他們完全體現明清時期的民間生活實錄。[28]日用類書可以體現民間的生活實錄,而胡文煥新刻的《山海經圖》與《贏蟲錄》,明顯的有所本,表現明代人一貫的異域想像,是對諸夷的奇異國度想像,也是對山海異物的聽聞附會。當然,這樣的情況一直沿襲下來,到了「諸夷門」中有充分的反應,每一個「諸夷門」中,上欄都是山海異物,而下欄都是遠國異人,異域想像中有異人有異物有土產有奇珍。

　　關於日用類書「諸夷門」中的問題,早有學者提出精闢的論述。

　　三浦國雄從「諸夷門」肯定,明代人的朝貢稱什麼國什麼國,關心的重點都著重在衣服外貌上。[29]而這個朝貢的想像中當然不只異人的衣服外貌,還包括異域的異獸珍禽,甚至所代表的吉凶殊俗。其實確切地說,異域想像重點不只在朝貢體系的問題上,也不在西方地理知識的挑戰上,而在明人對異域想像有著與自身實用意義與聯結。

　　何以新刻《贏蟲錄》要將「君子國」當第一個國家?

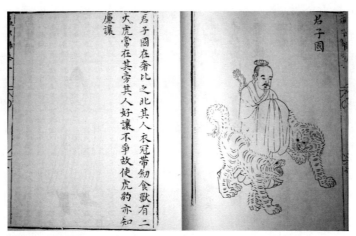

▌圖2-8:君子國

---

[28] 吳蕙芳:《萬寶全書:明清時期的民間生活實錄》(臺北:政大歷史系,2001年),附錄,頁641。

[29] 三浦國雄:〈《萬寶全書》諸夷門小論—明人の外國觀—〉,《大東文化大學漢學會誌》第44期(2005年),頁227-248。

胡文煥對君子國的文字書寫幾乎來自《山海經》，而在圖像的設計上，似在凸顯他的衣冠君子形象，帶劍的動作省略，只表現君子彬彬有禮的作揖樣子，而兩大虎在其旁襯托君子的好讓不爭，使得虎豹也知廉讓。（圖2-8）

　　當然，胡文煥的新刻《贏蟲錄》獨出一格地將君子國置首，明顯地說明他的儒家文人態度。這一點可在胡文煥寫家書給一直為他的刻書事業出力的姪孫胡光盛信札中略窺一二。

　　　　入泮後，心不可驕，志不可惰。姻事付之量力，不可怨天尤人，方是
　　　　儒者氣象。過元宵即來京看書，以圖上進。戀戀故鄉非男子事。[30]

　　即使在日常小事都會要求「儒者氣象」，胡刻《贏蟲錄》將君子國置首，衣冠帶劍，好讓不爭，無非也是在強調職貢外夷的儒者氣象。對於讀者，這個「衣冠帶劍」，「使虎豹亦知廉讓」的國度似是想像出來的，或者聽聞得到的。

　　胡刻《贏蟲錄》收錄遠國異人的圖文中，第二圖為高麗國，是衣冠具足，受中國禮樂教化的海外夷狄，所以能接在君子國後，當然是他們比日本國或交趾國都要更接近中國，因為其他的夷狄正如胡光盛所言，是「衣冠禮樂之教所不及者」。所以他在整本書中，除了君子國與高麗國的人是衣冠具足，受中國的禮樂教化外，其他未受中國禮樂薰陶的國度看來都是特殊的，不是飲食特殊，就是有奇特能力，異人異稟，而且出異物奇珍，書中對所謂海外諸夷無所謂褒貶，大都是一種對異域的奇特想像。

　　第四卷的第一圖撥枚力國（圖2-9），文字上說此國人不識五穀，人止食肉，常取牛畜取血和乳生飲，圖中有一頭牛，站立一旁的人還拿著一隻針。文字中也說到撥枚力國的人不穿上衣，只有腰下用羊皮掩著，這個國度在西南海中。西南海在何處？

　　再介紹一個出自《山海經》的異人國度，丁靈國（圖2-10）。《山海經‧海內經》：「有釘靈之國，其民從㬠已下有毛，馬蹄善走。」題為元周

---

[30] 王寶平：〈明代刻書家胡文煥考〉。

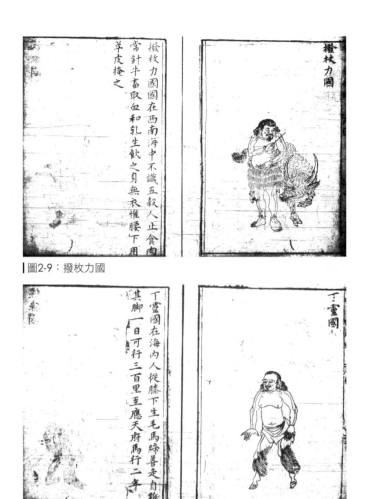

圖2-9：撥枚力國

圖2-10：丁靈國

致中所作的《異域志》也有丁靈國：「其為在海內，人從膝下生毛，馬蹄，
善走，自鞭其腳，一日可行三百里。」[31]

　　胡刻《贏蟲錄》中的丁靈國強調其人「從膝下生毛，馬蹄」，我們看
到的圖像是一個裸身有馬蹄的形象，當然是非我族類，可是胡文煥在這兒
比《異域志》的文字敘述多了一個有趣的結尾，丁靈國「至應天府馬行二
年」，意思是出自《山海經》這個人面馬蹄的丁靈國是真實存在的，而且在

---

[31] 題元・周致中撰，陸峻嶺校注：《異域志》（北京：中華書局，2000年），頁63。

應天府時期是與大明帝國有來往的，騎馬需要兩年的時間。如此，《山海經》的遠國異人是真實存在的職貢國，只是他們與平常人不同，可以自鞭其腳，一日行三百里。丁靈國中的人是名副其實的異人，而且他們與大明帝國的人離得很近，馬行可到，即表示並非海外異域，而是土地黏在一起的。這些應天府可到達的國度不少，似乎都是物產富饒之境。

我們再舉幾個例子：

> 正瑞國，產牛羊，種田，有房舍。至應天府行五個月。
> 檐波國，有城池，民種田，天氣常熱，地無霜雪，出獅子。至應天府一年二箇月。
> 入不國，有城池，種田，出胡椒。至應天府行三年。
> 可只國，西番出寶物處。《異域志》「可只國」

前面三個與「應天府」能夠互相往來的國度，都有城池，都以種田維生，有牛羊，又出獅子，又出胡椒。而可只國在《異域志》一書的記載更詳細：「西番出寶物處，境與撒毋耳干相鄰，曰富貴番商，不入中國。」[32]這些與《山海經》無關的國家，在更早的《異域圖志》一書，有圖有文，與新刻《嬴蟲錄》是系列之作。

我們在這些描繪中見不出華夷之別，只單純看到一種異域的想像，有對殊俗異物的新奇感，甚至對當地產牛羊、出獅子、出胡椒、出寶物的憧憬與歆羨。這樣的圖文傳統，不只有所本，也一直被反覆刊刻著，到大明晚期，建陽地區的一系列日用類書才照單全收地歸入「諸夷門」中，可見這些關於異域異人異物的想像論述始終都有銷售市場，想必一直獲得市井青睞。

胡文煥的《山海經圖》與《嬴蟲錄》都屬他的《格致叢書》本，兩者的圖文敘事都是一種格物致知之學。胡文煥在〈山海經圖序〉中說到《山海經》是郭璞所著，郭璞是窮遠見博的異人，而異物異人也是《山海經》的內容，《山海經》可以窮遠見博，而胡文煥的觀點則是以異為常，不以「《山海經》中所有嬴蟲」為荒誕，「大都或昔或今經貢之國耳」。胡文煥在〈山

---

[32] 同前註，頁29。

海經圖序〉一文中重複提到他的觀點：

> 識者謂是書八荒盡歸于一帙，山海不越于門庭，出則可為窮遠之助，
> 處則可為博見之資。矧皇輿一統，萬國來庭，江湖廊廟，士所當必
> 識哉！

在〈贏蟲錄序〉中胡文煥又說：

> 至若生物不窮，海荒無際，又烏能盡識而志之，否則涉于妄誕矣！或
> 亦有指此為妄誕者，蓋不知產有各異，物有不齊，而披髮文身之可變
> 為詩書禮樂者也。

〈山海經圖序〉中提「皇輿一統，萬國來庭」，此書可以窮遠博見，在
〈贏蟲錄序〉中又提類似的話：

> 矧當今聖天子在上，輿書一統，海不揚波，觀是書者，不特望其有登
> 泰遊海之見，而深望其思有以長之也。噫！長贏蟲者，人也。而長人
> 者，非聖人耶？具體既得，聖人可為。

在胡文煥書坊中一起刻書的友人莊汝敬的觀點也呼應著胡文煥，對《山
海經圖》推崇備至，試看莊汝敬的〈山海經圖序〉所言：

> 然則此圖，固可識天地之大，造物者之無盡藏，亦未必非士君子搜奇
> 博遠之一助也。或者曰：此怪書也。夫山海圖而係之經，經，常也。
> 是亦廣生並載之常也，怪果云乎哉？

莊汝敬的〈贏蟲錄序〉，也強調《贏蟲錄》中各種毛羽鱗介諸國不只
不怪誕，天地廣大，有造物者的無盡藏，這是實際吸引人的地方。而聖人不
廢，可以助博遠又讓人得到保障：

或謂其怪誕多不可曉，非君子所睹。噫，方神之名，太公識之，萍實之異，尼父辨焉者，此猶聖人所不廢，孰謂是書非博遠者之一助歟？觀者鑒之。

胡文煥或是一個科舉不順、仕途無望的儒家知識分子，他的《贏蟲錄》中以君子國為首，《山海經圖》首重俞兒神、白澤、比目魚三種，不是霸王之君，就是王者之德或王者封禪，刻書的用意是為了格物致知，是為了窮遠見博。在這樣一個框架下，胡文煥似乎找到他的士人讀者群，他滿足閱聽階層的異域興味。然而，一般的市井小民可能對格物致知一無所知，也可能毫無興趣，異物奇珍殊俗有療效，可治病，則滿足市井消費者的購書需求。

異人異物殊俗，可能有實用的巫術療效，也是可以窮遠見博的想像憧憬。

四、對異域他者的憧憬

晚明出現有各式各樣與旅遊有關的出版品，這類書籍的大量出現，反映晚明旅遊風氣的興盛。而普及性是晚明旅遊活動的特點，在大眾旅遊風氣興盛之下，不只上中下層的士大夫，連官宦士人家的婦女或社會下階層，都參與旅遊活動。[33]影響所及，陶潛流觀的《山海圖》，應該也是會被列入了解宇宙萬物的異域指南吧？即便身不能至，其心必是嚮往不已。胡文煥所以會新刻《山海經圖》和《贏蟲錄》，代表這兩部書在消費市場上是受歡迎的，而受歡迎的原因可能也是一種對異域的想像，是一種紙上的旅遊。

何予明先生認為，在明代，儘管《山海經》是一部重要的、有權威性的典籍，它卻是在各種版本並行、標題各異的情況下流傳的。其中影響最大的一個系統，也是四庫館臣對明版書不注出處、「拼湊」、「割裂」、「稗販舊聞」的批評，明代流行的插圖本《山海經》就是這樣的版本，插圖是主體，文本反而是次要的。[34]紙上旅遊造成的消費情況與「稗販舊聞」似乎也能各取所需。

---

[33] 巫仁恕：《品味奢華——晚明的消費社會與士大夫》（北京：中華書局，2008年），頁169-203。

[34] 何予明：《家園與天下——明代書文化與尋常閱讀》（北京：中華書局，2019年），頁18。

《山海經圖》和《贏蟲錄》的刊刻流傳，應該也有士人政治文化上一種對異域他者的憧憬或美化。在他之前的18卷本《山海經》或《異域圖志》才有銷售的市場，也才有後來《三才圖會》的異人異鳥異獸或一系列日用類書的「諸夷門」出現。這樣的出版風潮使得相關的書出現在日本，江戶時期因此才有類似的《山海異形》、《怪奇鳥獸圖卷》和《異國物語》、《唐物語》的模仿。關於這個問題的論述，尾崎勤與海野一隆有相關的論文，可以一併參考，後面的章節有詳細的記論。

　　固然有所謂「贏蟲」、「諸夷」的說法，或者有所謂知識分子隱約的華夷思想，而在對異域的想像中卻是憧憬的成分居多，我們會讀到明代一系列的出版品中，提到異域的人事物，大多以正面的描寫，在文化的親疏或形體的殊異外，異物異鳥獸或奇珍異寶，構成一幅富足樂園景象，讓人不臨空遙想都難。

　　顧起元（1565-1628）在他的《客座贅語》中記載了一則明萬曆40年（1612）小人國入貢事件：「萬曆壬子，小人國入貢，舟泊石城。其人長可二尺許，紺髮綠睛，作反手字，有衣綠衣，多摺縫，方巾，與中國類者。所貢錦雞凡四，青鸞一，白鸚鵡四。兩大晨雞，其一重五十觔，狀類中國之雄，而身肥，冠鬞高四尺許。」[35]小人國是否為真實似乎不是讀者關注焦點，有趣味的是，小人國中小人的外形、穿著打扮，與小人國中的錦雞、青鸞、白鸚鵡等特殊禽鳥，讓異域成為奇特的海外景致。

　　蔡汝賢《東夷圖說》中記載不通朝貢之國，如：「咭吟，小國也，居海島中，不通朝貢。其人以白布纏頭，身穿白小袖長衣，食多牛羊雞魚，以手不用匙箸，惟不食豕肉，見華人食者輒惡之，謂其厭穢也。地產胡椒、蘇木、荳蔻、象牙，時附舶香山濠鏡灣貿易。」又如：「順嗒，小國也，居海島中，不通朝貢。其人醜而黑，以布帛為衣，飲食生熟相半，婚姻不論貴賤，意合則從。地產胡椒、象牙、丁香、荳蔻。」[36]《東夷圖說》所記載的咭吟、順嗒等小國，並非朝貢國，所以也能在異域國度中獲得讀者青睞。

---

[35] 明・顧起元：《客座贅語》（北京：書目文獻出版社，1988年北京圖書館古籍珍本叢刊本），卷1，頁26。

[36] 明・蔡汝賢：《東夷圖說》，《四庫全書存目叢書》（台南：莊嚴文化事業有限公司，1996年），據北京圖書館藏明萬曆刻本影印。

或許是其中的奇人、奇珍、異物、殊俗引起中土讀者的異域想像，進而貿易通商。

《贏蟲錄》、《異域圖志》、「諸夷門」都是對朝貢想像的論述，卻不能忽略「諸夷門」中都一直有「山海異物」，正如胡文煥是在《贏蟲錄》前先刻了《山海經圖》，閱聽階層對異域的想像中，他們對珍禽異獸、奇珍異寶的興趣可能一直大於遠國異人，畢竟殊俗異物，更能窮遠博見。

俞兒神的圖未見於《山海經》，胡文煥的《山海經圖》將之置首，或者是有所本，我們在《事林廣記》的「獸畜類」見到俞兒神的文字記載[37]，在《圖像山海經》中看到與胡本同出一源的俞兒神，也是在第一圖。[38]在「諸夷門」也都見到俞兒神全出現在第一圖，有的書還將上欄歸為「山海經異像」。值得注意的是，一系列日用類書中的「諸夷門」，俞兒神大都在第一位。這些讓我們不得不聯想到，胡文煥《山海經圖》是否與「諸夷門」中的「山海經異像」、「山海異物」都是有所本？《山海經圖》、《贏蟲錄》是明人的異域想像，這個異域想像是有傳統的。

胡文煥的新刻《山海經》、《贏蟲錄》或放入他的《格致叢書》中，或放入《百家名書》，或單獨出版，可見這兩部作品是受到特別青睞的。周心慧認為，這部叢書取「格物致知」之意，而其中描繪《山海經》中出現的奇異之物都需要借助版畫插圖解釋文字。《格致叢書》的版畫沒有徽州版畫的工麗綿密，而是體現出一種質樸渾厚的風格，通過這種精細不足、生動有餘的畫風追求描繪對象的形似。[39]胡文煥在書籍出版商們大規模模仿徽派版畫的萬曆時期，選擇了一種頗為另類的畫風，是為武林版畫中的值得注意的現象。[40]雖然胡文煥祖籍原為徽人，他的新刻《山海經圖》、《贏蟲錄》卻是表現出質樸生動的通俗形象畫風，或者是因為考慮殊俗異物或遠國異人的書籍內容。

大木康先生曾為文討論明末白話小說的讀者問題，曾經提到清末的中

---

[37] 南宋・陳元靚編：《事林廣記》（北京：中華書局，1999年）。

[38] 原刊刻於嘉靖年間的《山海經釋義》，到了萬曆年間都附有《圖像山海經》74圖或75圖。

[39] 周心慧：〈《格致叢書》中的版畫〉，《中國版畫史叢稿》（北京：學苑出版社，2002年），頁29-35。

[40] 祁晨越：《明代杭州地區的書籍刊印活動》（新加坡國立大學中文系博士論文，2010年），頁168。

國，百姓的識字率只有百分之一，讀白話小說的主要讀者，可能都是那些至今連名字也不為人知的多數人。[41]由此可知，關於異域想像的這些圖文出版品，主要的讀者更是一般非知識階層的市井小民，在明代商業發達的背景下，加上鄭和下西洋，中國與域外的接觸更密切，這些圖文並茂的描寫，滿足了他們的需求。因此，我們現在所看的關於異域鳥獸或異人異物，負面的記錄很少，而以對他者的憧憬較多，不乏對通商貿易的想望，也不乏對奇珍異寶的驚嘆。

學者以為，嘉靖到萬曆之間是杭州旅遊日趨繁盛的時期[42]，這樣的現象應該會帶動市井小民對山海異域、異物殊俗的好奇，而杭州的旅遊也勢必對胡文煥文會堂的刻書事業有所助益。嘉靖到萬曆，也是書籍史上刻版印刷漸漸取代手抄本的關鍵階段。[43]旅遊的需要，加上對異域的想像，對他者的憧憬，使得《山海經圖》、《臝蟲錄》這樣的書在晚明以後有了很好的流傳空間。

五、結語

胡文煥之後有幾個學者的編著與他相關，第一個是王崇慶，《山海經釋義》中的《圖像山海經》[44]第一幅圖與新刻《山海經圖》雷同，第二個是王圻《三才圖會》[45]，其中的圖文與胡文煥二書近似，到清代吳任臣的《山海經廣注》[46]，圖像似乎也來自胡文煥。

王崇慶《圖像山海經》與新刻《山海經圖》的第一圖都是俞兒神，而且兩者的圖大同小異，這一點很值得思考。王崇慶《山海經釋義》中收圖75幅，除了多第一幅的俞兒神，有74幅與蔣應鎬所繪《有圖山海經》[47]雷同，

---

41 大木康著，吳悦摘譯：〈關於明末白話小說的作者和讀者〉，《明代史研究》第12號，1984年，頁199-211。

42 Wang Liping, *Paradise for Sale: Urban Space and Tourism in the Social Transformation of Hangzjou*, 1589-1937, Ph. D. dissertation, (University of California, San Diego. 1997), p.33.

43 Lucille Chia, "Mashaben: Commercial Publishing in Jianyang from the Song to the Ming," *The Song-Yuan-Ming Transition in Chinese History*, Edited by Paul Jakov Smith and Richard von Glahn. (Cambridge MA and London: Harvard University Press, 2003), pp.303-306.

44 明·王崇慶：《山海經釋義》18卷，萬曆年間大業堂刻本，北京國家圖書館藏。

45 明·王圻纂輯：《類書三才圖會》，萬曆35年槐蔭草堂藏板（臺北：成文出版社印行，1974年）。

46 清·吳任臣：《山海經廣注》18卷，康熙6年刻本，《歷代山海經文獻集成》（西安：地圖出版社出版，2006年）。

47 明·蔣應鎬繪：《有圖山海經》，美國國會圖書館藏。

看來像是《山海經》中的異物有一個共同的母本，而這個母本可能是胡文煥用來新刻《山海經圖》的，因此我們會看到唐代白居易與宋代黃伯思都提到現在18卷《山海經》所無的貘獸，卻在《新刻山海經圖》中出現了。如果我們思考詩人白居易用貘獸屏風來療治他的頭風病，就能理解一般市井大眾會如何相信食「耳鼠」，「可以禦百毒」，胡文煥刻的書如何不暢銷？異域如何讓人不憧憬？

清代康熙6年刻本的吳任臣《山海經廣注》有圖像5卷，包括靈祇、異域、獸族、羽禽與鱗介等144個圖，異域卷所見在《新刻贏蟲錄》中都找得到，圖像似乎與胡文煥此書近似，而其他四卷的圖像則與《新刻山海經圖》關係也極密切，或者出自同一母本，或者是參考胡文煥的文會堂刻本。此書最後所列〈山海經廣注引用書目〉，還列了胡文煥《山海經圖》與《贏蟲錄》，我們也由此推測這兩部書在清代還一直普遍流傳著。

新刻的《山海經圖》與《贏蟲錄》顛覆原先18卷本《山海經》的編排順序，對山海圖重新建構，除了《山海經》中各種神、獸、魚、鳥與異域外，也加入許多《山海經》中未曾出現的山海異物與異人，與現實存在的職貢國度。《四庫提要》批評胡文煥的刻書「冀其多售，意在變幻」，從另一角度來看，胡氏掌握了閱讀階層的購書取向，他像一個善於包裝暢銷書的書商，看到當時的市場潮流。

馬孟晶的觀點非常中肯，當出版品由非營利轉向商業出版的脈絡，書籍也成為文化商品，生產者端的編輯與出版者勢必得力求回應或導引消費者的興趣與需要。[48]文會堂的編輯兼出版者胡文煥會出版《山海經圖》與《贏蟲錄》，某種程度上，似乎是反映晚明社會對異域的好奇想像，另一方面，也是書籍的出版強化了異域的好奇想像。

王以中早就提出，《山海經》為古代民間「十口相傳」的地理知識之圖像與記載，與後世職貢圖之性質相類似，故《山海經》圖也可謂為職貢圖之始祖。職貢圖為圖繪四裔各族之形體、風俗、特產及其生活狀況者，現有〈皇清職貢圖〉及〈苗民風俗圖〉等可以目睹。中原邦土遊行所及之處，可以地圖繪其道里方位大略，而四夷荒遠之地，僅有朝貢來廷之人與物，可以

---

48 馬孟晶：〈名勝志或旅遊書──明《西湖遊覽志》的出版歷程與杭州旅遊文化〉，《新史學》24卷4期（2013年12月），頁96。

目睹而耳聞。[49]既有風俗特產，當也有各種鳥獸蟲魚在其中，而鳥獸草木更適於表現在圖繪上。

王以中也認為，蠻荒異域之事，大都憑藉傳說；即或身歷其境者，也多一知半解，不詳底蘊。[50]蠻荒異域，既是傳說聽聞，當有許多想像。

江曉原將《博物志》內容分為幾類：（一）山川地理知識；（二）奇禽異獸描述；（三）古代神話材料；（四）歷史人物傳說；（五）神仙方伎故事。此五大類，完全符合文化中的博物學傳統，這是一個能夠容忍「怪力亂神」的博物學傳統。一個能夠容忍怪力亂神的博物學傳統，必然是一個寬容而且開放的傳統；同時又是一個能夠敬畏自然，懂得與自然和諧相處的傳統。在這個傳統中，對於知識的探求不會畫地為牢、故步自封。[51]他並肯定博物學是一種世界觀，寬容而開放的異域觀。

胡文煥的新刻《山海經圖》與《贏蟲錄》，約略能窺出明人對異域的想像，這樣的想像不只是空間與夷裔的形塑，也是殊俗異物的聽聞想像。或者也可以說，這樣的異域想像是從早期《山海經》與《博物志》傳統來的，文化中有一種包容非常的博物觀、異域觀，既能習以為常，又對殊異非常[52]充滿一種期待與憧憬，異俗異產異獸異鳥異蟲異魚異草木和異人，再加上各種神怪，成為一個活靈活現的異域，常異錯置，虛實莫辨，達到窮遠博見的知識建構目的。

而我們在後來的《三才圖會》與日用類書「諸夷門」的系統中也都能看到，這種異人異物與殊俗所組成的異域想像，其實與胡文煥的《山海經圖》與《贏蟲錄》一樣，是一種能夠容忍怪力亂神的博物學傳統，對他者的想像表面上有一種華夷之分，而華夷的分野並非真正的空間阻隔，是在文化上的親疏遠近；文化上的親疏遠近又無損市井小民的閱聽習慣，這是對異的好奇與憧憬，讓一般市井小民的閱聽過程中充滿神奇與趣味，有如在異域的一種紙上旅行。

---

[49] 王以中：〈山海經圖與職貢圖〉，《禹貢半月刊》第1卷第3期（1934年4月），頁6-7。
[50] 王以中：〈山海經圖與外國圖〉，《史地雜誌》1937年5月創刊號，頁23-26。
[51] 江曉原：〈中國文化中的博物學傳統〉，《廣西民族大學學報（哲學社會科學學報）》第33卷第6期（2011年11月），頁22-24。
[52] 李豐楙先生二十年前的論文就提到「常與非常」的觀點，〈先秦變化神話的結構性意義──一個「常與非常」觀點的考察〉，《中國文哲研究集刊》第4期（1994年3月），頁287-318。

第三章　人神共處，常異不分
——晚明類書中的《山海經》圖像

　　唐代以來，諸多官方「類書」就時見引用《山海經》條目，到了南宋，陳元靚編著的綜合性日用類書《事林廣記》，在元、明兩代，流傳廣泛，不斷被翻刻重印，似乎預告日後民間通俗類書大量出版的市場現象。

　　在《事林廣記》中，出自《山海經》的遠國異人、鳥獸，原來被歸入〈山海靈異〉中，後來的新編被收錄進〈方國類〉與〈禽獸類〉。胡道靜提到，《事林廣記》在各種古代類書中別樹一幟，不只包含著較多的市井狀態和生活顧問的資料，還開拓了類書附載插圖的途徑。[1]《事林廣記》收入《山海經》內容的比例不高，僅有14個遠國異人與40個左右的神、鳥、獸、魚出自《山海經》，比例不高。元明刊刻的新編《事林廣記》大都有文無圖。[2]

　　晚明類書與《山海經》密切相關的，則屬《三才圖會》與建陽的一系列通俗日用類書，這些類書都收錄了《山海經》中的遠國異人與怪奇鳥獸，而且都以圖像見長。

一、《三才圖會》

　　有圖的類書，南宋唐仲友《帝王經世圖譜》就出現，又有陳元靚《事林廣記》，都引了《山海經》內容，其後《永樂大典》、《圖書編》與《三才圖會》等延續此傳統。四庫館臣就說，明人圖譜之學，惟章潢《圖書編》與王圻《三才圖會》，號為巨帙。

　　《三才圖會》相較於《事林廣記》有很大的轉變，圖像成了類書重要的骨幹。[3]此書繼承《事林廣記》的方國異域與禽獸二元的分類方式，卻將異

---

[1] 胡道靜：《事林廣記·前言》（北京：中華書局，1999年，據1963年本影印），第560頁。

[2] 宋·陳元靚編：《新編群書類要事林廣記》，長澤規矩也編：《和刻本類書集成》第一輯（上海古籍出版社，1990年，據元泰定本影印）。
宋·陳元靚編：《新編纂圖增類群書類要事林廣記》（東京：高橋寫真會社，1977年，據明萬曆間（1573-1619）西園精舍刊本影印）。

[3] 明·王圻編、黃曉峰重校：《類書三才圖會》（臺北：成文書局，1974年，據槐陰草堂雍正乾隆間後印本影印）。

域方國與神祇並置，歸為人物部，鳥獸鱗介則統歸鳥獸部。這些圖像，與胡文煥新刻《山海經圖》、《贏蟲錄》屬同一母本，有許多值得參見比較之處。

王圻（1530-1615），松江人，嘉靖44年進士，酷愛藏書，撰述宏富，編纂《續文獻通考》、《稗史類編》等作品多種。王圻原為萬曆35年（1607）《三才圖會》編纂者，謀篇佈局、提綱凡例應始定於王圻。此書除了卷首，共107卷，插圖六千多幅，分天文、地理、人物、時令、宮室、器用、身體、衣服、人事、儀制、珍寶、文史、鳥獸、草木十四部。王圻編天文、地理、人物三卷，時令以下，由次子思義續編，思義，太學生，醉心圖譜。一百多卷且圖文並茂的《三才圖會》可說是王氏父子的心血結晶。

《三才圖會》的內容非常龐雜，資料分門別類、系統儼然，上至天文星象，下至草木蟲魚，無所不包，並且附有描摹細膩的圖樣以資比對。與之前如《太平御覽》等收錄《山海經》內容的官方類書相比，《三才圖會》的特色，在於圖文並茂的圖鑑式格局，對於異獸奇人的說明，有時是左文右圖的編排方法，有時甚至將文字附於圖上。以圖像學的觀點看來，《三才圖會》似乎更加強調「圖本」的意義，這應當與晚明出版文化的風氣有關。當然，本文最主要的是要關注此部類書如何將《山海經》編排到其中，又反映了編者何種思想內涵。

萬曆時期同樣編纂《山海經圖》的除了胡文煥，還有建陽的一系列日用類書，都以神、鳥獸與諸夷贏蟲分列的方式呈現，而在第一章中討論的《異域志》與《異域圖志》，則單純關注諸夷贏蟲的部分。《三才圖會》把有關《山海經》的條目與圖像分入〈鳥獸卷〉與〈人物卷〉，〈鳥獸卷〉包括《山海經》中的異鳥異獸，也有各種奇形怪狀的蟲魚；〈人物卷〉更值得玩味，不只兼收《山海經》中的神靈和遠國異人，還包括三皇五帝、歷朝帝王、名臣、名家、名僧，與明代各種職貢國並列。

（一）人神共處而華夷無別的〈人物卷〉

《三才圖會》的凡例說明將《山海經》的靈祇安排於〈人物卷〉的原因：

仙釋二家雜見諸書，今取其稍信而可圖者，餘俱不載。如俞兒、帝

江，雜見稗官，似為非妄，第非神非鬼，故附於裔夷之末。[4]

〈人物卷〉引用《山海經》圖像的有第十卷西王母，第十二卷到第十四卷則有四十餘個《山海經》中的「裔夷」，包括高麗國（第一個）、女人國、君子國、扶桑國、文身國、丁靈國、氐人國、一臂國、一目國、三首國、三身國、長人國、羽民國、小人國、聶耳國、無腹國、交脛國、穿胸國、奇肱國等等，當然還包括王圻所說「非神非鬼」的登山之神俞兒、水伯天吳、崑崙山神神陸、蓐收、鍾山神燭陰，還有鸛神、相抑氏、奢比、帝江等等山神水神。

王圻在凡例中特別強調「人物有圖有說，第世遠人湮，未易盡圖」，這些資料來源是「據家藏舊本，餘缺者不敢妄貌」，遺憾的是，王圻未說明是何種家藏舊本？其實，此書最大的問題就是通常未言明出處。

首先值得注意的是〈人物卷〉中的「西王母」：

> 西王母配位西方，與東王公共理二氣，調成天地，陶鈞萬品，凡上天下地女子之登仙者咸所隸焉，周穆王八駿西巡，乃執白圭玄璧，謁見王母，復觴母于瑤池之上。漢元封元年降武帝，殿進蟠桃七枚於帝，帝欲留核，母曰：『此桃非世間所有，三千年一實耳。』偶東方朔於牖間窺之，母指曰：『此兒已三偷吾桃矣。』是日，命侍女董雙成吹雲和之笛，王子登彈八瑯之璈，許飛瓊鼓靈虛之簧，安法興歌旋靈之曲，為武帝壽焉。

《三才圖會》的西王母圖像是一種女仙的形象，這一系列的西王母圖，以萬曆二十八（1600）年、徽州汪氏「玩虎軒」刊行的《有象列仙全傳》[5]最早，還有萬曆三十年（1602）出版的《仙佛奇蹤》[6]，王圻圖本的西王母圖像與之頗相似。王圻或許不曾見過另一個豹尾虎齒的蔣應鎬系統圖本，

---

[4]　明‧王圻：《三才圖會‧凡例》，第17頁。
[5]　《有象列仙全傳》傳為王世貞所輯，萬曆28年由玩虎軒刊行，現藏哈佛大學燕京圖書館、普林斯頓大學東亞圖書館，日本安慶3年（1650）還重刊和刻本，現藏日本國立公文書館。
[6]　明‧洪應明編：《仙佛奇蹤》，藏台北國家圖書館。

《三才圖會》書中，除了「西王母」以外，其他《山海經》的圖像，皆與胡文煥新刻本類似，應出於相同母本。（圖3-1）

《山海經》中提到西王母的經文有三處，〈西山經〉記載西王母其狀如人，豹尾虎齒而善嘯，蓬髮戴勝；〈海內北經〉記載西王母有三青鳥，〈大荒西經〉記載的西王母與〈西山經〉差不多。在《山海經》的記載中，西王母有著虎齒、豹尾的人獸合體外表，會發出呼嘯的聲音、居住於玉山上，或居於崑崙丘的洞穴之間，主掌刑殺和災厲，隨侍於西王母身畔的，是三青鳥。與《三才圖會》的引述相比，《山海經》中的西王母在外形、住所的敘述上，都流露著不同的趣味。（圖3-2）

圖3-1：左起《有象列仙全傳》、《仙佛奇蹤》、《三才圖會》

圖3-2：蔣應鎬本西王母圖。（《歷代山海經文獻集成》）

《三才圖會》中的西王母似乎是天地間尊貴的女神，是與「東王公」相互對應的「配偶神」，調理天地陰陽二氣，化成萬物；同時，西王母亦為天上女仙之首，「上天下地女子之登仙者咸所隸焉」，又引述《漢武帝神仙傳》漢武帝觀見西王母，西王母設仙宴款待的場景，展現的是西王母作為「母神」、「女仙之首」雍容華貴的氣派，這樣的貴婦人形象，顯然與《山海經》原來的記載差異極大。

　　《三才圖會》的圖本中，西王母雲髻峨峨，身後有兩名女仙捧香爐、執羽翣隨侍，身畔祥雲繚繞，還有一青鳥陪伴在旁；蔣應鎬繪本中的西王母則相當忠於《山海經》的說明，極力表現豹尾、虎齒的形象。顯然王圻的西王母形象，並非原始信仰中豹尾虎齒的人獸合體神祇，而更傾向於相信西王母是漢代以來的女仙模樣。從西王母與鐵拐先生、魁星、南海觀音同列一卷的情況看來，西王母已然脫離了《山海經》的形象，成為道教或民間信仰中重要的女神女仙。

　　〈海外北經〉的「相柳氏」圖，胡文煥本將之誤作「相抑」（圖3-3右），顯然是因字形相近而產生的誤謬；《三才圖會》中的文字說明，與胡文煥本完全相同，也將相柳誤為「相抑」（圖3-4右）。王圻並未說明《三才圖會》圖像的來源，但從刊刻錯誤的相合看來，胡文煥圖本與《三才圖會》淵源頗深，或參考了相似的母本，又或有因襲的關係。崑崙山的山神名叫陸吾的，胡本訛誤作「陸吾」（圖3-3左），王圻也誤為「陸吾」（圖3-4左）。胡本的文字說明極少，又為出版牟利，往往另移一頁，王圻不然，圖文同框，而文字說明也比胡本詳細豐富。

圖3-3：左起神陸（吾）、俞兒、帝江、相抑氏（《新刻山海經圖》）

圖3-4：左起神陸（吾）、俞兒、帝江、相抑氏（《三才圖會》）

《三才圖會》〈人物卷〉中的「裔夷」集中於第12、13、14卷，共175圖。其中來自《山海經》的遠國異人第12卷有3圖（盤瓠、女人國、狗國）、第13卷有5圖（一臂國、丁靈國、君子國、一目國、氐人國）第14卷有15圖（三首國、三身國、長人國、羽民國、小人國、聶耳國、交脛國、無腹國、長臂國、穿胸國、長毛國、柔利國、奇肱國、無腎國、不死國）。此外，在第14卷最末，猶有《山海經》中的神靈圖像共14圖。

明代有多種相似的異域圖本，《異域圖志》、《新編京本嬴蟲錄》、胡文煥新刻《嬴蟲錄》，這些圖本大部分的圖像頗為相似，相互參照，可看出收入的內容各有增減。值得注意的是，《三才圖會》中的「裔夷」，與胡文煥新刻《嬴蟲錄》數目、項目完全相合，且插圖或與胡文煥圖本相似，如下圖的一臂國、一目國，此外，也有再據前人圖像加工。

以小人國的圖像為例，胡文煥圖本僅在畫面中間有一列的小人，一共六個；到了《三才圖會》中，小人卻多出一倍，除了六個一列的小人之外，三三兩兩的散布在畫面各處，甚至還有兩人摔角的情景出現，似乎是以六小人的圖像為主所進行的改造。（圖3-5左，圖3-6左）

對不死國圖像的處理，《三才圖會》也有變化。胡文煥本的不死國圖像，遵循《山海經》對不死民的描述，特別將不死民的皮膚填塗為黑色，並且，不死民背後有一株枝葉繁茂的大樹，或許就是《山海經》裡提到的「不死樹」。《三才圖會》「个死國」圖的背景，與胡文煥本稍有不同，背景的樹木、樹葉的形狀皆有更動。（圖3-5左2，圖3-6左2）《山海經》的敘事慣常以「異常化」的手法來強化擁有特殊能力人物的形象，但到了晚明、特別

圖3-5：左起小人國、不死國、一目國、一臂國（《新刻山海經圖》）

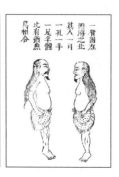

圖3-6：左起小人國、不死國、一目國、一臂國（《三才圖會》）

是對王圻這樣的文人而言，「不死」的意象可能與道教、修真練氣有關，是另一番不同的想像。《山海經》的神話思維因而在圖像中被淡化了，不死國轉而成為長生不老的神仙居所。

王圻引用《山海經》遠國異人圖像，也引來諸多批評，以為務炫博聞，去取粗疏，淪為荒誕不經者，如氏人國、一臂國、一目國、三身國、羽民國諸圖，或人首魚身、或僅一臂、或為獨目，或為一首三身，或為鳥形，不一而足，以之為《三才圖會》的缺失。[7]學者的批評其實有失公允，殊不知《山海經》的文圖已在晚明的出版文化或閱讀大眾中成為很重要的一部分，是一種博物知識的呈現，這一點在建陽的日用類書中反映得更澈底。

〈人物卷〉中將《山海經》中的靈祇編入，似乎對帝江、俞兒等神的神格不確定，而又對「非神非鬼」的存在，有一種曖昧的肯定。也就是說，王

7　何立民：〈王圻父子《三才圖會》的特點與價值〉，《史林》2014年3期。

圻對《山海經》中「諸神」是否具備神格頗為質疑，但又為這些「諸神」的存在提出辯護。王圻的想法裡，由於《山海經》的資訊在稗官野史裡頻繁出現，這些特殊的存在，似乎又非虛妄。

《三才圖會》在處理「遠國異人」的圖文資料時，並未採用胡文煥、日用類書〈諸夷門〉的諸夷蠃蟲分類方式，而是將《山海經》圖像的異人、職貢國與古聖先賢、神佛菩薩一同放置在〈人物卷〉。王圻的編纂方式打破了當時根深蒂固的、對外夷落後蠻荒的貶抑性想像，他淡化了士庶習以為常的華夷區分。總之，《三才圖會》對《山海經》的編纂引用方式表現晚明一個知識分子難得的開闊視野。

（二）珍禽異獸與家畜家禽同框的〈鳥獸卷〉

《三才圖會》引用《山海經》的鳥獸鱗介部分很多，而借由《三才圖會‧鳥獸卷》與胡本《山海經圖》的對比，發現《三才圖會‧鳥獸卷》包羅了幾乎所有胡本的圖像。然而，萬曆25年的胡本與萬曆35年以後刊刻的《三才圖會》畢竟有所差異，兩者都是右圖左文，但前者文字極少，可說以圖為主，而後者通常文圖同框，如果圖文分開，則文字敘述詳細，引經據典；其次，《三才圖會》的圖像背景非常講究，幾乎少有鳥獸孤立情況，比〈人物卷〉更強調山水岩石或花草等空間襯托，表現出一種文人氣。

《三才圖會》與胡本的構圖類似，只在圖像的表現上做了增添，《三才圖會》開始替各種靈獸、仙禽繪製山岩、草木的背景，此為晚明《山海經》相關圖像僅見。另外，《三才圖會》收入的圖像數量，遠較胡本為多，來自《山海經》的異獸仙禽，與其他來自典籍、傳說的飛禽走獸，甚至是日常的家禽家畜並置。（圖3-7，圖3-8）

在鱗介類之中，居首的是「龍」，其次是「應龍」，其中「龍」為胡文煥新刻《山海經圖》所無，「應龍」圖則與胡文煥圖本非常相似，但《三才圖會》的應龍圖添加了簡單的山川背景，凸顯應龍飛翔的狀態。

雖然胡本中未見「龍」圖，但龍這樣受到士庶歡迎的神獸，被收入號稱包羅「三才」的《三才圖會》中，是可以理解的。

龍八十一鱗，具九九之數。九，陽也。有鱗曰蛟龍，有翼曰應龍，有

圖3-7：左起九尾狐、龍蛭、潔鉤、鴆（《新刻山海經圖》）

圖3-8：左起九尾狐、龍蛭、潔鉤、鴆（《三才圖會》）

角曰虯龍。《淮南子》曰：萬物羽毛鱗介者，相於龍。龍頭上有物如
博山者名尺木，龍無尺木不能升天。其為性麤猛而畏鐵，愛珠及空青
而嗜燒燕。將雨則吟，其聲如戛銅盤，涎能發眾香。其噓氣成雲，自
夏四月之後，龍乃分方，各有區域，故雨畝之間而雨暘異焉。又多暴
雨，說者曰，細潤者天雨，暴者龍雨也。

　　《三才圖會》仔細梳理有關龍的說法，包括龍的形象、種類、習性、
音聲、喜好，甚至是龍的司掌，龍八十一鱗的形象呼應了九九至陽之數。龍
又可分為幾種不同的類別：有鱗片的是蛟龍、有翅膀的是應龍、長角的是虯
龍。龍頭上有如博山爐的凸起物稱為「尺木」，龍須藉此方能升天。龍生性
粗猛、害怕鐵器，喜歡寶珠、空青（一種可以入藥的青藍色礦物），喜歡吃
烤燕子肉。（圖3-9）
　　「龍」被編者安置於「鱗介類」之首，無獨有偶，《三才圖會》也同樣

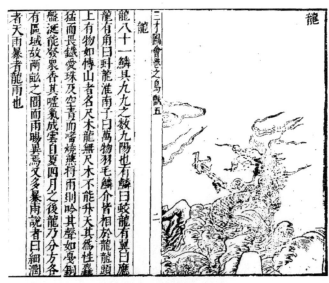

圖3-9:《三才圖會》，龍圖

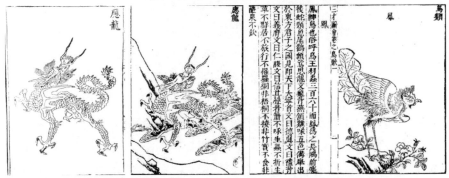

圖3-10:左起胡文煥本應龍圖、《三才圖會》應龍圖、《三才圖會》鳳圖

將胡本所無的「鳳」編排在鳥類的第一圖（圖3-10），其次則是鸞鳥。

《三才圖會》也梳理了與鳳的樣態、習性、祥瑞有關的說法：

> 鳳，神鳥也。俗呼鳥王。羽蟲三百六十而鳳為之長，鴻前麐後、蛇頸魚尾、鸛顙鴛思、龍文龜背、燕頷雞啄，五色備舉，出於東方君子之國，見即天下大寧。首文曰德、翼文曰禮、背文曰義、膺文曰仁、腹文曰信，其聲若簫、不啄生蟲、不折生草、不群居、不旅行、不罹羅網，非梧桐不棲、非竹實不食、非醴泉不飲。

鳳的形象是蛇、鴻、龍、龜等動物的綜合體，並且渾身充滿祥瑞、道德的象徵，編纂者甚而強調鳳鳥鳴聲的動聽、對於棲木、飲食的堅持，以及不殺生的仁愛秉性，而在圖像中，鳳鳥所立，有石有花有葉，似是樂園。

　　關於鳳鳥身上紋路的闡釋，南宋尤袤本的《山海經》與《三才圖會》不太相同，〈南山經〉記鳳皇曰：

> 有鳥焉，其狀如雞，五采而文，名曰鳳皇，首文曰德，翼文曰義，背文曰禮，膺文曰仁，腹文曰信。是鳥也，飲食自然，自歌自舞，見則天下安寧。

　　宋代《太平御覽》引用《山海經》鳳鳥的記述則曰：「首文曰德，翼文曰順，背文曰義，膺文曰仁，腹文曰信。」《三才圖會》的說法可能另有所本。

　　描寫龍「性麤野」、「聲如戛銅盤」、「嗜燒燕」，相比之下，鳳可能更獲得文人的喜愛。《山海經》、《淮南子》提到君子國時，皆未提及鳳鳥出君子之國的描述，可見鳳鳥與君子國的關連，當出於文人的再詮釋。

　　鸞鳥是另一種受到士庶歡迎的祥瑞動物。《山海經》中的鸞鳥首見於〈西山經〉：「有鳥焉，其狀如翟而五彩文，名曰鸞鳥，見則天下安寧。」經文對鸞鳥的描述十分簡略，僅提到鸞鳥是一種身上有五彩紋路的吉祥鳥類，時常與鳳鳥一同出現，如〈海外西經〉、〈海內西經〉、〈大荒南經〉、〈大荒西經〉、〈大荒北經〉、〈海內經〉，皆見到「鸞鳥自歌，鳳鳥自舞」的安詳樂園景象。

　　胡本整理「鸞鳥」的說法而有所添加：

> 女床山有鳥狀如翟，玉乘畢備，身如雉而尾長，名白鸞，見則天下太平。周成王時西戎來獻。

　　《三才圖會》有關「鸞」的說明，則比胡文煥更進一層，強調五采，更強調五音：

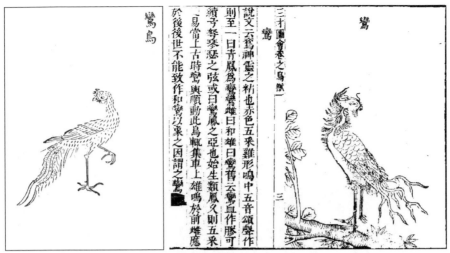

圖3-11：鸞鳥圖，左起胡本、《三才圖會》

《說文》云：鸞，神靈之精也。赤色五采，雞形、鳴中五音，頌聲作則至。一曰青鳳為鸞，鸞雌曰和，雄曰鸞。舊云鸞血作膠，可續弓弩琴瑟之弦。或曰鸞，鳳之亞也，始生類鳳，久則五采變易。當上古時鸞與順動，此鳥輒集車上，雄鳴於前，雌應於後。後世不能致，作和鸞以象之，因謂之鸞。

　　在龍、鳳與鸞鳥的圖像對照下，明顯地看出，《三才圖會》的特色，鳥獸所棲都是有山有水或有樹有雲，絕非單調枯燥的一隻應龍或鸞鳥。（圖3-11）

　　鵸鵌出自〈南山經〉，經云：「有鳥焉，其狀如雞而三首六目，六足三翼，其名曰鵸鵌，食之無臥。」《三才圖會》對鵸鵌的描述與胡文煥本相同，「食之無臥」，皆作「食之令人少睡」。當扈則出自〈西山經〉，經云：「其鳥多當扈，其狀如雉，以其髯飛，食之不眴目。」胡本與《圖會》的記述則作：「飛咽毛尾似芭蕉，人食則目不瞬。」（圖3-12，圖3-13）

　　〈北山經〉云：「譙水出焉，西流注于河。其中多何羅之魚，一首而十身，其音如吠犬，食之已癰。」胡本與《圖會》則云：「譙明之山，譙水出焉，注於河。中多阿羅魚，一首十身、音如犬吠。食之已癰，亦可以禦

圖3-12：左起胡本鵁鶄、當扈、精衛

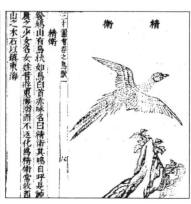

圖3-13：左起鵁鶄、當扈、精衛（《三才圖會》圖本）

火。」阿羅魚來自《山海經‧北山經》的何羅魚，胡文煥與《三才圖會》都
訛誤為阿羅魚。

〈西山經〉云：「泰器之山，觀水出焉，西流注于流沙。文鰩魚，狀如
鯉魚，魚身而鳥翼，蒼文而白首，赤喙，常行西海，遊於東海，以夜飛。其
音如鸞雞，其味酸甘，食之已狂，見則天下大穰。」胡本與《圖會》則作：
「泰器山，觀水出，注于流沙，多文鰩魚。魚身鳥翼蒼文，晝遊西海，夜入
北海，其味甘酸，食之已狂，見則大稔。」（圖3-14）

上面所列為《三才圖會》與胡文煥新刻本比較，可看出二者間的同中有
異。胡刻本的訛誤，也同樣出在《三才圖會》上，如貜獸，考諸其鹿形、人
掌的形象，應當為〈西山經〉中的貜如：「有獸焉，其狀如鹿而白尾，馬足

圖3-14：左起胡本阿羅魚、文鰩、《三才圖會》本文鰩、阿羅魚

人手而四角，名曰獿如。」胡本與《三才圖會》都將「獿」作「玃」，當為字形近似而產生的譌誤。

《三才圖會》又仔細耙梳「玃」的來歷，把此獸當成現實世界存在的動物：

> 玃似獼猿而大，色青黑，能攫持人。好顧眄，長七尺，人行健走，名
> 曰猿玃，或曰玃，又名馬化。同行道婦女有好者，輒盜之以去。《抱
> 朴子》云：「猿壽五百歲則變為玃。」又有貜生西方深山，面如彌
> 猿，體大如驢，善緣木，皆雌無雄。群貜相隨要，路上強牽男子而三
> 合之，十月而生，此亦玃之類也。

顯然玃是一種猿形的動物，只是《三才圖會》將之配以〈西山經〉鹿形的獿如圖像。

又如胡文煥的「黑人」圖，《三才圖會》作「屏翳」，兩者皆與《山海經》的內容有出入：

> 雨師妾在其北，其為人黑，兩手各操一蛇，左耳有青蛇，右耳有赤
> 蛇。一曰在十日北，為人黑身人面，各操一龜。〈海外東經〉

郭璞注：「雨師即屏翳也」，胡文煥與《三才圖會》都沿用這個說法。

「如人」名稱也非《山海經》原本所有，此圖像應為「反踵」的梟陽／贛巨人：

梟陽國在北朐之西,其為人人面長唇,黑身有毛,反踵,見人笑亦笑,左手操管。〈海內西經〉

南方有贛巨人,人面長臂,黑身有毛,反踵,見人笑亦笑,唇蔽其面,因即逃也。〈海內經〉

　　由前文關於「屏翳」和「如人」的討論,可知胡文煥與《三才圖會》中《山海經》資料的相似性。值得注意的是,如人、屏翳的說法,並非胡文煥獨創,在晚明流通很廣的建陽日用類書的〈諸夷門〉中,雨師妾或作黑人、其人、屏翳,雨師妾圖像旁所附的說明,與胡文煥、《三才圖會》皆相同。可見在明代,這批《山海經》的圖像分別為不同的編書人所引用,圖本或有精粗、編排的不同,但大抵非常相似。（圖3-15,圖3-16）

　　《三才圖會》的凡例中已明言時令卷以下為王思義編纂,〈鳥獸卷〉共六卷,鳥類兩卷、獸類兩卷、鱗介類兩卷。鳥類卷中鳳為首,同卷中有雞又有鵝,杜鵑、貓頭鷹則混雜在《山海經》的奇禽異鳥當中;兩卷獸類則收錄的有鼠、兔、牛、羊、豬與貓、狗等等,六畜無一遺漏;鱗介類有鯨、鯉、鰻、鮪、彈塗、蝦、蟹、蚌等等,水中魚類海鮮一應具全。鱗介類還包括昆蟲,有蝶、蚊、蜘蛛、蜉蝣、蟋蟀、蚯蚓等等,讓人匪夷所思。〈鳥獸卷〉像似一部有圖有文的動物圖鑑,發揮了類書的功能。

 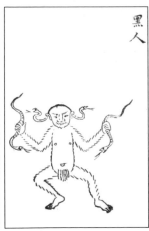 

圖3-15：左起玃、黑人、如人（胡文煥圖本）

圖3-16：左起獲、屏翳、如人（《三才圖會》圖本）

在〈鳥獸卷〉中，蒐羅圖像及編排方式的特殊性，神聖的鳳鳥、鸞鳥，形貌特殊的畢方鳥、比翼鳥、鶄等等，被與雞、鵝、鴿等日常家禽以及鸚鵡、鷹、啄木鳥、貓頭鷹等真實存在的禽鳥混同一處。獸類、鱗介的情況亦然。獸類的圖像包括許多《山海經》的獬豸、騶虞、龍馬、夔、類、馬腸等等，而這些神獸又與庶民熟悉易見的豬、馬、貓、虎、豹、狼等等，在一個平行時空。鱗介類的圖像則將龍、應龍、巴蛇、珠鼈與鮪魚、金魚、鯨魚、鯉魚、彈塗魚、蠵龜等等並置，等於是虛實混淆，真假莫辨，人神共處，常異不分。

不同於胡本《山海經圖》或建陽日用類書〈諸夷門〉對怪奇鳥獸、山海靈物的蒐集與展示，《三才圖會》打破了真實與虛構、聖與俗的分類方式，《山海經》中的鳥獸圖像，與現實中的鳥獸蟲魚或家禽家畜都是一種真實存有，此書以博物的態度將日常與非常的鳥獸知識詳細整理，並附上相應的圖像以供讀者參照。對諸多物種的羅列，不僅開拓士庶的博物學視野，其對日常家禽家畜圖文並茂的羅列，似乎也提供了《三才圖會》作為童蒙書的可能性。因此，《三才圖會》在日本有更多發展，《倭漢三才圖會》、《無飽三才圖會》，甚至相關《訓蒙圖彙》的編寫都受其影響。

二、日用類書〈諸夷門〉

建陽地區出版的日用類書，將《山海經》的圖像以「山海靈物」和「遠

國異人」的二元構成方式分類，將之編於〈諸夷門〉。〈諸夷門〉一般分為上下兩層，上半部為神靈與怪奇鳥獸，下半部分則為海外諸夷，其中，也包括了《山海經》裡形狀特殊的遠國異人。〈諸夷門〉將海外諸夷置於靈獸、奇禽、神靈之下的二元區分，頗有將神物與贏蟲、聖／俗判然二分的貶抑意味。

日本學者酒井忠夫在〈元明時代の日用類書とその教育史的意義〉一文中指出，民間日用類書的普遍出現代表著庶民教育的普及與庶民文化的發展；同年的〈明代の日用類書と庶民教育〉一文則概述，日用類書的淵源、種類、普遍發展的原因及其傳承意義。[8]

日用類書在明代萬曆年間普遍出現後，書名並不固定，變化甚多，如《萬書萃寶》、《五車拔錦》、《博覽不求人》、《三台萬用正宗》、《文林聚寶萬卷星羅》、《萬象全編不求人》、《諸書博覽》，《學海群玉》、《萬用正宗分類學府全編》、《萬書淵海》、《萬寶全書》、《便覽全書》、《萬錦全書》、《博覽全書》、《萬事不求人博考全書》、《萬珠聚囊不求人》、《一事不求人》、《搜奇全書》、《全書備考》、《積玉全書》、《龍頭一覽學海不求人》、《萬書萃錦》等等，名稱雖多，然有一共同點，即均以「萬」、「全」、「博」、「群」、「寶」等字表示此書內容豐富，家中一旦備有此書即萬事不求人，遇任何一事查書便可迎刃而解，實家中至寶。[9]

明代各版日用類書書名千篇一律，或「天下備覽」、「四民利用便觀」、「天下全書」、「天下通行」、「天下捷用」、「四民捷用」、「士民備覽便用」、「四民要覽」、「天下使用」、「天下民家便用」、「採精便覽」等字，顯現此種書籍之為民間各個不同階層、不同職業者所適用。不同書籍的編者競相以「新刻」、「新編」、「鼎鑴」、「新刊」、「重刻」、「新鍥」、「鼎雕」，或者以「時尚」、「時新」、「時興」的詞彙來吸引人。

---

[8]　酒井忠夫：〈元明時代の日用類書とその教育史的意義〉，《日本の教育史學》，1號（1958年），頁67-94；〈明代の日用類書と庶民教育〉，見林友春編：《近世中國教育史研究》（東京：國土社，昭和33年），頁39-51。

[9]　吳蕙芳：《萬寶全書：明清時期的民間生活實錄》（臺北：政大歷史系，2001年7月）。

（一）四夷職貢圖

　　對研究《山海經》的人來說，不能忽視明代日用類書，因為其中大都含〈諸夷門〉或〈外夷門〉，包括島夷雜誌與山海異物。目前存世的萬曆年間刊刻最早的日用類書當屬《萬書萃寶》（萬曆24，1596年刊本），可惜此書僅殘存1-3，12-14，31-37卷，第五卷的諸夷門是闕的。[10]

　　尾崎勤比對了明刊的30種《萬寶全書》，其中都收錄有〈諸夷門〉，《萬寶全書》中的〈諸夷門〉分成上、下層，上層是動物誌（或題「山海異物」），包括神類、禽類、獸類、魚類，下層是民族誌（或題「諸夷雜誌」）。[11]日用類書的〈諸夷門〉把《山海經》的遠國異人、神祇鳥獸與職貢國度的想像結合起來，從各種互相翻刻的日用類書。

　　晚明建陽地區出版的「日用類書」較完整的版本，許多皆藏於日本，1999年起，東京汲古書院陸續出版了六部日用類書，總名為《中國日用類書集成》，這六部書都有圖文並茂的〈諸夷門〉內容。

　　《新鍥全補天下四民利用便觀五車拔錦》：33卷10冊，萬曆25年（丁酉1597），建陽鄭世魁（雲齋）寶善堂刊。本書有序，第四為〈諸夷門〉，上層：山海異物（內神類魚蟲類並外夷土產）；下層：諸夷雜誌（內交趾國至七番國止俱全）。[12]此書收入的鳥獸蟲魚圖像有127圖，諸夷贏蟲圖像則有118圖；據王重民《中國善本書提要》「子部類書類」的介紹，此書全部抄自《文林摘錦》，僅易書名為《新鍥全補天下四民利用便觀五車拔錦》。他還把此書與《萬用正宗不求人》對比，發現其刻工與後者相比，差遜甚遠。[13]（見圖3-17左）

　　《新刻天下四民便覽三台萬用正宗》：43卷8冊，萬曆27年（己亥1599）余象斗雙峰堂刊。卷五〈諸夷門〉，上層：山海經異像；下層：北京校正贏蟲錄。[14]此書特別的是標明山海經異像，收錄神獸異物116種，而下

10　同前註，頁641。
11　尾崎勤：〈《怪奇鳥獸圖卷》と中國日用類書〉，《汲古》第45號，頁68-69，2004年6月。
12　小川陽一、坂出祥伸：《中國日用類書集成》（東京：汲古書院，1999年）。
13　王重民：《中國善本書提要》「子部類書類」（上海古籍出版社，1983年），頁383-384。
14　《中國日用類書集成》，2000年出版。

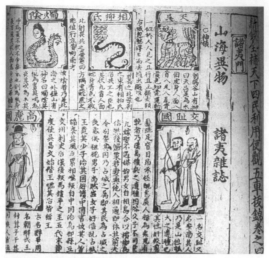
圖3-17：《五車拔錦》

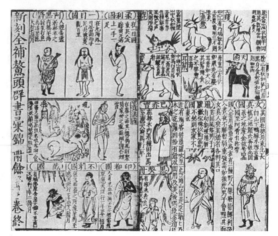
圖3-18：《三台萬用正宗》

層又標明「北京校正贏蟲錄」。（見圖3-17右）此書的編排方式較獨特，除第一頁第二頁分兩層外，有出現三層或四層情形，不過，都呈現二元構成情形，要不就上半神獸異物一層、下半贏蟲諸夷兩層，要不就上半神獸異物兩層、下半贏蟲諸夷也兩層。（見下二圖）而由下圖也可以見到，《三台萬用正宗》在卷五〈諸夷門〉結束時有《新刻全補鰲頭群書彙錦》一書名，可見〈諸夷門〉來自另一本書（圖3-18）。

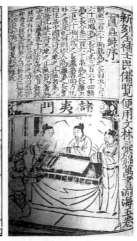

▍圖3-19：左起《萬用正宗不求
人》、《萬書淵海》

　　《萬用正宗不求人》：35卷12冊，建陽，書林余文台刊。萬曆35年
（丁未1607），引語末記萬曆37年（己酉1609）書前有序，說明彙纂成
帙而名為《學府全編》的理由：「余觀其書，天文地輿紀圖，及《山海
經》、《博物志》、怪異符籙、諸夷傳、南越志、西域紀，總總琳琳，無
不遍閱。」卷十三諸夷門將書名作為《鼎錄崇文閣彙纂士民捷用分類學府全
編》，諸夷門部分不註明山海異物與諸夷雜誌，只是按一般習慣分上下層，
〈諸夷門〉能明顯看到進貢者手上拿著的貢物中有珊瑚等物。[15]（圖3-19
左）《萬用正宗不求人》有128幅鳥獸蟲魚的圖像，135個異域國度。

　　《新刻全補士民備覽便用文林彙錦萬書淵海》：37卷6冊，萬曆38年
（庚戌1610）楊湧泉（欽齋）清白堂刊。卷五諸夷門。上層：贏蟲錄序、山
海異物、神禽獸魚、外夷土產；下層：諸夷雜誌、夷人圖像、外夷雜說、外
國風俗。[16]（圖3-19右）《萬書淵海》收入鳥獸蟲魚圖像92種，遠國異人圖
像68種。

　　《新板增補天下便用文林妙錦萬寶全書》：38卷10冊，萬曆40年（壬
子1612）建陽劉雙松安正堂刊。卷四諸夷門。上層：贏蟲錄序、山海異
物、神禽獸魚、外夷土產；下層：贏蟲錄志、諸夷圖像、外夷雜說、外國

---

[15]　《中國日用類書集成》，2003年出版。
[16]　《中國日用類書集成》，2001年出版。

風俗。《文林妙錦》的上層有146幅鳥獸蟲魚圖像，下層一共收入了139幅海外諸夷的圖像。《嬴蟲錄序》上半部分與《萬書淵海》序同，下半有異。[17]（圖3-20）

《五車萬寶全書》：34卷8冊，萬曆42年（甲寅1614）封面做徐筆洞精纂，存仁堂梓。內文做豫章羊城徐企龍編輯，古閩

圖3-20：左起《文林妙錦》、《學海不求人》

書林樹德堂梓行。本書書名目錄為《新刻鄴架新裁萬寶全書》，卷一天文門的書名做《新刻搜羅五車合併萬寶全書》，因此汲古書院出版將書名做《五車萬寶全書》。其實，卷四書名做《鼎鍥龍頭一覽學海不求人》，由此似可見日用類書東抄西抄的情形，而此卷原稱西夷門，或為四夷門之誤。從圖像上可見來進貢的四夷，除了馬匹之外，手上還持有珊瑚之類的貢物（圖3-20）。卷四諸夷門也分上下層：嬴蟲錄志、諸夷圖像、外夷雜說、風俗土產、山海異物。《嬴蟲錄序》與上記《萬書淵海》及《妙錦萬寶全書》之序後半有不同。序中提出《嬴蟲》一書的作者為閼氏。[18]（圖3-20，右）《五車萬寶全書》僅收入60幅鳥獸蟲魚圖像；48幅遠國異人圖像。

《萬卷星羅》，萬曆28年（1600）刊本，徐會瀛輯，書林余獻可刻。此書應是與《五車拔錦》同一個系統，有關其中的山海異物全部雷同，都為127種，而順序也完全一致，二者的第一個神非一般習見的俞兒神，而是天吳。比較起來，《萬卷星羅》的圖版更精美細緻，此書全名為《新鍥燕台校正天下通行文林聚寶萬卷星羅》，共39卷，卷十為諸夷門。[19]然《萬卷星羅》與《五車拔錦》所收的「諸夷雜誌」在順序與數目上有所不同。《萬卷星羅》「諸夷雜誌」的有101個諸夷國，第一個為西蕃國、第二個為交趾

[17] 《中國日用類書集成》，2004年出版。
[18] 《中國日用類書集成》，2001年出版。
[19] 明·徐會瀛：《新鍥燕台校正天下通行文林聚寶萬卷星羅》，《北京圖書館古籍珍本叢刊》76（北京：書目文獻出版社，1988年）。

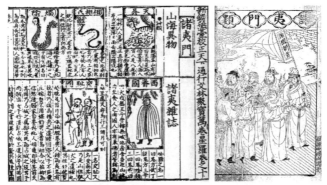

（左）圖3-21：《萬卷星羅》　（右）圖3-22：《學海群玉》

國；《五車拔錦》則有118個諸夷國，第一個為交趾國，第二個為高麗國。
（圖3-21）

　　《新刊翰苑廣記補訂四民捷用學海群玉》一書，共40卷，卷十為諸夷門，萬曆35年（1607）刊本，京南武緯子撰、補訂，閩建熊沖宇梓行，潭陽熊式種德堂刊。[20]（圖3-22）《學海群玉》與《文林妙錦》的山海異物鳥獸蟲魚圖像，都為146幅；《文林妙錦》的「外夷雜誌贏蟲錄」共有139個異域國度，《學海群玉》則有103國。

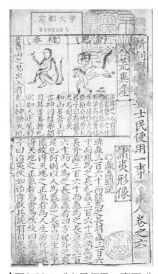

　　萬曆年間種德堂的《新刻群書摘要士民用一事不求人》，其卷六〈諸夷門〉上欄注明為「八荒異產，蠻貊土物」的山海異物有48圖，鳥獸的圖像比其他類書要少很多，下欄注明為「諸夷形象，贏蟲總說」的海外贏蟲也只有54圖。此書的諸夷門圖像明顯簡略許多。[21]（圖3-23）

圖3-23：《士民使用一事不求人》

　　何予明先生對《萬書淵海》和《萬用正宗不求人》的〈諸夷門〉卷首圖像，有詳細的分析：

---

[20] 《新刊翰苑廣記補訂四民捷用學海群玉》，萬曆35年種德堂刊，藏東京大學東文研。
[21] 《新刻群書摘要士民用一事不求人》，藏京都大學。

畫中唯一的蕃人被配以人們想像中典型的夷人裝扮：「冠禽衣獸」。蕃人裝備之簡，與畫面上部形成對照。其中包括一輛推車（實際上畫面顯示只是推車一角），據畫意為運輸貢品之用，還包括方物案上陳列的珍玩，有珊瑚、犀角等。這個空間著力表現的是異國風情、物玩和蕃人的身單力薄。[22]

「珊瑚」是〈諸夷門〉諸國常見的貢物[23]，從《妙錦萬寶全書‧諸夷門》中頓遜國[24]、大秦國[25]、白達國[26]、默伽臘國[27]的圖像上，都能看到蕃使手捧珊瑚的形象，《妙錦全書》對西洋古里國、撒瑪爾罕[28]的文字敘述也提到珊瑚為其物產。（圖3-24）在《學海群玉‧諸夷門》中，另外還提到波斯國、交趾國的物產有珊瑚，並特別提及其土產有「珊瑚，有赤黑二色，種在海，直而軟，見日曲而堅。漢初趙佗獻赤珊瑚名火樹。」此外，馬匹也是重要的貢物，〈諸夷門〉往往提到高麗國進貢了「果下馬」，巴赤吉、黑契丹也都以馬匹進貢。

最特殊的是麻離拔國[29]。麻離拔國多產異寶異藥，有龍涎香、珍珠、玻璃、犀角、象牙、珊瑚、木香、沒藥、血竭、阿魏、蘇合香、墨石子，但有關麻離拔的記錄，僅見於《異域圖志》及《三才圖會》、《學海群玉》、《妙錦全書》等日用類書中皆無麻離拔國的圖文資料，亦不見於胡文煥的刻本中。

有趣的是，《異域圖志》和《三才圖會》二書麻離拔國的圖像中，番使手持一物，應是墨石子或血竭之類的礦物，在蕃使身旁的瓶子／簍子之中，都擺放了珊瑚與象牙，《三才圖會》甚至特別突出珊瑚的圖形。（圖3-25）

---

[22] 何予明：《家園與天下——明代書文化與尋常閱讀》，頁231。

[23] 《西京雜記》記載，積翠池中有珊瑚樹，高一丈二尺，一本三柯，是南越王趙佗所獻。《述異記》云：「光武時南海獻珊瑚婦人，帝命植於殿前，謂之女珊瑚。一旦柯葉甚茂，至靈帝時樹死，咸以為漢室將凶之徵也。」珊瑚是珍稀罕見之物，甚至被認為具有兆示的能力。珊瑚的珍貴，也被用作表現宮廷中的豪奢，《新唐書》記錄驕奢成性的安樂公主「為寶鑪，鏤怪獸神禽，間以璣貝、珊瑚，不可涯計。」珊瑚也具有祥瑞的意涵，《廣異記》云：「裴僕射遵慶少時常持經，經中有小珊瑚樹，時人以為祥，後遵慶果居宰輔。」此外，《續文獻通考》提及外國以珊瑚進貢的例子，「遼太宗五年，吳越王錢鏐遣使貢犀角、珊瑚」，「明世宗嘉靖十九年雜谷安撫司貢珊瑚。」

[24] 傳為今緬甸南部的丹那沙林。

[25] 大秦有說為羅馬帝國，也有以為是波斯。

[26] 為定都巴格達的阿拔斯王朝，古稱「黑衣大食」。

[27] 傳為今之摩洛哥。

[28] 撒瑪爾罕地處今之烏茲別克。

[29] 在今印度西南岸。

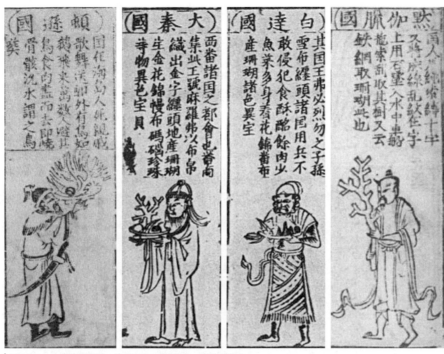

圖3-24：左起頓遜國、大秦國、白達國、默伽臘國

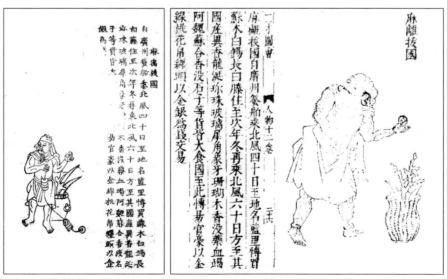

圖3-25：左起《異域圖志》麻離拔國、《三才圖會》麻離拔國

想像四夷都進貢珊瑚。這些國家不見得都出產珊瑚、或者真正進獻珊瑚，而是這些輾轉翻刻的日用類書中反映了當時庶民的思維。珊瑚代表一種珍寶，有神聖性，是諸夷贏蟲送給朝廷的貢品。

從明代日用類書〈諸夷門〉觀察，發現編排通常分為兩層，當然也有三層、四層的情形，而即使是三層、四層，也有二元構成的情況，上半部是神獸異物，下半部是贏蟲異國。很難說日用類書與胡文煥新刻本有關，卻似乎能窺出，萬曆年間的山海圖有明顯的二元結構方式，將山海異物與諸夷雜誌分開，各自獨立，編排方式都呈現這個特點。

另外，〈諸夷門〉的神獸異物都在上層，而贏蟲都在下層。除非是贏蟲太多，而神獸所居還有空間，則出現也有贏蟲在上層的情形，如《三台萬用正宗》的〈諸夷門〉是個例外。也許，要進一步思考，〈諸夷門〉的二元構成更多了一分「神物」與「贏蟲」的界線？聖俗有別？神人殊途？胡文煥新刻本將神與獸並列，將諸夷視為「贏蟲」，與〈諸夷門〉的分類一樣，而《三才圖會》不然，諸夷與神祇都置於人物卷，再將鳥獸蟲魚另列鳥獸卷。

此外，與《三才圖會》、新刻《贏蟲錄》相比，〈諸夷門〉不見「君子國」，但胡文煥和王圻都引用君子國的圖文資料，胡文煥更將君子國的圖像用作第一圖。這似乎顯示出文人和民間日用類書編纂者對「遠國異人」不盡相同的想像：對胡文煥或王圻而言，異域不僅僅存在衣不蔽體、風俗野蠻、長相怪異的民族，也可能有如君子國這樣斯文有禮，更勝中土的理想國。

（二）山海異物，神獸無別

山海異物多為想像，以《山海經》為主，加上外來動物。

從幾種圖本的比對看來，胡文煥的新刻本與王圻的《三才圖會》的靈獸圖像，在數量上相同，並且構圖相似，應屬於同一個系統。

日用類書〈諸夷門〉分作上下兩層，上層為「山海異物」，包括神類、禽類、獸類、魚蟲類，下層則為「外夷雜誌」，專記遠國異人。與新刻《山海經圖》、《三才圖會》比較，被安放於上層的「山海異物」，除了圖像粗糙而描寫簡略外，也有一些《山海經》的鳥獸似乎在流傳刊刻過程中，被忽略或刪除了。

值得注意的是，〈諸夷門〉收入了許多胡文煥、王圻圖本所沒有的動物。以〈諸夷門〉中收羅最多的《學海群玉》與《妙錦萬寶全書》為例，二書中收入了泉下馬、大尾羊、羚羊、靈羊、福祿、角端、白鹿、吼、建同魚、納魚、牛魚、浮胡魚、白雉、馬雞、駝雞、長尾雞等獸類魚類。

有趣的是，這些動物如果下馬、大尾羊、吼、福祿似乎皆為「貢物」。果下馬來自朝鮮，因身材矮小，能在果樹下穿梭而得名，日用類書因字形接近，誤作「泉下馬」；白鹿、福祿則見於《異域圖志》，藏於劍橋圖書館的《異域圖志》，原為圖寫異域國度的圖文書，在書末另有〈異域禽獸圖〉。福祿在《異域圖志》中作「福鹿」，貌似斑馬。圖像中白鹿、福祿皆為人以牽繩所牽，執牽繩者打扮不似中土人物，應為表現朝貢的場景。

《文林妙錦萬寶全書・諸夷門》中的文字，也清楚的交待若干靈禽、奇獸、異魚的產地，比如來自南方國度的珍禽異獸，有來自安南國的白雉，「安南有鳥狀如雉，色白，名曰白雉，周成王時越棠氏來獻，漢光武時曰九真貢。」安南國還有白鹿，「安南山中有白鹿，晉元康初，白鹿見交趾武寧縣。宋元嘉文交趾曾獻白鹿。」

山海異物中有長尾雞與泉下馬，在介紹朝鮮的土產時一定出現。「有鳥狀如雞，其毛長三尺，名曰長毛雞。」「有獸狀如馬，高三尺而不可乘，名曰泉下馬。」如同前文所述，泉下馬應為「果下馬」之誤。（圖3-26）

此外，《妙錦萬寶全書・諸夷門》還提到來自哈密衛的「大尾羊」，

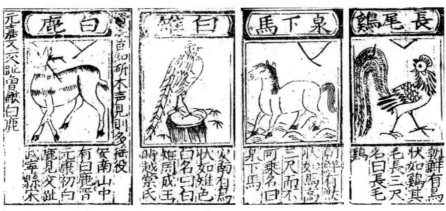

▍圖3-26：左起白鹿、白雉、泉下馬、長尾雞

圖3-27：左起大尾羊、福祿、靈羊、角端、吼

「其尾大者重三斤、小重一斤，肉如熊白而甚美。」還有來自回回國的靈羊和福祿「回回國中多靈羊，其尾重二十斤，行以車載之。」「回回國中有獸名福祿，其狀似驢而花紋可愛。」轄軳國另外有角端獸，《妙錦全書》以之與「《漢書音義》，角端似牛，角可為號。」西番國則有一種「吼」，身大若象，毛皆金黃色。腹毛、四爪俱白，首生綠鬃，亂披至頸，眼似金鈴，食邪吞恠，其名曰吼。」（圖3-27）

當然，《妙錦全書·諸夷門》之中，也不乏中國的物產，《妙錦全書》提及羚羊有異常堅硬的角，「高右山中有羚羊，首生一角而中實極堅，能碎金剛等石。」另外有馬雞，「嘉谷山有鳥狀如雞，嘴角皆紅，羽毛青綠，名曰馬雞。」駝雞，「西山有鳥頭高七尺餘，名駝雞，狀亦如雞。」

值得注意的是，另一套日用類書《學海群玉·諸夷門》關於駝雞的記錄。在上欄禽類的駝雞記述，與《妙錦全書》相同，然而《學海群玉》下欄的「外夷雜誌贏蟲錄」，較《妙錦全書》詳細，往往提及各國的土產，《學海群玉》記述「回回國」的物產時特別提到「駝雞」，或許駝雞也是來自域外的珍禽。（圖3-28）

禽鳥之外，還有各種聲貌特異的魚，如建同魚，「南海多建同魚，四足無鱗，鼻如象，吸水上噴高五六丈。」納魚，「榮經水及西山溪谷出，似魬有足，能緣木，聲如兒啼。」浮胡魚，「南海多浮胡魚，八足，狀如魿而嘴如鸚鵡也。」牛魚，「混同江出牛魚，大者長丈五，重三百斤，無鱗骨，脂肉相間，食甚美。」（圖3-29）

日用類書〈諸夷門〉的山海異物，將神祇、獸鳥、蟲魚同框，特別強調

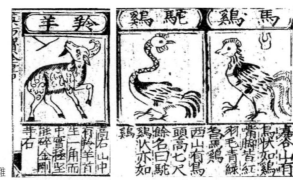

圖3-28：左起羚羊、駝雞、馬雞

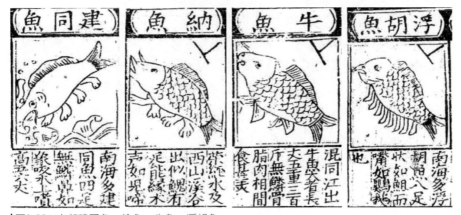

圖3-29：左起建同魚、納魚、牛魚、浮胡魚

仙禽瑞獸與神靈的奇異性。不同於《三才圖會》將《山海經》中的鳥獸與家禽、家畜並置，日用類書的山海異物更多的意義，似乎著重於與異域、異物的連結。

三、類書的異域想像

建陽日用類書，將《山海經》的圖像以「山海異物」和「諸夷臝蟲」的二元構成方式分為上下兩層，稱為「諸夷門」。山海異物，包括神類、禽類、獸類、魚蟲類，在日用類書中這些山神、水神與鳥獸蟲魚都是「異物」，來自山海異域。《三才圖會》的神祇則歸入人物卷，像是異域的異人，而非異物，原本的山海異物又與日常真實中的家禽家畜同框同籠，鳳凰與麒麟領軍，各有天地。

在第七章討論日本流傳的怪奇鳥獸圖卷，我們也將會看到江戶時期所承襲的山海異形與山海異物圖像，這些奈良繪將日用類書中的神類、禽類、獸類、魚蟲類系統發揮得淋漓，是博物的一部分，也是日本讀者異域想像的一部分。怪奇鳥獸、山海異物與諸夷贏蟲分隔，自成一書。

根據日本學者三浦國雄的說法，明代人的異域觀，稱什麼國什麼國，關心的重點都著重在衣服外貌上。[30]的確，從《三才圖會》或日用類書的圖像上就能輕易區別，除了高麗國衣冠具足之外，其他的民族或赤足、或冠羽、或文身、或裸形、或衣毛、或有尾等等，把諸夷也當成各種鳥獸蟲魚等山海異物來評斷，看來都像是所謂「不得天地正氣」的禽獸贏蟲。

類書都將諸夷職貢國的距離以馬行到應天府多久來思考。馬行會到的真實距離感，其實非常籠統，大多是幾個月或一年半等等，最大的意義在，明代的異域贏蟲中，騎馬民族多起來，而這些騎馬民族對明人來說，可能都差不多，都是遙遠的異域贏蟲，都是職貢國度，他們都要來應天府，以應天府為中心的意識似乎代表這是明初的思維方式。而大部分去應天府馬行幾年幾月的職貢國頻繁出現在類書中，可見馬行的職貢國成為重點，超過船舶可至之國，如「丁靈國……至應天府馬行二年」、「巢魯果訛……出良馬，至應天府馬行一年七個月」、「巴赤吉，……出馬，至應天府馬行一年」、「鐵東，出駝馬，至應天府馬行二個月」、「方連魯蠻，……出驢馬，至應天府馬行一年」等等。

明初以後，或鄭和（1371-1433）下西洋之故，或西洋人傳教之故，所謂職貢的國度不只馬行多久的時間出現，船舶航行順風與否的海洋觀念也頻繁了，然而，我們見到是以應天府為中心而以北方騎馬民族為職貢對象的思考方式。

黑契丹、巴赤舌、包石、阿思、無連蒙古、土麻、阿里車盧、屹魯國、深烈大、擺里荒、大羅國、方連魯蠻等等這些贏蟲國也都出現在《異域志》，內容上沒有至應天府幾年幾月，卻詳細地說明這些異域頗為富有，多奇珍異寶，例如采牙金彪：「其國頗富，有出產，尚財利，為番商者多，罕入中國。」可見其國原是適合通商。強調各贏蟲國的富有、多奇珍異寶，除了職貢想像外，書中特別點明他們的通商貿易意義。

---

[30] 三浦國雄：〈《萬寶全書》諸夷門小論─明人の外國觀─〉，《大東文化大學漢學會誌》第44期（2005），頁227-248。

而《新編京本赢虫錄》的序中自言凡一百八十餘入貢國，胡文煥則說職貢國，〈諸夷門〉中也一直出現職貢的字眼。可見職貢想像可能非從晚明在建陽刊刻的通俗日用類書開始，在《異域志》、《事林廣記》就已存在，只不過，《事林廣記》、《異域志》中馬行可至的說法尚未出現，到了劍橋本《異域圖志》與成篔堂本、胡本的《赢蟲錄》，都強調以應天府為中心，四方職貢中國的意識。

　　晚明的類書完全體現出有如《山海經》中山海異物圖和諸夷赢蟲圖，不能不說是另一種普遍的閱讀文化。山海異物與諸夷赢蟲是必然的存在，存在想像與現實間，不只是官方的職貢意義，也具備市井小民的閱讀滿足。《山海經》中的三身國與真實存在的「大琉球」、「小琉球」有何區別？都是異域赢蟲。經過了草原騎馬民族的蒙古族統治後，以應天府為中心的「得天地正氣者為人」的思想更強烈，其他都是不得天地正氣的赢蟲。遙不可及的真實與遙不可及的想像，兩者竟無等差，然而我們畢竟見到，晚明的這些刻本凸顯出不同的意義，將一切圖像化，具體化，以鮮明的圖為主，即使是想像的三身國、三首國，也與「大琉球」、「小琉球」一樣真實。

　　許暉林認為，晚明日用類書的〈諸夷門〉的異域論述，不只是為了滿足讀者博物好奇的閱讀趣味，而是結合了日常實用的論述與史傳傳統的諸夷論述模式，強調某種對海外諸夷向明朝中央朝貢的想像。晚明日用類書〈諸夷門〉中的異域論述是日用類書對知識的實用化的結果，以及在面對晚明朝貢體系崩潰以及西方地理知識的挑戰時，對於朝貢體系所作的重新想像。[31]

　　晚明日用類書〈諸夷門〉的異域論述是一種朝貢想像，的確是非常一針見血的看法。然而，是否與明朝朝貢體系崩潰或西方地理知識進入有關，可能需要進一步思考？首先，我們看到從明初到晚明，甚至到清代，無論是《異域圖志》或《赢蟲錄》或〈諸夷門〉，其中的異域論述差異都不大，知識文人精英與市井小民似乎始終都還在長久朝貢歷史的想像中，完全不理會利瑪竇等人傳進的西方地理知識，或者說根本無從體會。

　　因為晚明日用類書〈諸夷門〉的異域論述不是在萬曆年間開始的，是在嘉靖年間（或更早）刊刻的《赢蟲錄》就出現了。明初對北方民族的忌憚應

---

[31] 許暉林：〈朝貢的想像：晚明日用類書「諸夷門」的異域論述〉，《中央研究院中國文哲通訊》第20卷第2期（2010.6），頁169-192。

超越其他的中國沿海異族，這一點我們可以在其他書中得到印證，如嚴從簡在萬曆初年完成的《殊域周咨錄》，全書二十四卷，記錄韃靼的資料就有七卷，共十餘萬字。學者認為，明代與韃靼在北方軍事對峙為時最久，耗資鉅大，這七卷無疑已成為記述元亡後蒙古人活動的最詳細的資料。[32] 而我們也可以從《異域圖志》看到，韃靼不停的在書上出現。如：「土麻，人烟多，似韃靼，至應天府馬行七個月。」、「深烈大，似韃靼國一般，至應天府馬行六個月。」、「擺里荒，北邊，似韃靼一般，至應天府行三個月。」、「大羅國，如韃靼，結束，至應天府馬行四個月。」可見蒙古族是明代的異域想像最強大的陰影。職貢想像，也夾雜著贏蟲陰影？

　　由《異域圖志》、《贏蟲錄》等書，我們可以了解明代對「遠國異人」的態度，不只是邊裔異域來朝貢的想像，甚至藉由圖像化使得職貢方國具體化、真實化。而《贏蟲錄》的流傳，也暗示明代社會對職貢國度的興趣，而濃厚的興趣可能伴隨著曾經被蒙古統治的陰影？經歷蒙古族的所謂外族統治後，以「應天府」（南京）為中心思考的異域贏蟲意識更強烈，而這樣的意識應是在明初最為強烈，才會始終都以應天府為論述重點，到晚明日用類書以後，職貢想像甚至成為市井小民的「日常實用」文化之一。這樣的情況，使得繼《異域圖志》之後，福建建陽日用類書〈諸夷門〉不得不隨俗從眾，不停地刊登翻印有圖有文的《贏蟲錄》內容。

　　1371年明太祖朱元璋明確規定安南、占城、高麗、暹羅、琉球、蘇門答臘、爪哇、渤泥以及其他西洋、南洋等國為「不征之國」，實際上應該算是明確宣告中國的職貢範圍。明代沈度有《瑞應麒麟圖》，描繪永樂十二年（1414）榜葛剌國進貢的麒麟，就是一隻長頸鹿。一直到現在，日語中的麒麟還是指長頸鹿。（圖3-30，左）巧合的是，類似的麒麟圖也出現在劍橋本《異域圖志》的附錄中。（圖3-30，中）這個反覆出現的麒麟圖正是異域異人異物的職貢想像，有真實有虛幻，把真實的長頸鹿與中國人的麒麟結合起來。

　　不過讀者一定不會忘記，《三才圖會》也有瑞獸麒麟圖，在獸類之首，記載「麒麟色青黃。……麕身、牛尾、馬足、圓蹄、一角，角上有肉」。

---

[32] 明・嚴從簡著、余思黎點校：《殊域周咨錄・前言》（北京：中華書局，2000年），頁3。

（圖3-30，右）看來類書的圖像依然走自己的路，不管什麼高人一等的長頸鹿，中國人想像的麒麟圖像近似鹿與牛與馬的拼合，與應龍很像。

　　鄭和下西洋，西方傳教士東來，都使得明人的地理觀重新詮釋。紀實與想像的海外異域、異人異物同樣受到重視，到了晚明，《山海經》成了名副其實博聞多識的博物學專著。晚明類書引用《山海經》，又特別強調其圖像的表現，是明代學術世俗化的產物，而日常真實與虛幻想像混雜，正是二元的博物知識代表。

　　類書對《山海經》圖像的青睞，應是資料彙編的類書在晚明時期對異域知識建構的呈現，而圖像的加工，鳥獸蟲魚，異域神祇，或加山水，或附草木，似乎是晚明版刻藝術到達黃金時代的一種證明。圖像不只是附屬插圖，而是獨立於文字的另一種閱讀，圖像隱隱然為了另一群不同於知識精英或科舉生員的大眾閱讀方便，市井小民都會成為消費市場的一分子。

▎圖3-30：左起《瑞應麒麟圖》、《異域圖志》、《三才圖會》

第四章　異形・異體
——《山海經》中的一目、一足、貫胸神話

一、一目的神話

　　《山海經》中的一目神話，不只在三星堆出土的面具形象得到呼應，在明清的圖像中也反覆出現，一目國在相關《山海經》的引用幾乎都未曾被遺漏。中國南方少數民族的洪水神話有獨眼人的情節，而國外學者、作家筆下也不乏獨眼人、獨眼獸的描寫。

（一）《山海經》、三星堆中的一目或直目神話

　　有關一目或縱目、直目的記載，在《山海經》中就屢見不鮮，彝族神話中出現的一目或縱目神話，與《山海經》似乎頗有淵源。《海外西經》記載：「一臂國在其（指三身國）北，一臂一目一鼻孔。有黃馬，虎文，一目而一手。」一臂國是《淮南子》所記海外36國之一，其民曰「一臂民」，又稱比肩民或半體民。《爾雅・釋地》云：「北方有比肩民焉，迭食而迭望。」郭璞注：「此即半體之人，各有一目、一鼻孔、一臂、一腳。」《異域志》云：「半體國，其人一目一手一足。」

　　一臂國的人只有半個身體，一目、一鼻孔、一臂、一腳。國中有一種身披虎文的黃馬，也只有一隻眼睛，一條前腿。明代繪圖本所繪之一臂民圖，即騎在一目一前腿的黃馬身上。（圖4-1）

　　一目國也是《淮南子》所記海外36國之一，其民曰一目民，一隻眼睛長在臉面正中。

　　《山海經》所記與一目國有關的獨眼奇人，還有兩處，均有圖像：一為威姓少昊之子《大荒北經》記載：「有人一目，當面中生，一曰是威姓，少昊之子，食黍。」；一為鬼國，〈海外北經〉記載：「鬼國在貳負之尸北，為物人面而一目。」鬼國即一目國，其人人面，一隻眼睛生在正當中。見

4-1 | 4-2
4-3 | 4-4

▌圖4-1：一臂國
▌圖4-2-1～4-2-2：一目國
▌圖4-3：深目國
▌圖4-4：燭陰

《圖像山海經》鬼國圖（見圖4-2-1、圖4-2-2）。

袁珂注：「鬼、威音近，當亦是此國。」今見《山海經》古圖一目民有二形：其一，一目為縱目、直目（但此說未見於經文）；其二，橫目。（見圖4-3、圖4-4）[1]

另據〈海外北經〉所記：「深目國在其東，為人深目，舉一手。」今本蔣應稿本之深目國圖，其人舉一手、一目，想必是根據原經文而作。經文文字原為「為人舉一手、一目」，袁珂據其餘諸國體例校改「為人深目，舉一手」，似乎深目國的人也是一目。[2]

〈海外北經〉又記：「鍾山之神名曰燭陰，視為晝，瞑為夜，吹為冬，

---

1 袁珂：《山海經校注》（臺北：里仁書局，1982年），頁436。
2 袁珂：《山海經校注》，頁236。

呼為夏，不飲，不食，不息，息為風，身長千里，一目國在其東，一目中其面而居。」

〈大荒北經〉又記：「西北海之外，赤水之北，有章尾山。有神，人面神身而赤，直目正乗，其瞑乃晦，其視乃明，不食，不寢，不息，風雨是謁。是燭九陰，是謂燭龍。」燭龍即燭陰，是中國神話中的一位創世神，又是鍾山（此經作章尾山，據郝懿行云「章、鍾音近而轉也」）的山神。燭龍身長千里，人面蛇身，紅色，眼睛是直的，閉起來就是一條直縫。袁珂注：「此言燭龍之目合縫處直也。」今見蔣本燭龍圖之直目為獨目，居臉部正中，直目又稱從目、縱目。（圖4-4）

有關縱目、直目的問題，〈海內北經〉也記載：「袜，其為物人身黑首從目。」《玉篇》云：「即鬼魅也。」《後漢書・禮儀志》：「雄伯食魅。」即鬼魅，人的身子黑臉，兩隻眼睛豎著長。從目，即縱目、直目。縱目，在民族文化史和文化學上是一種符號。

郝懿行云：「《楚辭・大招》『豕首縱目，被髮鬤只。』疑即此。」因而，袜者，指的應是一種古代縱目族群。[3]根據蕭兵先生對《楚辭》的解釋，眼睛豎著的豬頭神見於洛陽西漢卜千秋畫像墓，它能辟除鬼怪，威脅遊魂。[4]

《楚辭》寫作年代與《山海經》相當，而學者對《二招》與彝族的密切關係都持肯定的態度。

弗雷澤曾提到彝族的招魂風俗，他們會念一種禱文，呼喚靈魂的名字。[5]蕭兵先生就認為《二招》是直接間接地承受了這種禱文的影響的，而彝族《開路經》也與《招魂》相似。[6]丁文江《爨文叢刻》有貴州彝族的《天路指明》，徐嘉瑞就直截了當地說：

> 余以《大招》、《招魂》為巫師所用之經典，今以《爨文叢刻》證之尤信，如《天路指明》即《大招》、《招魂》也。[7]

---

[3] 馬昌儀：《古本《山海經》圖說》（下）（桂林：廣西師範大學，2007年），頁925。
[4] 蕭兵譯注：《楚辭全譯》（南京：江蘇古籍出版社，1998年），頁228。
[5] 弗雷澤著，徐育新譯：《金枝》上冊（北京：中國民間文藝出版社，1987年），頁277。
[6] 蕭兵：《楚辭的文化破譯》（荊門：湖北民族出版社，1991年），頁1062-1063。
[7] 徐嘉瑞：《大理古代文化史稿》（北京：中華書局，1978年），頁286。

另外，也有學者提出《招魂》與白馬藏人民歌作為韻腳或語助的「些」字，以及「些」字句都格外相似。這說明「楚些」與白馬藏人民歌的相通之處，楚國有一部分民歌與氐羌民歌在當時尚屬同宗，還未完全脫離。[8]

　　由學者對《二招》與氐羌族群文獻的比較可以看到，兩者的關係非常密切。〈大招〉出現與彝族神話、白馬藏人神話中同樣的縱目情形，就是可以理解的。三星堆二號坑出土的一面寬1.38米的巨型青銅人面像（即被人們稱作「縱目人面像」），眼珠呈圓形外突達1.65釐米，學者認為就是燭龍「直目」的寫照。

　　三星堆二號坑出土的一面寬1.38米的巨型青銅人面像（即被人們稱作「縱目人面像」），眼珠呈圓形外突達16.5釐米，學者認為就是燭龍「直目」的寫照。《華陽國志‧蜀志》記：「周失綱紀，蜀先稱王。有蜀侯蠶叢，其目縱，始稱王。……作石棺石槨，國人從之，故俗以石棺槨為縱目人冢。」古蜀國的第一代王蠶叢「目縱」，學者因此認為三星堆縱目人面就是其先祖蠶叢的形象，也就是《山海經》中燭龍的形象。[9]而祝融音讀與燭龍近，燭龍又可視為神話中的火神、光明之神、南方之神—祝融。《山海經‧海內經》記載：

> 炎帝之妻，赤水之子聽訞生炎居，炎居生節并，節并生戲器，戲器生
> 祝融，祝融降處於江水（岷江）。

　　《蜀王本紀》則說：「蠶叢始居岷山石室中」。似乎祝融、蠶叢最早都活動於川西北的岷山岷江一帶。而在今天川滇一帶的彝族中，我們還可以發現與三星堆縱目人形象相似的面具。例如在羅婺支系的許多村寨中，都有一對由每戶人家輪流供奉的始祖面具，各戶又有家祖面具。始祖面具基本屬於人面造型，其顯著特點為凸目、闊嘴、露齒，有些始祖面具底色為墨黑色，凸出的眼球為黃色，眼圈、口唇、鼻子都塗成朱紅色，臉上有朱紅色橫條。

---

[8]　楊鳴健：〈楚些今蹤——談白馬藏族民歌中出現的「些」〉，《中央民族學院學報》1988年6期，頁89。

[9]　屈曉強、李殿元、段渝主編：《三星堆文化》（成都：四川人民出版社，1993年），頁182。

而三星堆銅面具在出土時，許多尚能看見眉眼描黛、口鼻塗朱的情況。三星堆青銅大面具寬1.38米，彝族始祖面具一般則寬1.5米，兩者有驚人的相似。徐中舒、方國瑜、王有鵬、關榮華、陳英等學者都考證說，川滇彝族與古蜀人有深厚綿遠的族源關係。彝族始祖面具似乎沿襲其世世代代長達四五千年的縱目蠶叢始祖傳說的形象而製作的。[10]

蠶叢的形象為「縱目」是和人類的五官有違的，過去有些學者根據民國時修纂的《邛崍縣志》卷二記載：「蜀中古廟多有藍面神像，面上壘壘如蠶，金色，頭上額中縱目，當即沿蠶叢之像。」認為蠶叢為「三隻眼」，而日人狩野直禎則認為縱目是在眼睛上刺青。[11]這種說只能聊備一說，認同的人很少。

也有學者認為，「縱目」應該是氐、羌古蜀人的面貌特徵。三星堆出土的青銅頭像，已經對這面部長相作了十分生動的描繪。特別是銅人臉上的眼眶、眉目、唇部還塗有藍、黑、朱色，讓人覺得，這「縱目」不是長的，而是一種化妝習俗，就像戲曲中的淨角臉譜。戲曲藝人，對一些威武的角色，常常要把他勾繪成豎眉豎眼，就像三星堆銅人像的眉眼。方法是先用手把眉眼豎起，再用一條布巾，從額上緊緊勒住，然後勾臉，這豎目的形象就出來了。古蜀人有纏頭（如今之彝族）、戴冠的習俗，他們纏頭戴冠，一定習慣緊豎自己的眉眼，使之「縱目」，這才變成「縱目」人的。[12]

無論如何，三星堆二號祭祀坑發現的幾件青銅面具，的確為蠶叢的形象提供珍貴的實物資料。《山海經》及三星堆的資料都提供給我們一個訊息，一目神話、直目神話似乎都只是一個族群的標誌。

（二）彝族、納西等族的一目或獨目神話

西南少數民族的神話中，常出現一個主題：最初的人類在體質上，與今天的人類有明顯的差異。相傳那些先人在洪水前後逐漸淘汰、繁衍與現代人無異，成為我們的祖先；這個主題在彝語支等藏緬語族諸民族中最為明顯。

---

[10] 《三星堆文化》，頁183-184。
[11] 狩野直禎：〈巴蜀古史的再構成〉，《四川史學通訊》1983年第2期。
[12] 劉少匇：《三星堆文化探密及《山海經》斷想》（北京：崑崙出版社，2001年），頁70。

在彝族洪水神話中最特殊的是：不同的眼睛。洪水之前的人類大都是獨眼、斜眼直眼或豎眼；洪水後，橫眼人必定要取代所謂的獨眼、斜眼、直眼或豎眼人。本論文從彝族神話談起，其中較多的是彝族洪水神話中的一目、直目情節，當然也論及與彝族有淵源或鄰近的白馬藏人、納西族、獨龍族等。這些族的神話，都出現過一目或直目的說法。彝族洪水神話中的不同眼睛，逐步發展而成為民族始祖，這樣的情節在彝族神話中常常出現。

流傳在姚安、大姚一帶的創世史詩《梅葛》中，講述天神撒下三把雪，落地變成三代人：第一代是獨腳人，長一尺二寸，獨自一人不會走。這一代人，月下能生存，太陽一出就曬死。第二代是長一丈三尺巨人，穿樹葉為衣，吃山果為食，做活就想睡，一睡就是幾百年，最終被淘汰了。第三代是兩眼朝上的直眼人，後來得罪天神，被洪水淹死，只剩下好心的妹妹。妹妹洗了哥哥的洗澡水，懷孕生下怪葫蘆，葫蘆中生出現代的各族人。[13]

神話中提及前三代人是「獨腳人」、「巨人」、「直眼人」，而直眼人得罪天神後被洪水淹死，剩下好心的妹妹，妹妹應該也是直眼人，直眼人不一定是不善的、惡的，眼睛並非美善的標準。

流傳於哀勞山雙柏縣新街一帶的創世史詩《查姆》這樣寫道：

> 天地開闢以後，天神造出叫「拉爹」的獨眼人。獨眼人這一代，猴子和人分不清。猴子生兒子，也是獨眼睛；獨眼睛這代人，用石頭敲硬果，濺起火星星，學會了用火，也學會了種莊稼。但是獨眼人心不好，播種收割他不管，莊稼雜草遍地生；不分男和女，不分長幼尊卑；兒子不養爹媽，爹媽不管兒孫，餓了相互撕吃。怪事天天有，災難月月生。群神當機立斷，便製造了一場乾旱，除了留下一個學會勞動的做活人之外，把獨眼睛這代人都曬死了。留下的做活人與神女相配，生下了一個皮口袋。把口袋剪成三節，袋裡跳出一群小螞蚱，螞蚱跳三跳，變成一百二十個胖娃娃，他們名叫拉拖，有兩隻直眼睛。兩隻直眼朝上生，他們種桑麻、種瓜穀、撈魚蝦，但是各吃各的飯，各燒各的湯，一不管親友，二不管爹媽，看不見善良和純樸，於是神

---

[13] 張文勛主編：《滇文化與民族審美》（昆明：雲南大學出版社，1992年），頁264。

又降了一場洪水，除留下好心的阿普篤幕兩兄妹之外，把直眼人都淹死了。洪水過後，群神撮合阿普篤幕兄妹成親繁衍人煙，生下三十六個小娃娃，取名叫拉文。他們有兩隻橫眼睛，兩眼平平朝前生，從此各人成一族，三十六族分天下，三十六族常來往，和睦相處是一家。他們學會栽桑種麻，紡綢織緞，冶煉金銀銅鐵錫；他們創造了文字，發明了紙和筆，寫成了書，找到了「長生不老藥」……開創了歷史。[14]

神話中有獨眼人、直眼人、橫眼人的區別，獨眼人、直眼人全被洪水淹死，剩下阿普篤慕兄妹，文中未明言，可是兄妹卻明顯是在直眼一代，直眼人中也有天神滿意的人類。在史詩《查姆》的另一種異文中，最初出現的人類男子有八隻眼、九個耳朵，女子有四雙手，兩條腿（或六條），他們都從不眨眼。[15]在這個異文中，強調男女都不眨眼，焦點也在眼睛，不眨眼與現代人是不同的。

另一個搜集到的畢節彝族史詩《洪水紀》的主角也是篤慕，三兄弟因為盜天馬而引發天神降洪水。史詩中較不同的是，洪水前有獨腳人，也有獨眼的神怪篤慕要娶的三個天女，已經許配給其它的神，所以史詩中又引發一場天上人間的戰爭。[16]

楚雄的彝族洪水故事則寫原先的獨眼人人心不善，天神請九日八月將人類曬死，而後又出現無禮的豎眼人時代，才傳到橫眼人時代。天降洪水，善良的篤慕因為藏身葫蘆倖存，後來與四個天女結婚而傳下人類。[17]

江城彝族的洪水神話中也有獨眼、直眼時代。情節稍有變化，寫篤慕藏身帆船中倖存，天神以九日八月將洪水曬乾。洪水後篤慕與六個天女婚合，一女生六子，六六三十六。[18]這個故事出現帆船，可見是後起的。

峨山的《洪水滔天史》中也有直眼獨眼時代、神話中篤慕以木箱避水，四日四月將洪水曬乾後，年老的篤慕又變年輕了，仙女下嫁篤慕後生下葫蘆，

---

[14] 張文勛主編：《滇文化與民族審美》，頁262-263。
[15] 郭思九、陶學良整理：《查姆》（彝族史詩）（昆明：雲南人民出版社，1981年），頁16。
[16] 王子堯譯，康健等整理：《洪水紀》（彝族史詩）（成都：四川民族出版社，1994年）
[17] 《洪水汜濫》（昆明：雲南教育出版社，1987年），頁1-26。
[18] 《洪水汜濫》，頁27-37。

葫蘆有十二，住有漢族擺衣（傣族）、窩尼（哈尼族），中間一層是彝族。[19]

新平的彝族洪水神話中也有天神將豎眼人滅絕的情節。年老篤慕以葫蘆避水，三個天女下嫁，生六子六女，有漢族、哈尼、拉祜、傣族，也有山蘇、聶蘇等現住玉溪滇南的彝族支系。[20]

彝族《阿艾拉迭查》（即獨眼人時代的歌）一書中也說：

> 直眼人時代，天地沒有形成，還沒有飛禽走獸，沒有日月星辰，沒有江河海洋；橫眼人拉文時代，才有了人類的祖先獨摩兄妹。[21]

貴州威寧的彝族傳說中，也有這樣的記載：

> 人類是從猿變來的——阿烏納巨慧，即直眼睛時代的人類，雖然外貌像人，但實際非人，宛如野獸，顏面似猿，牙齒如鼠。[22]

流傳於雲南紅河州的彝族史詩《尼蘇奪吉》講的是龍王的兒子造了天地萬物，也用泥巴造了獨眼人；在獨眼人時代後期，人類恃強凌弱，降下洪水，消滅獨眼人，只有心地善良的姊弟倖存，通過滾石磨、簸箕等合婚儀式結為夫婦，開創直眼人時代。後來，直眼人心腸又變壞了，天神再降下洪水消滅直眼人，好心的杜姆老頭，由於天神的幫助乘木棺避水，獲救以後，天神將杜姆變成一個小夥子，與三個天女婚配生下九男十二女，開創橫眼人時代。橫眼人與天上通婚24代以後，天上撤掉天梯，彝族才在地上彼此婚配。[23]木棺也是箱舟的一種，是箱舟漂流的死而再生過程。

流傳於滇東南的史詩《阿細的先基》中，純粹用眼睛來象徵文化發展。例如，有一種說法描寫人分四代：

---

[19]　《洪水氾濫》，頁38-45。

[20]　《洪水氾濫》，頁56-69。

[21]　李力￥編：《彝族文學史》（成都·四川民族出版社，1994年），頁17。

[22]　庹修明：〈試論彝族儺戲「撮泰吉」的原始形態〉，油印本，貴州民族學院民族研究所，1988年；又見庹修明：〈原始粗獷的彝族儺戲「撮泰吉」〉，《貴州民族學院學報》（1987年第4期）。

[23]　《彝族敘事長詩選·尼蘇奪吉》（昆明：雲南民族出版社，1984年）。

天地初開，天神用白泥做了女性野娃，用黃泥做成男人阿達米，他們生下比山頭茅草還要多的人，這一代人被稱為螞蟻瞎子代；後來天上出了七個太陽，把螞蟻瞎子代人曬死了，只剩下遲多阿力列和遲多阿力勒兩人，從此人類發展到螞蚱直眼睛代人。後來水牛與山羊打架，濺起火星，燃起大火，燒死螞蚱直眼睛代人，只剩下吉羅涅底波和吉羅涅底摩兩人，從此人類又進入了蟋蟀橫眼睛時代；後因得罪了天神，被降洪水淹死，僅剩下最小的兄妹倆，才又繁衍出了現代的筷子橫眼睛人。[24]

彌勒縣西山區阿細人口頭上流傳的古歌，還有另一種異文：一種說是人分五代，天神造第一代「螞蚱層」，一千五百年後人太多，被天神換掉了；又造第二代的「蟋蟀層」，會盤莊稼，又因上述原由被換掉了；再造第三代「獨眼人」，也同樣被換掉；第四代是天神造的西尾家夫婦，因其子女盤莊稼而惹來洪水之災；第五代人為洪水遺民兄妹所生葫蘆中走出來的各民族祖先，一千五百年後因發展起來的人太多，天神也換不掉。[25]另一種說法是人分三代：第一代是天神造的瞎子人，後被換掉；第二代人是斜眼人，以大樹為住所，因其子女到處學盤莊稼而引起洪水之災；第三代人是洪水遺民兄妹：所生葫蘆中走出的橫眼人，成了各民族的祖先。[26]在前一種異文中明顯地是以螞蚱、蟋蟀眼睛來比擬人的眼睛，第二種異文則是以瞎子、斜眼和橫眼來分三代。

根據納西族東巴文經典所整理的《創世紀》一書記載，洪水後倖存的男子從忍利恩要娶天女為妻，有老人告訴他：

> 高山底下，住著一對天女。那個直眼女是最漂亮的，那個橫眼女是不漂亮的。但是你要千萬記住：不可要直眼女，只可與橫眼女結婚。利恩走到那座高山下面，果然看見兩個天女正在嬉戲。一個善良，容貌卻不好看；另一個不善良，卻有一雙勾人的媚眼。[27]

---

24 《阿細的先基》（昆明：雲南人民出版社，1959年）。
25 《雲南民族文學資料》第18集（1963年鉛印本），頁223-232。
26 《雲南民族文學資料》第18集，頁315-340。
27 谷德明編：《中國少數民族神話選》（西北民族學院研究所，1983年），頁513-514。

故事中男子還是娶了貌美的直眼女，天女懷孕，生的全不是人，而是熊、豬、猴、雞、蛇或蛙。故事中直眼、橫眼是美善的區別，而美與善是衝突的。

白馬藏人的神話《人種來源》的情節，也講到天神四次派人到地下來，其先後是一寸人、立目人和八尺人：

先派來了「一寸人代」，一寸人長得太小了，老鷹要叼他，烏鴉要啄他，土耗子要咬他，連小螞蟻也要欺負他。一寸人實在太軟弱，莊稼種不出來，後就慢慢死絕了。天老爺又派來了「立目人」。立目人太懶怠了，不會種莊稼，又不學，天天坐起吃喝。身邊能吃的東西都吃光了，立目人也漸漸地餓死了。天老爺又派下來「八尺人」。八尺人身高力大，食量也大得嚇人。種的莊稼，三年的收成還不夠他一年吃。開始他還能捕野獸、禽鳥和採野果、野菜添著吃；後來這些都吃光了，八尺人沒有充足的食物，知道自己只有死了，於是不斷地哭，也逐漸滅亡了。天老爺沒有辦法，最後才派來了我們現在的人。[28]

白馬藏人的這個神話未提及洪水，卻明白強調第二代立目人相當於直眼人，還特別強調立目人的好吃懶做，似乎對立目人充滿貶意。

流傳在雲南貢山獨潘江兩岸的獨龍族神話說，從樹椏中爆出來的壇嘎朋由神養大，天神有兩個姪女要壇嘎朋選一個為妻。天神極力誇耀獨眼的四姑娘，雖然長得不如三姑娘，但身子結實、寬肩膀、胖臉頰、臉孔黝黑，一天能織兩卷麻布，織的麻布毯子平平整整；壇嘎朋喜歡四姑娘勤勞能幹，於是娶四姑娘為妻。[29]這個神話中天神要男子娶獨眼天女為妻，因為她勤勞能幹，對獨眼毫無貶意。另一種異文說，洪水氾濫後，男子彭根朋經過一連串考驗後到達天神家裡，天神讓彭根朋選一個天女為妻，兩個天女中，有一個天女眼睛生得很漂亮，但是不洗臉；另一個天女只有一個眼睛，臉卻洗得乾乾淨淨，願意嫁給彭根朋為妻，另一個天女卻願嫁給魚。於是，彭根朋娶了

---

28 馬昌儀編：《中國神話故事》（北京：中國廣播電視出版社，1996年），頁64。
29 《中國少數民族神話選》，頁596-599。

獨眼天女，一起回到人間種莊稼、養牲畜。[30]獨龍族的神話中獨眼天女是被推崇的。

哈尼族史詩《十二奴局》中描述：最初的時候，天神從天上派下兩個人，男的與女的都只有一個眼睛，長在腦門正中間。兩人結為夫妻後，生下一個葫蘆，葫蘆裡出來7種人，7種人都是一個大大的獨眼長在後腦殼上，眼睛在一邊，腳手在一邊，要倒著走路，做起活來像扯羊肚腸。天神不喜歡這種人，要換新人種。後腦獨眼代死了，新的一代人有兩隻眼睛，分開長在兩個膝蓋上，只顧腳不顧手，做起活來東倒西歪。天神又換了一代橫眼的人種，長得與現代人一樣，做起活來也方便。[31]

陳建憲先生統計的37篇尋天女亞型的洪水神話，彝族占了一半以上，納西族有六篇，其它的11篇來自藏、普米、德昂、獨龍、拉枯、蒙古等族，陳先生認為他們或是和彝族同為氐羌後裔。三篇藏族異文和兩篇蒙古異文，則是來自與彝族雜居的四川木縣。[32]

其實所謂的三篇藏族異文，是前面所提的白馬藏人，並非我們常談的藏族，白馬藏人是氐人的後裔。而兩篇蒙古異文並非是蒙古族的神話，是納日化後的蒙古人，是納日人，古羌人後裔。尋天女亞型，是氐羌族群的洪水神話，而一目或直目的眼睛描寫，也是氐羌族群的標誌。

據學者所言，「白馬藏人」主要分佈於四川省平武縣白馬、南坪縣等地與及甘肅省文縣。白馬公社是最大的聚居區。這支民族雖然跨居川、甘兩省，省內又屬不同的地、州，然而他們居住的地域是連片的。平武白馬一帶是聚居區，其北面和西北面與漢族雜居的南坪、松潘、文縣的藏族居住地接壤。他們認為同屬於一個民族，因為語言、習俗大同小異，內部互相通婚，互為親友、交往頻繁，拒絕與周圍的藏、漢、回等族聯姻，學者認為，史籍上記載的有關氐人的情況與「白馬藏人」的語言習俗有許多相似之處。「白馬藏人」分佈區域，歷來是氐人居住活動的廣大地區的核心。[33]也有學者從氐族的地望、族稱以及喪葬制度、木楞子建築、尊狗、羽飾……等特點來討

---

[30]　《中國少數民族神話選》，頁610-612。
[31]　陳官祿等蒐集整理：《十二奴局》（昆明：雲南人民出版社，1989年），頁6-8。
[32]　陳建憲：〈中國洪水神話的類型與分布──對433篇異文的初步宏觀分析〉，頁2-10。
[33]　尚理、周錫銀、冉光榮：〈論白馬藏人的族屬問題〉，《白馬藏人問題討論集》（成都：四川省民族研究所，1980年）。

淪，「白馬藏人」實與藏族無關，而是當地的古代氐族的後代。[34]

另一個問題是，何以將納日人誤稱為蒙古人？誤以為納日人的天女婚型洪水神話是蒙古神話？納日人，自稱Naiz，主要分於四川西南部鹽源縣、木里藏族自治縣及相比鄰的雲南寧蒗彝族自治縣。在四川和雲南境內摩梭人自稱「納日」，也有稱為韃靼族或蒙古族的。納日人與蒙古族的確是有一些關係的，第一次是元初忽必烈南征大理時，曾經過木里、寧蒗等納日人地區，並留下少量的官兵；第二次是元末明初的大動亂，蒙古人大量來到納日人地區。有學者認為，明取代元朝以後，這些散居當地的蒙古兵，勢必不敢承認自己的蒙古族成分，久而久之必然融合到納日人當中。這就是長期以來川滇邊境的納日人，有許多自認為是蒙古族後裔的根本原因。[35]換句話，元初以後，滲入納日人中的蒙古一族早已納日化了。

方國瑜、和志武認為「麼」字來源於「旄牛羌」的「旄」，而「些」即人或族之意。[36]學者們認為納西和納日都來源於古旄牛羌，因此都被泛稱為「麼些」，即大家熟悉的摩梭人。納日人雖然滲入了蒙古族的血統，卻不是蒙古人，仍是古羌人的後裔。我們見到前面所舉的例子中，天女婚洪水神話大都流傳於氐羌族群中，而一目神話、直目神話也都流傳於氐羌族群中，彝族、納日人、白馬藏人、獨龍族、哈尼族同是古代氐羌族群，他們的神話就明白宣告著天女的一目、直目或橫目。

眼睛不是在象徵人類的善惡或文明與否，而是一種族群的標誌。

（三）眼睛可能原本是族群的標誌

為何一目神話、直目神話一般都記載於〈海經〉之中？學者認為它們是最早流傳於生活在大西北的古氐羌人中的神話，而被《山海經》的作者輯入作品中的。作為古氐羌系統中的一支的彝族先民南下到雲南，將一目神話、直目神話保存在自己的文學中。唐代張守節《正義》說：「蠶叢國破，子孫居姚、嶲等處。」其方位應在現在的雲南大姚、姚安一帶。蜀國被滅以後，

---

[34] 陳宗祥：〈白馬藏族為氐族遺裔試證〉，亦見《白馬藏人問題討論集》。
[35] 李紹明：《李紹明民族學文選·論川滇邊境納日人的族屬》（成都：成都民族出版社，1995年）。
[36] 方國瑜、和志武：〈納西族的淵源·遷徙和分布〉，《民族研究》（1979年第1期）。

蜀國的遺民把縱目神話也帶到雲南。一目神話、直目神話或縱目神話流傳於彝族中，為彝族起源於北來氐羌的學說提出佐證，同時也說明逃到雲南的蜀國亦為彝族先民的一部分。[37]不管《山海經》中的一目神話、直目神話到底是不是來自彝族先民的古氐羌，我們或許可以說彝族洪水神話中的獨眼、直眼或豎眼人神話應是有來源的，直眼神話的確集中流傳於彝族。其實更確切地說，有關獨眼、直眼的神話是屬於氐羌族群的神話。

馬昌儀先生肯定袁珂先生說法，認為奇股比奇肱更合理，而奇肱（或奇股）國神話有兩個主題：一為善為機巧，能作飛車；二是騎吉良神馬，與雙頭奇鳥為伴，突出其神性品格。[38]似乎不管奇肱或奇股都在強調異形人的神性，並無道德上的優劣。

納西族的洪水神話中，也出現洪水後主人公所娶的仙女有直眼、橫眼的區別，李霖燦先生所蒐集的兩則神話都提及美麗的是直眼仙女，善良的是橫眼仙女，天神要倖存的男子娶橫眼仙女。直眼和橫眼在納西族文字中被寫成（和，前者表現了美人的媚態，後者表現了所謂的善良。[39]

也有學者認為，「獨眼睛代人」和「螞蟻瞎眼人」，不正是以極為生動的形象，再現了人類兩眼漆黑的蒙昧時代；「直眼睛代人」和「螞蚱直眼人」其眼睛豎直而生，不正是怒目而視的人，眼睛所呈現的形態勢，正好像徵了人類的野蠻時代；「橫眼睛代人」和「蟋蟀橫眼人」及「筷子橫眼人」，「他們的眼睛平平朝前生」，除和我們現代人的眼睛型態一致外，與前兩種眼態形成了鮮明對照，可以說橫眼又正好是人們在笑容可掬時的眼態，這正是象徵人類與鄰為友的文明時代。

伊藤清司曾引用岩田慶治關於「眼睛具有智力」見解，並進一步指出：「眼睛的智力有優劣」，他以彝族和納西族創世神話作例證說：神話中主人公選擇配偶的標準，完全在於女方眼睛的形狀，即以女子眼睛是直眼或橫眼的區別作為選擇的標準，眼睛不只是道德的象徵，也深深地包含著文化的意義。直眼象徵著妖魔鬼怪、蒙昧和邪惡，橫眼則象徵著神、文化和純正。伊

---

[37] 陳世鵬：〈彝族婚媾類洪水神話瑣議〉，《貴州民族研究》53期（1993年1月），頁136-142。

[38] 馬昌儀：《古本《山海經》圖說》，頁436。

[39] 李霖燦：《麼些研究論文集‧麼些族的故事》（台北：故宮博物院，1984年），頁293。

藤清司又認為，一隻眼睛和兩隻眼睛，直眼和橫眼，這樣的差異可以說是象徵著從非人類社會到人類社會的進化。[40]

貴州省水族的神話說，在伏羲、女媧之前，世界已經有人類存在了，那個時代的人類非常矮小，生活很苦。天神想要重新造人，就拔下一顆牙給伏羲兄妹。後來洪水氾濫，人類滅絕，只有伏羲兄妹倖存。[41]

伊藤清司先生因而肯定說，以大洪水為分界線，前後的人類有明顯的差異，洪水前的人類形體矮小，意味著不是合乎神意的人類，後來定的男女蒙受天神的指示而倖存下來。倖存的男女結婚後，生出的人類與洪水前的人類是異質的。大洪水並非只具有自然災害的消極、否定意義，蘊涵在這類神話中積極、肯定的意義是：經歷一場淨化、過濾，消滅先人的存在，從而創造作為人類存在的現代人類。洪水無疑具有這樣的意義。而西南民族的神話說明現代人類的出現曾是一個長期變遷的過程，變遷的過程分為體質的進化和人性的具備。[42]進化論的觀點似是早期一些學者的觀點。

傅光宇、張福三兩先生有不同的看法。納西族神話中的直眼女與橫眼女出現於同一環境即「天上」，本屬「空間的並列」關係；不少資料說明洪水後倖存的男子先後與直眼女、橫眼女婚配，而《人類遷徙記》、《創世紀》、《崇搬圖》、《銼治路一苴》、《查熱利恩》的部分異文，都提及天神給男子造木偶伴侶未成功的情節，永勝納西族新記錄的資料，則同時出現直眼女、橫眼女、斜眼女的情節，可見納西族的這個神話並不必然是體現「歷史的必然」。何況許多民族創世神話中象徵文化意義的事物，並不一定就是眼睛。對於學者認為眼睛也有道德的象徵，傅、張兩先生也推定是後起的觀念，許多神話和古籍中對「異形人」、「獨眼人」、「縱目人」都未加以貶斥。傅、張兩先生又說永勝納西族的資料還表明，直眼女、斜眼女與橫眼女都同時出現於地上男子面前，但男子只與橫眼女婚配，而直眼女、斜眼女並未給危害，也未與之對立。其實，直眼女、斜眼女與橫眼女都是仙女，都是神的家庭成員。直眼女不善良的評價只見於《東巴經》，而口傳資料則不予譴責，似乎透露出這是記錄者所作的修改。神話中評直眼女不善良，正

---

[40] 伊藤清司：《中國古代文化和日本》（昆明：雲南大學出版社，1999年）。
[41] 中央民族學院：《中國少數民族神話匯編・人類起源編》。
[42] 伊藤清司：《中國古代文化和日本》，頁32-42。

是反映出特定歷史時期的「人意」，正是文明社會的道德標準。[43]

很多神話將人類社會分為若干發展時期，與眼睛並無關聯，例如傣族將上古時代分為葫蘆生人時期、大火燒天時期、洪水氾濫時期、風吹乾水時期、荷花時期以及現在等五個時期。[44]仡佬族神話說，從古到今，人分四曹（四輩）。頭曹人是用泥巴捏的，後來被大風吹化了；第二曹人是草扎的，遇到天火把他們燒光了；第三曹人是星宿下凡變成的，遇到洪水朝天，剩下兄妹二人，現在這一代人，是洪水遺民成婚繁衍起來的。[45]

流傳於烏蒙山區的彝文文獻《六祖魂光輝》中，則將人類發展階段用「異形人」來象徵，神話中描寫最初的人生自水中，無影無蹤，叫「水生兒」；其後代孕生「凡間人」，形如巨石，盤踞水中；後經祭祀，「凡間人」成了「雁人」，形似人而手腳成雁翅狀；又經祭祀，「雁人」育化成「人虎」，人形而只能在林間生活，再經祭祀，終於產生彝族祖先。[46]

一目人、縱目人同獨腳人、泥巴人、草扎人、水生兒、雁人、人虎似乎都在與現代人做區隔，一目人或縱目人等不同眼睛形態比較普遍，而且在古籍上找得到記載。

傅光宇、張福三兩先生就曾說，「洪水之災」實際上是遠古人類和現代人類的分界線。[47]這個看法應是值得參考的。

王孝廉先生也認為，神話時代一民族將異民族、或敵對民族、或被征服民族視為異類，因此塑造他們在形象上有一種非正常的眼睛。[48]王先生的這個觀點也很值得參考。

眼睛等體質上的演進有人類進化上的意義，這應是有其人類學、民族學上的可貴觀點；而眼睛直目、縱目的道德象徵卻可能是後起的觀念。如果從較早的資料上，如《山海經》或三星堆的出土文物中，我們能見到氐羌人、古蜀人有一目或直目的描寫，這些一目或直目的描寫中絲毫無美善或進化的觀念。而氐羌人、古蜀人就是彝族、納西族、獨龍族、哈尼族、白馬藏人的

---

[43] 傅光宇、張福三：〈創世神話中「眼睛的象徵」與「史前各文化階段」〉，《民族文學研究》1985年第1期，頁32-42。

[44] 毛星主編：《中國少數民族》下冊（長沙：湖南人民出版社，1983年），頁274。

[45] 毛星主編：《中國少數民族》中冊，頁793。

[46] 羅希吾戈：《試論彝族淵源》第四章，1983年楚雄州彝族文學學術研討會論文。

[47] 傅光宇、張福三：〈創世神話中「眼睛的象徵」與「史前各文化階段」〉，頁32-42。

[48] 王孝廉先生的觀點未形諸文字，只是口頭上提出。

| 圖4-5：Sebastian Münster's 1554 Map of Africa.

先祖，也就是說，彝族、納西等族的一目或直目神話，很有可能在剛開始時只是一種族群的標誌。

塞巴斯蒂安（Sebastian Münster，1489-1552）的非洲地圖[49]中「獨目人」標註是Monoculi。（圖4-5）

波赫士（Jorge Luis Borges，1899-1986）《想像的動物》一書有專門的段落討論「獨眼怪物」（One-Eyed Beings）。波赫士引用了一首康戈拉寫「獨眼人」的十四行詩，提到「前額那隻獨眼亮得像最大的星星」。[50]《想像的動物》中還提到不少中國的幻想動物，波赫士自云參考《太平廣記》，實際上全都來自《山海經》。[51]書中提到了彊良、帝江、跳踢、并封等等，六足四翼的帝江神，被波赫士視為一種擁有魔力的鳥類。僅透過拼音，中文譯者已無法將波赫士書中提到的神靈獸鳥與傳統典籍對應，彊良被誤翻為「麒麟」、跳踢所處的赤水被翻作「紅水」。

---

[49] Sebastian Münster, *Totius Africae tabula et descripto universalis etiam ultra Ptolemaei limites extensa.* 藏史丹佛大學大衛・拉姆齊地圖中心（David Rumsey Historical Map Collection）。
[50] 波赫士著、楊耐冬譯：《想像的動物》（臺北：志文出版社，1979年），頁137。
[51] 波赫士著、楊耐冬譯：《想像的動物》，頁81-83。

二、一足神話

《山海經》中有一目國、深目國的異人。檢視過中國各少數民族，獨眼神話、直眼神話主要流傳於彝族中。彝族的眼睛神話似乎與《山海經》中的一目神話、縱目神話以及蜀國的縱目神話有著密切聯繫。

閱讀明清的日用類書或相關的圖像資料，發現《山海經》中所論的手、足神話也有一些值得探究的問題，即與一目神話相關的一足神話、獨腳神話，更重要的是，《山海經》的一足神話似乎也能在中國西南方的彝族獨腳野人神話找到呼應，或許不能說彼此有互相傳播的關聯，然而其中的巧合卻值得我們深思。

（一）《山海經》中一足的人、神

《山海經》的遠國異人提到一足人形象的有一臂國、柔利國兩種。

《海外西經》：「一臂國在其北，一臂一目一鼻孔。有黃馬，虎文，一目而一手。」[52]一般十八卷《山海經》中的一臂國只論一臂一目一鼻孔一手，並未提及一足。反倒是郭璞的注提到一足：「此即半體之人，各有一目、一鼻孔、一臂、一腳。」[53]半體人是一目一鼻孔一臂一腳，這樣的說法也見於其他記載。

南宋陳元靚《事林廣記》：「在西海之北。其人一目、一孔、一手、一足，半體比肩，猶魚鳥相合。」[54]《異域圖志》中的一

圖4-6：一臂國

---

[52] 本文所引《山海經》都出自袁珂《山海經校注》，袁珂此書的底本是通行的娜嬛仙館刻郝懿行《山海經箋疏》，為了行文方便，凡是引《山海經》十八卷文字不再另外加注。

[53] 郭璞注：《山海經》十八卷（西安地圖出版社，2006年，據宋淳熙七年池陽郡齋本影印）。

[54] 筆者所見《纂圖增新類聚事林廣記》，元至順年間西園精舍新刊本，現藏東京國立公文書館內閣文庫。有些版本缺方國類，或者將《山海經》中的遠國異人歸入山海靈異中，與怪奇鳥獸並列。至順年間西園精舍刊本較早，方國類較完整，本文所引《事林廣記》皆出自此版本。

臂國應為明代較早出現的遠國異人圖像，圖像中的一臂人也是一足。（圖4-6）其中文字與《事林廣記》一模一樣，而其圖似乎與萬曆年間的胡文煥新刻本與王圻《三才圖會》有某些關聯，仔細比對，三者的圖差異極少，或許有同一個參考母本。

《大荒西經》：「有一臂民。」郭璞云：「北極下亦有一腳人，見《河圖玉版》。」郭璞的注明白說到，有一腳人。

提到一足人的還有柔利國，《海外北經》：「柔利國在一目東，為人一手一足，反膝，曲足居上。一云留利之國，人足反折。」郭璞注：「曲足居上」、「一腳一手反捲曲也。」

而柔利國的記載一直到元明的類書中都還有，元代《事林廣記》：「國人類妖，非人比也。曲膝向前，一手一足。《山海經》云，在一目國東。」

明代《異域圖志》開始將當時的異域人物文圖並陳，「國人曲膝向前，一手一足。《山海經》云，在一目國東。」（圖4-7）胡文煥的《山海經圖》圖文都與《異域圖志》差異極小，只是特別強調一手一足的柔利國即「反膝人」。（圖4-8）同時期的建陽日用類書似也沿襲了這個圖文傳統，在圖文上常互相模仿，大同小異。[55]（圖4-9）也可見出這些所謂一手一足的遠國異域人物圖像在明清之交受到青睞的情形。

《西山經》有一足一手的神祇：「剛山，是多神魖，其狀人面獸身，一足一手，其音如欽（吟）。」胡文煥《山海經圖》：「剛山多神魖，亦魖魅之類。其狀人面獸身。一手一足，所居處無雨。」《三才圖會》以及建陽日用類書也都有相關的圖文。然而更早的是有背景有系統的蔣應鎬繪《有圖山海經》[56]與王崇慶的《山海經釋義》[57]，圖像上似都凸顯神魖的一手一足特點。（圖4-10）

---

[55] 萬曆間建陽日用類書「諸夷門」中的圖刻大同小異，此圖出自《文林妙錦萬寶全書》，《中國日用類書集成》12（東京：汲古書院，2003年），而到了清初的《萬寶全書》，圖文的改變也不大。

[56] 蔣應鎬繪《有圖山海經》，美國國會圖書館藏。筆者另見東京國會圖書館、內閣文庫所藏，似都為同一版本，第一圖都有「素明刊」三字，雖各圖書館所藏皆言「明刊」，年代不詳，然考著名版畫家劉素明生平背景與刊刻經歷，此書大概可推知為萬曆末到天啟初。

[57] 《山海經釋義》，《歷代山海經文獻集成》第四冊（西安：西安地圖出版社，2006年）。

（由左至右為圖4-7～4-9）

▌圖4-7：柔利國 ▌圖4-8：柔利國 ▌圖4-9：柔利國

▌圖4-10：神魃，左起《圖像山海經》、《山海異形》

（二）《山海經》中一足的獸、鳥

　　《山海經》中的一足神話並非只出現在《海經》的遠國異人，《山經》中一足的神祇，《山經》中的一足鳥、獸應該也值得一併討論。

　　〈西山經〉中也有一足的獸和畢方鳥，大家最熟悉的當屬一足的夔獸。《圖像山海經》中，夔一足有蹄，身體前傾，立於岩石之上，身旁被波濤環

圖4-11：夔，左起《圖像山海經》、《山海異形》

繞，夔的身後有光背。有趣的是，日本奈良繪本《山海異形》中的夔，是直
立於海中的，夔的身體被彩繪上鮮明的青綠色。（圖4-11）

〈大荒東經〉對夔獸的記載比較詳細：

> 東海中有流波山，入海七千里。其上有獸，狀如牛，蒼身而無角，一
> 足，出入水則必風雨，其光如日月，其聲如雷，其名為夔。黃帝得
> 之，以其皮為鼓，橛以雷獸之骨，聲聞五百里，以威天下。

胡本也有夔獸的圖文，文字內容類似〈大荒東經〉。

〈中山經〉的記載未言夔牛一足：

> 又東北三百里，曰岷山，江水出焉，東北流注于海，其中多良龜，多
> 鼉。其上多金玉，其下多白珉，其木多梅棠，其獸多犀象，多夔牛，
> 其鳥多翰鷩。

《韓非子》卷十二〈外儲說〉左下有一段論夔一足的話：「魯哀公問於
孔子曰：『吾聞古者有夔一足，其果信有一足乎？』孔子對曰：『不也，夔
非一足也。夔者忿戾惡心，人多不說喜也。雖然，其所以得免於人害者，以
其信也。人皆曰：獨此一，足矣，夔非一足也，一而足也。』哀公曰：『審
而是，固足矣。』」[58]

---

[58] 梁啟雄：《韓子淺解》（臺北：學生書局，1984年），頁299-300。

一足的夔牛後來演變成樂正官，一足也被詮釋成只要有他一個就足夠了，其實原來學者應該聽聞的都是夔牛一腳的說法。夔牛是瑞獸，引申成有超凡能力的樂正官。

〈西山經〉：

> 又西七十里，曰翰次之山，漆水出焉，北流注于渭。其上多棫檀，其下多竹箭，其陰多赤銅，其陽多嬰垣之玉。有獸焉，其狀如禺而長臂，善投，其名曰囂。有鳥焉，其狀如梟，人面而一足，曰橐𩾂，冬見夏蟄，服之不畏雷。

李時珍《本草綱目》對獨足鳥有專門的記載：「獨足鳥閩廣有之，晝伏夜飛，或時晝出，群鳥噪之。惟食虫豸，不食稻穀。」《臨海志》記：「獨足鳥，文身赤口，晝伏夜飛，將雨轉鳴，即孔子所謂商羊也。」《河圖》：「鳥一足名獨立，見則主勇強。《南史》陳之將亡，有鳥一足集其殿庭，以嘴畫地成文。凡此皆一足鳥，亦橐𩾂類。」橐𩾂的另一特徵是冬見夏蟄，服之不畏雷。[59]胡文煥《山海經圖》：「人以羽毛置諸衣中，則不畏雷霆。」吳任臣注引《廣州志》說：「獨足鳥，一名山肖鳥，大如鵠，其色蒼，其聲自呼。」[60]汪紱解釋說，凡蟄類皆夏見冬蟄，此鳥獨冬見夏蟄，故服其毛羽，能不畏雷也。學者對這不畏雷的獨足鳥都表現出極大的興趣。

《山海經》中還有一足的畢方鳥。〈西山經〉、〈海外南經〉都出現這隻一足鳥。

〈西山經〉：「章莪之山，有鳥焉，其狀如鶴，一足，赤文青質而白喙，名曰畢方，其鳴自叫也，見則其邑有訛火。」（圖4-12）《白澤圖》：「火之精，名必方，狀如鳥，一足，以其名呼之則去。」[61]

〈海外南經〉：「畢方鳥在其東，青水西，其為鳥，人面，一腳。一曰在二八神東。」《淮南子‧氾論篇》云：「木生畢方。」高誘注：「畢方，

---

[59] 馬昌儀：《古本山海經圖說》上冊（桂林：廣西師範大學出版社，2007年），頁130。

[60] 清‧吳任臣：《山海經廣注》（西安：西安地圖出版社，2006年《歷代山海經文獻集成》第五冊，據康熙六年刻本影印）。

[61] 清‧洪頤煊輯：《白澤圖》（臺北：藝文印書館，1965年，百部叢書集成影印經典集林卷三十一）。

木之精也，狀如烏，青色，赤腳，一足，不食五穀。」[62]

胡文煥《山海經圖》：「義章山有鳥狀如鶴，一足，赤文白喙，名畢方。見則有壽。尚書實云：『漢武帝有獻獨足鶴者，人皆以為異。』東方朔奏曰：『《山海經》云，畢方鳥也。』驗之果是。」《三才圖會》的圖文與胡文煥刻本無異。明代記載的畢方鳥與漢武帝有關，也與東方朔有關，是一隻進貢的獨足神鶴。

圖4-12：畢方

〈中山經〉：「復州之山，有鳥焉，其狀如鴞而一足，彘尾，其名曰跂踵，見則其國大疫。」郭璞作銘：「跂踵之鳥，一足似夒。不為樂興，反以來悲。」又《圖贊》：「青耕御疫，跂踵降災。物之相反，各以氣來。見則民咨，實為病媒。」在翻檢《山海經》的過程中，很容易就能發現，獸、鳥在形體的增減法，一足的情況似較普遍，比一翼或一目都能凸顯獸鳥的異形異能。

（三）奇肱國與奇股國之辨正

〈海外西經〉：「奇肱之國在其北，其人一臂三目，有陰有陽，乘文馬。有鳥焉，兩頭，赤黃色，在其旁。」郭璞注：「其人善為機巧，以取百禽，能作飛車，從風遠行。湯時得之於豫州界中，即壞之，不以示人。後十年，東風至，復作遣之。」此國的人以製造精巧機械與飛車著稱。張華《博物志》所載：「奇肱民善為拭扛，以殺百禽，能為飛車，從風遠行。湯時西風至，吹其車至豫州。湯破其車，不以視民。十年，東風至，乃復作車遣返。其國去玉門關四萬里。」[63]《博物志》的說法影響了元明時期的《事林廣記》，以及後來的《異域志》、《異域圖志》。

〈海外西經〉中一臂國在三身國之後，奇肱國前，似不合常理，一臂國似不會與奇肱國重複出現。而《淮南子‧墬形訓》所記：「海外三十六國，

---

[62] 劉文典：《淮南鴻烈集解》（臺北：文史哲出版社，1985年），冊四，卷十三，頁27。
[63] 晉‧張華《博物志》（臺北：中華書局，1965年，據士禮居本校刊影印）卷8，頁4。

自西北至西南方，有修股民、天民、肅慎民、白民、沃民、女子民、丈夫民、奇股民、一臂民、三身民……」，高誘注：「奇，隻也；股，腳也。」[64]一臂民之前應為奇股民，而非奇肱民，否則即重複了。《淮南子》的海外三十六國明顯與《山海經》近似，只不過《山海經》是由西南往西北方，異域國度的順序是先三身國，再一臂國、奇肱國，而奇肱國乃是奇股國的形誤。

袁珂先生認為，奇股才是合理。假令獨臂，則「為機巧」、「作飛車」乃戛戛乎其難矣；也唯有獨腳，始痛感行路之艱難，翱翔雲天的想法由此才展開，因此奇股的情況勝於奇肱。[65]蕭兵先生反駁袁先生的說法，認為是一種合理主義的解釋。[66]其實蕭兵等學者也以為〈海外西經〉的例子「三身國」、「一臂國」都是以神話學的「增減法」（前進／後退的誇張），如此，將奇肱或奇股的「奇」訓為奇技淫巧之「奇」，而以為與一臂國不同，似乎自相矛盾，〈海外西經〉既是都用神話學的增減法，那麼「奇」應該訓為奇偶之「奇」，指單一才對。一臂國之後，理應不再出現奇肱國，似以奇股國為長。

馬昌儀先生則同意袁先生的看法，奇股之說，較之奇肱，於義為長。因為獨腳人痛感行路之艱，便利用其雙手，把智慧用於「為機巧」、「作飛車」；而這一高難度的製作，獨手是難以勝任的。奇肱為獨臂，奇股為獨腳，都是有本事的異人。傳說奇肱國或奇股國的人，一臂三目或一足三目，他們有三隻眼睛，有陰有陽，陰在上，陽在下；擅長製造各種靈巧的機械來捕捉禽獸，又能製造飛車，從風遠行。股湯時曾飛抵豫州界中，被當地人損壞，不以示人；十年後，東風起，再作一飛車送他們回家。奇肱（或奇股）國的人常常騎著一種叫「吉良」的神馬，吉良又稱吉量、吉黃，色白，上有斑紋，馬鬣赤紅，雙目閃金光，據說騎上吉良馬的人可活千歲。據〈海內北經〉：「犬戎國有文馬，縞身朱鬣，目若黃金，乘之壽千歲。」在獨臂人或獨足人的身旁，有一隻雙頭奇鳥，顏色赤黃，與其作伴。[67]（圖4-13、圖4-14）神話傳說中強調能製造飛車、從風遠行、騎神馬等等，似也暗示這樣

---

[64] 劉文典：《淮南鴻烈集解》（臺北：文史哲出版社，1985年），冊二，卷四，頁12。
[65] 袁珂：《山海經校注》（臺北：里仁書局，1982年），頁213。
[66] 葉舒憲、蕭兵、（韓）鄭在書：《山海經的文化尋蹤：「想像地理學」與東西文化碰觸》（武漢：湖北人民出版社，2004年），頁2089。
[67] 馬昌儀：《古本山海經圖說》（濟南：山東畫報出版社，2001年），頁436。

的行徑或配件是獨腳的人所有，如此才凸顯獨腳人不只無不良於行的困擾，而且是能遠行能飛行的異人。

我們似由此可以推測，《山海經》中的奇肱國恐是奇股國之誤，奇股國奇股民在《淮南子・墜形訓》被記錄下來，與一臂民同列。

《異域圖志》：「人能為飛車，從風遠行。湯時，奇肱人以車乘西風至豫州。湯破其車，不以示民。後十年，東風至，乃使乘車復歸其國。去門之西一萬里。」胡文煥《贏蟲錄》卷之三：「奇肱國。國人能為飛車，從風遠行。湯時，奇肱人以車乘西風至豫州。湯破其車，不以示民。後十年，東風至，乃使乘車復歸其國。玄（應為去字之誤）玉門之西一萬里。」[68]而此書的圖也可見出奇肱國的人是兩隻手的。（圖4-15）

楊義先生認為，《山海經》中的神話思維，減肢或增肢、誇大或縮小的體形，都賦予對象以特異的能力或幽默趣味。在《山海經》中幻想設計海外大荒地圖時，其中的神話思維明顯呈現二元對應原則，例如有大人國就有小人國，有長股國就有長臂國，有三首國就有三身國，都是軀體、身首或肢體互有伸縮增減，而丈夫國與女子國的對應則是性別上的互立壁壘，一旦均衡的平常的狀態被打破，面對的世界勢必傾斜或變異，這是人對自我的神話式超越。[69]楊先生闡釋的極深入，我們按照《山海經》一向設計的對應原則來觀察，〈海外西經〉中一臂國之後似不必再有奇肱國，一臂國後的奇股國順

圖4-13：奇肱國

圖4-14：奇肱國

---

[68] 胡文煥：《贏蟲錄》四卷，萬曆21年刊，藏日本尊經閣文庫。
[69] 楊義：《中國古典小說史論》（北京：中國社會科學出版社，1995年），頁35-52。

圖4-15：奇肱國，左起《異域圖志》、胡本《新刻贏蟲錄》

理成章，臂肱後對應足股，〈海外西經〉中一臂國後的奇肱國應為奇股國之訛誤。

　　我們似可推測，在《山海經》中出現多種一足神獸或禽鳥的情況下，雖不必然一定要有一足的異人，卻由此可知，當時一足鳥獸的說法是相當平常的。出現奇股國似乎也是很自然的，而一臂國後似也不可能再出現奇肱國，按常理與之對稱的應為奇股國才是。另外，《淮南子》海外三十六國中的奇股國似也暗示，《山海經》中似乎原有奇股國的，而郭璞的注也讓我們看到，一目人、一臂人之外，有一腳人。一臂國、奇肱國與奇股國所以會一再出現，或產生將奇股國訛誤為奇肱國的問題，除了是字形的近似，似乎也是因為一手與一足常是並列的，以一手一足的半體來強調人神的異形異能。

　　1977年，韓國圖書館學研究會編纂出版了一本《韓國古地圖》，其中收集了高麗時期和朝鮮王朝時期的百餘幅各種古地圖，在幾幅韓國古地圖「天下圖」中，見到可能是《山海經》訊息，其中每幅圖都有奇股國，甚至很明顯的就在一臂國的北方，似乎奇股國是與一臂國對稱的。而有的圖甚至

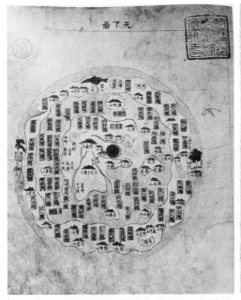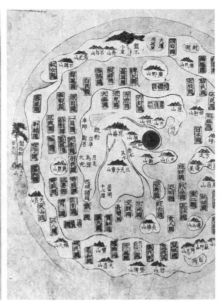

圖4-16：天下圖中的奇股國（《韓國古地圖》）

出現兩個奇股國，似乎是一奇肱國一奇股國的訛誤。[70]（圖4-16）奇股國在中原的西南方海外。正如《山海經》中所言的奇肱國，在一臂國之北，似乎我們在「天下圖」中又得到佐證，《山海經》中原來的奇肱國似乎是奇股國之誤，因此在韓國一系列「天下圖」中與一臂國緊鄰出現的都是奇股國。這些「天下圖」中，或有兩個奇肱國、或有兩個奇股國，「天下圖」中，較普遍的是一奇肱、一奇股，兩奇肱、兩奇股應該都是一奇肱、一奇股之誤。參照第五章所附的絹布「天下圖」，同樣為一奇肱、一奇股，但奇股國的股，用了形聲字「肐」，明顯為奇股國的俗寫。（圖5-9）

（四）彝族的獨腳人

為何一目神話、直目神話一般都記載於海經之中？學者認為它們是最早流傳於生活在大西北的古氐羌人中的神話，而被《山海經》的作者輯入作

---

[70] 韓國圖書館學研究會編：《韓國古地圖》（漢城：韓國圖書館學研究會，1977年）。
李燦編：《韓國古地圖》（首爾：汎友社，1991年）。
李燦編、山田正浩等譯：《韓國の古地圖》（首爾：汎友社，2005年日文版）。

品中的。經過仔細探究，可以發現彝族、納西族、白馬藏人、獨龍族、哈尼族同是古代氐羌族群，他們的神話中就流傳著的一目、直目或橫目的情節。學者認為，屬於作為古氐羌系統中的一支的彝族先民南下到雲南，將一目神話、直目神話保存在自己的文學中。一目神話、直目神話或縱目神話流傳於彝族中，為彝族起源於北來氐羌的學說提出佐證，同時也說明逃到雲南的蜀國亦為彝族先民的一部分。[71]不管《山海經》中的一目神話、直目神話到底是不是來自彝族先民的古氐羌，我們或許可以說彝族洪水神話中的一目、直目人神話應是有來源的，一目、直目神話的確集中流傳於彝族。其實更確切地說，有關一目、直目的神話是屬於氐羌族群的神話。

《山海經》中的一目人、直目人神話，似都能在彝族所屬的氐羌族群神話中得到印證。而《山海經》的一足人也在彝族的神話中出現蹤跡。彝族獨腳人神話為《山海經》中一目人屬氐羌族群神話似有對照呼應。

彝族史詩《梅葛》中講述人類起源，其中提及獨腳人神話：

> 天造成了，地造成了，萬物有了，晝夜分開了，就是沒有人，格滋天神來造人。天上撒下三把雪，落地變成三代人。撒下第一把是第一代，撒下第二把是第二代，撒下第三把是第三代。頭把撒下獨腳人，只有一尺二寸長，獨自一人不會走，兩人手摟脖子快如飛。吃的飯是泥土，下飯菜是沙子。月亮照著活得下去，太陽曬著活不下去，這代人無法生存，這代人被曬死了。[72]

貴州省畢節地區的彝族神話《洪水氾濫史》也出現最初的人類只有獨腳的說法，最早的女人是獨腳，她生的孩子也都只有一條腳，因此不能單獨走路，必需兩人並行。[73]

史詩《梅葛》中也是說明獨腳人一人不能行走、兩人互摟脖子則行走如飛，與《洪水氾濫史》中說女人一隻腳的情形類似。

---

[71] 陳世鵬：《彝族婚媾類洪水神話瑣議》，《貴州民族研究》53期（1993年1月），頁136-142。

[72] 楚雄調查隊：《梅葛》，（雲南：人民出版社，1959年），頁18-19。

[73] 貴州省民族事務委員會、中國民間文藝研究會貴州分會編印：《洪水氾濫史》，收入《民間文學資料》第34集（貴陽：貴州省民間文學工作組）。

另一個《物始紀略》的資料就明顯出現畢節地區彝族獨腳野人神話的記載，說明遠古時代，有獨腳的野人。獨腳野人，在山箐壑谷，跳躍快如風。隻手拄鐵杖，用鐵杖修路，獨腳野人開路，死人不害怕，死人放寬心。獨腳野人的事蹟被巧匠手繪在彝族的史書上。[74]特別的是，獨腳野人邊挖路，邊走路，接送著死人，意思就是說，獨腳野人是接送亡靈的巫師角色。《物始紀略》一書中收錄有獨腳人神話的圖像。（圖4-17）筆者曾問過楚雄彝族的學者，獨腳人的圖像現在還會出現，他們被認為是帶領死後靈魂回到祖先懷抱的類似巫師角色，獨腳人的角色常會在葬禮的經文中被提起。[75]

圖4-17：獨腳野人（《物始紀略》）

　　一目、直目神話是屬於古氐羌族群的神話，也流傳於《山海經》的海經中，由此推測，一足神話也可當成佐證，一足神話除了保留在古氐羌系統的彝族文學中，也被《山海經》的編輯者輯入〈海經〉中。值得注意的是，一目或一足神話大都收錄在西經中，不是〈海外西經〉，就是〈大荒西經〉，這或許暗示的是一種空間的安排。

（五）結語

　　學者以為，北亞的阿巴西abasi人屬於一種軀體的「不對稱性」，只有一條畸形的腿，上身只長出一條手臂，額頭當中一隻眼，這些都是「神話學的減法」，都是「後退的誇張」，〈海外北經〉的柔利國、一臂國、奇肱國也是，「半體人」即指一目、一手、一足、一耳的鬼神人。[76]除了半體人，一足的鳥、一足的獸，也是《山海經》中「神話學的減法」、「後退的誇

[74] 貴州省畢節地區民族事務委員會：《物始紀略》第一集，（成都：四川人民出版社，1993年），頁144-148。

[75] 2011年8月16日到21日在雲南楚雄召開彝族《梅葛》文化國際學術研討會，筆者有幸參加。在會議上討論史詩《梅葛》中的獨腳人問題，並請教過彝族學者，都認為獨腳人具有帶領亡靈的類似巫師角色的意味。

[76] 鮑里斯‧希克洛著，吳岳添譯：《史詩英雄的演化》，《民族文學譯叢》第1輯，1983年，頁288。

張」，而一足更能普遍凸顯形體減法的設計想像，所有的人神、獸鳥都有足股，卻不必然有明確的五官與手臂。

義大利柏朗嘉賓（Giovanni da Pian del Carpine，1182-1252）的《蒙古行紀》寫到的蒙古人進攻「阿蠻」（Armeniens，即亞美尼亞人），跋涉沙漠時遇到「半體」人形魔怪：

> 僅僅在胸部中央長有一條胳膊和一隻手；他們只長有一隻腳，兩人共拉一張弓。這些魔怪健步如飛，甚至連馬匹也追趕不上。實際上，他們以獨腳蹦蹦跳跳地跑，當他們這樣跑得疲乏無力時，便手足並用地前進，完全是以身體為軸心而旋轉的。[77]

貝凱（Don Becguet）、韓百詩（Hambis，Louis，1906-1978）的法文譯注中指出，獨眼人和獨腿人是一種著名的民間傳說，後者僅以一條腿來行走和遮蔽太陽，一直到十六世紀仍然在東亞和西亞流傳。[78]

安伯托・艾可（Umberto Eco，1932-2016）在《異境之書》中提到《馬可波羅遊記》的記載，與中世紀許多手抄本畫家對「馬拉巴爾海岸（Malabar）」（今印度西南沿岸）科以盧國（Coilu）居民形象的描摹有所不同：

> （馬拉巴爾海岸的居民）在手抄本裝飾畫家筆下成了嘴巴長在肚子上的無頭人（Blemma）、躺在自己大腳陰影下的獨腳人（Sciapode），還有一種是獨眼人（Monocolo），三種都是讀者期望在這個地區看到的神話生物。馬可波羅的文字並沒有提到這種三種怪物……[79]（圖4-18）

艾可書中所提到的東方奇觀，無頭人、獨腳人與獨眼人是在同一個空間。我們由此約略窺出，一目一手或一腳的神話似乎總是連接在一起的，而彝族的一目一足神話又恰恰可以與《山海經》中〈西山經〉或〈海外經〉的一目一足神話一併觀察。

---

[77] 柏朗嘉賓，耿昇譯：《柏朗嘉賓蒙古行紀》（北京：中華書局，1985年），頁60。
[78] 柏朗嘉賓，耿昇譯：《柏朗嘉賓蒙古行紀》，頁61，頁149。
[79] 安伯托・艾可著，林潔盈譯：《異境之書》（台北：聯經出版公司，2016年），頁113。

▌圖4-18：獨腳人與一目人

　　1265年的Psalter World Map中有一組異型人，學者提到裡面有用嘴唇而不是腳來遮擋太陽的，圖像裡也有看起來像一隻腳的。[80]（圖4-19）

　　1475年出版的康拉德・馮・梅根伯格（Konrad von Megenberg，1309-1374）的《自然之書》上有十個異形人，其中有鳥爪的獨足人、反足人、一目人，這些圖在後來學者編的書中一直出現。[81]（圖4-20）

　　1493年哈特曼・舍德爾（Hartmann Schedel，1440-1514），《紐倫堡編年史》的圖像也有許多異形人，如無頭人，或一隻如身軀一樣巨大的腳，可以遮陽無疑。[82]（圖4-21）

　　1540年塞巴斯蒂安（Sebastian Münste，1488-1552）的《亞洲地圖》，有無頭人、狗頭人，最醒目的是獨足人，一隻可以遮陽的如傘的大腳。[83]（圖4-22）

---

[80] The Map Psalter, (London, 1262-1300), British Museum. 本文的多篇外文資料都是博士生劉亞惟提供，她的博士論文就是討論異域異人的相關主題。

[81] Stephanie Leitch, *Mapping Ethnography in Early Modern German: New World in Print Culture*, New York: PALGRAVE MACMILLAN, 2010. p.29

[82] Hartman Schedel, *Nuremberg Chronicle*, Nuremberg: Koberger, 1493. 藏於德國巴伐利亞圖書館。

[83] Sebastian Münster. Tabula Asiae VIII, *Geographia Universalis*. (Basel: Henrichum Petrum, 1540). 藏史丹福大學大衛拉姆齊地圖中心（David Rumsey Historical Map Collection）。

4-19	4-20	4-21
	4-22	

圖4-19：一足人
圖4-20：一足人，一目人
圖4-21：一足人
圖4-22：一足人

　　非常有意思的是，在歐洲十五、十六世紀一些相關記錄裡，有非常多類似一足人、一目人或無頭人的圖像。尤其是一足人的圖像，呈現的似乎都是一隻大腳掌可以遮陽的態勢，腳的功能並不在行走，這樣的想像迥異於一般人對一足／獨腳人的思考。

　　1553年皮耶・蒂塞利耶地圖也有一隻可以遮陽的巨足的人。[84]普林尼（Gaius Plinius Secundus，23-79）《自然史》（*Natural History*）第七卷中講到在印度某個男性部落名叫莫諾克利人Monoculi，他們只有一條腿，但跳躍速度飛快，這些人被稱為傘型腿，因為當天氣炎熱的時候，他們用背躺在地上，

---

[84] 切特・凡・杜澤著（Chet Van Duzer），馮奕達譯：《獻給國王的世界：十六世紀製圖師眼中的地理大發現》（臺北：麥田出版社，2019年），頁44。

用腳的陰影來保護自己免遭日曬。[85]普林尼《自然史》稱獨腳人為Monoculi，塞巴斯蒂安的亞洲地圖中「獨目人」標註是Monoculi。（互見圖4-5）

《山海經》中有一臂國，接著著錄奇肱國，似乎不合常情，奇肱國看來像是奇股國之形誤。《淮南子》中與一臂民並列的即是奇股民，而韓國流傳的一系列「天下圖」中，見到的也是奇股國，奇股國與一臂國、三身國相連，與原來《山海經》的排列方式大同小異。這些似都隱約透露，《山海經》中的奇股國似被形誤為奇肱國。

彝族的獨腳人神話正如一目神話或直目神話一樣，有許多值得我們思考之處。在十幾年前的論述中，曾發現《山海經》的一目神話與彝族所屬氐羌的糾葛或可能的傳播紐帶，因此，筆者認為也可從彝族的獨腳人神話，一併思考《山海經》或氐羌族群的相關半體人或獨腳人神話問題。

《淮南子》說〈大荒北經〉一臂民在西南方，《爾雅》說北方有「比肩民」。《異域志》說有「半體國」，晚明各種類書也都引到「一臂國」的圖像。在漢、魏人的記載中，把這些看作是「離則兩傷，合則雙美」的人，實與《梅葛》所說的「獨腳人」一人不能行走、兩人互摟脖子則行走如飛相似，並未把他們看作凶惡的人類。關於「獨腳人」的記載，也與眼睛形態特異相聯繫。由此可見，「獨腳人」不只不是兇惡之人，而且還是具有奇智異能之人。[86]我們似乎可以推斷，《山海經》中的所謂「一目」、「一臂」或「奇肱」、「奇股」，似在強調他們的形體奇異與能力非常。

獨腳神話流傳在彝族的史詩與洪水神話講述過程中，獨腳野人被認為是帶領死後靈魂回到祖先懷抱的類似巫師角色，也讓我們聯想起，帶圖的《山海經》不是常被學者認為有巫書性質嗎？這或者不是一種巧合。

而韓國的古地圖中，有關異域的部分，明顯受到《山海經》的影響，而遠國異人的部分，竟出現一般《山海經》未曾出現的奇股國。

《山海經》中不管是一足的人神或獸鳥，似乎都在強調異形異稟；其次，按照神話學中的增減法來看，《山海經》中設計幻想海外大荒地圖時，

---

[85] 普林尼（Gaius Plinius Secundus）著，李鐵匠譯：《自然史》（上海：三聯書店，2018年），頁87。

[86] 傅光宇、張福三：〈創世神話中「眼睛的象徵」與「史前各文化階段」〉，《民族文學研究》1985年第1期，頁32-42。

明顯呈現二元對應原則，韓國所發現的一系列「天下圖」中，一臂國緊鄰的大都是奇股國，罕見奇肱國，也為奇股國的說法提供了佐證。一臂國後理應是奇股國，十八卷《山海經》中的奇肱國似為奇股國之訛誤。再者，我們從神話史詩中也能窺測，屬於氐羌族群的彝族的獨腳神話，與《山海經》的一足神話似有能夠一併思考的空間。

三、貫胸神話

　　東漢孝堂山祠堂的貫胸圖刻很早就引起學者注意，大都認為與《山海經》中的貫胸國描述有關，而《山海經》中貫胸國或穿胸國常被日用類書引用。

（一）《山海經》到晚明日用類書「貫胸國」的異同

　　「貫胸國」出自《海外南經》。根據出土材料，從東漢開始，就有類似「貫胸國」的圖像可以參考比較。

　　郭璞有《山海經圖贊》，陶潛有「流觀山海圖」，許多學者都肯定《山海經》應該是先有圖再有文，然而，也有學者對有所謂的《山海經圖》抱持懷疑態度。東漢畫像石上的「貫胸民」的確讓我們聯想起《山海經》的「貫胸國」，類似圖像並非在明代才出現的。

　　《海外南經》：「貫匈國在其東，其為人匈有竅。一曰在戴國東。」貫匈國後為交脛國與不死民。「交脛國在其東，其為人交脛。一曰在穿匈東。」「不死民在其東，其為人黑色，壽，不死。一曰在穿匈國東。」「貫匈」又作「穿匈」，郝懿行以為，兩字音義相同。

　　山東孝堂山石祠畫被認為是與《山海經》的「貫胸國」有關聯的。畫像自上而下分為六組。第一組，山牆銳頂部分，刻執規的女媧、貫胸人、西王母及侍奉者、靈異仙人。第二組，刻與後壁相連接的車騎行列，共有四執戟伍伯、二十騎吏、二輛軒車，上方一列右飛大雁。第三組，刻一列二十八人，皆恭立。第四組，刻胡漢戰爭：左端樓上五人端坐，樓下主管憑几端坐，前後有跪稟者和侍從；樓前為獻俘。右端有重疊的山包，內藏持弓的胡兵；山前有一胡人憑几而坐，榜題「胡王」，其旁有跪稟者和侍者，又有二胡人在火盆上烤肉串。中間為人馬奔馳、兵刃相偕、兵刃相接、眾弩齊發的雙方交戰情景。第五組，狩獵。刻眾多的荷箄、牽犬、架鷹、執戟、張弩、

圖4-23：貫胸人圖

駕牛車的獵者，圍獵兔、鹿、豹、野豬等野獸。第六組，刻六博、宴飲、拜
謁的人物。[87]沙畹（Chavannes，Édouard，1865-1918）很早就有相關的圖像拓
片，林巳奈夫（1925-2006）還做了線描圖，巫鴻對此有深入的討論。[88]沙畹
在二十世紀初曾在中國做調查，他指出，山東孝堂山石祠畫上貫胸的畫面，
與〈海外南經〉的貫胸國有關。本圖右側的兩個拄杖老人，畫的則是〈海外
南經〉中的不死民。[89]羅哲文也認為，孝堂山郭氏墓石祠中這幅圖畫的是〈海
外南經〉中的貫胸國人。[90]（圖4-23）夏超雄以石祠的題刻上有東漢順帝永建
四年，推測石祠的興建年代不能晚於永建四年（西元129年），孝堂山石祠又
與五老洼畫像石（東漢明帝2年，西元67年）、欒鎮村墓（建初8年，西元83
年題刻）年代接近，斷定孝堂山石祠大概在西元67-83年前後。[91]

---

[87] 中國畫像石全集編輯委員會、蔣英炬主編：《中國畫像石全集》第1卷圖版說明（濟
南：山東美術出版社，2000年），頁14。

[88] 林巳奈夫：〈漢代鬼神の世界〉，《東方學報》京都版第46冊，1974，圖13，頁251。
巫鴻將沙畹的拓片與林巳的線描圖一起觀察，巫鴻：《武梁祠—中國古代畫像藝術的思
想性》（北京：三聯書店，2006年），頁133。

[89] Chavannes, Édouard, Mission archéologique dans la Chine Septentrionale, Paris: Imprimerie
nationale, 1909, p.79.

[90] 羅哲文：〈孝堂山郭氏墓石祠〉，《文物》1961年第4、5期。

[91] 夏超雄：〈孝堂山石祠畫像的年代及主人試探〉，《文物》，1984年第8期。

信立祥對孝堂山石祠的解釋更清楚，西側壁頂部的仙人圖畫面分為三層，第一層是手持圓規、人首蛇身的女媧圖像，圖中女媧面左凌空而立，身後雲氣中有一披髮仙人，身前有三人二犬；第二層畫兩組人物，每組各有二人用棍棒抬著一位冠服貴人，自右向左行進，棒從冠服貴人的胸部穿過，二組人物前後分別有跪地接送的人，此層畫像表現的應是《山海經》所記載的「貫胸國」中人物；第三層畫像以正襟危坐的西王母為中心，兩邊跪侍著許多仙人和獸首、鳥首的怪神，另有兩位執戟武士恭立在西王母右側，畫面外側，配置著三足烏、搗藥的玉兔、九尾狐和其他仙禽異獸。[92]

　　從沙畹、林巳奈夫到信立祥似都肯定孝堂山石祠的「貫胸」就是《山海經》中的貫胸國。而後來不管是否與《山海經》有關，貫胸國或穿胸民一直屢見不鮮，各有不同的文字敘事。據傳成書於戰國時期的《竹書紀年》也記載，黃帝軒轅氏五十九年，貫胸氏來賓，長股氏來賓。[93]

　　又據傳成書於戰國時的《尸子》也記載：「四夷之民有貫胷者，有深目者，有長肱者，黃帝之德嘗致之。」[94]

　　《淮南子・墜形訓》高誘注中寫道：「穿胸民，胸前穿孔達背。」[95]

　　郭璞注《山海經》貫胸國的部分，引用《尸子》和《異物志》的說法。《異物志》云：「穿胸人其衣則縫布二尺幅，合兩頭，開中央，以頭貫穿，胸不突穿。」[96]

　　《博物志》卷三：「穿胸國，昔禹平天下，會諸侯會稽之埜，防風氏後到，殺之。夏德之盛，二龍降庭，禹使范成光御之。行域外，既周而還至南海，經防風，防風之神二臣以塗山之戮，見禹便怒而射之。迅風雷雨，二龍昇去，二臣恐，以刃自貫其心而死。禹哀之，乃拔其刃，療以不死之草，是為穿胸民。」[97]

---

[92]　信立祥：《漢代畫像石綜合研究》（北京：文物出版社，2000年），頁154。
[93]　漢・《竹書紀年》，清・王謨輯：《增訂漢魏叢書》（臺北：大化書局，1983年），頁891。
[94]　戰國・尸佼：《尸子》，清・汪繼培輯，收錄於楊家駱主編、劉雅農總校：《四部刊要・中國思想名著》第9冊（臺北：世界書局，1959年），頁28。
[95]　劉文典：《淮南鴻烈集解》（臺北：文史哲出版社，1985年），第2冊，卷4，頁12。
[96]　漢・楊孚撰；清・曾釗輯：《異物志》，收錄於《百部叢書集成》（臺北：藝文印書館，1965-1971），據清道光嶺南遺書本影印，頁1。
[97]　晉・張華：《博物志》，《諸子百家叢書》（上海：上海古籍出版社，1990年），頁8。

《太平御覽》卷790卷的四夷部南蠻中引《括地圖》的內容與《博物志》所記大同小異，只是在最後加上「去會稽萬五千里」。[98]這樣的習慣一直沿襲到晚明以後的通俗日用類書的〈諸夷門〉，通常會在每一個職貢國的最後一句加上「去應天府〇里」、「去應天府〇年〇月」。

南宋陳元靚《事林廣記》有穿胷人。「貫胷國在盛國之東，其人胷有竅。尊者去其衣，令卑者以物貫其胷擡之。」[99]

元周致中《異域志》：「在盛海東。胸有竅，尊者去衣，令卑者以竹木貫胸擡之。俗謂防風氏之民，因禹殺其君，乃刺其（心），故有是類。」[100]

王崇慶《山海經釋義》云：「《俕蟲錄》亦有穿胸國，即此。」[101]

清代吳任臣（1628-1689）《山海經廣注》引《河圖玉版》曰：防風之二臣以刃自貫其心而死，禹哀之，乃拔其刃，療以不死之草，是為穿匈民，然《金樓子》云，帝舜九載，貫匈民獻珠鰕。《竹書》，黃帝五十九年貫匈民來賓，前此已有其國矣。《墨子》蠻之類八，穿匈在其中。《嬴蟲錄》云，穿胷國在盛海東。[102]

而晚明建陽所刻的日用類書，「諸夷門」幾乎都沿襲《事林廣記》或《異域志》的內容，聚焦在「穿胸國」的卑者以竹木貫胸擡尊者的場景。我們由此得知，從《海外南經》的「貫胸國」到晚明日用類書的「穿胸國」，其中有許多值得探討之處。

（二）「貫胸國」的人類學或民俗學意義

劉歆說讀《山海經》，「可以考禎祥變怪之物，見遠國異人之謠俗。」「遠國異人」或真或幻，的確，有許多學者從民俗學上來解讀「貫胸國」，提供非常好的詮釋角度。

周士琦認為，穿「胸」是穿「鼻」之誤，並說「穿鼻」為原始部落的習

[98] 宋‧李昉等撰：《太平御覽》（臺北：臺灣商務印書館，1997年），頁3629。
[99] 宋‧陳元靚輯：《重編群書事林廣記》，（上海：上海古籍出版社，1990年），頁395。
[100] 元‧周致中：《異域志》（北京：中華書局，2000年），頁62。
[101] 明‧王崇慶：《山海經釋義》卷六，明萬曆大業堂刻本，《歷代山海經文獻集成》第五卷（西安：西安地圖出版社，2006年），頁1756。
[102] 清‧吳任臣撰：《山海經廣注》康熙六年刻本，《歷代山海經文獻集成》第五卷（西安：西安地圖出版社，2006年），頁2344。

俗，今日還可見到。[103]穿鼻的確是許多民族都有的習俗，甚至現在許多原始民族部落都還保存著。穿胸與穿鼻是否有關？很難有明確證據，筆者不敢論斷。

吳永章在《黎族史》中認為，所謂穿胸之民，當是因其服制而得名。[104]董立章在《三皇五帝史斷代》中更進一步認定，「實則貫胸國為穿通（桶）裙之國」。[105]

徐顯之根據《後漢書·東夷傳》所載：「倭在東南大海中，其男皆橫結束相連。」認為「貫胸國」即「結胸國」，「貫胸」即為「結胸」，「結胸」方式為「以布為衣，不加剪裁，而於胸前穿眼用繩聯結起來的作法。」[106]

《太平御覽》引楊孚《異物志》貫頭衣的穿法，導致多數學者認為穿胸之民來自於服飾的習慣，宮哲兵也說，中國南方確實有穿胸之民，只不過是根據其穿衣特點命名的。所謂穿胸，實指桶裙貫頭穿胸而掛於腰上，是南方民族很普遍的一種服飾特點。楊孚是廣東人，曾親眼看過南方民族穿桶裙時的情形，所以能做正確的理解。當時中原漢人穿衣，兩手穿袖，中間繫扣；南方民族穿衣，貫頭穿胸，漢人希罕，才稱為穿胸民。[107]穿桶裙的民族非常多，有這樣的聯想觀點的確是很容易理解的。

耿立言則說，「穿胸」是後人對《山海經圖》的誤讀，古圖中穿胸而過的竹木其實是抬人行走於山路的滑竿，竹木穿胸取意為以杆抬人。[108]

穿胸之民可能緣自對服飾或山路滑竿的誤解，伊藤清司（1924-2007）認為，居住於貴州、雲南及廣西的一部分地區的仡佬族，其民族服裝仡佬袍的胸口有個似洞的圓形，「穿胸」可能即由此誤傳而來。《異物志》對傳統服裝的解釋比仡佬袍的解釋更有趣。古代居住在華南、東南亞的哀牢夷、儋耳、珠崖、扶南人等也穿著貫頭衣。據說居住在廣西北部的瑤族、苗族、仡佬族近幾年前還穿著這種衣服。正如《異物志》所指出的那樣，穿胸民的傳

---

[103] 周士琦：〈穿胸之謎〉，《文史雜誌》，1992年（5），頁28。
[104] 吳永章：《黎族史》（廣州：廣東人民出版社，1997年），頁6。
[105] 董立章：《三皇五帝史斷代》（廣州：暨南大學出版社，1999年），頁167。
[106] 徐顯之：《山海經探原》（武漢：武漢出版社，1991年），頁27。
[107] 宮哲兵：〈羽民、穿胸民、鑿齒民與南方民俗——《山海經》奇談的人類學詮釋〉，《廣西右江民族師專學報》，第13卷第3期，2000年9月，頁17。
[108] 耿立言：〈《山海經》「貫胸國」民俗信息解讀〉，《遼寧大學學報》，2002年（5）。

說或許是貫頭衣誤傳到北方漢族社會中才產生的。《異域志》中所說的「以竹木貫胸抬之」這種更奇妙的傳說可能是南方特有的轎文化和貫頭衣混合在一起的結果。據川本邦衛的調查,越南直到前幾年還有在一根棒上吊一個吊床似的簡易籠子,兩人抬著走。如果是蓋頂的吊床,就叫擣枋。中國西南地區直到前幾年也一直用著這種交通工具叫做滑杆。[109]然而,這樣的解釋似不能解決「貫胸」何以出現在孝堂山石祠?何以與西王母或人首蛇身形似女媧者一起出現?而吊牀、滑杆、擣枋的說法也只適合解釋卑者以竹木貫胸抬尊者的說法,在《山海經》中,只強調其「胸有竅」在「載國東」而已。

安京認為,「貫胸國」並非真的人胸長有「竅」,應為西方氏族名稱的音譯,或即「犬戎」,「犬」、「貫」、「穿」上古同韻部,聲相近也。[110]安京既以為是西方氏族名稱音譯,那麼,音聲訛誤的可能性並非沒有,然而,「貫胸」是否為西方氏族的名稱,可能還需要更多證據。何況,犬戎也在《大荒北經》出現:「大荒之中,……。有人名曰犬戎。黃帝生苗龍,苗龍生融吾,融吾生弄明,弄明生白犬,白犬有牝牡,是為犬戎,肉食。」[111]似乎「貫胸」與「犬戎」是兩回事,「犬戎」是黃帝後代,似很難將之與「貫胸」聯想在一起。《大荒北經》還有一處記載:「有犬戎國,有神,人面獸身,名曰犬戎。」[112]另外,《海內北經》記載,有犬戎國文馬,「乘之壽千歲」[113]。很早以前犬戎一直是華夏民族最可怕的敵人,直到唐朝,中原民族還把一切西北游牧民族統稱之為「犬戎」和「戎狄」。

根據來自《三國志》「韓」中的記載:「其國中有所為,及官家使築城郭,諸少年勇健者,皆鑿脊皮,以大繩貫之,又以丈許木插之,通日歡呼作力,不以為痛。」[114]

苑利根據田野調查,認為所謂穿胸,就是把胸前或後背的皮膚拉起來,用力穿個洞,看看誰勇敢。並指出越南、泰國等東南亞地區還有這種習俗。

---

[109] 伊藤清司:〈長相怪異的民族——《山海經》中的周邊民族觀〉,《中國古代文化與日本——伊藤清司學術論文自選集》(昆明:雲南大學出版社,1997年),頁506-507。

[110] 安京:〈《山海經》與《逸周書・王會篇》比較研究〉,《中國邊疆史地研究》,2004 (4)。

[111] 袁珂:《山海經校注・大荒北經》,頁434。

[112] 袁珂:《山海經校注・大荒北經》,頁436。

[113] 袁珂:《山海經校注・大荒北經》,頁310。

[114] 晉・陳壽撰,宋・裴松之注:《三國志》(臺北:樂天書局,1984年),頁852。

他還認為文化源於中國南方百越民族的韓民族也傳承了「穿胸」文化。[115]

王明坤認為，關於「穿胸民」的記載，早就帶有前人對族群共同特徵的認識。然而，穿胸風俗，是一個宗教儀式。後來的穿胸巫術終難一見，代之於穿頰、肚、掌、舌等部位，但穿胸是當時社會原始宗教普遍的巫術形式，而盛行於這一習俗的族群被稱之為「穿胸民」。穿胸這樣一種宗教儀式，現仍以殘存的宗教形式演繹，為南方的文化追溯遠源。[116]這似乎呼應了學者說法，《山海經》曾經被認為是一部巫書，其中可能充斥著巫術氛圍。

▌圖4-24：私人描圖

學者提出的看法可說各具巧思，也都言之成理。不過，筆者認為可以從圖像來做不同的思考。

現今河南西部鄉村的廟會、迎神賽會和社火表演儀式，其中就有「穿心杆」的情節。妝扮兒童，綁上竹竿，由二人抬著，像似竹竿穿過胸口。（圖4-24）

（三）明清的「穿胸國」圖像呈現

海外四經、海內四經的文字敘述都有一定的類型要素。例如《海外南經》：「羽民國，在其東南。其為人長頭，身生羽。」這樣的描述類型可以歸納出一個公式：「○○○，在＝＝。其為人──。」○○○通常表示國名、動植物名、神人名；＝＝是方位或所在；而──則為形狀或特色的描寫。松田稔認為，〈海經〉的表現方式可以推測，應是先有圖像才有文字，因為其中記載的是荒遠地方的國名或河川或山岳，記載的人大都著在肉體的特徵和外觀，和所處山川的位置。〈山經〉中記載許多動物的鳴叫聲，而〈海經〉中完全不見聲音的表現。〈海經〉中可以推測，文字是對圖像的說明。[117]蔣應

[115] 苑利：《韓民族文化源流》（北京：學苑出版社，2000年）。
[116] 王明坤：〈對「穿胸民」的探析〉，《廣東技術師範學院學報》2007年第8期，頁6。
[117] 松田稔：《山海經基礎的研究》（東京：笠間書院，2006年），頁20-24。

┃圖4-25：穿胸國，由左至右為蔣應鎬繪本、《異域圖志》、《新刻嬴蟲錄》

鎬繪圖是唯一將這段話表現完整的，「貫匈國」在能操弓射蛇的「載國」東邊。因為早期的地圖都是南上北下，左邊是東右邊是西。[118]（圖4-25）

《異域圖志》有文有圖，穿胸國的文字記載同《異域志》一書。（圖4-25）

胡文煥新刻《嬴蟲錄》將「穿胸國」視為經貢國，而經貢國又帶有商業貿易往來的味道。王圻《三才圖會》將「穿胸國」與高麗國、女真國等置於人物卷，可見其用意，應也是視為職貢國看待的。晚明福建建陽地區日用類書「諸夷門」也都有穿胸國，既是置於「諸夷門」中，可見編者是將其視為南方的職貢國之 的。甚至，我們由此體會到，「諸夷門」是將原出現在《山海經》中的貫胸國視為真實存在的職貢國度。日用類書大都分為上下二層，上層為山海異物，下層為各種蟲魚鳥獸，內容大同小異，幾乎可見其互相抄襲刊刻的惡習。

刊刻於萬曆25年（1597）的《五車拔錦》，是收錄有諸夷門目前所見最早的一個版本，其中有穿胸國。[119]（圖4-26）

而成書於萬曆27年（1599）的《新刻天下四民便覽三台萬用正宗》，此書特別的是標明《山海經》異像，而其中海外諸夷又來自《嬴蟲錄》一書。[120]

[118] 《圖繪全像山海經 十八卷》，明刊本，藏美國國會圖書館。
[119] 明・不著撰者：《新鍥全補天下四民利用便觀五車拔錦》（東京：汲古書院，1999年，據萬曆35年建陽鄭世魁寶善堂刊本影印）。
[120] 明・不著撰者：《新刻天下四民便覽三台萬用正宗》（東京：汲古書院，1999年，據萬曆27年余象斗雙峯堂刊本影印，名古屋蓬左文庫藏）。

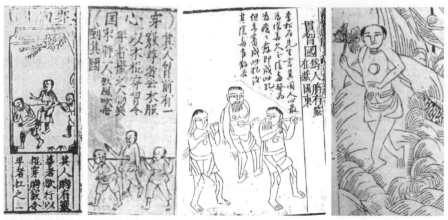

圖4-26：穿胸（心）國圖，由左至右為《五車拔錦》、《三台萬用正宗》、近文堂本、成或因本

此書〈諸夷門〉較特別的是有「穿心國」，「穿心國」與「穿胸國」的內容相同，而其圖文又與其他同時期建陽所刻日用類書無異。（圖4-21）章潢（1527-1608）《圖書編》「四海華夷總圖」[121]，中國位於天下中央，其疆域占了整個世界的主要部分，中國四面環海，海外四方分佈著一些無足輕重的蠻夷小國，形成了以華夏世界為主的天下的邊緣，正是屢見於諸書、為中國傳統讀書人所熟知的世界地理圖式。[122]值得注意的是，「四海華夷總圖」的西南方也有一「穿心國」。（參見圖5-4）

　　明代的貫胸國圖有二形：其一，貫胸之人。其二，以竹木貫胸抬人。[123]

　　蔣應鎬的貫匈民人形，裸身赤足，穿短褲，雙手下垂，胸前有一個大洞。[124]

　　這樣的的貫胸圖應該才是《山海經》中的遠國異人原貌，沒有竹木貫胸抬人的場景，只單純的表現胸前穿孔達背的意象。而蔣本的貫胸圖中，特別引起我們注意的是，貫胸與截國、驩兜置於同一個圖版空間中。其次，竹木

[121] 明・章潢：《圖書編》，收錄於王自強編：《明代輿圖綜錄》（北京：星球地圖出版社，2007年），頁14。
[122] 劉宗迪：〈《山海經》與古代朝鮮的天下觀〉，《中原文化研究》第6期（2016年），頁14-23。
[123] 馬昌儀：《古本山海經圖說・下卷》（桂林：廣西師範大學出版社，2007年），頁719。
[124] 馬昌儀：《全像山海經圖比較》（北京：學苑出版社，2003年），頁1037。

貫胸抬人從《異域圖志》、《贏蟲錄》到「諸夷門」都有相同的圖像，這樣的圖像造型似有所本，不能肯定與東漢孝堂山祠畫像石有線性的關聯，卻隱約透漏「貫胸抬人」的相似想像方式。

清代的貫胸國圖也有兩種情況。康熙六年（1667）刻的吳任臣《山海經廣注》吳任臣圖本的144幅圖中，有71幅，亦即將近一半的圖像，其形象造型、構圖與胡文煥圖本相似，其中的「貫胸國」圖也與胡文煥雷同。而廣東民間的近文堂刻本則呈現不同的風格。（圖4-26）四川重慶圖書館藏清咸豐五年（1855）順慶海清樓刻印的《山海經繪圖廣注》，署吳志伊注，成或因繪圖。（圖4-26）[125]

成或因的圖則兩者皆具，有單純貫胸之人，體現原來《山海經》的風格，也有以竹木貫胸抬人，看不出尊卑的階級區別，只充滿一種遊憩的趣味。（圖4-26-4、圖4-27）

▌圖4-27：成或因本

1912年被俄羅斯學者阿理克所收藏的木版年畫〈萬國進貢異相分野全圖〉，此圖描繪的是世界各國向大清進貢的場面，各國的國名十分有趣，其中也有「穿心國」，圖中還描述穿心國中多奇珍異寶。[126]異人的形象未曾被提及，強調的是遠國具有特殊的奇珍異寶可以進貢，在華夷之別下似也流露對遠國的某些憧憬。

民國以來的類書也都有「穿胸國」的圖像，似乎都不像是少數民族了，與一般漢族無異，看來像是用一根木棍抬著人，也未見到胸口有竅的情景。如東京大學東洋文化研究所所藏的《民國正續萬寶全書》，其中的〈外夷門〉有穿胸國，三人都是衣飾齊整，完全見不出蠻夷或異域的情景，而這個圖的刊刻編排方式其實與筆者所見的康熙、乾隆或道光年間的萬寶全書極為類似。這樣的圖例很像是特有的乘輿方式或搭滑竿行走，似乎反映出南方民族的習俗。

---

[125] 馬昌儀：《全像山海經圖比較》，頁73-74。
[126] 馮驥才：《中國木版年畫集成‧俄羅斯藏品卷》（北京：中華書局，2009年），頁439。

（四）《山海經》的貫胸國是仙鄉樂土

伊藤清司認為，孝堂山石祠的畫上，把棍棒插入胸竅中，轎夫在前後像抬轎似的把地位高的人抬著走，這種習俗的傳說並不僅存在於元代，似乎在漢代時就存在了。具體描繪了《異域志》中所述的風俗，此圖可能是描述了《竹書紀年》中所說的黃帝時貫胸氏來朝貢的場面。[127]

我們從《事林廣記》、《異域志》等記載，見出以竹木貫胸抬人的說明，而明代以後出現的圖像也幾無例外的都是「尊者去其衣，令卑者以棍棒貫胸抬之」的場景。宋元以後的竹木貫胸抬人另有所本，晚明諸夷門的這個圖像與孝堂山祠的畫像似乎雷同，令人懷疑。

貫胸國的三人，似無尊卑之別，而且衣冠清楚，像是遠遊而且與西王母同處於一個時空中。

「貫胸國」在《海外南經》，與不死國、載國同一個區塊，韓國古地圖上「貫胸國」也被標記在地圖的南方，與不死國相鄰，似體現南方民族對異域民族仙鄉樂土的想像。[128]

《山海經·海內西經》在談到崑崙之虛時，提到「非仁羿莫能上岡之岩」，證明先秦時期就有后羿登崑崙的傳說。據《淮南子·覽冥訓》載：「羿請不死之藥於西王母，姮娥竊以奔月，悵然有喪，無以續之。」高誘注云：「姮娥，羿妻；羿請不死之藥於西王母，未及服之，姮娥盜食之，得仙，奔入月中為月精也。」推測傳說中西王母掌管著崑崙山的不死之藥。學者認為，早期的西王母圖像中，戴勝的西王母周圍都有九尾狐、三足鳥、擁臼搗藥的玉兔等仙禽神獸，少數圖像還在西王母周圍畫出綿延的崑崙山，表示西王母圖像的構圖格局已經初步形成。[129]

由孝堂山祠的畫像看來，貫胸民所處的是一個神域樂土，如果回到《山海經》的〈海外南經〉，貫胸國在載國東，所謂載國，根據〈大荒南經〉的記載，載民之國「爰有歌舞之鳥，鸞鳥自歌，鳳鳥自舞。爰有百獸，相群

---

[127] 伊藤清司：〈長相怪異的民族——《山海經》中的周邊民族觀〉，《中國古代文化與日本——伊藤清司學術論文自選集》（昆明：雲南大學出版社，1997年），頁506。
[128] 李燦：《韓國的古地圖》（首爾：汎友社，1991年），頁31。
[129] 信立祥：《漢代畫像石綜合研究》，頁147-148。

爰處，百穀所聚。」照袁珂的說法：「臷民國蓋即〈大荒西經〉沃民國之類也，言其饒沃，故曰不績不經，不稼不穡：蓋神之裔，得天獨厚也。」[130]《太平御覽》卷790引此經作「一曰盛國」。《集韻》：「臷，盛也。」故臷國亦曰「盛國」，應該是以其所居之地沃衍豐盛來稱呼國名。

　　我們在前文提到，貫胸與臷國、讙兜置於同一個圖版空間中，這給我們一些啟示，明代的蔣應鎬可能是以同樣的思維來詮釋這三個國度的，臷國是得天獨厚的神裔，而讙兜民呢？郭璞注：「讙兜，堯臣，有罪，自投南海而死。帝憐之，使其子居南海而祠之。畫亦似仙人也。」《神異經·南荒經》記載：「南方有人，人面鳥喙而有翼，手足扶翼而行，食海中魚，有翼不足以飛，一名鵹兜。」[131]《博物志·外國》強調：「讙兜國，其民盡似仙人。帝堯司徒讙兜。民常捕海島中，人面鳥口。去南國萬六千里，盡似仙人也。」[132]

　　而貫胸國又在不死民之東。袁珂以為所謂羽民國、不死民，則殊方之族類，有其異形與異稟而已，非修鍊之謂也。雖然，固亦為眾所企羨，幾與仙人等觀矣。故郭璞注「羽民國」云：「似仙人」。屈原〈天問〉「何所不死」，王逸注引《括地象》云：「有不死之國」，《淮南子·時則篇》復有不死之野，《呂氏春秋·求人篇》有不死之鄉，均以「不死」為說，大概都是古人心目中的仙鄉樂土。[133]即使不能肯定《海經》所有的遠國異人都是在提供神域樂土，卻能隱約推測《海外南經》有許多不死之國或「似仙人」的描寫與圖像，而這樣的情形，似乎在漢代的畫像石和魏晉時期還見得到，或者說，漢代魏晉時期的社會是如此思考的。

　　越南國立歷史博物館藏有一幅十八世紀阮朝越南的《外國圖》，此圖曾於2013年4月在九州國立博物館展出。[134]此圖最上部是三首的鶬鶊鳥，最下部則是九首蛇身的相柳神。此圖以中國為主，壇臺上三個戴官帽的中國人，一人坐於寶座之上，左右一持扇、一持華蓋立於兩側。圖中的異國包含真實

---

[130] 袁珂：《山海經校注》，頁372。
[131] 同前註，頁190。
[132] 晉·張華：《博物志》（上海：上海古籍出版社，1990年），頁8。
[133] 袁珂：《山海經校注》，頁196-197。
[134] 九州國立博物館編輯：《日本初大ベトナム展：大ベトナム展公式カタログベトナム物語》（福岡：TVQ九州放送，2013年）。

的國度如高麗國、日本國、大小琉球國、暹羅國、女真國、西番國、浡泥國等等；另有來自《山海經》中想像異域國度的圖像，包括擁有不死樹、赤泉的不死國、窺井的女子國、半體的一臂國、躲避海鶴襲擊的小夷國，其中也包含了以木棒穿胸而過的貫胸國。圖中貫胸國、不死國的距離很近，前引的〈海外南經〉以及後來的《博物志》、《異域圖志》等書，都提到不死國在貫胸國東的說法，後兩者還特別提到不死國在員丘山上，有不死樹，食之乃壽；有赤泉，飲之不老。（圖4-28）。

從書中貫胸國與不死國的相連交會，可以見出貫胸國與不死不老的仙鄉樂土之間有近似的意象。

　　劉歆說讀《山海經》，「奇可以考禎祥變怪之物，見遠國異人之謠俗。」《七略》又將《山海經》歸為數術略形法家，讓我們有一些思考。〈數術略〉共百九十家二千五百二十八卷。數術者，皆明堂、羲和、史卜之職也。包括天文、歷譜、五行、蓍龜、雜占和刑法等六類，都屬於研究大宇宙，即所謂「天道」或「天地之道」的學問。[135]

　　《海外南經》開宗明義說：「地之所載，六合之閒，四海之內，照之以日月，經之以星辰，紀之以四時，要之以太歲。神靈所生，其物異形，或夭或壽，唯聖人能通其道」。[136]各種異形異稟的異物異人，壽夭不一，似都是神靈所生的非常超凡。

　　陳連山說，一部《山海經》既包括相地形的部分，也包含相人、相畜、

▎圖4-28：《外國圖》

---

[135] 李零：《中國方術考》（北京：人民中國出版社，1993年），頁18-21。
[136] 袁珂：《山海經校注》，頁184。

相物的因素。[137]地理五行，占卜風水，自古以來的看相，不管相地形、相人、相畜、相物，都包含對仙鄉樂土的憧憬嚮往，生前求永生不死，死後往極樂。

（五）結語

從孝堂山祠畫像來看，漢代的貫胸國像是職貢國，而與西王母、女媧、搗藥的場景聯結，似讓我們看到古代人將外來職貢國當成仙鄉樂土來想像的情境。伊藤清司以《竹書紀年》黃帝五十九年的記載證之漢代的畫像，認為是反映職貢國情景，值得我們思考。黃帝時期的「貫胸氏來賓」的記載如果真能反映漢代的職貢情形，那麼這樣的情景似又有一種對仙鄉樂土的憧憬想像，仙鄉樂土是可來也可去的，異形異稟的異物異人並非鬼域，而是一種對中土周邊的超常異域想像。

魯惟一（M.Loewe）在其《通往樂園之路》一書中就曾說明與西王母仙界相關的圖像特徵，那是對樂土的憧憬。[138]

貫胸國與西王母、不死民的連接，提供給我們一些思考，貫胸國應該也是屬於有異型異稟的不死之民，所謂貫胸、穿胸，應該與現實人生的理解不同，與防風氏相關的民俗學或人類學詮釋，提供我們許多思考角度。《山海經》的「貫胸國」或許原是一種不死的仙鄉樂土敘事。

《尸子》傅會貫胸國與黃帝有關。而《博物志》或更早的《括地圖》都聯結到禹平天下時與防風氏有關，可見出穿胸民、貫胸國的南方神話系統。禹的南方神話人物角色，或吳越山神防風氏都可見出貫胸國為南方族群的神話，或者，明顯寫的是南方民族。而這樣的說法，也只是一種解釋性的神話。

宋元以後的記載都言，尊者去其衣，令卑者以物貫其胷檯之。以尊卑觀念講述貫胸國的故事顯然也是後來才出現的。而穿胸與貫頭衣、桶裙、滑竿、穿鼻相連結的民俗學解釋，或者與巫術儀式也被學者認為是南方百越族群所有。

---

[137] 陳連山：《《山海經》學術史考論》（北京：北京大學出版社，2012年），頁53。
[138] M. Loewe, *Ways to Paradise: The Chinese Quest for Immortality*, London: George Allen & Unwin, 1979: ch.4., p.101-112.

分析了古代住在中國周邊地區的異民族中的穿胸（貫胸）民、飛頭民和三首（頭）民。其中穿胸民是由於他們使用的，樸素的生活用品被誤解而命名。假如以上推測沒有大的出入，那麼我們就絕對不能像以往那樣把《淮南子》及《山海經》中所記載的居住在中國周邊地區的形狀怪異的民族說成是編者無責任的空想物。通過那些神異的記載，我們可以看到至今難以明白的古代中國周邊地區的一些實況。《淮南子》及《山海經》記載的周邊民族中，大多數居住在西南至東南地區，這與中國現在的五十幾個少數民族多數住在西南至南部地區是相一致的。從這點來看，我們也應該重新評估《墜形訓》及《海外四經》的記事所包含的民族志價值。[139]

晚明以來日用類書〈諸夷門〉在文字上承襲《事林廣記》中對穿胸人的描寫，在圖像上則明顯來自東漢孝堂山祠畫像石中的貫胸民意象。或許，我們也可以推測，蔣應鎬與成或因的貫胸民圖像，單純凸顯人胸有孔竅，才是《山海經》中的原貌，既不附會穿胸、貫胸與禹、防風氏有關，也不強調卑者以竹木貫胸抬尊者的情節。

《楚辭・天問》：

> 屈原放逐，憂心愁悴，彷徨山澤，經歷陵陸。嗟號昊旻，仰天歎息。見楚有先王之廟及公卿祠堂，圖畫天地山川神靈，琦瑋僪佹，及古賢聖怪物行事。周流罷倦，休息其下，仰見圖畫，因書其壁。[140]

由此文可見出，先王之廟及公卿祠堂的壁畫中畫的是山川神靈，我們由此似也可約略領會《山海經》中有山海神靈異人異獸圖像的原由。

東漢王延壽〈魯靈光殿賦〉：「圖畫天地，品類群生。雜物奇怪，山神海靈。寫載其狀，托之丹青。千變萬化，事各繆形。隨色象類，曲得其情。」[141]再由山東曲阜靈光殿的壁畫可見出漢代壁畫中寫狀山海神靈原是極其平常的事。

---

[139] 伊藤清司：〈長相怪異的民族──《山海經》中的周邊民族觀〉。
[140] 戰國・屈原：〈天問〉，《楚辭四種》（臺北：華正書局，1974年），頁50。
[141] 東漢・王延壽：〈魯靈光殿賦〉，收錄於梁・蕭統編、唐・李善注《文選》（長沙：岳麓書社，2002年），頁346。

學者也提出《山海經》中所傳錄的宛若實然的空間方位，呈顯出殊異於庸常現實的世界。戴民之國與沃之野、都廣之野在《山海經》的神話輿圖中皆屬「遠國異人」之域，是一種異域樂土。[142]

　　比較明清以來日用類書中不同的「穿胸」圖像，其中呈現出異界異族的朝貢想像。「貫胸國」與不死國或戴國同處一個區域，似體現對異域民族的仙鄉樂土想像。而東漢石祠畫像中，「貫胸國」中仙人似又與西王母同在一個空間。從我界視之，遠國異人是流動的他界異界，所謂「貫胸」或「穿胸」可能是少數民族的習俗，也可能是少數民族的巫術信仰，似乎不能用平常理性的眼光去審視。因此，學者有不同的詮釋方式，而各個時代的記載也有所分歧。

---

[142] 駱水玉：〈聖域與沃土──《山海經》中的樂土神話〉，《漢學研究》第17卷第1期，1999年6月。

第五章　元明地圖上的崑崙

一、前言

　　因為接觸到許多元明兩代的日用類書與地圖集，發現其中涉及崑崙的資料不少，對崑崙的意象興起一點想法。

　　《楚辭・天問》有「崑崙縣圃」一詞，縣圃是說懸在空中的花園，指的當然是神話裡的古代崑崙。《山海經》、《淮南子》、《穆天子傳》等書所見的崑崙，也都是古代神話與地理互相結合的紀錄。學者在討論崑崙這個主題時，也都會考慮，古神話的崑崙是一種特殊的指稱方式，不適合與實際地理上的崑崙一起比附。

　　地理上崑崙的位置經常因時代不同而改變。《史記・大宛列傳》說漢武帝命探黃河之源，結果到了于闐，於是按古代地圖書而命此山名為崑崙。因此，有的學者認為，以于闐河源為崑崙始於武帝，未必古崑崙，後人往往混同。

　　1945年蘇雪林發表的《崑崙之謎》是崑崙神話研究的先河巨著。

> 中國古代歷史與地理，本皆朦朧混雜，如隱一團迷霧之中。崑崙者，亦此迷霧中事物之一也。而崑崙問題，比之其他，尤不易懂理。蓋以其真中有幻，幻中有真，甲乙互纏，中外交混，如空谷之傳聲，如明鏡之互射，使人眩亂迷惑，莫知適從。故學者對此每有難措手之感。而「海外別有崑崙」（晉郭璞語），「東海方丈亦有崑崙之稱」（後魏酈道元語），「崑崙無定所」（元金履祥語），「古來言崑崙者，紛如聚訟」（近代顧實語），種種嘆息，騰於論壇。又有所謂大崑崙，小崑崙焉；東崑崙，西崑崙焉；廣義之崑崙，狹義崑崙焉。近代外國學者之討論南洋民族及非洲黑人者因中國古書有「古龍」及崑崙奴之說，遂亦墮入崑崙迷障，崑崙豈惟中國之大謎，亦世界之大謎哉！[1]

---

[1]　蘇雪林：《崑崙之謎》（臺北：中央文物供應社，1956年）。

蘇雪林把崑崙分為實際地理上的崑崙和神話中的崑崙，提出崑崙是許多民族共有的「世界大山」、「天地之臍」，是連接天界和幽冥地獄的天柱，也是神人之間的仙鄉樂園；這樣的看法最後得到一個結論，崑崙的「正身」在西亞的巴比倫，其他希臘之奧林匹司、印度之阿耨達山及中國的崑崙，皆是崑崙神話的「影子」而已。[2]

　　凌純聲認為崑崙丘即明堂。[3]劉宗迪先生也認為《山海經》中之崑崙，它原本並非指西方世界的一座自然高山，而只是一座人工建築物，就是古觀象臺，就是明堂。[4]明堂的說法似乎一直有學者呼應。

　　歷來對崑崙的解釋，不外乎論其為仙山、帝之下都、黃河源，或世界大山，或天地心等，或者論其地點位置，甚至學者以崑崙丘為明堂。眾家高論，各擅勝場。筆者則擬從元明以來的輿地圖來討論崑崙的相關問題，一窺輿地圖中所顯現的另一種崑崙面目。

二、仙山崑崙

　　《山海經》中記載崑崙墟或崑崙丘的資料不少，或帝之下都，或西王母所處。

　　〈海內西經〉：「海內崑崙之虛，在西北，帝之下都。……面有九門，門有開明獸守之，百神之所在。」[5]〈西山經〉則記：「西南四百里，曰崑崙之丘，實惟帝之下都，神陸吾司之。其神狀虎身而九尾，人面而虎爪；是神也，司天之九部及帝之囿時。」[6]有關崑崙的記載，一下子在西北，一下子在西南。「虎身而九尾，人面而虎爪」的神陸吾，與「身大，類虎而九首，皆人面」之開明獸，都是郭璞所說的天獸，都是守崑崙的神獸。

　　〈大荒西經〉：「西海之南，流沙之濱，赤水之後，黑水之前，有大山，名曰崑崙之丘。有神人面虎身，有文有尾，皆白，處之。其下有弱水之淵環之。其外有炎火之山，投物輒然。有人，戴勝，虎齒，有豹尾，穴處，

2　蘇雪林：《崑崙之謎》。蘇雪林：《天問正簡》（臺北：文津出版社，1992年）。
3　凌純聲：〈崑崙丘與西王母〉，中央研究院，《民族學研究所集刊》第22期，1956年。
4　劉宗迪：〈崑崙原型考——《山海經》研究之五〉，《民族藝術》第3期，2003年3月。
5　袁珂：《山海經校注》（臺北：里仁書局，1982年），頁294。
6　袁珂：《山海經校注》，頁47。

名曰西王母。此山萬物盡有。」[7]

　　《淮南子·墬形訓》的記載更詳細了，崑崙丘與不死有了結合。

　　　傾宮、旋室、縣圃、涼風、樊桐在崑崙閶闔之中，是其疏圃。疏圃之
　　　池，浸之黃水。黃水三周復其原，是謂丹水，飲之不死。……凡四水
　　　者，帝之神泉，以和百藥，以潤萬物。崑崙之丘，或上倍之，是謂涼
　　　風之山，登之而不死。或上倍之，是謂縣圃。登之乃靈，能使風雨。
　　　或上倍之，乃維上天。登之乃神，是謂太帝之居。」[8]

　　西漢初的張衡，著有《靈憲》一篇，記述了其獨特的世界觀、宇宙觀。[9]

　　　崑崙東南有赤縣之州。風雨有時，寒暑有節。苟非此土，南則多暑，
　　　北則多寒，東則多風，西則多陰。故聖王不處焉。（《藝文類聚》卷
　　　六《州部》引張衡《靈憲圖》）[10]

　　聖王所統治的赤縣神州（中國），位於崑崙山東南，是世界上唯一的氣
候和諧之地。認為赤縣神州（中國）位於崑崙山東南的觀念，是繼承了據說
大量著述於前漢末年哀帝、平帝時期緯書的說法[11]。

　　孔穎達《曲禮·正義》引用《地統書括地象》：

　　　地中央曰崑崙。又云，其東南方五千里曰神州。以此言之，崑崙在西
　　　北，別統四方九州。其神州者，是崑崙東南一州耳。于一州中，更分
　　　為九州，則禹貢九州是也。[12]

　　即崑崙山是世界的中心，統括了四方與大九州；位於其東南方五千里的

[7]　　袁珂：《山海經校注》，頁407。
[8]　　漢·劉安：《淮南子·墬形訓》（濟南：山東畫報出版社，2004年），頁51。
[9]　　《靈憲》全本今已不存，但是在《後漢書》等書中，還留有一些佚文。《靈憲》的輯本
　　　有幾種，比較完備的可參照嚴可均《全後漢文》卷55。
[10]　唐·歐陽詢等撰：《藝文類聚》（臺北：新興書局，1969年），頁190-191。
[11]　關於緯書的出現及其思想淵源，參考杉本忠氏〔1934〕以及安居香山氏〔1996a〕。
[12]　唐·孔穎達：《禮記正義·曲禮》（臺北：臺灣古籍出版社，2001年）。

神州，乃是《禹貢》九州。

漢代《河圖括地象》中關於崑崙的說法就更多了。

地中央曰崑崙。崑崙東南，地方五千里，名曰神州。其中有五山，帝王居之。

天有九部八紀，地有九州八柱。東南神州曰晨土，正南卬州曰深土，西南戎州曰滔土，正西弇州曰并土，正中冀州曰白土，西北柱州曰肥土，北方玄州曰成土，東北咸州曰隱土，正東揚州曰信土。

崑崙之墟，下洞含石，赤縣之州，是為中則。東南神州，曰晨土，正南迎州曰深土，西南戎州曰滔土，……正東揚州曰信土。

天有九道，地有九州，天有九部八紀，地有九州八柱。崑崙之墟，下洞含右，赤縣之州，是為中則。

崑崙山有五色水，赤水之氣，上蒸為霞而赫然。

崑崙山出五色雲氣。

崑崙山橫為地軸，此陵交帶崑崙，故廣陵也。

崑崙之山為地首，上為握契，滿為四瀆，橫為地軸，上為天鎮，立為八柱。

崑崙山出鐵券。

崑崙山出鐵券，背圓象天，體方象地，龍虎之文象星辰。

崑崙山為天柱，氣上通天。

崑崙者，地之中也，地下有八柱，柱廣十萬里，有三千六百軸，互相牽制，名山大川，孔穴相通。

地下有四柱，三百六十四軸。

崑崙虛北有玉樹。

崑崙之弱水中，非乘龍不得至。有三足神鳥，為西王母取食。

崑崙之山有弱水焉，非乘龍不得至也。

崑崙在西北，其高一萬一千里，上有瓊玉之樹。

崑崙有銅柱焉，其高入天，所謂天柱也。圍三千里，周員如削。下有仙人九府治之，與天地同休息。其柱銘曰：崑崙銅柱，其高入天，員

周如削，膚體美焉。[13]

　　由上面的記錄可以見到崑崙的意象如何豐富，是帝都，是地中央，有五色水、五色雲，有玉樹，甚至是天柱，仙山崑崙的意象在漢代的緯書中得到了凸顯。

　　以中國為中心視天下，崑崙則位於西北部。隨著視野的擴大，人們逐漸意識到中國並非天下之中心，而是位於天下一隅。遠古人們認為整個天下都是在天帝的統治之下，崑崙既然是天帝在人間的都邑，於是人們自然認為它居於天下之中。這一觀點在漢代緯書中得到了多方面的表現。[14]崑崙被視為地之中央，而中國則位於其東南一隅。可見，在「大天下」觀念作用之下，「帝之下都」崑崙成為天下之中。因崑崙是地之中央，於是緯書對天下異域的記載往往以崑崙為參照物。[15]

　　日本學者渡邊信一郎認為，赤縣神州（中國）位於大九州之東南，準確的說，來自王充《論衡》對〈墜形訓〉大九州說與鄒衍的大九州說相結合，就是王充對於鄒衍大九州說的理解。但崑崙山尚未被置於世界中心。[16]但是，世界擁有八極領域，崑崙山位於這一世界的中心，以及位於其東南的赤縣神州（中國）領域方五千里，這些乃是《靈憲》以及《河圖括地象》、《地統書括地象》中所特有的觀念。[17]

　　漢畫像石是西漢中期以後的產物，描述神仙所居住的仙山時，同樣繼承戰國以來的傳統，將群山連綿作為仙山的特徵，引導著死去的靈魂走到仙山、走向神仙的世界。張從軍認為，這個世界就是西王母的世界，也就是崑崙山。[18]

　　春秋戰國的青銅器紋樣、戰國秦漢的漆畫和畫像石，為崑崙山形象提供

[13]　《河圖括地象》，收錄於安居香山、中村璋八輯：《緯書集成》下（石家莊：河北人民出版社，1994年），頁1089-1092。
[14]　《河圖括地象》，頁1095。
[15]　吳從祥：〈緯書《河圖》世界觀探微〉，《中國石油大學學報》（社會科學版），第25卷第5期，2009年10月，頁69-70。
[16]　渡邊信一郎：《中國古代的王權與天下秩序──從日中比較史的視角出發》（北京：中華書局，2008年），頁68-76。
[17]　渡邊信一郎：《中國古代的王權與天下秩序──從日中比較史的視角出發》，頁68-76。
[18]　張從軍：〈戰國秦漢圖像所見崑崙山〉，趙宗福主編：《崑崙文化與西王母神話論文集》（西寧：青海人民出版社，2011年），頁222。

了十分寶貴的佐證。這些形象有的是連綿起伏的群山，有的是濃縮的博山，還有仙人們栖居的天台。崑崙山在漢代的圖像之中，逐漸隱去其雄偉宏大的面貌，隱去西王母賴以存在的仙山的神祕，并被進一步概念化，最終成為西王母的背景和陪襯，為神仙的主題所取代。將神仙們安置在山中，而且將最高等級的神仙西王母安置在崑崙山，應該是神仙西方說的影響。將神仙調配到西方，設計進逍遙遠且高不可及的大山之中，既是傳統山岳崇拜的繼續，也應該與西北地區民族對於山岳的生存依賴以及與西亞地區的交通往來有關。[19]

曾布川寬的大作一直有系統地闡述崑崙與漢代昇仙思想，他考證許多馬王堆漢墓、畫像石、畫像磚的圖像資料，將圖像與崑崙神話做了緊密結合，由此肯定崑崙山是昇仙的仙山。[20]

王孝廉先生認為產生崑崙仙鄉神話的原因有二。一是源於古代中國人把崑崙看作是黃河源的信仰，二是源於把崑崙當天柱的信仰。古代人把崑崙看作是天下的中心，是連接天上和大地的地方。居住在西北高原的人們，自古就有祭祀黃河之神的宗教信仰和禮儀，由這種信仰傳承出發而把黃河源的崑崙看作是神祕的仙鄉。古代中國人相信黃河之水是來自天柱的崑崙。[21]

崑崙是仙山或仙鄉是一個極有代表性的看法，是一個樂園空間，也與西王母結合，成了有不死藥的仙境聖域，也在元明的地圖上有了一席之地。

三、崑崙與黃河源

清人萬斯同有〈崑崙辨〉一文，綜合歷史上諸家崑崙說為十餘種：

> 吾為博考古書，其言崑崙者約有十餘家。其在〈禹貢〉則織皮、崑崙、析支、渠搜，西戎即敘。……此為一崑崙也。其在《禹本紀》則言「崑崙高二千五百里，去嵩高五萬里，居天地之中。……此又一崑崙也。」《山海經》志崑崙凡三，其次〈西次三經〉則曰：「崑崙

---

[19] 張從軍：〈戰國秦漢圖像所見崑崙山〉，頁212。
[20] 曾布川寬：《崑崙山への昇仙》（東京：中央公論社，1981年），頁57。
[21] 王孝廉：《嶺雲關雪——民族神話學論集》（北京：學苑出版社，2002年），頁308-309。

之丘，實惟帝之下都，河水出而南流，東至於無達。」其在〈海內西經〉則曰：「海內崑崙之墟，在西北，方八百里，高萬仞，河水出東北隅。本止一山，而兩言之者，蓋此經非一人，故所載有詳略，而實非二山也」。此又一崑崙也。其在〈大荒經〉則曰：「西海之南，流沙之濱，赤水之後，黑水之前，有大山名曰崑崙之墟，其下有弱水環之。」此又一崑崙也。《爾雅》謂「河出崑崙虛，色白；並千七百川，色黃。」《淮南子》記崑崙之墟，河水出其東北陬，此其襲《山海經》之說，無二山也。其在《史記》，則謂「于闐之西，水皆西流，注西海。東則東流，注鹽池。鹽池潛行地下，其南則河源出焉。鹽澤去長安可五百里，天子乃按古圖書，名河所出山曰崑崙云，則是山本無名，特漢武加以此名稱。」[22]

萬斯同又對崑崙與黃河河源問題，提出看法：

《外國圖》云：「從大晉西七萬里，得崑崙之墟。」今元使行不及五千里，云已踰之，何崑崙之近乎？自昔言崑崙者，皆在西北。元使所圖，乃在西南，何也？然則元使所謂崑崙者，果崑崙乎？所謂星宿海者，果河源乎？未可知也。[23]

古代的河源或出於于闐，或出於崑崙之墟，似都非天子命名的崑崙山。從《山海經》、《爾雅》、《淮南子》等，都言河出崑崙墟，或出東南陬東南隅，而未出現崑崙山這座大山。

中國最早的歷史地圖應該追溯到西晉裴秀《禹貢地域圖》十八篇，但裴圖早已亡佚，所見最早的地圖集可能是刻於北宋末年的《歷代地理指掌圖》。此圖集傳世的南宋初年刻本現藏於東京東洋文庫，書中收錄四十四幅地圖，第二幅《歷代華夷山水名圖》（圖5-1）就有崑崙，此圖都在山名上繪有小點，以與政區地名相區別。[24]

---

[22] 清・萬斯同：《崑崙河源考》，臺灣商務印書館借月山房彙鈔排印，1965年。
[23] 清・萬斯同：《崑崙河源考》。
[24] 《宋本歷代地理指掌圖》，（上海：上海古籍出版社，1989年，根據東京東洋文庫藏本

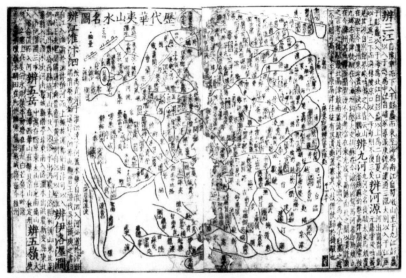

圖5-1：崑崙山，〈歷代華夷山水名圖〉（紅框處）

　　17世紀以前，中國人繪製的地圖沒有嚴格意義的中國地圖與世界地圖之區別，中國人從傳統的天下觀念出發，總是在圖面上將中國王朝畫在圖的中央，並畫出當時已經了解的周邊和域外世界，所以，我們將這樣的「混一圖」，都姑且視為中國人的「世界地圖」來一並討論。[25]這樣的「混一圖」都特別標示出崑崙為黃河源。黃河之水天上來，崑崙似成了中國人的天庭。

　　宮紀子討論一系列的元代河源圖，潘昂霄《河源記》之河源圖（至元十七年，1280年），崑崙在西寧州附近。而學者以為《博聞錄》是南宋陳元靚所作，是《事林廣記》的前身，其中崑崙山非常明顯，聳立於圖中西北黃河之源。[26]

　　顧頡剛在1950年提出崑崙的地點是偏西的，所以在〈山經〉裡列在〈西次山經〉，在〈海經〉裡列在〈海內西經〉和〈大荒西經〉。而〈西次

影印），頁10–11。

[25] 李孝聰：〈傳世15-17世紀繪製的中國世界圖之蠡測〉，劉迎勝主編：《大明混一圖與混一疆理圖研究》（南京：鳳凰出版社，2010年），頁165。

[26] 宮紀子：《地図は語るモンゴル帝国が生んだ世界図》（東京：日本經濟新聞出版社，2007年）。

圖5-2：崑崙山，《翰墨全書》（紅框處）　　圖5-3：崑崙山，元至順本《事林廣記》（紅框處）

山經〉是以崑崙為中心的，可以稱為「崑崙區」。崑崙區的地理和人物都是從西北傳進來的，這些人物是西北民族的想像力所構成，其地理則確實含有西北的實際背景。[27]崑崙是否一直在中國西北似有疑問。元大德間的《翰墨全書》（圖5-2）與至順年間的《事林廣記》（圖5-3），崑崙為黃河之源，明顯都在中國西南方。地圖上似乎中國的黃河源是變動的，即崑崙是移動的，有時在西北，有時在西南。從元代的這兩張地圖看到，崑崙為黃河源，在當時的甘肅西南方，明顯是在現在的青海省，對位置認知似與現在崑崙山的所在差不多。

　　黃河流域一直是華夏祖先活動的中心，因而，中國古代先民們將這一帶視為天下之中，將自己的國家稱為「中國」，並以此為參照系來記載四方。在早期的神話中，崑崙位處西北，是天帝在人間的都邑。[28]接著則與黃河源頭有了關聯，兩者都是「中國」的中心或源頭。

四、明代的靈山

　　章潢《圖書編》收錄一幅《四海華夷總圖》，是嘉靖十一年（1532年）所製的世界地圖，此圖現存於美國哈佛大學圖書館。《四海華夷總圖》中，中國、朝鮮和日本在東面；羅荒野在北方；天竺（現尼泊爾）和印度在南面；波剌斯在西面，而波剌斯隔著西海是大秦，崑崙在比較中央的位

---

[27]　顧頡剛：〈《山海經》中的崑崙區〉，《中國社會學科》1982年第1期。
[28]　吳從祥：〈緯書《河圖》世界觀探微〉，《中國石油大學學報》（社會科學版），第25
　　　卷第5期，2009年10月，頁69。

圖5-4：崑崙山，《四海華夷總圖》（紅框處）

置。[29]（圖5-4）卜正民（Timothy James Brook）曾舉例《四海華夷總圖》是
中西「混血」地圖，而在製圖理念上反映了西方地理知識對中國傳統「地
輿」知識的滲透。[30]這個「四海華夷總圖」也有許多《山海經》中的遠國異
人，小人國、長臂國、長腳國、無腎國（無臂國，形近之誤）、穿心國（穿
胸國）、馬蹄國（釘靈國）。值得注意的是，遠國異人的名字偶或與《山海
經》中的原典有異，如以「穿胸國」為「穿心國」的說法，這又和清代民間
的異國圖像相彷彿。輿圖中，虛構想像與真實存有的異域國度環繞著崑崙，
呈現在同一個空間。

　　第三章提到萬曆35年王圻所編的類書《三才圖會》共106卷，其中地理
類16卷，有地圖166幅；宮室類4卷，有地圖四幅。〈山海輿地全圖〉見於地
理類卷一。圖為圓形，圖中有地名68個，其中州名6個，國名（包括地區）
32個，海洋名22個，江名3個，山名3個。圖中還有「晝長線」（即北回歸
線）、「晝夜平線」（即赤道）和「晝短線」（即南回歸線）等注記，但未

---

[29]　明・章潢：《圖書編》（臺北：成文出版社，1971年）。
[30]　卜正民（Timothy James Brook）：〈繪製世界地圖：明代後期的中西文化交流〉，華東
　　師範大學2007年5月15日第四十二次大夏講壇。

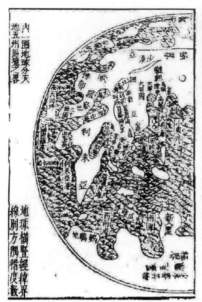

圖5-5：崑崙山，〈山海輿地全圖〉（紅框處）

繪出線。此圖可能是依據利瑪竇所繪世界地圖簡縮而成，只是比較粗陋，注
記也欠精審。[31]〈山海輿地全圖〉中，崑崙與星宿海緊緊相鄰，與大明帝國
相對遙遠，中間隔著西番、回回，崑崙反倒是與西域、西天竺、占城或小西
洋比較接近。〈山海輿地全圖〉似乎是受西方影響的天下圖。（圖5-5）

　　晚明時期建陽地區所刻的日用類中，各種地輿總圖中幾乎都會出現崑
崙山，崑崙山在遙遠的西方，與顧頡剛認為崑崙的地點是偏西的觀點倒是
吻合。在明代的通俗日用類書或稱萬寶全書的〈地輿門〉中，如萬曆35年
（1607）《萬用正宗不求人》中，崑崙山一名靈山，在大明各省地輿總圖
的最西邊，在西番國上方。有的書中的崑崙山則又名雪山，在西番、西域上
方，而黃河源、星宿海都在離很遠的正下方，如萬曆40年（1612）《文林
妙錦萬寶全書》二十八宿皇明各省地輿總圖。（圖5-6）其實，日用類書中
的〈地輿門〉所標示的崑崙山，位置都大同小異，也可以看出他們彼此互相
參考的痕跡。

---

[31]　曹婉如等編：《中國古代地圖集》（戰國－元）（北京：文物出版社，1994年）頁17。

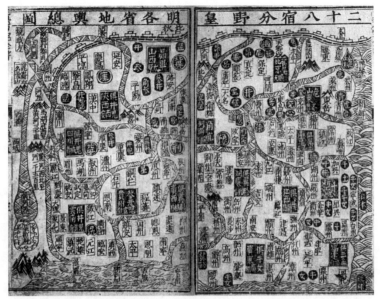

■圖5-6：《文林妙錦萬寶全書》

　　崑崙山或是有靈山的別名，或是有雪山的別名，對民間的通俗類書來
說，反映的似是一幅抽象的地輿圖，既是靈山，當然遙遠，好像要到邊境
之外。

　　漢代之前史籍凡說到崑崙時，並沒有明言說崑崙就是天地之中。只是漢
代以後用語義學去解讀崑崙二字時，以崑崙二字本身就具有中央的意味，如
《莊子・應帝王》：「中央之地為渾沌。」《周禮》春官大宗伯也有類似提
法，其文曰：「以蒼璧禮天，以黃琮禮地。」鄭玄注曰：「此禮天以冬至，謂
天皇大地，在北極者也，禮地以夏至，謂神在崑崙者也。」鄭玄認為北極星位
於天的中心，崑崙則位於與之對應的大地的中央位置，祭祀中，神在崑崙。[32]

　　古人之所以把崑崙山定位為天下之中、天地之中，明顯有自己的特徵，
強調天地之中「起形高大」，又是為「帝」所居，「帝之下都」，這些地
理、天文和神話的要素構成崑崙山作為天地之中的主要特徵。[33]

<hr>

[32] 黃世杰：〈作為天地之中的崑崙山的天文地理特徵〉，《廣西民族大學學報》（哲學社
　　會科學版）2011年2期，頁21。
[33] 黃世杰：〈作為天地之中的崑崙山的天文地理特徵〉，頁21。

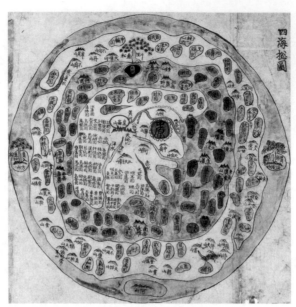

▌圖5-7：崑崙山，《四海總圖》（紅框處）

　　韓國這些天下圖或世界總圖的整體輪廓為圓形，整個版圖呈現為大陸和海洋環環相套的四重結構：最內一重，即版圖的中央，是一塊大致呈四方形的以中國（或中原）為中心的大陸，山名則包括崑崙山，崑崙山旁邊標註說明文字「中岳」、「天地心」，還有天台山、三天子鄣山；水名則有黃河（有些圖雖繪出黃河的走向，卻未標黃河之名）還有羊水、黑水、赤水，四水都源於崑崙山。中國並不在圖的正中，而是在偏東一點的位置，真正的中心應是崑崙山，所以有的圖中崑崙山下甚至出現「天地心」字樣。[34]（圖5-7）

　　另外，Cari. Ledyard分析了1402年朝鮮權近、李薈等編繪的《混一疆理歷代國都之圖》，發現天下圖中的核心大陸輪廓與《混一疆理歷代國都之圖》中的大陸外型具有某種關係，認為天下圖核心大陸的形狀是該圖中的大陸外型逆時針轉動形成的。他還比較了《山海經》和天下圖中的名稱、方位，發現《山海經》中的「海內」與核心大陸、「海外」與內海、「大荒」與環形大陸有某種對應關係。例如，《山海經》中〈海外經〉上的名字逆時

---

[34] 李燦：《韓國の古地圖》（韓國：汎友社，2005年再版），頁31。

針轉動後與天下圖內海上的名字位置相同，而〈大荒經〉中的名字順時針轉動與環形大陸上的名字位置相同。由此他認為天下圖在製圖時參考了《混一疆理歷代國都之圖》，而《山海經》的內容則是天下圖構圖的理論基礎。[35]

徐寧先生則進一步解釋李朝中期的魏伯珪（1727-1798）在《寰瀛志》中記載戰國時鄒衍對世界的描述：「中國四方之海，是號裨海，其他有大陸環之，大陸地外又有大瀛海環之，方是地涯云。」這段描述與天下圖的基本結構類似，大概是天下圖環形大陸結構最好的文字註腳，天下圖的製作思想可能來源於鄒衍的世界觀。[36]

對於天下圖中地名的出處，中村拓進行了較詳細的考證。他研究了十幾種天下圖，列出了194個地名（包括部族名稱，其中有些類似或重複），並按「大陸（核心大陸）─內洋（內海）北方─內洋東方─內洋南方─內洋西方─輪（環形大陸）北方─輪東方─輪南方─輪西方」的順序進行了分類和考訂。他認為其中在核心大陸上的地名多出自史書，如《漢書·西域傳》和《舊唐書·地理志》以及《通典》；而在內海和環形大陸上的地名則多為《山海經》中的神話地名。[37]

海野一隆做了進一步研究，考訂了中村未找到出處的「廣桑山」、「麗農山」和「廣野山」，認為他們出自唐代杜光庭《洞天福地岳瀆名山記》，而且在有些天下圖中核心大陸上出現的「天地心」在《山海經》中也沒有，因此他認為這一定是參考了杜光庭書中的「中嶽崑崙山在九海中，千辰星為天地心」之句。[38]

明清時期，日本、朝鮮和中國，從文化上「本是一家」到「互不相認」的過程，恰恰很深刻地反映著所謂「東方」，也就是原本在華夏文化基礎上東亞的認同的最終崩潰，這種漸漸的互不相認，體現著「東方」看似同一文明內部的巨大分裂。「明朝後無中國」，但是朝鮮卻有「後明朝」或「小中

[35] Gari. Ledyard, Korean Cartography see J.B Harley & D. Woodward eds. *The History of Cartography*, University of Chicago press, 1987, vol.2 Book2 (1994), p.261.

[36] 徐寧：〈國圖所藏李朝朝鮮後期的圖形地圖研究〉，《中國歷史地理論叢》第17卷第4輯，2002年12月。

[37] 中村拓：〈朝鮮に傳わる古きシナ世界地圖〉，《朝鮮學報》39、40號（合刊），1966年。

[38] 唐·杜光庭：《洞天福地岳瀆名山記》（揚州：江蘇古籍出版社，2000年）。
海野一隆：〈李朝朝鮮における地圖と道教〉，《東方宗教》第57號，頁14-37，1981年。

圖5-8：天下圖

華」。[39]朝鮮人相當自信的，「今天下中華制度，獨存於我國」[40]，再也沒
有必要認為，過去推崇的文化中華仍然在清帝國。

在古代中國人腦子裡面天地的格局如何？大體上就是，第一，自己所在
的地方是世界中心，也是文明中心；第二，大地彷彿一個棋盤，或者像一個
回字型，四邊由中心向外不斷延伸，第一圈是王所在的京城，第二圈是華夏
或者諸夏，第三圈是夷狄；第三，地理空間越靠外緣，就越荒蕪，住在那裡
的民族也就越野蠻，文明的等級也越低，叫做南蠻、北狄、西戎、東夷。[41]
韓國古地圖中對抗這樣的中國中心思想，或者說不想認同大清帝國的中心思
想，最好的方式是推出崑崙為天地心即崑崙為中心的平等方式，朝鮮國與中
國都在偏東的位置，都在崑崙的東邊。（圖5-8）

---

39 葛兆光：《宅茲中國：重建有關「中國」的歷史論述》（北京：中華書局，2011年），
　頁152-156。

40 吳晗：《朝鮮李朝實錄中的中國史料》（北京：中華書局，1962年），下編卷八，《英
　宗實錄》正統元年四月壬辰，頁4397。

41 葛兆光：《思想史研究課堂講錄：視野、角度與方法》（北京：三聯書店，2005年），
　頁175-176。

崑崙有豐富的意象，各個朝代有各個朝代的解釋，它可能是明堂，可能是黃河之源，可能是仙鄉，可能是世界山，或者是天地的中心。在各種地輿圖中，崑崙是黃河源，是天地心，是世界山，更是中國人心靈的仙鄉。確切地說，從漢代的西王母世界所在的仙山崑崙，到元明各種輿地全圖或韓國古地圖中，崑崙幾乎都存在著。崑崙似已成為中國的一種象徵。

第六章　高麗國的圖像與文字敘事
——以晚明日用類書「諸夷門」為中心

一、前言

　　《山海經・海內北經》：「朝鮮在列陽東，海北山南。列陽屬燕。」[1]
郭璞的注解，朝鮮屬於當時的樂浪縣，箕子所封，列也是水名，在當時的代
方，代方有列口縣。〈海內經〉也記載到朝鮮：「東經（按：明正統年間道
藏本等都做東海）之內，北海之隅，有國名曰朝鮮、天毒，其人水居，偎人
愛人。」[2]郭璞的注解天毒即天竺國，貴道德，有文書、金銀、錢貨，浮屠
出此國中。袁珂以為天竺就是現在的印度，此天毒則在東北，方位迥異。[3]
將「天毒」解為天竺，的確不通，而「偎人愛人」何解？我們可以說《山海
經》中的兩小段記錄將朝鮮描寫得模糊難辨。

　　《史記》第五十五〈朝鮮列傳〉記載，朝鮮王滿者，
故燕人也。[4]燕是周的同姓，「姓姬氏」。周的祖先后稷
是帝嚳後代，而「帝嚳高辛者，黃帝之曾孫也」。[5]朝鮮
在中國的正史中首次出現即是華夏子民，並非荒遠蠻夷。

　　唐代閻立本繪製了《王會圖》，此圖畫西域、南海、
東亞等區域諸國使節及南蠻圖像二十四段，上方以楷書標
註出使國名稱，並藉由人物的相貌與服飾，區別地域與族
屬。《王會圖》中肖像應非閻立本時期的外邦人物，而是
再現南北朝時期，藉由「四方來朝」彰顯政權合法性的王
會圖。值得注意的是，《王會圖》中的「高麗國」作「高

圖6-1：高驪國

1　宋・尤袤，《山海經》，《歷代山海經文獻集成》第1冊（西安：西安地圖出版社，
　　2006年，據南宋尤袤池陽郡齋刻本影印），頁196。
2　同前註，頁244。
3　袁珂：《山海經校注》（臺北：里仁書局，1995年），頁441。
4　瀧川龜太郎：《史記會注考證》（臺北：中新書局，1977年），頁1200。
5　星漢、樂睿：〈司馬遷民族觀批判〉，《殷都學刊》第1期（1993年），頁93。

驪國」。[6]（圖6-1）

五代南唐的顧德謙另有《摹梁元帝蕃客
入朝圖》，其中除了中天竺、倭國之外，就有
高麗國。（圖6-2）南朝梁元帝蕭繹博涉文學
畫藝，《歷代名畫記》記載蕭繹任荊州刺史期
間，曾經描繪外國來獻之事。此卷白描畫朝貢
國使者以及南蠻圖像三十三段，國別、族屬與
《梁書》等南朝正史記載大體相符，書中使節
排列的序位，不僅反應當代地緣政治，更揭示
諸國與梁朝間的利害關係。[7]

▌圖6-2：高麗國

到《元史》卷二百八的列傳第九十五有外夷，首先就列「高麗」：

> 高麗，本箕子所封之地，又扶餘別種嘗居之。其地東至新羅，南至
> 百濟，皆跨大海，西北度遼水接營州，而靺鞨在其北。其國都曰平
> 壤城，即漢樂浪郡。水有出靺鞨之白山者，號鴨淥江，而平壤在其東
> 南，因恃以為險。後闢地益廣，並古新羅、百濟、高句麗三國而為
> 一。其主姓高氏，自初立國至唐乾封初而國亡。[8]

我們由此知道，在《元史》中也延續五代與唐朝都使用的名詞「高麗」。
《明史》卷三百二十的列傳第二百八的外國，首先就列「朝鮮」：

> 朝鮮，箕子所封國也，漢以前曰朝鮮。始為燕人衛滿所據，漢武帝平
> 之，置真番、臨屯、樂浪、玄菟四郡。漢末，有扶餘人高氏據其地，
> 改國號曰高麗，又曰高句麗，居平壤，即樂浪也。已，為唐所破，東
> 徙。後唐時，王建代高氏，兼併新羅、百濟地，徙居松嶽，曰東京，
> 而以平壤為西京。其國北鄰契丹，西則女直，南曰日本。元至元中，

6　劉芳如、鄭淑方編：《四方來朝：職貢圖特展》（臺北：國立故宮博物院，2019年），
　　頁244。
7　劉芳如、鄭淑方編：《四方來朝：職貢圖特展》，頁245。
8　明・宋濂等同修：《元史》（臺北：中華書局，1981年），卷280，列傳第95。

西京內屬，置東寧路總管府，盡慈嶺為界。[9]

明代把前人習稱的「高麗」正式定成「朝鮮」，正如《山海經》中的名詞。

《元史》、《明史》記載「高麗」、「朝鮮」似有極大差異，前者是「外夷」，後者是「外國」，華夷區分明顯，可見「高麗」與「朝鮮」意義迥異。

雖然朱元璋已賜國名「朝鮮」，但在民間流行的多種日用類書、《異域圖志》、《羸蟲錄》、《三才圖會》，都仍作「高麗國」。眾多有關異域的圖文書中，僅有《異域志》一書作「朝鮮國」。

何以所有關於異域的圖文書中，「高麗國」幾乎都置首？朱元璋已賜國名「朝鮮」，何以直到晚明，甚至清末，一般人仍稱朝鮮國為「高麗國」？

二、大明帝國與朝鮮國

大明帝國一開始就明確列出「不征之國」名單，有東北的朝鮮，正東偏北的日本，正南偏東的大琉球（今琉球群島），小琉球（當時臺灣島上的番社），西南的安南、真臘（後來的高棉）、暹羅（今泰國）、占城（越南南部）、蘇門答剌國（今印尼蘇門答臘國島西北部）、西洋國（今印度半島東岸）、爪哇國（今印尼爪哇島）、溢亨國（今馬來西亞彭亨州）、百花國（有作注輦、花面國等）。[10]一般人熟知，明太祖的「不征之國」首位是朝鮮，從官方的資料可見到朝鮮是大明帝國當時最重要的職貢國。而「不征之國」一詞，明白顯示大明王朝的自大態度，有不平等的一種上下尊卑關係，是等著別人來朝貢的大國心理。

《明太祖實錄》記載，洪武年一開始到結束，高麗國就對大明帝國有頻繁的職貢情況。洪武四年（1371）九月甲寅，高麗國王王顓遣其臣姜仲祥等奉表，貢金銀龍盞、布、文席、龜貝等物，賀天壽聖節並賀皇太子千秋節。[11]洪武五年（1372）二月丁酉，高麗國王王顓遣其密直副使韓邦彥，

9 清・張廷玉等奉敕修：〈朝鮮列傳〉，《明史》第12冊（臺北：洪氏出版社，1975年），卷320，列傳208，頁8279。
10 明・鄭曉：《皇明四夷考》（北京：文殿閣書莊，1933年），上卷，頁1。
11 明・夏原吉等奉敕撰，中央研究院歷史語言研究所校：《明太祖實錄》（臺北：中央研究院歷史語言研究所印行，1962-1967年），頁1271。

奉表貢金龍船臺、雙盞蓮花台、雙盞金龍頭鐙、銀龍頭鐙、六面壺、玳瑁刀鞘、筆鞘、細布、文席、豹皮之屬。[12]洪武五年（1372）三月癸酉，是月，高麗國王王顓遣密直同知洪師範、鄭夢周等奉表賀平夏，貢方物且請遣子弟入太學。[13]洪武十一年（1378）五月丙子，高麗國王世子禑遣禮儀判書周誼等，貢馬六十匹、白黑布一百匹及金銀器用。賜誼等鈔物有差。[14]洪武十二年（1379）十二月甲辰，高麗署國事王禑遣其臣李茂芳等，貢黃金百斤、銀一萬兩。以其貢不如約，卻之。[15]

　　洪武二十六年春正月，《明太祖實錄》記載，朝鮮國權知國事李成桂遣使來貢。[16]洪武二十六年二月，朝鮮遣使送馬九千八百八十匹至遼東。[17]洪武二十六年六月，朝鮮國權知國事李成桂遣使上表箋貢馬及方物，謝更國號，並上高麗恭愍王金印，且請更名旦。接著，遼東都指揮使司奏諜知朝鮮國近遣其守邊。太祖說話了：「李旦方來奉貢，而復欲寇邊。……前者，請更國號，朕既為爾正名，近者表至，仍稱權知國事。」[18]洪武二十六年秋七月，遼東指揮使司謹守邊防，絕朝鮮國貢使。[19]二十六年九月，朝鮮國王李旦得所賜勑書，惶懼，遣使奉表，陳情謝罪，貢白黑布、人參及金裝鞍馬。[20]二十六年冬十月，朝鮮國海寇詐為倭國人。[21]可見倭國海寇應該是更猖狂的，竟然朝鮮海寇還冒充他們。二十六年十一月，朝鮮國械送逋逃軍民百二十二戶，三百八十八人及馬牛百餘至遼東。[22]洪武二十七年二月，朝鮮國屢入朝貢，既聽約束，乃復使人鈔掠邊境。[23]從日用類書的〈諸夷門〉討論職貢國的土產部分，似乎也可以呼應所謂職貢方物的情形。

　　《大明會典》也有類似記錄：

---

[12] 《明太祖實錄》，頁1330。
[13] 《明太祖實錄》，頁1340。
[14] 《明太祖實錄》，頁1930。
[15] 《明太祖實錄》，頁2040。
[16] 《明太祖實錄》，頁3273。
[17] 《明太祖實錄》，頁3298。
[18] 《明太祖實錄》，頁3323-3325。
[19] 《明太祖實錄》，頁3343。
[20] 《明太祖實錄》，頁3357。
[21] 《明太祖實錄》，頁3361。
[22] 《明太祖實錄》，頁3366。
[23] 《明太祖實錄》，頁3383

朝鮮國即高麗，其李仁人及子李成桂，今名旦者，自洪武六年至洪武二十八年，首尾凡弒王氏四王，姑待之。按高麗併有扶餘、新羅、百濟，其國分八道。洪武二年，國王王顓遣使奉表，賀即位，請封貢方物。[24]

其實李成桂並非李仁人之子，《明史·朝鮮列傳》就明白記載，當時朝鮮屢次上疏，要求改正，自言成桂與李仁人本異族，《大明會典》所記載是錯的，禮部回覆要遵從朝鮮所請，卻多次食言，總是不改。[25]可見大明帝國對朝鮮事情並不在意，李仁人曾有弒逆事，而成桂得國更號朝鮮，是明太祖所賜，兩者豈可混為一談？把弒逆李仁人當成李成桂之父，這應也是大明朝野對朝鮮國根本不太當一回事的證明。

宋元之際的馬端臨（1254-1323）《文獻通考》把漢武帝時期在朝鮮設郡，到隋煬帝遠征朝鮮半島的歷史，乃至朝鮮半島上各地的風俗民情皆詳細陳述。成書於至正3年（1343）的《宋史》其中〈高麗傳〉對「高麗」的記載，與《文獻通考》大致相同。

第一章討論到的明正德二年（1507）梅純所編《藝海彙函》收錄一卷本《異域志》手抄本，前兩個為扶桑國與長生國，接著的異域國是「朝鮮國」：

古朝仙，一曰高麗，在東北海濱，周封箕子之國，以商人五千從之。其醫巫卜筮、百工技藝、禮樂詩書皆從中國。衣冠隨中國各朝制度，用中國正朔，王子入中國太學讀書。風俗華美，人性淳厚，地方東西三千，南北六千。王居開城府，依山為宮，曰神窩。民舍多茅茨，鮮陶瓦。以樂浪為東京，百濟金州為西京，有郡百八十，鎮三百九十，洲島三十。以鴨綠江為西固，東南至明州，海皆絕碧，至洋則黑，海人謂無底谷也。

根據此書的序言，朱元璋的第十七子朱權應該重編過《異域志》。這或

---

[24] 明·李東陽等撰、〔明〕申時行等重修：《大明會典》第3冊（揚州：廣陵書社，2007年），卷150，頁1585。
[25] 清·張廷玉撰：〈朝鮮列傳〉，《明史》第12冊，卷320，列傳208，頁8289-8291。

許可以說明何以在這些圖書中，僅有《異域志》一書使用「朝鮮」的名稱，身為皇子，朱權能夠比其他的文人、出版家掌握到更新的官方資訊；另一方面，也見出異域知識在官方與民間傳播的落差。朱權用官方的國名，因為這國名是朱元璋所賜。而民間只在意自己習慣的稱呼「高麗國」，改朝換代多久，都無損他們不管政權更迭的淡漠。直到清代，日用類書系列的〈諸夷門〉仍稱「高麗國」而罕見「朝鮮國」。

萬曆11年（1583）嚴從簡的《殊域周咨錄》也討論了「朝鮮國」，其書云：

> 朝鮮，周封箕子於此，同三恪不臣。朝鮮云者，以其在東，取朝日鮮明之義也。秦屬遼東。漢初，燕人衛滿據其地。武帝平之，置真蕃、臨屯、樂浪、玄菟四郡；漢末，公孫度開府行牧事於遼東，并有其地，三傳而為魏所滅。晉永嘉之亂，扶餘別種酋長高璉入據其地，稱高麗王，居平壤城，始列化外。唐征高麗，拔平壤，置安東都護府。其國東徙，距鴨綠江千餘里。五代唐時，王建代高氏，闢地益廣，並古新羅、百濟而為一，建都松岳，以平壤為西京；其後子孫遣使朝貢於宋，亦常朝貢遼、金，歷四百餘年，其主未始易姓。元至元中，西京內屬，置東寧路總管府，畫慈嶺為界。[26]

嚴從簡又提到，進入了明朝，太祖高皇帝洪武元年，曾遣符寶郎偰斯奉璽書，賜高麗國王顒書。隨後王顒上表賀太祖即位，朱元璋又遣使贈高麗王金印，賜《大統曆》，仍舊封為高麗王，「命三歲或二歲朝貢」。[27]

萬曆14年（1586）蔡汝賢的《東夷圖說》提到：

> 朝鮮，周所封箕子也，典午時併於高麗。高麗，故扶餘別種。後王建又襲之，蓋不止一姓，云其國東西南三面濱海，北鄰女直，西北至鴨綠江，東西相距二千里，南北四千里，分八道，統府州郡縣。其俗柔謹，知文字，喜讀書，重釋尚鬼而拒殺。戴折風巾，服大袖衫，男女

---

26 明・嚴從簡：《殊域周咨錄》（北京：中華書局，1993年），頁8。
27 同前註，頁9。

相悦為婚，死三年始葬。飲食用俎豆，官吏閑威儀，居皆茅茨，衣多麻苧，有樸簡遺風。以田制俸，以秔釀酒，法無苛條，刑不慘毒，鎮國者九都神嵩，北岳其名山也，海鴨綠江其大川也。金、銀、鐵、水晶、鹽、紬苧布、白硾紙、狼尾筆、果下馬、長尾雞、貂豽、海豹皮、蚒蛸、榛松、人參，其物產也。洪武二年，王遣使表賀即位，賜金印、誥命、文綺、大統曆，冊為高麗國王。十年，以其貢使煩，數諭遼東守臣謝絕之，遂定三年一貢，著為令，由是如期遣貢，不數不疎。二十四年，其相李仁人子成桂篡立，更國號曰朝鮮。永樂元年，復賜冕服、九章、圭玉、珮玉。宣德初，賜《五經》、《四書》、《性理大全》諸書。正統間，賜遠遊、翼善等冠，絳袍、龍袞玉帶等服。以高麗去神京不遠，人知經史、文物、禮樂，略似中國，非他邦比，故列聖寵優如此。嘉靖入繼大統，遣使朝貢，三十六年，王請改正《大明會典》所載成桂篡逆事，詔從之。[28]

《東夷圖說》仍記載李仁人為成桂之父，又提及朝鮮請改正《大明會典》所載成桂篡逆事，可見朝鮮一再請求，而大明朝廷一再敷衍。此書卷前〈總說〉也提到：

> 聞明王慎德，四夷咸賓，子之圖說，獨詳於東南夷何也？貢由粵入，職所掌也。朝鮮非由粵也，何首乎？密邇京邑，有禮義之遺風，亦海國也。琉球何以次朝鮮也？地不當中國一大郡，而奉職惟謹，夷而中國則進之也。安南嘗郡縣矣，反不建於朝鮮、琉球，何也？向化不終，仍入於夷，則夷之也。[29]

從上引的多種文獻資料中，可見或朝官或文人或市井，敘寫「朝鮮國」時，都有相似的面向。首先，關於朝鮮國文化與中原本土近似，這影響了文人、官員在撰寫諸般關於異國、異域論述時的次序選擇，朝鮮國由於接受了

---

[28] 明・蔡汝賢撰：《東夷圖說》，收入《四庫全書存目叢書》，史部，地理類，第255冊（台南：莊嚴出版社，1996年，據北京圖書館藏明萬曆刻本影印。），頁416。

[29] 同前註，頁409。

禮樂薰陶，因而在次第上總是最先，評價優於日本、安南等國，卻仍次中國一等。其次，則是關於朝鮮國物產的紀錄，時常被提及的物產有：金、銀、鐵、水晶、鹽、紬苧布、白硾紙、狼尾筆、果下馬、長尾雞、貂豽、海豹皮、虯蛸、榛松、人參，這似乎形成了某種傳統，民間日用類書〈諸夷門〉中所列，也與此近似。關係密切的職貢國「高麗」，比其他異域贏蟲有更多的朝貢機會，土產也代表中國對他們的熟稔非比尋常，或者也有商業貿易的象徵意義。

三、朝鮮國的朝天思想

朝鮮王朝（1392-1910）相當於明清時代（1368-1911）。《朝鮮王朝實錄》從太祖到哲宗（1392-1863），全部計1893卷，其中有關中國史料的部分極其豐富，可見出兩國當時交流之頻繁，洪武26年就有朝鮮屢次要求大明賜國號的記載：

> 欽奉聖旨，東夷之號，惟「朝鮮」之稱美，且其來遠，可以本其名而祖之。體天牧民，永昌後嗣。茲予不穀，豈敢自慶，實是宗社生靈無疆之福也。誠宜播告中外，與之更始，可自今除「高麗」國名，遵用「朝鮮」之號。[30]

李成桂（朝鮮太祖，1392-1398在位）建立朝鮮王朝，一切遵照明朝範式，國號、封號都經朱元璋賜封。尊崇儒學，奉程朱理學為其文化學術圭臬，這種文化認同感對朝鮮王朝產生重大影響，致使朝鮮上下都有濃厚的「小中華」情結。[31]

洪武初年，明朝就與高麗王朝建立了宗屬關係，李成桂通過「禪讓」登上王位，經明廷同意更改國號為朝鮮，從此兩國一直保持著正常的宗屬關係。中、朝交往的主要方式有派遣使節，派遣留學生，派遣樂官，朝鮮的樂

---

[30] 國史編纂委員會編：《朝鮮王朝實錄・太祖實錄》第1冊（首爾：東國文化社，1955-1958年），卷3，二年（1393）二月十五日條。

[31] 劉喜濤：〈文化視域下的朝鮮「小中華」思想研究：以《小華外史》為中心〉，《北華大學學報》（社會科學版）第12卷第3期（2011年6月），頁60。

器、音律也向明朝學習。豐臣秀吉侵略朝鮮期間，明朝派遣軍隊進行援助。一般人也都熟知高麗國一向自稱為「小中華」，大明帝國的覆亡，他們的悲痛與晚明遺老幾無二致。南宋所編《事林廣記》的方國類並未收錄高麗國，而晚明日用類書「諸夷門」少有例外地以高麗國居首，似可窺知元明時期中國人的異域觀。

鄭世龍《朝天錄》中收錄有他剛剛到北京時受到文化震撼寫的詩，「皇居氣象偏知異，蒼翠常浮萬歲山。華蓋共瞻天帝座，清都元隔軟塵寰。」[32]

在朝鮮王朝的歷史記載中，萬曆皇帝享有極崇高的聲譽。從萬曆二十年（1592）到二十六年（1598）的戰爭中，大明派出的軍隊使朝鮮免於被日本豐臣秀吉所占領，他的舉措挽救了朝鮮王朝，因此一直到丁卯（1627）、壬申（1632）朝鮮被迫尊奉清朝之後，朝鮮的朝臣還是自稱「神宗皇帝再造之國」和「神宗皇帝所活之民」[33]，並且堅持明朝的紀年，甚至一直到很多年以後，萬曆皇帝在朝鮮仍然被隆重地祭祀。[34]

朝鮮人對於中華確實是有一種相當仰慕的心情。我們看明代一次次到中國來朝觀的使臣和他們的隨從的記載，通常被叫做《朝天錄》，在「朝天」這兩個字中，不僅有政治上的臣服，經濟上的朝貢，還有文化上的向心。[35]

朝鮮王朝的合法性是需要明帝國來確認的，連他們皇室的系譜也不例外。嘉靖十八年（1539）到達北京的權撥（1478-1548），就特別到禮部申訴，雖然累次上奏，但一直未成文進入《大明會典》的委屈：

> 奏請事告于郎中曰：我國宗系事永樂元年、正德十三年，今皇帝嘉靖八年，累次奏聞，奉聖旨准他改正，至今未見成書，我國君民惆鬱罔極，望大人備細磨勘，以解一國之惆。[36]

---

[32] 鄭士龍：《朝天錄》，《中韓關係史料輯要》第2冊（臺北：珪庭出版社，1978年），頁134。

[33] 國史編纂委員會編：《朝鮮王朝實錄‧仁祖實錄》第35冊，卷37，十六年十一月二日條。

[34] 葛兆光：〈從「朝天」到「燕行」──17世紀中葉後東亞文化共同體的解體〉，《中華文史論叢》第1期（總第81輯）（2006年），頁31。

[35] 同前註，頁32。

[36] 權撥：《朝天錄》，見《燕行錄全編》第1輯第4冊（桂林：廣西師範大學出版社，2010年），頁436。

崔溥《漂海錄》（1454-1504）一書中提到：

> 我朝鮮地雖海外，衣冠文物悉同中國，則不可以外國視也。況今大明
> 一統，胡越為家，則一天之下皆吾兄弟，豈以地之遠近分內外哉？況
> 又我國恪事天朝，貢獻不怠，故天子亦禮以待之，仁以扶之，懷綏之
> 化，至矣，盡矣。[37]

　　不只朝鮮官方的典籍記載中朝兩國的密切關係，即使是明朝滅亡兩百年
後的一部私人著述，朝鮮學者吳慶元的《小華外史》，其書中強烈的「小中
華」思想不僅未因明朝滅亡而淡化，反而更趨強烈。他著述主旨為：大倡崇
華思明理念，宣揚中華正統觀和華夷觀。他認為：「小華者，中國稱朝鮮為
小中華，以其禮樂文明，亞於中國也。」[38]明朝滅亡後，朝鮮上下仍視清為
夷狄，懷念明朝恩惠，甚至崇祀明洪武、萬曆與崇禎三帝。[39]

　　葛兆光、孫衛國、吳政緯的論著，都提到長期以來，朝鮮國對大明帝國
的孺慕之情。孫衛國也提到，李成桂建立朝鮮王朝後，以朱子學作為立國準
則，以儒治國，其中的華夏觀遂得以完善，慕華思想廣為士人接受，朝鮮稱
『小中華』。「『小中華』既是朝鮮自稱，中國有時也如此稱呼。」[40]

　　吳政緯對朝鮮與明清兩代的關係有深入的討論，他揭櫫朝鮮人對明代的
特殊情感，特別是在清朝以後，朝鮮士人在注意到明朝的腐敗面向的同時，
對明代的美好極盡頌揚之能事的外交辭令，以及鑒於大清的強大，進而提出
「尊清」、「思明」相輔相成的的新式中國論述。[41]

　　大明帝國與朝鮮半島之間的密切關係，頻繁來往，朝鮮王朝建立後，李
成桂奉行「事大」外交，奉明朝為「正朔」，向大明稱臣納貢，朝鮮被視為
明朝的一部分，朝鮮承認中國的皇帝。

---

[37] 葛振家：《崔溥《漂海錄》評註》（北京：線裝書局，2002年），頁72。

[38] 吳慶元：《小華外史》總要通論，朝鮮刊本，中央研究院傅斯年圖書館善本室藏，
頁12。

[39] 劉喜濤、趙軼峰：〈中朝關係史料比勘中的「兩個」萬曆皇帝〉，《求索》第10期
（2010年），頁241-243。

[40] 孫衛國：《大明旗號與小中華意識》（北京：商務印書館，2007年），頁34。

[41] 吳政緯：《眷眷明朝：朝鮮士人的中國論述與文化心態（1600-1800）》（臺北：秀威
資訊公司，2015年）。

朝鮮到大明進行朝貢帶有貿易的性質，中書省言：「高麗貢使多賚私物入貨，宜徵稅；又多攜中國物出境，禁之便。俱不許。」明朝派遣使節往來朝鮮時往往進行交易，「太僕之有銀也，自成化時始，然止三萬餘兩。及種馬賣，銀日增。是時，通貢互市所貯亦無幾。」大明與朝鮮的貿易中，除正常的朝貢貿易外，還存在指令性貿易，由於征戰需要，明帝國軍馬需求量大，朝廷曾多次向朝鮮購買戰馬。而從清代修撰的《明史》記載來看，雙方往來頻繁，在語言、飲食、服飾、歌舞藝術、風土人情等方面相互影響。朝鮮即使在屈服於滿清後，依然使用明朝的年號，保持明朝的制度和風俗，一直到被日本吞併，仍然體現朝鮮對大明帝國所代表的中華文化的尊崇。[42]

　　朝鮮對中華文化的尊崇，也透露出某種無可奈何，當然也影響了中華夷夏之別的異域觀，或者說，朝鮮當時對大明帝國的態度，讓中朝的關係更不平等，中國不把朝鮮當一個正常的國家看待，始終是當做一個「夷」，即使有大明所賜國號，官方與民間仍普遍以王朝之前的「高麗」國稱之。

四、日用類書中的「高麗國」

　　晚明建陽的日用類書其中的〈諸夷門〉或〈外夷門〉分成上、下層，上層是山海異物的神類、禽類、獸類、魚類，下層是民族誌（或題「諸夷雜誌」）即真實的職貢國或想像中的職貢國，這些真實或想像的職貢國中，一定包括與大明王朝關係密切的「高麗國」。

　　除了萬曆28年（1600）《萬卷星羅》將「高麗國」置於西番國、交趾國之後，萬曆38年（1610）《萬書淵海》將「高麗國」置於交趾國之後，晚明其他的各種通俗日用類書，通常都以高麗國居首。

　　日用類書「諸夷門」中以「高麗國」居首，其中有許多值得思考的問題。從明初所刊刻的《異域圖志》或朱權重編的《異域志》、書商新刻的《贏蟲錄》，都可印證民間通俗的日用類書應該是有所本，並非在萬曆年間的建陽地區才出現的，呈現兩國關係密切的歷史場景。而另一個值得思考的問題是，在洪武賜國號「朝鮮」後，直到晚明清初的日用類書「諸夷門」何以仍將朝鮮稱「高麗國」？

---

[42] 杜曉田：〈從《明史》看中朝官方交往〉，《蘭台世界》2011年第8期，頁60。

圖6-3：《異域圖志》高麗國

《異域圖志》就把「高麗國」放第一位，文字說明極為詳盡：

> 商名鮮卑，周名朝鮮，武王封箕子於其國。中國之禮樂、醫藥、卜
> 筮皆流於此。衙門官制悉體中國，衣冠隨中國制度。俗尚儒，人柔
> 惡殺，刑無慘酷，王之族人皆稱君，化外四夷之國獨高麗為最，但禮
> 貌與中國有差。如見王親貴戚，則扯嗉跪膝在地，如小見大，則蹲身
> 俛首為禮，如中國人見賊寇不敢仰視之類，此夷狄之風俗，習以為常
> 焉。地不產良馬，白石可作燈具，黑麻可織夏布。其國君皆是以強抑
> 弱，而王國治東西二千里，南北千五百里。王居開州，號曰開城府。
> 依山為宮，名其山曰神窩。民居多茅茨，少陶砥，以樂浪為東京，百
> 濟金州為西京。西京最盛，有郡百十八，縣鎮三百九十，洲島三千，
> 郡邑小者或止百家。西北接契丹，以鴨綠江為固，江廣三百步，海水
> 至高麗極清，入登州，經千里，沙即濁，東南望明州數日，水皆絕
> 碧，至洋中則黑，海人謂此無底之谷也。（圖6-3）

　　《異域圖志》與《異域志》的情形不同，前者稱「高麗國」，後者稱
「朝鮮國」，可見《異域圖志》非是知識階層的嚴肅講究可比，見出民間沿
襲翻刻、輾轉裨販的痕跡。

《新編京本贏蟲錄》所記高麗國與《異域圖志》也大同小異，母本應是明代普遍流傳的內容。胡本《贏蟲錄》所記高麗國則出現一些翻刻的訛誤：

> 高麗國古名鮮卑，周名朝鮮，武王封箕子於其國。中國之禮樂詩書、醫藥卜筮，皆流於此。衙門官制悉體乎國人，冠隨中國各朝制度。俗尚儒，仁柔惡殺，刑無慘酷。生之族人皆稱君，化外四夷之國獨高麗為最，但禮貌與中國有差。如見王親貴戚，則扯嗦跪牒在地，如小兒大，則蹲身俛首為禮，如中國人見賊寇不敢仰視之類，此夷狄之風俗，習以為常焉。地不產良馬，白石可作燈具，黑麻可織夏布。其國君皆是以強抑弱，而王國治東西二千里，南北千五百里。王居開州，號曰開城府。依山為宮室，名其山曰神窩。民居多以木或以砥，以樂浪為東京，百濟金州為西京……

王圻《三才圖會・人物卷》中的高麗國描寫內容也差不多，居首的都是「高麗國」，內容上相對簡潔許多，沒有胡本的訛誤，可見出王圻所編纂類書比較嚴謹。（圖6-4）

圖6-4：高麗國

建陽日用類書承襲了歷代對高麗國的認識，對位列第一的高麗國之說明特別詳細，說明幾乎雷同，強調高麗國周名朝鮮，武王時封箕子於其國，有中國的禮樂詩書醫藥卜筮；化外四夷之國，獨以高麗為最，但禮貌與中原不同，並描述高麗國有進士諸科。《異域圖志》與《贏蟲錄》提到高麗國時都強調：「衙門官制悉體中國，衣冠隨中國各朝制度」，各版本的日用類書，也都沿用了相近的說法。

萬曆27年（己亥，1599）刊刻的《三台萬用正宗》高麗國條目的釋文曰：

東西二千里，南北千五百里。王居開州，
號曰開城府，倚山為宮室，其山曰神窩，
至北京城三千五里。產石燈盞、好蒲蒼
蓆，白硾摺扇、狼尾筆。古名鮮卑，周名
朝鮮，武王封箕子於其國，族人皆稱君，
化外四夷，獨高麗為最。衙門官制、詩
書禮樂、醫卜、冠服，悉隨中國制度。
但禮貌有差，如見王親貴戚，則扯嗦膝
地；如小見大，則蹲身俛首。國多遊女，
夜則群聚為戲。婚無財聘，死者經三年而
葬……[43]（圖6-5）

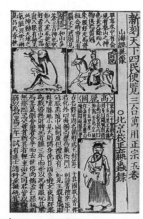

▌圖6-5：高麗國

此書還細數了石燈盞、白硾摺扇、狼尾筆等高麗國的物產，又對朝鮮的習俗有所刻劃。圖像中的高麗國男子則一律戴冠、著衣、穿履並手持一柄摺扇，與〈諸夷門〉關於高麗國物產的記述相呼應。在前文所述《明太祖實錄》中，朝鮮國朝貢屢見布疋、摺扇、馬匹、人參等等，〈諸夷門〉描述的高麗國，也不乏晚明時期對朝鮮土產的紀錄。

萬曆40年（1612）《文林妙錦萬寶全書》：

古名鮮卑，周名朝鮮，武王封箕子於其國，中國之禮樂詩書、醫藥卜

---

[43] 阪出祥伸、小川陽一編：《三台萬用正宗》，收入《中國日用類書集成》第3卷（東京：汲古書院，據建陽書林雙峯堂刊本影印，2000年），頁183。

筮，皆流於此。衙門官制，悉體乎國人，冠隨中國各朝制度。俗尚儒，仁柔惡殺，刑無慘酷，生之族人皆稱君，化外四夷之國，獨高麗為最。但禮貌與中國不同，如見王親貴戚，則扯嗦跪膝在地；如小見大，則蹲身俛首為禮。國多遊女，夜則群聚為戲。婚無財聘，死者經三年而葬。國君皆以強抑弱，以為常焉。三年一試，有進士諸科。王居開州，號曰開城府，倚山為宮室，其山曰神窩。地不產良馬，白石可作燈，黑麻可織夏布，民屋無砥，皆茅茨。至北京三千五百里。[44]

　　這一系列萬曆時期的建陽日用類書固然來自不同的書肆，內容卻無甚差別，看出是大家抄來抄去，只是漏字錯字多寡而已。當然，也有少見的例外，如刊刻年代不詳的《萬錦全書》，是少見的稱「朝鮮國」而不稱「高麗國」。（圖6-6）此書在朝鮮國的後面接著礦產及工藝品，詳述其國產金、銀、鉄、水晶、鹽，還產紅白二色的石燈盞，產紬、苧，苧布有黑白二色。此外，尚有白硾紙、狼尾筆、「編竹為骨」製成的摺扇以及蒲草製成的蒲花席，並註明「蒲草性柔，折屈不損」。除了礦物、工藝品以外，也記

圖6-6：朝鮮國

述朝鮮國的自然物產，有一種黃漆樹，形似棕樹，六月時取其樹汁，有「漆物如金」的效果；還有一種長尾雞尾長三尺。此外，其國還出產果下馬、蜂蜜、海豹皮、八梢魚、麥、松、人參、茯苓、硫磺、白附子、蠣房、龜腳、竹蛤、海藻、秔、黍麻、牡丹、茶、竹、海橘、核桃、栗、梨、榛子。[45]

　　此書〈諸夷門〉居首為「朝鮮國」，所參考的資料應是洪武26年朝鮮王朝成立之後，朝鮮國後所記的「土產」比一般日用類書詳細，也可見其特殊。或者是中朝交流更頻繁彼此瞭解更深以後，反映更真實的職貢或商業行為。

---

[44] 阪出祥伸、小川陽一編：《妙錦萬寶全書》，收入《中國日用類書集成》第12卷（東京：汲古書院，據建陽劉雙松安正堂刻本影印，2003年），頁210。
[45] 《新刊天下民家便用萬錦全書》10卷，萬曆中刊本，現藏於東京大學東洋文化研究所仁井田文庫。

前面所列的《三台萬用正宗》只在高麗國前記了幾句高麗的土產。而《萬用正宗不求人》則對土產有非常詳細的描述，上欄的諸夷土產異物第一個就是「朝鮮國土產」，其中包括石燈盞有紅白二色，白硾紙、狼尾筆、蒲花席；北蒲花草，性柔戰，拆（應為折）屈不損；折扁（應為扇）編竹為骨，以多為賣（應為貴）；黃漆，樹似棕，六月取汁，漆物如金；果下馬，高三尺，果下可乘；長尾雞，尾長三尺；海豹皮、八稍魚、獐鹿皮、松，有一（應為二）種，惟五棄（應為葉）者有子結，貂豽、龜腳、竹蛤、海藻、昆布、硫磺、白附子。[46]此書多方抄襲，錯字多，每卷來源不同。國為高麗國，土產為朝鮮國土產，心態頗值玩味。

　　從各種日用類書中，我們看到居首的大部分都是「高麗國」，而寫到職貢國的土產時，居首的都是朝鮮國。或者可以推測，高麗國的用法是延續元代的說法，也就是李成桂的朝鮮王朝之前。這樣的用法一直沿用到清代的萬寶全書，清代的萬寶全書的〈諸夷門〉，也是以高麗國居首。而朝鮮國的土產，應該是在明太祖後期賜封李成桂的朝鮮國之後，才加進去的。論及土產、職貢、通商有關的內容，以正式國名呈現是必要的。

　　康熙朝由陳夢雷編纂的《古今圖書集成》中，〈方輿彙編·邊裔典〉第二十五卷為〈朝鮮部〉，蒐集了歷代有關「朝鮮」國的記載。「朝鮮部」的國名沿用洪武以後所賜的國號，而圖像與《三才圖會·人物卷》相同，註明為「高麗國」。[47]

　　日用類書〈諸夷門〉的「高麗國」圖像敘事應該是有所本，而且，可能是在朝鮮王朝之前，因而沿襲大元的習慣。日本學者尾崎勤以為，《事林廣記》與《萬寶全書》，即日用類書「諸夷門」有關。[48]但是這個部分應該只限於山海異物的動物誌，因為《事林廣記》的「方國」並未收入高麗國，可見成書於南宋刊刻於元代的《事林廣記》並非「諸夷門」高麗國的母本，我們似很難去推測最早的高麗國圖像來源。

---

[46] 阪出祥伸、小川陽一編：《萬用正宗不求人》，頁530-531。

[47] 清·陳夢雷纂：《古今圖書集成》第211冊（臺北：鼎文書局，1985年），〈方輿彙編·邊裔典·朝鮮部〉，頁249。

[48] 尾崎勤：〈《怪奇鳥獸圖卷》と中國日用類書〉，《汲古》第45號（2004年6月），頁68-69，。

朱元璋賜國號為「朝鮮」，而朝鮮官方也自稱為「朝鮮」國，朝鮮的正史《朝鮮王朝實錄》，即以「朝鮮」為名。但民間仍以之為「高麗國」，並未看成平常國家，只是把「高麗國」視作「夷人」的一種。

嘉靖十八年（1539）出使大明的權撥就抗議禮部轉的公文中稱他們為「夷人」，《朝天錄》中紀錄了權撥的說法：「本國用夏變夷，有自來矣。今見題本有夷人之語，竊所未安，望大人酌量何如？」[49]

朝鮮國來的使節，對天朝相當景仰，因而將自己行旅的紀錄命名為《朝天錄》，將大明朝奉為上國，而自居其下。從上引「夷人」事件中，使臣權撥殷切的懇求中，我們似乎可見中國官員天朝自居的倨傲態度，縱使太祖朱元璋賜國號「朝鮮」，將之訂為「不征之國」，而這「不征之國」的名稱似乎就極不平等，隱約有一種睥睨的味道。朝野似乎都有一種華夏的優越，禮部的官員逕稱朝鮮國民為「夷人」，就是民間流通的日用類書的〈諸夷門〉也沿用「高麗」的舊稱，儼然不願承認朝鮮國已然「變夷」，仍舊視之為中華文化教化之外、天下之外的蠻夷之族。

乾隆十六（1651）年到乾隆二十六（1761）年繪製的《皇清職貢》第一卷就有朝鮮國夷官，朝鮮國民人：

> 朝鮮國夷官：朝鮮古營州外域，周封箕子於此，漢末扶餘人高姓據其地，改國號高句驪，亦稱高麗。唐李勣征，高氏遂滅，至五代時有王建者自稱高麗王，歷唐至元，屢服屢叛，明洪武中，李成桂自立為王，遣使請改國號為朝鮮。本朝崇德元年，太宗文皇帝親征，克之，其國王李倧出降，封為朝鮮國王，賜龜紐金印，自是朝鮮遂服，慶賀大典俱行貢獻禮。……王及官屬俱仍唐人冠服。俗知文字，喜讀書，飲食以籩豆，官吏閑威儀，婦人裙襦加襈，公會衣服皆錦繡金銀為飾。朝鮮國民人：朝鮮國民人俗呼為高麗棒子，帶黑白氈帽，衣袴則皆以白布為之，民婦辮髮盤頂，衣用青藍色，外繫長裙，布襪花履。崇釋信鬼，勤於力作。[50]

---

[49] 權撥：《朝天錄》，收入《燕行錄全編》第1輯第4冊，頁440。
[50] 莊吉發校注：《謝遂《職貢圖》滿文圖說校注》（臺北：國立故宮博物院，1989年），頁41。

官方的記錄都特別強調，朝鮮國夷官、民人的服飾，官為「夷官」，民人則被呼為「高麗棒子」，可見中國對朝鮮的矛盾心理，既以之為屬「唐人冠服」的我類，又不能免除「高麗國」屬「諸夷」的非我族類的自我優越感，稱「高麗」或「朝鮮」似都不重要，輕視使然，就習慣沿襲前人的用法。

　　邢義田先生認為，滿清入關以後，以『小中華』自居的朝鮮使者來中國，見到孔子和周敦頤居然剃髮左衽，認為簡直斯文掃地，感嘆「俱為斯文之厄會！」朝鮮使者的感嘆正呼應顧炎武的話：「信乎夷狄之難革也」！[51]

　　邢義田先生並且提到，中國人從非常古老的時代開始，就把衣冠服飾當作一個非常重要的認同符號，凡我族類，就應該有這樣的衣冠，也是用來區分『我群』與『他群』的符號。因此，為什麼堅持所謂的右衽，為什麼成年要行加冠禮，其實都跟文化認同有關。相反，當中國人去描述那些衣冠不同的人，往往把他們全概括成「被髮左衽」，傳統上，中國人對「非中國」的實像，往往漠不關心。這就是二十五史中〈外國傳〉幾乎都是一代抄一代，大同小異。[52]

　　其實，晚明日用類書中的「諸夷門」亦然，高麗國與四方蠻夷或《山海經》中似乎不存在的國度是並列的，蠻夷常是赤身裸體，才稱為贏蟲，根本輪不到衣服左衽或右衽。

　　考諸以上的高麗國圖，《異域圖志》的高麗國是右衽，新刻《贏蟲錄》與王圻《三才圖會》的高麗國是左衽，幾種晚明日用類書左右衽的特徵並不固定，有的左衽有的右衽，可見態度反覆，一下子把高麗當成與中國一樣的右衽，有時又認為是左衽的外夷。比較特殊的是《三台萬用正宗》，人物的扇子剛好擋住了衣領，無法辨認是左衽或右衽。衣飾是文化表徵，然而，有時也淡化這樣的表徵，高麗國都與《山海經》中的國度放在一起了，也就是說，在華夷的區別下，「非中國」的「他者」都是一樣，高麗即使是朝鮮國，也仍是「諸夷」的一部分。〈諸夷門〉將高麗居首，而不將做為正式的

---

[51] 邢義田：〈想像中的「胡人」——從左衽孔子談起〉，收入氏著：《立體的歷史——從圖像看古代中國與域外文化》（臺北：三民書局，2014年），頁80。

[52] 邢義田：〈想像中的「胡人」——從左衽孔子談起〉，頁125。相關的討論還可參看邢義田：〈古代中國及歐亞文獻、圖像與考古資料中的「胡人」外貌〉，收入《畫為心聲》（北京：中華書局，2011年）。

「朝鮮國」，是《元史》的外夷，而非《明史》的外國，有其認知上值得玩味的意義。

五、或「朝鮮」或「高麗」

朝鮮史家朴祥（1474-1530）所著的《東國史略》，卷一即檀君朝鮮、箕子朝鮮，追溯了朝鮮的歷史，內容包括了神人降於太白山，建立朝鮮，以及周武王克商後，箕子率五千人東來，武王封都平壤，強調箕子等人教民禮義、蠶桑農作的情節。[53]可見當時的朝鮮知識分子應該很在意恢復「朝鮮國」名稱的。

在前面章節中提到，1977年，韓國圖書館學研究會編纂出版一本《韓國古地圖》，收集高麗時期和朝鮮王朝時期的百餘幅古地圖，在這些地圖中，有數幅繪於朝鮮王朝時期的世界地圖更是獨具一格。

學者的解釋很值得參考，天下圖是朝鮮國當時的心靈地圖，隱然有古朝鮮將中國同列為大九州一員的中華意識，而又抗拒自己是中國從屬國的關係。他們對於自我和世界的理解和想像，亦即他們的世界觀。這個世界觀又顯然受中國影響，以此為中華正統自居。[54]因此圓形的天下圖中，刻意以崑崙為天地心，即崑崙才是天下中心，中國與朝鮮同居天下一隅，這樣的思想正可呼應《明實錄》中，朝鮮國頻繁入貢，而有時又侵擾中國邊境的矛盾行為。

「四海總圖」、「天下大總之圖」、「天下都圖」都能明顯地看到，中國或中原都以圓形呈現，在中央偏東一點的位置，而「朝鮮國」與環形地圖中的中央核心大陸連在一起，在中國或中原的東方，可能是距離最近的一個職貢國，十七世紀以後的一系列「天下圖」似都流露朝鮮與中國與眾不同的關係，而且頗有與中國並列的架勢。

從一系列天下圖中更可窺見當時朝鮮與中國的關係，或以中華為正統自居的「小中華」情感，日用類書「諸夷門」中大都以「高麗國」居首也就順理成章，中國人視為「諸夷」的自大心態，因此，不稱「朝鮮」而稱「高麗國」，而日本對朝鮮的態度亦然，可一併觀察。

---

[53] 朴祥：《東國史略》，藏國立故宮博物院。
[54] 劉宗迪：〈《山海經》與古代朝鮮的天下觀〉，《中原文化研究》（2016年第6期），頁14-23。

日本万治元年（1658）所刊的《異國物語》收錄138國，除了大日本國外，第一國異國即是高麗國。（圖6-7）

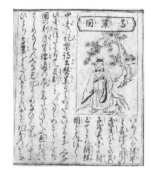

∣圖6-7：高麗國

我們似乎可以推測，《異國物語》是一本有許多《山海經》人物圖的作品，或者說，此書應與中國古籍關係密切。《異國物語》裡高麗國的圖像，人物手持扇子，與晚明日用類書的圖像類似，高麗國是大日本國之後，與《山海經》中的一些朝貢國相近的異域遠國。

日本正德甲午年（1734）刊印的《萬國人物圖》，列舉諸國的順序為：大明、大清、韃靼、朝鮮……，此書將朝鮮置於北方游牧民族的韃靼之後，似乎未將朝鮮當作真正的國家，而只是地理名詞。（圖6-8、圖6-9）

1826年刊印，現藏於沖繩圖書館的《珍說奇譚話本萬國誌》裡，六十三國的圖文資料，真實存在的國度與《山海經》中想像的國度並存，居首的是「大日本國」，其次是「高麗國」，國名下面還註明：「朝鮮人來聘」，圖像上可見來人還需下馬，朝鮮明顯是向大日本國朝貢的樣子。（圖6-10）

日本長久以來似乎都未將朝鮮當成一個國家，只視為日本的一部分，或是朝貢國。圖中做「高麗國」的用意，與〈諸夷門〉近似。

日本人將「朝鮮」視為藩屬國，早在《古事紀》、《日本書紀》中就可見端倪。根據羅麗馨的研究，神功皇后傳說對日本人的影響很深，將朝鮮視作朝貢國的觀念一直沒有改變。中世的日本人對空間，有「穢／淨」的觀念，淨或穢的判斷，以天皇所在的都城為中心，近之則「淨」，遠之則「穢」，處於「穢」的空間中的居民，都被看作是恐怖的「鬼」，遙遠的朝鮮國，自然也被視為穢地的鬼。其後隨著蒙軍遠征等等文化上的交流，日本對朝鮮有更具體的認識，然而士庶對朝鮮人的鄙夷之情根深蒂固。又因為朝鮮與蒙古軍隊共同進犯日本，更加深日本人的負面態度。室町時期，將軍給朝鮮的文書不自稱國王，乃因視朝鮮為「蕃夷」；江戶時期，日本則逕將朝鮮視為朝貢國，使節必須在江戶城對將軍行藩國的四拜禮。[55]如果自視為

---

[55] 羅麗馨：〈十九世紀以前日本人的朝鮮觀〉，《台大歷史學報》第38期（2006年12月），頁159-218。

「大日本國」的日本如此，中國就更好理解了，朝鮮國當然永遠是眾多朝貢的諸「夷」之一。

六、結語

一系列的諸夷職貢圖，現在所能見到的較早版本，應該是藏於劍橋大學圖書館的《異域圖志》，《異域圖志》的第一個職貢國是高麗國，書中的其他職貢國又常常出現以應天府為中心的敘事模式，可見此書的原來母本應該是在大明開國以後，洪武26年，賜國號朝鮮之前。而日用類書《三台萬用正宗》、《萬書淵海》或《五車萬寶全書》，書中的高麗國文字敘事，都出現原來《異域圖志》、《三才圖會》等書所無的「至北京城三千五百里」字樣，可見這些版本的母本應是在明成祖遷都北京之後出現的。兩相對照，似乎可以推測出這些高麗國的圖像與文字敘事，或有兩個系統，一為洪武年間應天府時期，一為大明遷都北京之後。

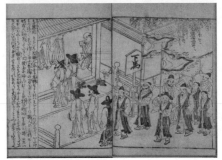

┃（上）圖6-8：朝鮮
┃（中）圖6-9：朝鮮
┃（下）圖6-10：高麗國

晚明日用類書中的〈諸夷門〉之所以將「高麗國」居首，應是因為高麗人是與中國人相近的「禮樂之邦」，但在朝鮮王朝之後，日用類書仍沿用「高麗國」的舊稱，卻顯示出不願視之為真正國家的漠視心態，而把朝鮮人與〈諸夷門〉中其他《山海經》遠國異人置於同一時空，一視同仁。

李成桂建立朝鮮王朝後，國人以「朝鮮」人自居，使節堅稱自己是「朝鮮」人，史書《東國史略》的開頭，便追溯了洪荒時代的檀君朝鮮與周代的

箕子朝鮮，透過「溯源」，強調「朝鮮」國的正統與正當。

在朝鮮人的想法裡，朝鮮國和中國應當是平等的，地位應當是能夠等量齊觀的，這點在朝鮮國刊刻或繪製的諸多「天下圖」中顯示出來：天下圖裡的中國與朝鮮，時常是一左一右的並立於圖之中心，環繞著中心的，則是各式各樣真假參半的海外諸夷。

另外，目前可見的幾種日本所刊印的、關於異域風土的書，如《異國物語》、《萬國人物圖》、《珍說奇譚話本萬國誌》等，都稱朝鮮為高麗，或也受到中國「日用類書」的影響，實際上，一直到大清取代大明以後，中國人仍然習慣稱「朝鮮」為「高麗」。

其次，少部分的日用類書會出現「朝鮮國」而非「高麗國」的情況，或者也可以見出兩者的區別，或表現朝鮮王朝時期中國人的態度，或承襲朝鮮王朝之前的習慣。

晚明《異域圖志》、《三才圖會‧人物卷》和日用類書《諸夷門》幾乎都沿用朝鮮王朝前的敘事文本，而洪武年間中朝的官方記載特別強調朝鮮國號為洪武所封，特別強調其奉中國正朔，以小事大的態度。而在高麗國圖像表現上，似乎都清楚地看出，高麗國所以在外夷居首，是因為衣冠隨中國制度，人物的穿著打扮衣冠具足，非其他諸夷贏蟲可比。所謂贏蟲，即裸身蟲類，是在羽蟲、鱗蟲、毛蟲、介蟲外的，而高麗國因為與中國人一樣衣冠都有，得以置身諸夷之首。人物的造型，千篇一律戴帽、著衣、穿鞋，有時似也明顯見出右衽著衣情況，並且大多手裡拿扇，或張扇或合扇，像華夏儒生士子。

這樣的情況持續到清代，民間仍稱「高麗國」，意謂著他們只是重要的職貢國。如1912年被俄羅斯學者阿理克所收藏的晚清木版年畫「萬國進貢異相分野全圖」，此圖描繪的是世界各國向大清進貢的場面，國名十分有趣，其中高麗國就在圖的右上第一位。[56]（圖6-11）明顯受明清以來的日用類書（或《萬寶全書》）影響，而一般中國人似乎也都習慣稱「大明」以後的「朝鮮國」為「高麗國」。

---

[56] 馮驥才編：《中國木版年畫集成‧俄羅斯藏品卷》（北京：中華書局，2009年），頁439。

又如光緒年間刊刻的《繪圖增補萬寶全書》[57]，其中的高麗國與晚明圖文的呈現形象也幾乎無異，只是這些日用類書或萬寶全書所繪的高麗國圖像比較豐富，會有背景的襯托。「高麗國」是萬國進貢的一員，是外夷人民，穿衣戴帽，卻仍與《山海經》中各種小人國、羽民國、穿胸國或聶耳國並列，坐實了中國對「非中國」的一種漠然態度。

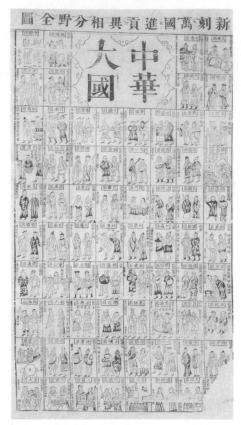

圖6-11：萬國進貢異相分野全圖

長久以來，中國人一直視諸國異域為四夷，清廷唯獨對朝鮮還存有三分禮遇，無論是謝遂個人繪製的《職貢圖》還是內府官方的《皇清職貢圖》，都很自然的把朝鮮放在首位，因為朝鮮國人「知文字，喜讀書，飲食以籩豆，官吏嫻威儀」，與中華相去不遠。從明到清，帝國統治者仍然沿襲著傳統的觀念，似乎很寬容的還把朝鮮當作最接近的藩屬，位置放在琉球、安南、緬甸之前。[58]

明清時期，中央王朝對周邊藩屬國採取懷柔政策，當周邊藩屬國派出使團前往中國朝貢時，朝廷會要求沿途地方政府及驛站衙署為使團提供各種便利，以達到「懷柔遠人」的政治目的。而在這些政策具體執行時，不可避免地會引發朝鮮使團與沿途百姓之間的衝突。[59]明清時期民間市井對朝鮮國的

---

[57] 《繪圖增補萬寶全書》（臺灣：竹林書局，2001年），卷4。

[58] 葛兆光：〈從「朝天」到「燕行」——17世紀中葉後東亞文化共同體的解體〉，頁29-30。

[59] 黃普基：〈歷史記憶中的集體構建：「高麗棒子」釋意〉，《南京大學學報（哲學·人文科學·社會科學）》第5期（2012年），頁119。

態度，似乎也在這樣的接觸互動中隱然形成。

明代萬曆二年的朝鮮使團入貢，沿路就引發民怨：

> 遼薊地方率平原曠野，易致水患，且北邊早寒，故罕有豐登之日，關
> 外則韃賊年年入搶，恣行殺戮，閭井蕭條，皆是兵燹之墟。是以，出
> 車極艱。我國人告於衛所等官，欲速發行，則衛所官執車夫趙指夾
> 棍，備諸惡刑，然後車夫等賣子女脫衣裙以具車輛，慘不可忍視。以
> 近事驗之，則隆慶初賀節陪臣入歸時，其年適凶歉，至十三山驛，人
> 家盡空，只有車夫數三在。通事告於守驛官催車，車夫即賣其十五歲
> 男兒買三輛，其餘則計無所出，自縊而死云。聞其事，令人氣塞……
> 用是我國人所經之地，人皆怨苦，疾視若仇讎焉。[60]

趙憲（1544-1592）萬曆二年（1589）以質正官、校書館著作的身分隨
賀聖節使朴希立往朝大明京師，在被中國儒生稱為「高麗」時，趙憲激動
的論辯：

> 早赴長安門，入通政門，坐於門內以待曙，有宦者數人，來欲交話，
> 余答以不通話。又有儒生數四人來言曰：這是高麗人乎？余曰：怎麼
> 每道高麗，高麗是吾地前代之名，今則名喚朝鮮，這也是皇朝所定國
> 名。[61]

中國儒生無視朝鮮王朝被大明天子賜名，仍稱「高麗」而招致朝鮮使節
不滿，然而中國人根本不會在乎，所以民間年畫中向大清進貢的國家仍被稱
「高麗」國。

一直到現在，中國人對韓國人還有高麗棒子的蔑稱，學者黃普基通過梳
理朝鮮文獻《燕行錄》的資料「棒子」指出，幫子原指明清時期朝鮮使節團

---

[60] 許篈：《朝天記・十月初五》，收入《燕行錄全編》第1輯第4冊（桂林：廣西師範大
學，2010年），頁91-92。
[61] 趙憲：《朝天日記》八月十七日，見《燕行錄全編》（桂林：廣西師範大學出版社，
2010年），第1輯第4冊，頁284。

中地位低微的勞動者，演變為「高麗棒子」這個貶抑的泛稱，反映了明清時期使節團接待政策所引起的市井百姓的反感。[62]朝廷上下或市井之間都稱高麗而不稱朝鮮，是否也與中國人長久以來不把朝鮮當成一個對等國家的心態有關？而這樣的心態是有許多不同的面向可以思考的。

---

[62] 黃普基：〈歷史記憶中的集體構建：「高麗棒子」釋意〉。

第七章　晚明《山海經》圖像在日本的流傳
——以《怪奇鳥獸圖卷》
與《異國物語》為中心

一、前言

　　《怪奇鳥獸圖卷》，藏於成城大學圖書館，是日本江戶時期（1603-1867）的一部彩色手繪長卷圖本。伊藤清司（1924-2007），曾對《怪奇鳥獸圖卷》的內容、編撰者、繪圖者以及成書背景，做了詳細分析；並且認為此書中的怪獸奇鳥都是江戶人們未曾目睹過的，斷言來源於中國，應與汪紱（1692-1759）《山海經存》[1]的圖像有關，因此，《怪奇鳥獸圖卷》在2001年出版的書後附有《山海經存》的全部《山海經》圖像，也有伊藤先生的解說可供對照。[2]

　　《異國物語》[3]，東京國會圖書館藏本，上中下三卷，作者未詳，日本万治元年（1658）野田莊右衛門刊。吉田幸一（1909-2003）所編《異國物語》，將每一圖與《三才圖會》中的人物卷至十四卷並列比較。編者的意思明顯，《異國物語》可能與明代王圻（1530-1615）所編的《三才圖會》有關。[4]與《異國物語》雷同的還有奈良彩繪本《唐物語》，此書現藏於巴黎法國國家圖書館。[5]

　　我們似能肯定，《怪奇鳥獸圖卷》與《異國物語》有許多《山海經》中的怪奇鳥獸與遠國異人影子。然而，此二書是受什麼書影響呢？是《山海經存》、胡文煥新刻《山海經圖》，或《三才圖會》？晚明的山海異域圖像有各種各樣的刊刻出版，《怪奇鳥獸圖卷》與《異國物語》則呈現這些圖像在

---

[1]　清‧汪紱；《山海經存》（東京大學東洋文化研究所藏，1895年（光緒二十一年），據立雪齋原本石印）。

[2]　作者不詳：《怪奇鳥獸圖卷》（東京：文唱堂株式會社，2001年）。

[3]　作者不詳：《異國物語》（東京國會圖書館藏，万治元年）。

[4]　吉田幸一編：《異國物語》（東京：古典文庫，1995年）。

[5]　作者不詳：《唐物語》（巴黎法國國家圖書館藏，時代不詳，奈良繪本）。

日本江戶時期的流傳與變異，是另一種日本化後的《山海經》圖像。

二、《怪奇鳥獸圖卷》與《文林妙錦萬寶全書》

　　《怪奇鳥獸圖卷》（以下簡稱《圖卷》），是日本江戶時期的一部彩色手繪長卷圖本，其中的內容與《山海經》中的奇異鳥獸有關聯，因此被認為可能受胡文煥或汪紱等人編刊的《山海經》圖像影響，然而，其中有許多值得更進一步細究之處。

（一）《怪奇鳥獸圖卷》的《山海經》圖像

　　彩色手繪的《怪奇鳥獸圖卷》長13.12公尺，寬27.5公分，每個圖像上都有草體墨書的文字解說，共收76種形態各異的鳥獸，屬於鳥類的30種，屬於獸類的46種，其中多屬《山海經》中提及的怪獸與奇鳥，佔了大約50幅。書名《怪奇鳥獸圖卷》可知怪獸與奇鳥佔了多數，而出自《山海經》的神祇也不少。全書鳥獸依序排列為：精衛、鸞鸞、螕鼠、數斯、鳧溪、駝雞、鴰、鴣鵒、鳻鵒、長尾雞、馬雞、白雉、瞿如、鵺、絜鈎、神陸、鶪神、卑方鳥、玄鶴、鸞、比翼鳥、𤟤斯、強良、神魃、奢尸、燭陰、帝江、相抑氏、蠻擅、敠、白澤、驒虞、窮奇、類、朱獳、獙、猛槐、駮、飛鼠、鸓、赤貍、長蛇、天馬、羚羊、䶂犬、耳鼠、福祿、靈羊、吼、猴、犲、白鹿、厭火獸、乘黃、猾裹、酋耳、蠱蛭、九尾狐、臛踈、猛豹、蔥聾、旄牛、猙、青熊、天狗、當庚、旄馬、貘、玄豹、天犬、兕、辣、狡犬、狒狒、獏、龍馬。此書雖名為《怪奇鳥獸圖卷》，實際上也包括很多原本在分類上屬於「靈祇」的「神」，包括敠（寫法與日用類書同）、強良、神魃、奢尸、燭陰、帝江、相抑氏、神陸、鶪神、肥遺等十個山海神祇。胡文煥《新刻山海經》[6]多出的逢泰、蓐收、俞兒、驕蟲四神，在建陽刊刻出版的一系列日用類書（或稱萬寶全書）中也頻繁出現，《圖卷》一書並未放入。

　　《圖卷》中許多鳥獸明顯與《山海經》的記載有關，學者對此書來源有許多推測，都認為是受中國的影響，只是看法殊異。

　　伊藤清司先生認為《圖卷》的內容與清代汪紱《山海經存》的圖像有

---

[6]　明・胡文煥：《新刻山海經》（北京：中國書店，2013年，據明萬曆二十一年胡文煥刊本影印）。

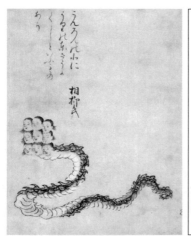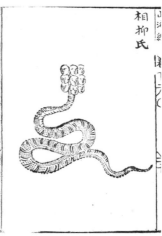

圖7-1：相柳，由左至右為《圖卷》、汪本、胡本

圖7-2：絜鈎，由左至右為《圖卷》、汪本、胡本

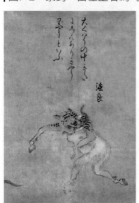

圖7-3：彊良，由左至右為《圖卷》、汪本、胡本

圖7-4：燭陰，由左至右為《圖卷》、《文林妙錦》、汪本、胡本

圖7-5：奢（比）尸，由左至右為《圖卷》、《文林妙錦》、汪本、胡本

關。[7]然而，我們很難肯定兩者的必然關係。

　　《怪奇鳥獸圖卷》是江戶時期的手繪長卷圖本，但汪紱的《山海經存》一直要到光緒21年（1895）才出現石印本，此時《圖卷》應該已經繪成，影響的可能性似乎不高。再者，兩部書的差異較大，汪紱原為景德鎮畫陶瓷的畫工，背景使然，他的刻本圖像線條有力，形象生動立體，《圖卷》的神祇臉部表情豐富，頗有日本風味。

　　馬昌儀先生可能是中國較早注意到《圖卷》與《山海經》有關的一位學者。她與伊藤的主張有異，認為《圖卷》與明代胡文煥《新刻山海經圖》圖本有明顯的共同點，首先是日本圖本76圖有66圖見於胡文煥圖本，其次是胡本中畫工、刻工書寫的俗字、異體字與錯字，也出現在日本圖本中。[8]的

7　伊藤清司著、王汝瀾譯：〈日本的山海經圖——關於《怪奇鳥獸圖卷》的解說〉，《中國歷史文物》2002年第2期（2002年4月），頁38-43。
8　馬昌儀：〈明代中日山海經圖比較——對日本《怪奇鳥獸圖卷》的初步考察〉，《中

確，江戶時期日本繪製的《圖卷》與刊刻的《異國物語》兩種圖本，其中對於神祇鳥獸與異國人物區隔的思考，確實與胡文煥圖本的二元分類方式相當近似。然而，《圖卷》與胡文本畢竟有很大差異，反倒與前面章節討論的建陽日用類書「諸夷門」相似性較高。

（二）晚明日用類書對山海異物的影響

晚明建陽的日用類書「諸夷門」的內容，與《圖卷》的繪圖和以漢字假名相雜寫成的說明文極為近似。「諸夷門」的上篇動物誌以「山海異物」為題，主要分成神類、禽類、獸類、魚類，如前面章節談過的萬曆35年《學海群玉》、萬曆40年《文林妙錦萬寶全書》都收錄有146種山海異物。如果仔細比對《圖卷》，會發現書中一些俗字、異體字同樣也出現在晚明建陽的各種日用類書中。尾崎勤認為，《圖卷》與胡本《山海經圖》並非完全沒有關係，但是，構圖方面，兩者完全不同，而且，《圖卷》還繪有胡本所沒有的十種動物（其中有六種是《山海經》所沒有的），因此，要認定胡本是《圖卷》的藍本是很困難的。根據尾崎勤的歸納整理，《圖卷》的藍本是坊間的百科事典，即學者們統稱的「日用類書」，即明清以來建陽所刊刻的「萬寶全書」。首先，《圖卷》中所描繪的動物皆可見於萬寶全書（但是收錄比較完整的屬《學海群玉》和《文林妙錦》）。其次，《圖卷》中的特殊動物名和用字不僅和胡本相同，有的甚至只和萬寶全書相同，例如《圖卷》卑方鳥和各種萬寶全書一樣，而通行的《山海經》與胡本都作畢方鳥。[9]

尾崎勤的看法應無疑義，《圖卷》的76種鳥獸都來源於《文林妙錦》，經過比對順序，與《文林妙錦》近似。只是，《圖卷》可能不只參考《文林妙錦》等日用類書，此書也可能受《三才圖會》影響，比如書名可能與《三才圖會》的鳥獸卷有關。《圖卷》集中在鳥獸上，怪獸33圖，奇鳥13圖，怪蛇1種，也收錄9個靈祇類，正如胡本《山海經圖》將《山海經》中的靈祇與鳥獸並置，《圖卷》似將靈祇也做怪奇的一部分，如此看來，胡本將《山海經》的圖像一分為二，似在日本有相同的情況。

歷史文物》2002年第2期（2002年4月），頁42-49。
[9] 尾崎勤：〈《怪奇鳥獸圖卷》と中國日用類書〉，《汲古》第45號（2004年6月），頁68-75。

我們根據尾崎勤的意見觀察，《文林妙錦》在有關禽類圖的刊刻順序上，神祇的最後兩神為「神陸」與「鵲神」，接著就是禽類的「卑方鳥」與「玄鶴」，而在《圖卷》的佈局上，與《文林妙錦》一致，「神陸」、「鵲神」，相同的位置刻有「禽類」兩字，接著「卑方鳥」與「玄鶴」，唯一的一點小差異是，「神陸」與「卑方鳥」的頭部方向換了，《文林妙錦》是一格一圖一文一說，各個獨立，而《圖卷》是一彩色手繪長卷圖本，互有連貫，「神陸」、「鵲神」同為神祇，首尾相接，而「卑方鳥」雖為禽類，也屬仙禽，與「鵲神」同在一個有草木土石為背景的空間中，兩者昂首互望，聲息相通，體現神仙樂園景象。不只萬曆26年的日用類書《博覽不求人》，之後的萬寶全書也在相同的位置刻有「禽類」、「獸類」，《文林妙錦》也一樣，禽類一開始是卑方鳥（圖7-6），獸類一開始是白澤（圖7-7），手繪的《圖卷》也是如此，甚至順序都是一樣，而且圖像的形態也很接近。

還有《圖卷》中的「神陸」，其實是《山海經》的神陸吾，即陸吾神，各種明清《山海經》版本中出現的都是陸吾，《圖卷》中的「神陸」當然是傳抄過程中的魯魚亥豕，訛誤其來有自，《文林妙錦》等建陽所刻的一系列日用類書都是無一例外的「神陸」。由此，我們已很難說《圖卷》未參考《文林妙錦》。

再以燭陰為例（圖7-4），《圖卷》中人首蛇身的燭陰面朝左方，頭挽一髻，蛇身朗現，這與《文林妙錦》中燭陰的構圖非常相似，稍微不同處，在於《圖卷》描摹了蛇身的鱗、鰭、蛇腹上的紋理，乃至表現了「蛇身」的盤繞之形，日用類書的圖形相比之下略為簡單，但兩者之間的相同處，顯而易見。就此而言，無論是晚明胡文煥圖本中的燭陰圖，或者清代汪紱的燭陰圖，都與《圖卷》的差別很大。汪、胡二人的「燭陰」形象，並未描畫出燭陰完整的身軀，似乎鍾山之神的身軀之龐大，無法以圖像完全表現。而汪、胡二本中人面的燭陰，面孔朝左、蓬頭而有一雙犄角；《圖卷》不然，人面栩栩如生，特別有日本繪畫的面目表情，極為細膩，與《文林妙錦》近似。

又如奢尸圖（圖7-5），汪紱圖本和其他三種圖本對奢尸尾巴的處理不同，汪本奢尸的尾巴僅有一截，而《圖卷》、《文林妙錦》、胡本的奢尸的尾巴蓬鬆，且皆有多股。另外，胡本的奢尸作蓬頭，汪紱本奢尸的頭髮並

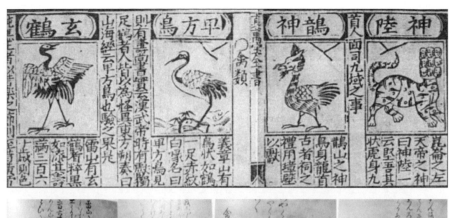

圖7-6：上圖出自《文林妙錦》（《中國日用類書集成》），下圖出自《怪奇鳥獸圖卷》。

不明顯，似是從頸項延伸到頂心的鬃毛，與《圖卷》有所不同。若就身姿而言，胡文煥和汪紱圖本的奢尸面朝左，而《圖卷》和《文林妙錦》則是面朝右，且構圖類似，細微的差異在於《圖卷》中的奢尸僅珥一蛇，《文林妙錦》乃珥兩蛇，且《圖卷》的奢尸身後披髮，與燭陰的風格相似，頗有日本女人的面目表情，表現日本的畫風。這可能源自寫本與刻本的差別，畫工在摹寫圖卷時，有許多個人發揮的空間，來自大明的奇禽異獸圖像，在日本有另一番面貌。

　　如果對《圖卷》與《文林妙錦》兩種圖本進行更全面的比較，可以發現若干神靈、怪獸奇鳥的頭尾方向，兩者的佈局，基本上見出模仿痕跡，又有新意。如圖7-6靈祇與禽類的部分，《文林妙錦》的順序是神陸、鵲神、卑方鳥、玄鶴，《圖卷》亦然，雖可看出模仿的痕跡，身體與頭部方向卻有些變化，因為《文林妙錦》圖文是一個一個獨立成形，有些向左有些向右，彼

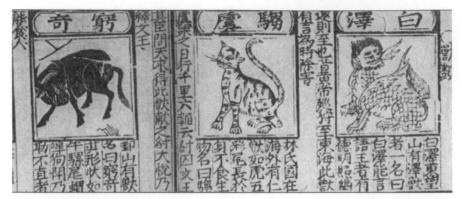

圖7-7：上圖出自《文林妙錦》（《中國日用類書集成》），下圖出自《怪奇鳥獸圖卷》。

此互不相涉。《圖卷》明顯有規律，靈祇都朝左看，而卑方鳥與玄鶴則都向右望，《圖卷》所以要有所改變，當然是為了彩繪本的一體成形，鵲神、卑方鳥處在同一個時空中，兩者相望，使得畫面更加活潑靈動。

　　再看圖7-7獸類的部分，情形也相同，《文林妙錦》的順序是白澤、騶虞、窮奇，《圖卷》亦然，雖然是彩色，也有日本的民族特點，卻可隱約看出模仿的痕跡，如白澤、窮奇的頭部方向非常一致，像似排隊，而《圖卷》則是獸與獸間，頭尾相連。

　　山海異物受到江戶時期知識份子的矚目，因而致力於蒐集各種日用類書〈諸夷門〉的資料，甚至參考中國的〈諸夷門〉圖像，重新繪製具有日本風格的圖本。

三、《山海異形》與《文林妙錦萬寶全書》

　　《怪奇鳥獸圖卷》之外，日本還有屬於奈良繪的「怪奇鳥獸」圖像，雖然繪畫的技巧不同，但仍以《山海經》、晚明日用類書〈諸夷門〉中的圖像為底本。天理大學圖書館即藏有奈良繪《山海異形》四冊，分作「神、獸、魚、蟲」四類，共113圖，書前有「田安府芸堂印」、「献英楼図書記」，尺寸為縱17.2公分、橫24.4公分，用蛋黃色的「鳥の子紙」。據石川透、齋藤真麻理所作的解題，此書以橫型的奈良繪裝訂，使用「鳥の子紙」，判定是江戶時代前期的作品。同類型的情況，在天理大學圖書館還藏有《異國人物圖說》的奈良繪本；「献英楼図書記」是田安德川家第三代德川齊匡的印章。[10]東京大學圖書館所藏奈良繪《山海異形》一冊，書前也有「田安府芸堂印」、「献英楼図書記」等藏書印。此書收入27種圖像，以畢方、玄鶴等鳥類為主。這些藏書章皆屬於德川家族中人，可見原為德川家的藏書。這兩個四冊與一冊的本子，看來似乎是流傳的過程中一分為二，分藏在兩個地方，因為27種的鳥類剛好補足了113圖中「神、獸、魚、蟲」四類缺少的禽鳥部分。

　　天理本的《山海異形》包括有「神類」14圖、「獸類」72圖、「魚類」18圖、「蟲類」9圖。比對建陽日用類書中〈諸夷門〉圖像最多的《文林妙錦》、《學海群玉》都是146圖，「神類」都是15圖，《山海異形》的神類所缺的「相抑氏」一圖，原來被歸入「蟲類」。奈良繪本的《山海異形》都有細緻的背景襯托，空谷中的蒼松，山神屹立其中，自有聖域的想像氛圍，如天吳（圖7-8-1）、帝江（圖7-8-2）等神，全與蒼松為鄰。

　　《文林妙錦》「神類」圖像的順序為俞兒、逢泰、蓐收、驕蟲……《山海異形》也如此，不過後來的順序有異；《妙錦》的「獸類」有77圖，順序為白澤、騶虞、窮奇，《山海異形》的「獸類」有72幅；其「獸類」前三圖同樣也是白澤、騶虞、窮奇，此後的順序則有異；《妙錦》的「獸類」中有九幅圖像是《山海異形》所無，包括獳、蠻、白猿、其人、幽鵪、駏馬、毫彘、泉下馬；而《山海異形》中也有四幅圖為《妙錦》所無，包括貀、猰、䝙、㺑。

---

[10] 石川透、齋藤真麻理：《《山海異形》解題》，《奈良繪本集》（八）（東京：八木書店，2020年），頁6。

圖7-8：左為天吳，右為帝江（《山海異形》）

圖7-9：左為猙，右為獓（《山海異形》）

〈大荒東經〉提到「夔」獸，「狀如牛，蒼身而無角，一足」，《山海異形》中的夔獸是綠色的。（參見第四章，圖4-11）對於「蒼身」的理解，台北國家圖書館所藏的清彩繪本和清宮《獸譜》的繪師似乎有不同的想法，《獸譜》的夔為灰黑色、彩繪本則為全然的白色。

〈西山經〉所提到的「猙獸」，「其狀如赤豹，五尾一角」，《山海異形》所呈現的即強調五尾的形象、頭上白色的角，以及全身鮮明的紅色。（圖7-9左）

清彩繪本《山海經圖》同樣將猙的身體填塗上罕見於獸類毛色的紅色，以呼應經文「狀如赤豹」的說法，但色澤偏淡，不若《山海異形》的鮮豔。《獸譜》中，猙和赤豹的色彩，都偏向棕色，並非純粹的紅色。

藏於賽克勒美術館，署為「唐胡瓌《番獸圖》真跡神品」的《山海百靈》圖卷中，也摹繪了與圖7-9相同的猙與獓之形象。兩種圖本雖然圖案顏色

圖7-10：左為猙，右為犻（《山海百靈》）

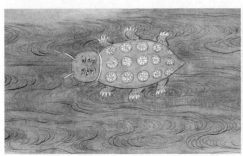

圖7-11：左為珠鼈，右為阿羅魚（《山海異形》）

有異，但基本上的構圖還是相當近似。（圖7-10）看來賽克勒美術館的《山海百靈》，似乎比天理大學所藏、顏色鮮豔的《山海異形》要更早一些。

《文林妙錦・諸夷門》「魚蟲類」收入了23圖，《山海異形》的「魚類」則有18圖。《妙錦》中的比目魚、鱘魚、納魚、牛魚、蠟龜、浮胡魚、蚌魚、飛魚皆為《山海異形》所無；而《山海異形》中的鯑、鰊、鮯、鱟、魠則為《文林妙錦》所無。值得注意的是，兩種圖本皆收入了部分不屬於《山海經》中的魚類，如《妙錦》的納魚、牛魚、蠟龜、浮胡魚與《山海異形》的鰊、鱟都不見於《山海經》。

《山海異形》別立了「蟲類」，一共收入了相抑氏、巴蛇、長蛇、蜼、蜦、蝘、蠱、蟠蛇、蚩等9幅圖像。其實，相抑氏應為「相柳氏」字型相似之誤，胡文煥《新刻山海經圖》、《三才圖會》以及建陽一系列日用類書皆訛誤作「相抑氏」。蜼為猿猴的一種；蝘字通「魖」，作一矮小、紅眼、通

圖7-12：左為蜚，右為蠱（《山海異形》）

圖7-13：玄鶴圖（《山海異形》）

體絨毛的人形；蠱則是〈中山經〉「恒遊于雎漳之淵，出入有光」的神靈「蠱圍」；蜚則是〈東山經〉所記的不祥之獸，經云「其狀如牛而白首，一目而蛇尾，其名曰蜚，行水則竭，行草則死，見則天下大疫。」相柳氏殆因九頭蛇身的緣故，被與巴蛇、長蛇一同收入「虫類」，其餘的四種動物，從形象上看來皆非「虫」屬，或許因為其名字的偏旁皆帶有「虫」字，故也被歸於「虫類」。

　　東京大學也藏有一套《山海異形》，但只有「鳥類」的26圖，其圖像分別為玄鶴、畢方鳥、鵁鶹、鸞、瞿如、螳鼠、鵁鵁、比翼鳥、數斯、梟溪、鵁、駝雞、鴩、疏斯、鳲鴒、長尾雞、飛魚、馬雞、絜鈎、精衛、鶹鵁、顒、鸑、狀、鸒、樂鳥。與《山海異形》相比，《文林妙錦》多出了青耕、鵁、竊脂、鵬鳥、蠱䳃、鳥鼠同穴、當扈、鴟、白雉；鸒、狀、鸒三圖則是《文林妙錦》所無。

美國紐約公共圖書館的Spencer Collection也收藏奈良繪《山海異物》圖本兩冊，分別為俞兒、逢泰、蓐收、驕蟲、天吳、……長蛇、飛魚等47圖，計有神類15圖、禽類11圖、獸類17圖、魚蟲類4圖，其神類的15圖所收入的項目，與《文林妙錦萬寶全書》完全相同，禽類包括畢方鳥、玄鶴、鸞、比翼鳥、鷺鷥、螫鼠、數斯、鳧溪、駝雞、鵸、鶹餘；獸類包括白澤、騶虞、窮奇、貘、比肩獸、龍馬、獬豸、馬腸、鴉、梁渠、夔、猩猩、赤豹、渥洼、土螻、黑人、角端；魚蟲類包括巴蛇、人魚、長蛇、飛魚。

　　若與日用類書〈諸夷門〉對照，則可見出《山海異物》47圖可能的淵源。京都的陽明文庫藏一部《天下全書博覽不求人》、京都大學谷村文庫則藏有《士民便用一事不求人》，其〈諸夷門〉上欄題作「山海異物」，與《山海異物》圖本相合。兩套日用類書的〈諸夷門〉各有48圖，與《山海異物》圖本相比，多出了「比目魚」一圖。學者曾透過比對指出《山海異物》的圖像，可能參考過這些《不求人》日用類書。[11]實際上，許多跡象都顯示出《一事不求人》與《山海異物》關係更密切，比如「數斯」鳥的名稱一致，《博覽不求人》則作「瘦斯」，此外，各種奇禽異獸排列的順序，也可以見出參照痕跡。

四、《異國物語》與《文林妙錦萬寶全書》

　　日本万治元年（1658）所刊的《異國物語》分上中下三卷，原書縱26.2公分，橫17.4公分，假名草子體。《異國物語》共收錄138國，包括上卷大日本國、高麗國到火州的47國，中卷自交趾國始而昆吾國止共42國，下卷則始默伽國終涳泥國共49國，與《山海經》相關的有交脛國、無腹國、聶耳國、二身國、長人國、三首國、丁靈國、奇肱國、無脅國、一臂國、一目國、長腳國、長臂國、羽民國、穿胸國、女人國、不死國、氐人國、小人國等。我們似乎可以肯定，《異國物語》是一本有許多《山海經》人物圖的作品。[12]

---

[11]　齋藤真麻里：〈描かれた異境—明代日用類書と『山海異物』〉，《繪が物語る日本：ニューヨークスペンサー・コレクションを訪ねて》（東京：三彌井書店，2014年）頁281 284。

[12]　東京國會圖書館藏有此書。
　　吉田幸一編：《異國物語》，收入『古典文庫』第588冊（東京：古典文庫，1995年）。此書除收入三卷三冊的万志元年版《異國物語》外，也收入了法國國家圖書館藏的《唐物語》。

而與《異國物語》雷同的還有一部《唐物語》[13]，《唐物語》可以說是《異國物語》的彩色版，內容順序與數量幾乎無異。

萬曆三十七年（1609）出版的《三才圖會‧人物卷》第十二卷到第十四卷，收入了來自四方的「裔夷」，前面章節討論過胡文煥新刻《贏蟲錄》同樣也有161圖，二者的相似性極高，可能出自相同的系統。

《三才圖會》中〈人物卷〉兼收神靈和遠國異人，與三皇五帝、歷朝歷代的聖人、帝王、名臣、名家、名僧以及職貢國並列。〈人物卷〉引用《山海經》圖像的有第十卷西王母，第十二卷到第十四卷則有四十餘個《山海經》中的「裔夷」，包括高麗國、女人國、君子國、一臂國、一目國、三首國、穿胸國、奇肱國等等。

《異國物語》也收錄日本國的圖像，胡文煥的《贏蟲錄》在圖像旁的記載：「日本國即倭國，在新羅國東南大海中，依山島居，九百餘里，專一沿海，盜寇為生，中國呼為倭寇。」《贏蟲錄》的日本國，是一僧侶的形象；《三才圖會》對日本國的說明與此相同，圖像則是一名穿著長袍而作揖的男子，男子的頭頂光滑，有如僧侶。

日本當然未沿用中國類書中「日本國」的圖像，不自比為盜寇為生的倭寇，也不是穿長袍的僧侶，在首頁重新構圖，《異國物語》中展示的是幕府將軍時期的場景，圖像中央的尊者穿戴盔甲，左右各有一侍者，正前方是一名朝見的人，另端坐著三位家臣。《唐物語》的構圖類似，家臣增為四人，與《異國物語》不同處，在於這些家臣皆端坐面向中央，《唐物語》不僅透過衣著、人物的配置來表現尊者的威儀，更強調幕府時期的氣象，來朝的人也似為朝貢者。（圖7-14）日本將新的首頁圖像標示為「大日本國」，似有領袖群倫之意。這樣的安排，與胡文煥新刻《贏蟲錄》極為不同，《贏蟲錄》中所收的，是海外諸夷與職貢國的圖像，當然不包括中國。《異國物語》的「異國」竟納入日本國或者是有深意的。

又如「黑蒙國」的圖本（圖7-15），胡文煥的《贏蟲錄》和王圻的《三才圖會》兩書都有文字說明：「黑蒙國有城池、房舍，民種田，天氣常熱，人穿五色錦袴，至應天府行一年。」此國的圖形皆作一男子持蒲扇，以此表

---

[13] 藏法國國家圖書館。

圖7-14：由左至右為《三才圖會》、《異國物語》、《唐物語》

圖7-15：由左至右為《三才圖會》、《異國物語》、《唐物語》

現黑蒙國天氣的炎熱。另外，檢視出自晚明日用類書的相關圖像，黑蒙國圖中皆只有一人，但不論是刻本《異國物語》，或奈良繪本《唐物語》，黑蒙國的圖像，皆為兩人，一人戴冠持蒲扇在前，另一人跟隨在後；而《異國物語》和《唐物語》的圖像中，持扇者戴著頭冠，有若中國官員所戴的「烏紗帽」，此外，《異國物語》的圖本中，兩人的比例更是非常懸殊，似乎有尊卑的指涉，這是其他文本說明中所不及的。

　　繪本《唐物語》在衣飾的細節，處處可見日本的風格。繪本仔細的處理了原本中國圖本沒有的衣飾紋樣，有雲紋、菊紋、幾何紋，這是繪者在繪圖過程中注入日本元素的展現。

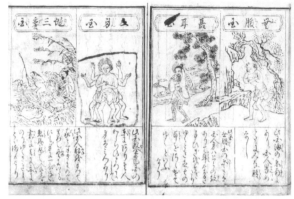

圖7-16：《異國物語》

　　從王圻的《三才圖會》到中村惕齋（1629-1702）《訓蒙圖彙》、寺島良安（1654-？）的《倭漢三才圖會》，再到平住專菴（生卒年不詳）的《唐土訓蒙圖彙》，其中雖有變化，卻像一脈相承。在日本的影響在後文會進一步闡述。然而，《異國物語》與《唐物語》似與《訓蒙圖彙》等書的情形有異，明顯更有日本的風格，不太像似直接源自《三才圖會》一書。

　　日本學者將《異國物語》（圖7-16）與《三才圖會》並列，以為二者是有關連性，可能是前者受後者所影響。在比對的過程中，發現《三才圖會》的外夷人物超過一百六十個，遠比《異國物語》要多，而且外夷人物的圖像造型兩者殊異，兩者的關係可能並不那麼密切。

　　海野一隆有一系列的論文，討論《異國物語》的各種版本，認為此書也與《文林妙錦萬寶全書》相關。[14]海野的看法很值得參考，似乎《文林妙錦》不只影響《圖卷》，也影響《異國物語》。《異國物語》包括首圖大日本國及137國，第一個異國是高麗國，而《文林妙錦》的第一個國家為高麗國，日本國居次，總共有139外夷國。兩書的圖數非常一致，《異國物語》只比《文林妙錦》少了一個訶條國。《三才圖會》所無有的蘇門答臘、火州、㳷泥國，万治本的《異國物語》與奈良繪本《唐物語》（圖7-17）皆收

---

[14] 海野一隆：〈江戶時代刊行の東洋系民族図譜の嚆矢〉，《日本古書通信》2004年3月號，頁3-6。
　　海野一隆：〈《異國物語》の種本〉，《日本古書通信》2004年9月號，頁12-13。
　　海野一隆：〈世界民族図譜としての明代日用類書〉，《汲古》第47號（2005年6月），頁30-39。

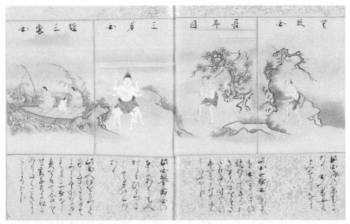

圖7-17：《唐物語》

圖7-18：《文林妙錦萬寶全書》（《中國日用類書集成》）。

錄，與《文林妙錦》相同。

　　前文提到，《文林妙錦萬寶全書‧諸夷門》版面分上下兩層，上層是山海異物，是怪奇鳥獸的博物誌，下層是諸夷異國，而《圖卷》明顯是受了《文林妙錦》的所收錄的山海異物影響。如果進一步比對，似乎《異國物語》的諸夷異國也有《文林妙錦》（見圖7-18）的痕跡，其中都有《山海經》的遠國異人。

實際上，《異國物語》的圖本，不論人物造型或者版面配置，皆與《三才圖會》所收的圖像有落差，反而與晚明日用類書的圖像近似。另外的細節，也見出《異國物語》與《文林妙錦》的關係似乎更密切。如「無臂國」，《文林妙錦》提到「肝不朽，八十年復化為人。」《異國物語》的說明與此相同。反觀《三才圖會》則作「肝不朽，八年復化為人。」另外，《異國物語》的「匈奴韃靼」，《文林妙錦》亦作「匈奴韃靼」，但《三才圖會》僅作「匈奴」。

　　《異國物語》有「瓠犬國」、「瑞國」，與《文林妙錦》相同，《三才圖會》則作「盤瓠」與「正瑞國」，可見《異國物語》取法《文林妙錦》。

　　需要留意的是，刻本《異國物語》的部分圖像在日用類書基礎上，又添加了背景；並且，日本刻工、畫工對人物、植物、山川河海的處理，與中國刻工稍有不同，大體看來，《異國物語》與《文林妙錦》在內容與數量上並無太大的差異。

　　清野謙次論及万治元年刊的《繪入諸國物語》全三冊，不但刊年與《異國物語》一致，內容說明上也是日本、高麗開始，最後一個是浡泥國。清野認為，所見的一本墨書表題《繪入諸國物語》的書名，原書的「諸」字應是「異」字的誤記誤植。[15]我們由此也發現一點，《異國物語》的類似版本並不罕見，看出此類的異國圖像曾在江戶時期有許多讀者。

　　討論《異國物語》的圖本，最值得注意的，還有巴黎法國圖書館所藏的奈良繪本。此書題作《唐物語》，分為上、中、下三帖，全書是工筆的彩繪圖本，筆觸細膩、用色柔和，也收錄包括大日本國的138幅圖，每幅圖像旁皆附有草體寫成的和漢混合文說明，而書中的空白處，皆滿貼金箔。

　　何以稱此書為「唐」物語，河添房江在《唐物的文化史》中，有一段說明很值得參考：

　　　　所謂唐物，本來是指來自中國，或經由中國而來的舶來品，轉義成為
　　　　來自異國的所有物品的泛稱。[16]

[15] 清野謙次：《太平洋に於ける文化の交流》（東京：創元社，1944年），頁129-156。
[16] 河添房江著，汪勃、山口早苗譯：《唐物的文化史》（北京：商務印書館，2018年），頁iv。

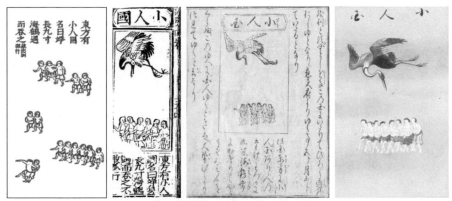

圖7-19：左起《三才圖會》、《文林妙錦》、《異國物語》、《唐物語》

不僅如此，河添房江還提到，《源氏物語》、《枕草子》中，登場人物用各式各樣的唐物來標榜自己的身分地位。[17]

因而書稱《唐物語》，除了其對「異國」的指涉以外，如此稱呼，可能也代表一種擁有者、閱讀者高貴不凡的身分。前文已談及《唐物語》精緻的製作，從命名到實體，在在顯現出此書的不同凡響，是權貴珍玩的貴重圖書。《異國物語》與《唐物語》呈現在江戶時代鎖國的情況下，社會對異國的憧憬與閱讀者的追求奇異。

繪本的《唐物語》雖不著繪者，但很有可能出自於畫家之手，因而與刻本的《異國物語》不同，繪本更積極展現強烈的繪畫風格，繪者在繪製圖像的過程中，揉雜了許多日本的風土元素。

以「小人國」的圖像為例，文字上都標明是東方的小人國，身長九寸，「海鶴遇而吞之，不敢孤行。」《三才圖會》中的小人國，圖中無海鶴，小人除了六人並行外，還有三三兩兩的組合，明顯非《異國物語》取材對象。奈良繪本的《唐物語》的小人國圖應來自刻本的《異國物語》（圖7-19），與《文林妙錦》的圖本近似，都有海鶴飛翔於一行小人之上。但繪本與刻本的呈現仍然稍有不同，繪本的圖像裡，小人一共有八位，刻本的小人則僅有六位，《唐物語》的繪製者並不全照母本描摹，反而有很多興之所至的創意。從小人國的圖像，即可約略窺探《異國物語》與《文林妙錦》的淵源。

---

[17] 同前註，頁v。

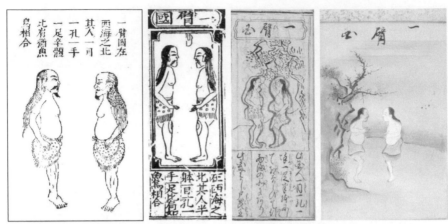

圖7-20：左起《三才圖會》、《文林妙錦》、《異國物語》、《唐物語》

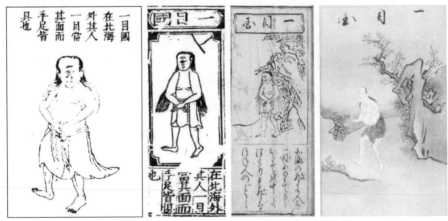

圖7-21：左起《三才圖會》、《文林妙錦》、《異國物語》、《唐物語》

　　《異國物語》一臂國的造型與《文林妙錦》也近似（圖7-20），兩人面對面，下身著裙，都是方正小圈的圖案，而《三才圖會》的下身是半圓弧，明顯的點狀。

　　《異國物語》一目國的造型也與《文林妙錦》接近（圖7-21），一目人側身站立，《三才圖會》的一目人的眼神則是明顯直視前方。

　　當然，學者所以認為《異國物語》受《三才圖會》影響不是沒有原因的，主要是兩者的圖像與文字的確有許多相近的地方。《三才圖會》在江戶時代的流傳影響一直是眾所皆知的，《訓蒙圖彙》、《倭漢三才圖會》等書

| 圖7-22：《異國訪問物語》

的刊刻都是在同一個系統下的產物。

　　大木京子則在海野一隆的基礎上，對《異國物語》的各種版本更有系統
地分析比較：東京國會圖書館、天理大學圖書館的藏本万治版，京都大學附
屬圖書館所藏為刊年不詳的菊屋版、巴黎法國國立圖書館所藏為奈良繪本。
另外還有一系列的相近異國資料，如成簣堂文庫、杏雨書屋、狩野文庫的藏
本《異國人物鑑》，甚至還有被認為消遣滑稽為主的住吉大社藏本《萬國人
物圖會》。[18]

　　除了巴黎法國國家圖書館藏的《唐物語》以外，各地還有多種不同的奈
良繪異國人物圖本。

　　寬文時期（1661-1673）的奈良繪卷屏風《異國訪問物語》，也有相關
《山海經》或中國異域知識的圖像，其中有被人以木棍穿胸抬行的「貫胸
國」；左圖的左側，有一極小的女子跪坐於地，與一旁的人物不成比例，應
為類似《山海經》中的「小人國」。[19]（圖7-22）

　　明尼蘇達州Minneapolis Institute of Art收藏了一幅日本彩繪的《異國人
物圖卷》（圖7-23），其中也繪製了14種想像或真實存在的國度，包括了黑

---

[18] 大木京子：〈《異國物語》諸本とその変遷――錯綜する異国情報の一端を見る－〉，
《國文學論考》41號（2005年3月），頁70-84。
大木京子：〈《異國物語》諸本とその変遷（二）〉，《國文學論考》42號（2006年3
月），頁49-62。
大木京子：〈《異國物語》諸本とその変遷（三）〉，《青山語文》38號（2008年3
月），頁48-56。
[19] 石川透：《入門奈良絵本・絵卷》（京都：思文閣出版社，2010年），頁47。

▐ 圖7-23：《異國人物圖卷》

蒙國、三身國、無腹國、聶耳國、勿斯里國、焉耆國、長人國、撒馬兒罕國、的剌普剌、奇肱國、默伽國、注輦國、柔利國、一目國。其中三身、無腹、聶耳、長人、奇肱、柔利、一目等國，明顯出自《山海經》。[20]

目前可以見到的奈良繪異國圖像有很多，這些圖像雖與《異國物語》製作的時代差不多，但皆為彩色、而且極為強調其色彩的運用，在背景的搭配也非常講究，不管是《唐物語》、《異國人物圖卷》、《異國訪問物語》的圖形，都可以將之歸類為日用類書〈諸夷門〉異國臝蟲的系統。這些彩色的繪本有濃烈的日本風格，常出現有金箔為底的現象，而人物的穿著打扮更是典型的日本取向。

五、山海異域圖像的變異

下關市立長府歷史博物館藏有兩幅紙本木板彩色的掛幅，分別為《萬國總圖》與《民族圖譜》，長為132公分，寬為57.6公分。《民族圖譜》上部的序文末尾標示「正保□酉年季春吉辰於肥州彼杵郡長崎津開板」。此圖分為5行，一行8格，共40個國家，其中包括日本、大明、東南亞、非洲、印度、歐洲等國名。左下角是小人國與長人國，小人國有四個小人，大人國則為一男一女。

---

[20] 作者不詳：《異國人物圖卷》Inhabitants of Fourteen Strange Lands, 18th century, Minneapolis Institute of Art.

根據海野一隆的觀點，《萬國總圖》與《民族圖譜》的繪者，是長崎出身的洋式測量術的開創者樋口謙貞（1601-1683），本圖的著色、人物畫表現了西洋畫的技巧。[21]後來仿製的圖，都將序文最末標示為「正保丁酉」，而正保並無丁酉年，應是乙酉年之誤。學者們也公認樋口此圖繪製於正保乙酉年（即正保2年，1645）。樋口謙貞是長崎從葡萄牙人與荷蘭人學習測量與航海術的第一人。正保3年，樋口因信仰天主教的老師林吉右衛門而受到連坐，入獄21年。[22]

　　樋口謙貞作航海圖的目的，是為了教授學生。繪製圖本，後來成為學生畢業考試的項目。幾種圖本皆為掛幅裝、板畫彩色本。久下實的文章比較了三種圖本之間用色的問題，舉例而言，圖中日本國武士的穿著，下關博本的武士穿著紅色鎧甲，綠色的褲子，然綠色的顏料已經褪色；神戶博本的武士穿著黑色的鎧甲、赤色的褲子，褲子上的顏料也已褪色[23]；守屋壽藏本的武士，則穿著紅色的鎧甲、藍色的褲子。[24]久下實的比較，沒有運用九州博以及廣島博的圖本。

　　下關博本圖像上的序文最末提寫的時間為「正保□酉年」，前文提及，此應脫漏了「乙」字。與下關博藏本相同，守屋壽本、神戶博本圖上的序文皆作「正保□酉年」；九州博本、廣島博本的序文，則作「正保丁酉年」，正保是沒有丁酉年的，此應為刊刻之誤。下關博本、神戶博本、守屋壽本間的相同，不僅在序文，三種圖像的構圖、彩繪風格、配色也頗為類似，皆受到西洋繪畫的影響，濃墨重彩、光影變化明顯，頗具立體感。九州博、廣島博的模倣本，錯字較多，整體形象較為扁平、簡單，這樣的模倣本似乎極為普遍，在坊間就很容易購得一些粗糙的類似圖本。（圖7-24）

　　以出於《山海經》的長人國圖像而言，圖像裡的女性長人的綁腿分別為白色、灰白或紅色，男性長人的綁腿則全為黑色，九州博本、廣島博本與

---

[21] 海野一隆：〈「正保刊『万国総図』の成立と流布」〉，有坂道隆編：《東西地図文化交涉史研究》（大阪：清文堂，2003年）。

[22] 九州博物館編：《日本初大ベトナム展》（福岡：TVQ九州放送，2013年），頁213。

[23] 神戶市立博物館編：《異國繪の冒險：近世日本美術に見る情報と幻想》（神戶：神戶市立博物館，2001年）。

[24] 久下實：〈「正保　酉季春」版「万国総図」の検討〉，廣島縣立歴史博物館編：《守屋壽コレクションが迫る近世日本の新たな異文化交流像》（廣島：廣島縣歴史博物館，2016年）。

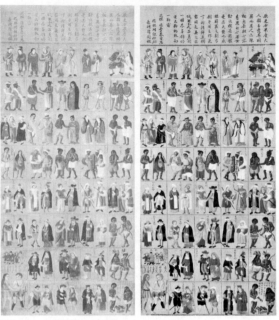

圖7-24：《世界人物圖》

之恰好相反，女長人的綁腿是黑色。下關博等三本中，男性長人用以遮蔽下
肢的樹葉，皆有三色，神戶本的中的綠色，因色彩脫落，皆成白色；九州博
本、廣島博本則皆作綠色的樹葉包覆於襯裙之外。與九州博本、廣島博本相
比，神戶博本、守屋壽本與最早的下關博本於面目表情、肌肉的紋路皆頗類
似，應屬於較精緻的仿本，甚而是相同的版刻系統。（圖7-25）

　　鮎澤信太郎曾討論過鎖國時代日本人的海外知識，其中列舉許多受《山
海經》影響的萬國人物圖典籍，而最初在日本刊行的當屬《訓蒙圖彙》。[25]
最初的《訓蒙圖彙》在日本寬文六年（1666）刊，是京都儒者中村惕齋的力
作，引證的圖書以《三才圖會》及諸家本草圖書為主，包括十七類二十卷，
其中卷四的「人物」圖有十八種，包括東夷、南蠻、中國、朝鮮及《山海
經》系統中的長臂、長腳、小人、長人等。[26]《訓蒙圖彙》的增補版有元祿

<hr />

[25] 鮎澤信太郎：《鎖國時日本人の海外知識──世界地理・西洋史に關する文獻解題》
（東京：乾元社，1953年），頁332-355。
[26] 中村惕齋：《訓蒙圖彙》（山形屋板，1664年）卷20第14冊，收入吉田幸一編《異國物
語》（東京：古典文庫，1995年），頁257-266。

圖7-25：大人國與小人國圖，左起下關博本、守屋壽藏本、神戶博藏本、九州博本、廣島博本

八年（1693）刊的二十一卷《頭書增補訓蒙圖彙》。日本鎖國時期所見的相關訓蒙書籍，許多都包括有《山海經》裡的異國人物，可見當時曾經把各種遠國異人的圖像當作是普通知識傳授，在江戶時期的鎖國政策下，百姓與文人對異國異人消息的認識需求，使得當時怪奇鳥獸與遠國異人圖像的刊刻出版獲得知識份子與庶民百姓的青睞。

受《三才圖會》影響很大的還有內容雷同的《倭漢三才圖會》。

《倭漢三才圖會》，正德三年（1713）寺島良安編，共有一百零五卷，卷十三為「異國人物」、卷十四為「外夷人物」，收錄許多原見於《山海經》的遠國異人，一臂、一目、三首、小人、長腳、長臂、交脛、穿胸、羽民國等，而外夷人物還包括附錄的神祇，如俞兒、燭陰、帝江、黑人、強良、逢泰等。[27]《三才圖會》的人物卷後納入神祇，《倭漢三才圖會》明顯受此分類影響，當然這些神祇大都來自《山海經》。（圖7-26）

與《倭漢三才圖會》相隔未久的，還出現享保四年（1719）平住專菴編選《唐土訓蒙圖彙》，此書卷四卷五人物圖大都參考《倭漢三才圖會》，有交脛國、長腳、長臂國等四十六國人物，也有《山海經》中的鳥獸蟲魚圖。[28]

---

[27] 寺島良安編：《倭漢三才圖會》（重慶：西南師範大學出版社，2013年，影印日本國文學資料館藏日本正德5年（1715）刊本）。

[28] 平住專菴編選、楢村有稅子繪：《唐土訓蒙圖會》（日本國立公文書館藏，1719年（享

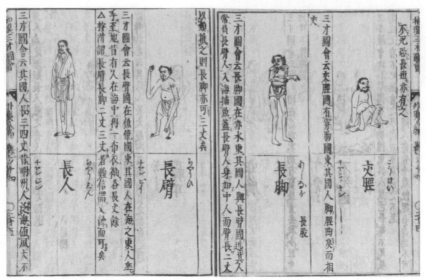

圖7-26：《倭漢三才圖會》

　　江戶時期取材與《山海經》的人物、神獸相關的山海異域事典並不少見，或可窺見鎖國時期日本對異域知識的某種憧憬與渴求。

　　西川如見（1648-1724）在1720年刊刻的《四十二國人物圖說》，其中可見明顯有關《山海經》的小人國與長人國，這兩個部分置於書末。[29]（圖7-27）

　　早稻田大學另外藏有一種作於享和元年（1801）年、題為西川如見輯、山村子明增訂的《增訂四十二國人物圖說》圖卷（圖7-28）。特別的是，圖卷中的圖像雖與《四十二國圖說》形似，卻是彩色的手繪圖本，儼然像是1720年刊刻版本的著色本，可見這樣的圖像書一直有市場需要，歷久不衰。正如下關博本的樋口謙貞繪作民族圖譜，也有九州博本、神戶博本與守屋氏本，模倣本持續很長的時間。《增訂四十二國人物圖說》的長人國、小人國的圖像，也與樋口謙貞正保年間的圖本有幾分神似。

保四年）刊本）。

久能清香：〈近世の世界観──《和漢三才圖會》と《唐土訓蒙圖彙》の考察〉，《廣島女學院大學國語國文學誌》37期（2007年12月），頁61-77。參考九州大學文學部「相見文庫」藏書。久能清香曾有一文，仔細比對《唐土訓蒙圖彙》與《和漢三才圖會》的關聯。

[29] 西川如見編：《四十二國人物圖說》（早稻田大學圖書館藏，1720年（享保五年）渕梅軒藏板）。

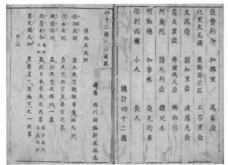

圖7-27：《四十二國圖説》（早稻田大學圖書館藏書）

圖7-28：《增訂四十二國人
物圖説》（早稻田大學圖書
館藏書）。

　　《珍説奇談畫本萬國誌》（圖7-29），三卷三冊，文政九年（1826）
刊，俳林淡二編輯，法橋關月畫，包括六十二國奇談珍畫，其中有相關《山
海經》的一目國、丁靈國等等。[30]

　　文政4年（1821），江戶時代末期曉鐘成（1793-1821）著有《無飽三財
圖會》，是純粹消遣的通俗戲作。[31]日本鎖國時期以後很長一段時間，有關
海外的一些風俗產物人物等資料都成為當時庶民感興趣的對象。此書的內容
包括天文部、地部、玉石類、本草學、博物學還有男女情事或花柳界，最後
是外夷部。外夷部包含了世界各種人種的圖説，與《山海經》相關者，計有
長手國、無腹國、大人國、一手國、小人國等等。部分圖像依稀看得出與中

---

[30] 俳林淡二編輯，法橋關月畫《珍説奇談畫本萬國誌》（沖繩圖書館藏書，1826年刊），
　　包括六十二國奇談珍畫。
[31] 曉鐘成編繪：《無飽三財圖會》（日本國立國會圖書館藏，1850年（嘉永3年）刊印）。

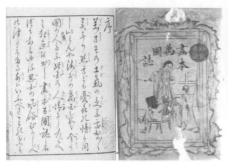

圖7-29：《珍說奇談畫本萬國誌》

圖7-30：《四十二國圖説》

國的《山海經圖》構圖類似，但這些關於《山海經》的人物圖像，都有某些變化。外夷部裡除了《山海經》的異國異人，還有如長爪國、無腰國、惡鬼國等圖像，頗見日本特色。與傳統《山海經》圖本不同，《無飽三財圖會》中的遠國異人，許多皆為女人，髮飾、衣物都極似日本傳統的女人。長手國為一對鏡梳妝的女子，袒露異於常人的雙臂，無爪國、無腰國、無腹國的女人則都上身赤裸。一手人的圖像也很特殊，根據文字記載，八丈島上的一手人皆為半身人，圖中袒露上身的男女需互相扶持才能行走，而且兩者像似泡湯出浴的情節。（圖7-30）《無飽三財圖會》中外夷部的圖像，可說是一種極具當地特色的改編。

　　江戶時期，還有許多相關異國的屏風。日本公內廳三之丸尚藏館收藏的「萬國繪圖屏風」其中有各種異國的男女；出光美術館藏的「萬國人物屏

圖7-31：〈淺草奧山生人形〉

風」，其中也有各種異國人物的配置，這些異國人物圖的屏風，其中並無
「山海異形」。[32]

　　《山海經》的內容與圖像在過去的日本，影響的時期一直延續著。早稻
田大學藏有一種江戶後期的《荒海障子圖樣》，內容即描繪長腳民背負著長
臂民在海中捕魚的場景。[33]長腳民與長臂民的組合，不只見於圖卷的畫作，
甚至也成為「浮世繪」的主題：安政2年（1855）由歌川國芳（一勇齋）所
製作的《淺草奧山生人形》，長臂、長腳捕魚的場景，與貫胸民、無腹民
同在一個空間。繪者或許擔心將木棍穿胸而過，圖像中竟特意在被穿胸者
胸孔中以布墊著。（圖7-31）歌川國芳繪製的《淺草奧山生人形》的圖像不
少、並且不同版本間略有不同，如波士頓美術館與神戶市立博物館所藏，不
管在顏色或人物的放置位置，都有差異，無腹國或在穿胸國之上，或在長腳
或穿胸國之間。

　　神戶市立博物館藏有江戶時代歌川芳盛繪製的《萬國島回壽古錄》，
圖像是各種大大小小的島嶼浮在海上，中央的大島是大日本，還有富士山、
太陽，甚至細膩地描畫出了四國、九州、八丈，周圍的小島，是想像的《山
海經》的異國，和實際存在的英吉利、美利堅合眾國、法蘭西、魯西亞。大
日本左邊有編號一琉球、二台灣、三支那、四朝鮮，值得注意的是，立身於
南京的有一男一女，男子腦後明顯的拖著一股長長的辮子，像似大清國的官
員，這樣的圖像應是在後來出現的；大日本左是編號四十九的蝦夷。圖像

---

[32] 齋藤真麻里：〈描かれた異境—明代日用類書と『山海異物』〉，頁287。
[33] 《荒海障子圖樣》Ara Umi No Shoji，早稻田大學藏。

圖7-32：〈萬國島回壽古錄〉（《異國繪の冒險》）

中，日本國周圍有著虛實相參的各種異國圖像，還有為數不少的相關《山海經》遠國異人。在圖的正上方，有編號四十五的小人國與一隻白色的大鶴，圖的右上方是編號八的一臂國、編號九的一目國、右上方則有編號四十二的丁靈國，此外還有編號三十八號羽民國、三十九號的長人國、四十號的長腳國。日本國的左側則是二十二女人國與奇肱國。（圖7-32）

此圖結合《山海經》遠國異人，將現實與想像並列，以大日本為中心，朝鮮、大清、歐羅巴等國環繞四周，這讓人不得不聯想到一系列的朝鮮古地圖《天下圖》，地圖中將中國與朝鮮並列，圍繞著中心的崑崙山。日本的萬國人物圖，以日本為中心而崑崙山在左下角落的不起眼處，一系列的異國萬國圖像也是如此，不是將大日本居首，就是將大日本居中，其中用意不言可喻。

萬延元年（1860年）惠齋芳幾（1833-1904）繪、梅素亭玄魚補的《萬國壽吾陸》，有如桌上型遊戲的「双六」是典型的博弈方式，充滿濃濃的日本風情，在幕府末期非常流行。此圖中間是大日本，外圍除了大清、蝦夷、朝鮮與歐洲國家外，還包括許多出自《山海經》的無腹國、柔利國、穿胸國、長腳國、長臂國。（圖7-33）看來像是萬國對大日本朝貢的態勢。

晚明相關的《山海經》圖像流傳到日本以後，不管是圖像的仿製，或者是圖像的變異，影響都極為深遠。一直延續到十九世紀末、二十世紀初，都

圖7-33：〈萬國壽吾陸〉（《異國繪の冒險》）

可以看到類似的山海異域圖像，其中更有許多圖像都有以大日本為中心的意
識思考，明顯像是所謂的「華夷易位」，把大明、大清或朝鮮當成日本的職
貢國度。

六、結語

晚明建陽日用類書的《山海經》圖像，不只影響了万治時期的《異國物
語》以及後來的《怪奇鳥獸圖卷》。此後陸續又有《山海異物》、《山海異
形》、《萬國人物圖會》等等圖卷，甚至還有繪製於屏風之上的《異國訪
問物語》，以及以長臂民、長腳民、穿胸民作為主題的浮世繪《淺草奧山生
人形》。從十七世紀到十九世紀的日本，都可以見到相關《山海經》的圖像
產物。

根據學者研究江戶時代中國典籍流播日本的記載，其中也包括了《山海經》。[34]而日本各大圖書館收藏的各種《山海經》版本不勝枚舉，明代蔣應鎬所繪《有圖山海經》在江戶時期流傳相當普遍，似乎受到許多讀者青睞，明刊本影響所及就有不少的和刻本。筆者曾作過初步的統計，目前收藏在各大圖書館的和刻本蔣應鎬繪《有圖山海經》大概就有二十幾部，也同時證明當時市場對《山海經》一書的出版需求，一再將明刊的《有圖山海經》以訓讀方式重新出版。內容與《山海經》相關的類書，如《三才圖會》與各種日用類書也同時在江戶時期被閱讀或重新刊刻。

　　江戶時代的和刻本或繪本，其中當然不無消遣娛樂的戲作，卻也有許多當時知識分子的編撰，希望藉由這些書傳達當時中國或異域的文化，一方面是滿足讀者對異文化的好奇心，一方面也有繪本的娛樂觀賞效果。《怪奇鳥獸圖卷》與《異國物語》應是在這樣的背景下因應而生，內容與《文林妙錦萬寶全書》近似也就可以想見。

　　相關《山海經》的圖像系統在江戶時期的日本普遍刊刻、繪寫，其中的因素或可稍微歸納幾點。

　　首先是對異國珍說奇談知識的好奇。《怪奇鳥獸圖卷》與《異國物語》、《唐物語》等的怪、奇、異是在鎖國時期對海外知識的好奇與滿足。學者也認為，十八世紀中期後，由於東亞局勢的安定，中國及日本國內的商品經濟發展和文化活動均達到極盛，鎖國日本對海外訊息的蒐集活動由政治軍事情報，逐漸轉向對海外新知的追求與蒐集。[35]在這樣好奇的心理下，有關《山海經》與類書圖像的輸入，催化《怪奇鳥獸圖卷》、《異國物語》、《山海異物》、《山海異形》等繪卷、圖像的流傳。

　　其次是訓蒙教育。一系列《訓蒙圖彙》的增補翻刻，《唐土訓蒙圖彙》、《頭書增補訓蒙圖彙》都有異域人物，或《山海經》中的民族或鳥獸，與現實中的人物、現實中的鳥獸並置，成為訓蒙教育的一部分。因此，《山海經》圖像有了博物的功用。正如在明代，建陽的通俗日用類書是一種

---

[34] 大庭脩著、戚印平譯：《江戶時代中國典籍流播日本之研究》（杭州：杭州大學出版社，1998年），頁144。

[35] 劉序楓：〈清代中期輸日商品的市場、流通與訊息傳遞——以商品的「商標」與「廣告」為線索〉，收入石守謙、廖肇亨編：《轉接與跨界：東亞文化意象之傳佈》（臺北：允晨文化，2015年），頁271。

民間生活知識的建構與傳遞，也是庶民教育的一環。[36]而在江戶時期尤其是鎖國時期的日本，從中國傳來的資訊或知識應該都是可貴的教材，以此而刊刻繪製的《圖卷》與《異國物語》當然都有其童蒙教育的深刻意義。

再者或為了消遣娛樂。《圖卷》與《新撰萬國人物一覽》都是長卷，或是〈淺草奧山生人形〉，都有許多《山海經》中的人物與鳥獸，彩色圖卷更說明為了觀賞消遣的目的。奈良繪本的《唐物語》、浮世繪或雙六圖也說明此書越來越流於娛樂消遣的取向。

晚明是中國《山海經》圖像發展的繁榮時期，其標誌之一是《山海經》的圖像進入建陽刊刻的日用類書中。江戶時代，《山海經》的圖像隨著日用類書的東傳進入日本。在日本，日用類書中的《山海經》圖像出現變異，成了各種各樣的通俗畫冊。這些畫冊從內容來看，大致可分為兩類，一是以怪奇鳥獸為主要內容，二是以異域為主要對象。而畫冊的功能似乎相當廣泛，有訓蒙的需要，有博物的知識，有消遣的目的。

因為《文林妙錦萬寶全書》的諸夷門收錄較齊全，此書的山海異物與外夷雜誌就順理成章為《圖卷》、《山海異物》、《山海異形》、《異國物語》與《唐物語》參考的來源，這也說明日本一個獨特的文化時代——閉關鎖國而又渴望異域知識的時代。再者，外夷異國的繪本或刊刻遠遠超過山海異物的部分，更說明海禁鎖國的消息封閉時期，所謂的異域吸引力很大，訓蒙、博物或消遣之餘，對唐土與他土的好奇心應該也是很關鍵的因素。

另一點要注意的是，在訓蒙教育的同時，可能也有揭櫫日本民族心靈意識的層次。各種的萬國異國圖像應該都是對外國的描寫與想像，然而，「異國」卻包括日本，甚至自居大日本，大日本居首，或大日本居中，在鎖國時期，似乎頗有深意，似已在普通的好奇、訓蒙或娛樂目的外，隱隱然有分民族心理在其中，在鎖國之後，表現了更多的企圖心。

---

[36] 晶蕙芳：《明清以來民間生活知識的建構與傳遞》（臺北：臺灣學生書局，2007年）。
酒井忠夫：〈元明時代の日用類書とその教育史的意義〉，《日本の教育史學》1卷（1958年10月），頁67-94。
酒井忠夫：〈明代の日用類書と庶民教育〉，見林友春編：《近世中國教育史研究：その文教政策と庶民教育》（東京：國土社，1958（昭和33）年3月），頁39-51。

附錄一　關於《三言》的圖像
——兼論版畫家劉素明

一、前言

　　宋元以後的說話藝術日漸式微，說話人的話本經過文人的潤色加工成為書面文學作品，結集出版，進入市井小民生活中。供閱讀的話本小說失去說話藝術那種面對聽眾說講故事的生動直觀優勢，於是用插圖來彌補這一缺憾，話本小說中的插圖，可以說是為了一般讀者閱讀需要而產生的。明代書籍的木刻插圖，是明代刻書事業繁榮的產物，而小說插圖的大量產生，則根源於通俗小說作品在社會上的廣泛流傳。[1]當然，也有學者認為小說的讀者可能是以生員為主的科舉考生與商賈，知識階層讀平話小說，使得書坊刊刻有藝術性的帶圖的話本小說。

　　張秀民先生曾估計，明代的插圖本應有千種左右，圖畫應有數萬幅之多。[2]鄭振鐸也說，萬曆時代幾乎無書不插圖，無圖不精工；沒有好的插圖，書籍在這個時期似乎不太好推銷出去。[3]

　　伊佩霞曾指出，晚明的刻書業者，為了使自己的書更具吸引力，書坊日益頻繁地聘請藝術家畫插圖。[4]馮夢龍所編輯的話本小說《三言》就是一個最好的例子，有出色的編輯，書坊再請傑出的版畫家劉素明擔任繪刻的任務，因此有圖有文的《三言》能有廣大的讀者群，在通俗文學的氛圍下有極高的文學價值。

　　我們由此有一些好奇，編輯馮夢龍如何看待他的《三言》？劉素明又是如何來詮釋他所繪刻的作品？編輯可以選擇他的刊圖者嗎？

1　廖以厚：《試論明代戲曲小說插圖的興盛原因》，《撫州師專學報》1987年第3期。
2　張秀民：《中國印刷史》（上海：上海人民出版社，1989年），頁502。
3　《鄭振鐸全集》（14）（石家莊：花山文藝出版社，1998年），頁306-307。
4　伊佩霞：《劍橋插圖中國史》（濟南：山東畫報出版社，2001年），頁152。

二、名編輯馮夢龍

　　馮夢龍（1574-1646）的生平事蹟不見正史，然而，哈佛燕京學社所編八十九種《明代傳記綜合引得》中，明言馮氏在萬斯同鈔本《明史》中有傳。萬氏的鈔本列了馮夢龍的傳，很顯然地，張廷玉奉敕而作的正史將他刪除了。馮夢龍所撰的《壽寧待志》自言是「直隸蘇州府吳縣籍長洲縣人」，他的事蹟，《江南通志》、《蘇州府志》、《壽寧縣誌》、《福寧府志》稍加述及。前二者言馮夢龍才情跌宕，詩文麗藻，尤明經學；後二者論其政簡刑清，首尚文學，遇民以恩，待士有禮，著有《四書指月》、《春秋指月》、《智囊補》等書，膾炙人口。[5]

　　馮夢龍在天啟元年到天啟七年編輯《古今小說》、《警世通言》、《醒世恆言》，然而，有關他的家世情況，學者說得都不是太明確，只肯定他生於蘇州府長洲縣，萬曆三十六年（1608）三十五歲前經童試合格有了生員身分。胡萬川先生很早就將馮夢龍生平事蹟考證得極詳盡，而他所寫〈馮夢龍與復社人物〉更是一篇極成功的馮氏交遊考，讓讀者深切地體會到馮夢龍對國家社會的關心。[6]雖然，沒有文獻可資證明他是反清復明的復社成員，但是，他來往的朋友大多在復社榜上，由此就可斷定他晚年仍汲汲為家國的救亡圖存而奔走。《甲申紀事》一書充滿了血淚，對明室的岌岌不保痛徹心肺，是國破家亡的呼天搶地，悲愴莫喻。[7]

　　馮夢龍在《麟經指月》中自言從小研讀四書五經，跟當時知識份子一樣，希冀藉科舉求得功名，由他《春秋衡庫》、《四書指月》等八股文式的著作，可見他早年積極地想博得一官半職的心志。然而，多次應考不中，仕途偃蹇，終其一生，他只做個壽寧縣令。他只能在自傳的《壽寧待志》寄託胸懷，抒發「肘掣於地方，幅窘於資格」的矛盾和痛苦。小小的壽寧縣令是無法滿足他的，龍困淺灘的抑鬱糾結著，也許，他只能津津樂道自己的建樹，藉此來平衡他壯志難酬、懷才不遇的牢騷。而書中迷信勘輿、迷信風水

---

[5]　廖憶廷：《馮夢龍所輯民歌研究》（臺北：學海出版社，1986年），頁29-31。

[6]　胡萬川：〈馮夢龍與復社人物〉，《中國古典小說研究專輯》（一）（臺北：聯經出版公司，1979年）。

[7]　《甲申紀事》中，馮夢龍詳記思宗自縊的慘狀，言一己「天崩地塌，此恨何時已已」的悲憤。《甲申紀事》，鄭振鐸輯《玄覽堂叢書》，1941年上海影印本。

的記錄其實也是可以理解的，對人事不能扭轉的無奈，渴望虛幻的神明顯靈相助。

馮夢龍字猶龍，一字子猶，又字耳猶，別署龍子猶、猶龍子，所居墨憨齋，故稱墨憨子、墨憨齋主人，又號浮白齋主人、古吳詞奴、姑蘇詞奴、香月居顧曲散人、詹詹外史、茂苑野史、綠天館主人、隴西君、隴西可一居士、隴西居士、可一主人、豫章無礙居士、七樂生等。字號之多，鮮有人能望其項背。馮夢龍用了那麼多的化名，顯然試圖隱藏身分，不希望讀者認出他。據說馮夢龍撰了《掛枝兒》小曲和《葉子新譜》等遊戲文章，導致浮薄子弟傾家蕩產，而其父兄群起攻訐，幸遇熊廷弼解困。[8]果真如此，馮夢龍在書中隱姓埋名似乎是一種自保的方式，是不得不的選擇。

《情史·序》中言：

> 余少負情癡，遇朋儕必傾赤相與，吉凶同患。聞人有奇窮奇枉，雖不相識，求為之地，或力所不及，則嗟歎累日，終夜輾轉不寐。見一有情人，輒欲下拜，或無情者忘言相忤，必委曲以情導之，萬萬不從，乃已。嘗戲言，我死後不能忘情世人，必當作佛度世，其佛號當云：「多情歡喜如來。」

馮夢龍的增定小說《三遂平妖傳》，卷一至卷三署「東原羅貫中編次，錢塘王慎修校梓」。卷四署「東原羅貫中編次，金陵世德堂校梓」。藏日本天理大學圖書館。全書有圖三十幅，插于正文中，左右半葉合為一幅。卷一第三葉後半葉圖及卷三第三葉前半葉圖，都題「金陵劉希賢刻」。卷四第十二葉後半葉圖，題「劉希賢刻」。[9]

《天許齋批點三遂平妖傳》，四十回，日本內閣文庫藏，有圖，八十幅，每回兩幅，圖插於各冊之首，此四十回本增補二十回本而成。金閶嘉會堂刊本《墨憨齋手校新平妖傳》卷首有張無咎序：「茲刻，回數倍前，蓋吾友龍子猶所補也」，可知四十回乃馮夢龍所補。序言又云：「書已傳於泰昌

8　鹿憶鹿：《馮夢龍所輯民歌研究》，頁29-31。
9　明·馮猶龍增定：《三遂平妖傳》（東京：八木書店，1981年）。

改元之年，子猶宦遊，板毀于火，余重訂舊序而刻之。」[10]嘉會堂序言指出天許齋本的《三遂平妖傳》是子猶藏版，可見刊刻者是馮夢龍。

《新列國志》一百零八回，今存最早刊本為金閶葉敬池梓本，牌記署「墨憨齋新編」，並有葉敬池識語。葉敬池梓本未署刊刻年代，牌記識語云：「墨憨齋向纂《新平妖傳》及《明言》、《通言》、《恆言》諸刻，膾炙人口。」知書刻於「三言」之後。「三言」中最後一種《醒世恆言》也是葉敬池刊，刻於天啟丁卯（七年，1627），則《新列國志》當刊於崇禎年間。金閶葉敬池梓本也藏內閣文庫，有圖五十四葉，計一百零八圖，置於卷首。[11]

題余邵魚編集的《新刊京本春秋五霸七雄全像列國志傳》八卷，明萬曆三十四年（1606）三台館余象斗重刊本，分三欄，上評，中圖，下文，圖較簡單，評與圖所占頁面比例不到三分之一，可見余本所刊梓仍以文字為主，圖只是插圖。[12]《新列國志》為馮夢龍新編，凡余邵魚書疏陋處，皆根據古書，加以改訂。學者認為，三台館的插畫每與文章內容矛盾，如文中說用大刀，畫中人卻拿著長槍；文中說穿著長袍，畫中的人則可能頂盔貫甲，而刺慶忌的要離則一會兒斷了左手，一會兒斷了右手。[13]因此，馮本的《新列國志》有許多著墨空間，葉敬池梓行的一百零八個圖也更能恣意揮灑，畢竟上圖下文的方式還是不及一百零八幅完整圖像的魅力。

馮夢龍所輯《三言》，包括一百二十篇平話小說，保存了數百年間為文人所疏忽的珍貴作品，而且使得短篇平話小說的地位得以和長篇演義小說並列，同樣膾炙人口。更重要的，他確認了通俗小說的文學價值，寓教化勸俗於其中，認為小說為六經國史之輔，可與《康衢》、《擊壤歌》並傳不朽，比《孝經》、《論語》更感人，能達到「鄉國天下譁然」。《醒世恆言‧序》就是他的小說觀：

---

[10] 明‧墨憨齋新編：《天許齋批點三遂平妖傳》，收入《古本小說叢刊》（北京：中華書局，1991年）第33輯，頁5-7。

[11] 明‧墨憨齋新編：《新列國志》，收入《古本小說集成》（上海：上海古籍出版社，1990年），頁1-2。

[12] 明‧余邵魚編集：《春秋五霸七雄列國志傳》，《古本小說集成》（上海：上海古籍出版社，1990年）。原書藏日本蓬左文庫。

[13] 項裕榮：〈演義觀的變遷與《三國演義》的影響——《新列國志》與《列國志傳》比較〉，《寧波大學學報（人文科學版）》，第15卷第4期（2002年12月），頁14。

六經國史之外，凡著述皆小說也，而尚理或病於艱深，修辭或傷於藻
繪，則不足以觸里耳而振恆心，此《醒世恆言》四十種，所以繼《明
言》、《通言》而刻也。明者，取其可以導愚也，通者，取其可以通
俗也，恆則習之而不厭，傳之而可久，三刻殊名，其義一耳。……崇
儒之代，不廢二教，亦謂導愚通俗，或有藉焉，以二教為儒之輔可
也，以《明言》、《通言》、《恆言》為六經國史之輔，不亦可乎？

在《警世通言‧序》中，馮夢龍對小說的題材和情節有很精闢的論述：
「野史盡真乎？曰，不必也。盡贋乎？曰，不必也。然則，去其贋而存其真
乎？曰，不必也。」那麼，小說是否要真實呢？「事真而理不贋，即事贋而
理亦真。」如此，就可以達到「觸性性通，尋情情出」的境界，他還要求
「人不必有其事，事不必麗其人」。

於是，小說光明正大的進入文學殿堂，由素來為人所鄙棄的地位一變而
成為文人爭相編輯的寵兒，凌濛初、李漁等人應該就是受馮夢龍影響最好的
例子。

早期的小說是民間說話人謀生之用，並非為了閱讀，大多拙劣不堪，缺
乏有識之士的提倡，因此，一直不被重視。馮夢龍所編《三言》，保有原作
的精神，著力於佈局、情節、文辭，不但引起讀者的興味，而且成為雅俗共
賞的文學佳構。我們幾乎可以說，馮夢龍在中國短篇小說發展史上，佔有舉
足輕重的地位。[14]編輯《三言》有嚴謹的態度，我們連帶地對書的繪刻者有
許多期待，書坊會找一個什麼樣的繪刻者？《三言》有兩位刻者，他們都在
書上署了名，劉素明刊刻了《古今小說》初刻《喻世明言》的圖像，後來也
為《警世通言》刊刻圖像，而《醒世恆言》的圖像鐫刻則為旌德郭卓然。

馮夢龍的成就不只在小說的編輯，他也是醉心於戲曲編寫的文人，傳
奇十四種是馮夢龍《墨憨齋定本》的內容，這些書都可算是稀罕的珍本。其
中包括《新灌園》、《酒家傭》、《女丈夫》、《量江記》、《精忠旗》、
《雙雄記》、《萬事足》、《夢磊記》、《灑雪堂》、《楚江情》、《風流
夢》、《邯鄲夢》、《永團圓》、《人獸關》等。有意思的是，馮夢龍所編

---

[14] 胡萬川：《馮夢龍生平及其對小說之貢獻》（臺北：政治大學中文研究所碩士論文，
1976年）。

寫的戲曲中都無圖，也許他認為戲曲主要是為了在舞臺上表演，不必要有圖幫襯，否則，萬曆時期開始，幾乎都已到無書不圖的情形。小說則是另一番情景，是供讀者閱讀，而圖像能讓讀者一目了然，更通俗易懂，達到普遍流傳的效果，或者身為編輯的馮夢龍一直體會到這一點，他編輯的小說中，圖像似乎也占著重要的位置，對文字有相得益彰之妙。

三、《三言》的圖像編輯

　　譚帆認為，馮夢龍的「三言」評本和署「墨憨齋評」的小說評本在晚明是極有代表性的，這一類小說評本計有：《古今小說》（署「綠天館主人評次」）、《警世通言》（署「可一主人評、無礙居士校」）、《醒世恆言》（署「可一居士評、墨浪主人校」）、《新列國志》（署「墨憨齋新編」）、《石點頭》（署「天然癡叟著、墨憨主人評」）、《新平妖傳》（署「墨憨齋批點」）。這六種小說評本在形態上有一共同特色，均為「一序一眉」，即正文前有《序》，文中評點主要是眉批，且眉批甚簡約，只作感悟式的藝術賞評，而《序》則多屬一篇篇有價值的小說評論文。這一形式簡明扼要，別開生面，已成晚明署為「墨憨齋評」之小說評本的慣例（「可一居士」、「綠天館主人」學界一般已確認為馮夢龍），學者稱之為小說評點的「墨憨齋體」，而這樣的評點方式到清代還延續著。[15]

　　我們似乎應該再強調一點，有序有眉的「墨憨齋體」小說評本也都有圖像，他們的圖像都很有特色，可能都是當時的卓越版畫家參與的成果。

　　馮夢龍所輯《古今小說》，天啟元年（1621）天許齋刊本，日本內閣文庫藏。封面題「全像古今小說」。有識語云：「小說如《三國志》、《水滸傳》，稱巨觀矣。其有一人一事可資談笑者，猶雜劇之於傳奇，不可偏廢也。本齋購得古今名人演義一百二十種，先以三之一為初刻云。」題「天許齋藏板」。有綠天館主人敘，云「茂苑野史氏，家藏古今通俗小說甚富，因賈人之請，抽其可以嘉惠里耳者，凡四十種，畀為一刻。余顧而樂之，因索筆而弁其首。」總目題《古今小說一刻》，署「綠天館主人評次」。[16]

---

[15] 譚帆：《中國小說評點研究》（上海：華東師範大學出版社，2001年），頁52。
[16] 明・墨憨齋新編：《全像古今小說》，收入《古本小說叢刊》第31輯（北京：中華書局，1991年）。

前文提到，嘉會堂序言指出天許齋本的《三遂平妖傳》刊刻者是馮夢龍，可見天許齋與馮夢龍有關，而天許齋不只刊過《三遂平妖傳》，也刊《古今小說》。

鄭振鐸曾做過推測，所謂天許齋也許就是馮夢龍自己刻書時用的齋名，或者是與他有關係的一家書店。[17]傅承洲認為，崇禎金閭嘉會堂陳氏刊本引首前面仍舊注明是「天許齋批點北宋三遂平妖傳」，目錄頁則改題「墨憨齋批點北宋三遂平妖傳」，嘉會堂刊本就是天許齋重刻本，從天許齋刊刻的《全像古今小說》可以推知刊刻者為馮夢龍。而天許齋本《全像古今小說》明確題為「綠天館主人」，綠天館為馮夢龍別號。衍慶堂本《喻世明言》是據《古今小說》的殘本增補，題名頁有識語「綠天館初刻《古今小說》……」而《全像古今小說》初刻本識語說該書為「天許齋藏板」，可見天許齋與綠天館為同一人，天許齋是馮夢龍另一室名，天許齋與墨憨齋的主人為同一人。[18]

天許齋既是馮夢龍的刻書地，他是書坊主人，那麼似可推測出天許齋的刻圖者劉素明是馮夢龍所聘，他們兩人的第一次合作關係是經過馮夢龍考慮過的。

天許齋所刊刻《古今小說》的圖中，第四十一圖中有四人在廊下博戲，人物或立或坐，似乎都專注地看著下賭結果，屋瓦一絲不苟，看得出刊刻者的細膩用心，此圖又有幽靜的庭院松石背景，屋旁有兩棵高過屋簷的不知名大樹。而第七十四圖「梁武帝累修成佛道」，則明顯署「素明刊」，這「素明刊」很清楚地指出刻圖者，代表刊刻者應是有名氣的，識者似乎一見就知素明是誰。「梁武帝累修成佛道」的小說中用騰雲駕霧的神仙人物圖像表現，而古樹參天中也有雲端的廟寺為背景，是一幅佈局極為完整的圖像說明。（圖8-1）

《警世通言》，天啟四年（1624）金陵兼善堂刊本，四十卷四十篇，圖四十葉，八十幅，第一圖「洋洋乎意在高山，湯湯乎志在流水」，題「素明刊」。日本蓬左文庫與臺北國家圖書館各有收藏。書前有識語說：「自昔

---

[17] 鄭振鐸：《明清二代的平話集》，《中國文學研究》（北京：人民文學出版社，2000年），頁352。

[18] 傅承洲：《天許齋小考》，《文獻季刊》2008年10月第4期。

圖8-1：天許齋《古今小説》第74、41圖（《古本小説叢刊》）

博洽鴻儒兼采稗官野史，而通俗演義一種，尤便於下里之耳目，奈射利者端取淫詞，大傷雅道。本坊恥之。茲刻出自平平閣主人手授，非警世勸俗之語不敢濫入，庶幾木鐸老人之遺意，或亦士君子口所不棄也。金陵兼善堂謹識。」有敘，署「時天啟甲子臘月，豫章無礙居士題」。甲子即天啟四年。目次署「可一主人評，無礙居士校」。[19]圖像簡單署「素明刊」，可以想見，劉素明應該已為讀者所知。

衍慶堂二刻增補《警世通言》四十卷四十篇，圖四十葉，圖上也有「素明刊」字樣。半葉十行，行二十字。書已不全。此本題「可一居士評，墨浪主人校」。現藏大連圖書館。另有三桂堂王振華刊本《警世通言》四十卷四十篇，覆明本，也是半葉十行，行二十字，題「可一主人評，無礙居士校」，現在所見三桂堂本圖多不全。[20]

或許可以這樣推測，馮夢龍的天許齋聘劉素明刊刻圖，兩人有了合作基礎，即使《警世通言》是金陵兼善堂刊本，刻圖者仍是劉素明，一樣的方式。圖四十葉，八十幅，圖在正文之前，而且「素明刊」三字就在第一圖

---

[19] 明・可一主人評：《警世通言》，收入《古本小説叢刊》第32輯（北京：中華書局，1991年）。

[20] 孫楷第：《中國通俗小説書目》（臺北：木鐸出版社，1983年），頁106-107。

圖8-2：兼善堂《警世通言》第4
圖、第1圖（《古本小説叢刊》）

圖8-3：葉敬池梓《醒世恆言》
（《古本小説叢刊》）

的左上角，讀者一翻開書，很快就見到圖像，也很快就見到版畫家素明的署
名，表示劉素明應該頗有名氣了，書坊以此來提高書籍的價值。（圖8-2）。

《醒世恆言》，天啟年間葉敬池梓本，日本內閣文庫藏。封面題「醒世
恆言」，「繪像古今小説」，「金閶葉敬池梓」。與天許齋《古今小説》、
金陵兼善堂《警世通言》一樣，葉敬池梓本《醒世恆言》也是四十卷，半葉
十行，每行二十字，有眉評，有圖，都是八十圖，每卷兩圖。第二十一圖、
第二十二圖版心下端署「郭卓然鐫」，第三十九圖、第四十圖版心下端署
「郭卓然刻」。[21]（圖8-3）。很明顯的，郭卓然連名帶姓，放在版心下端，

---

[21] 明・可一居士評：《醒世恆言》，收入《古本小説叢刊》第33輯（北京：中華書局，
1991年）。

書一裝訂，讀者很容易就忽略這刻圖的人，劉素明不然，只稱名不帶姓，又是在書前的第一頁圖上，重視情況不言可喻。

四、版畫家劉素明

清人王韜正如一般的知識階層，對插圖本小說也十分喜愛，認為小說缺乏插圖是一件憾事，強調欣賞書中的美妙插圖是小說閱讀過程中不可或缺的享受：

> 此書舊有刊本而少圖像，不能動閱者之目。今余友味潛主人嗜古好奇，謂必使此書別開生面，花樣一新，特倩名手為之繪圖。計書百回為圖百幅，更益以像二十幅，意態生動，鬚眉躍見紙上，固足以盡丹青之能事矣。此書一出，宜乎不脛而走，洛陽為之紙貴。（據清光緒上海味潛齋石印本）[22]

明中葉以來，從小說出版業及市場的蓬勃發展來看，有能力購買小說的讀者不少。[23]日本學者磯部彰等根據識字率及購買力，推斷能直接擁有及閱讀小說的讀者仍限於官僚、文人或富商。大木康則認為，明末各地生員數激增，話本小說的刊行突然興盛起來，其背景必定是生員的增多而導致書籍銷路的擴大，馮夢龍小說的讀者則是包括以生員為主的科舉考生和商賈這兩個層面的人。知識階層讀話本小說，大概也是明末以降才出現的。嘉靖、萬曆以後，話本小說出自優秀作者之手，對知識階層讀者產生影響，而讀者層的要求提高，乃至有非一流作者的作品不讀的說法。[24]這樣的因素對編寫平話與刊刻小說的書坊都有良性的作用，其實，我們也不會忘記，馮夢龍也有生員身分，卻一生都不得志，科舉官場的失意應該也是他積極編寫小說的主

---

[22] 王韜：〈新說西遊記圖像序〉，收入劉蔭柏編：《西遊記研究資料》（上海：上海古籍出版社，1990年），頁567。

[23] 馬孟晶：〈十竹齋畫譜和箋譜的刊印與胡正言的出版事業〉，《新史學》十卷三期，頁35。

[24] 磯部彰：〈關於明末〈西遊記〉的主體受容層研究〉，《集刊東洋學》第44輯，頁55-56。

大木康：〈關於明末白話小說之作者與讀者——據磯部彰氏之論〉，《明代史研究》1984年12期，頁1-15。

因，甚至我們還看到他可能有一段時間還夢想成為主持天許齋書坊的書商。

可以出版雕鐫精美作品的書坊都擁有一些知名的版畫家和刻工，特別是懇請名畫家加盟，是提升插圖本品味的明智舉措，書坊主也順應潮流，不惜重金招納畫家。學者認為，版畫家介入版刻插圖的創作，一方面可能是書坊為提高圖書的市場競爭力而邀約畫家加盟，另一方面，也可能是畫家出於商業意識主動走向市場。可以肯定的是晚明市場經濟的大背景，有了畫家與刻工的結合，成就書籍插圖藝術的璀璨局面。[25]劉素明在這樣的時代背景下嶄露頭角，主要活躍于萬曆、泰昌、天啟時期的建陽、南京與蘇州。

劉素明，名國好，以字行，約出生于萬曆二十三年（1595），卒于清順治十二年（1655）。生於萬曆二年的馮夢龍比劉素明大超過二十歲，意思是，劉素明在天啟年間繪刻《古今小說一刻》與《警世通言》時才二十幾歲，似乎他在極年輕時就成為繪圖、刊刻的名手，而且已在金陵、蘇州一帶受到歡迎。

鄭振鐸在介紹明末刻本《朱訂西廂記》時說：

> 刻工為劉素明，即刻陳眉公評釋諸傳奇者，繪圖當亦出其手。素明每嘗署名於圖曰「素明作」。明代刻圖者多兼能繪事，蓋已合繪、刻為一事矣，已與近代木板畫作者相類，不僅是「匠」，蓋能自運丘壑，非徒摹刻已也。[26]

可見劉素明已非單純的刻工，他還是有畫家身分的版畫家。

晚明的版刻藝術家中，劉素明是活動地域非常廣闊的一個，足跡遍於當時各書業中心，因為缺乏詳明史料記載，他的籍貫才眾說紛紜。周心慧認為，劉素明操剞劂之業，始於建陽，並終於建陽，而他的藝術生涯的鼎盛期，則是在武林、金陵、蘇州度過的。明天啟、崇禎時，建陽書業漸衰，他不得不到處求發展，他是建陽版畫少見留下顯赫姓氏的名工聖手之一。[27]幸

---

[25] 薛冰：《插圖本》（南京：江蘇古籍出版社，2002年），頁39。

[26] 鄭振鐸：《劫中得書記》，《中國歷代書目題跋叢書》第2輯（上海：上海古籍出版社，2006年）。

[27] 周心慧：〈中國古代戲曲版畫考略〉，收入首都圖書館編輯《古本戲曲版畫圖錄》（北京：學苑出版社，1997年）。

圖8-4：素明刻《新編孔夫子周遊列國大成麒麟記》

好劉素明是一位多產的版刻家，把他的作品略加排列，不難掌握平生活動脈
絡，對研究很有幫助。[28]

　　《新編孔夫子周遊列國大成麒麟記》二卷，署「寰宇顯聖公撰」，圖十
葉，題「素明刻像」。王重民先生在認為劉素明是建陽書林刻工的基礎上，
判斷此本為萬曆時期刻于建陽。[29]

　　劉素明的早期作品，還有吳觀明刊本《李卓吾先生批評三國志》，署
「書林劉素明全刻像」，此書北京大學圖書館與日本蓬左文庫都收藏。《李
卓吾先生批點三國演義》，一百二十回，元羅貫中撰，明李贄評，萬曆年間
建陽吳觀明刻本。今據日本影印本《中國歷史小說》第一輯八種之一。此書
插圖單面全版，為後世《三國演義》諸本插圖復刻摹繪之祖本。萬曆之後，
建陽書林如余象斗雙峰堂、朱氏與畊堂、熊式種德堂、劉榮吾黎光堂、劉龍
田喬山堂以及楊起元、楊閩生等，皆刊行過《三國》，應是明萬曆時刊行
《三國》版本最多的地區，但所刊皆為上圖下文式。吳觀明本首開《三國》
版畫全幅整版圖的先河，且鐫刻至精，盡脫建安派版畫稚拙簡約之風，其序

---

[28]　周心慧：《中國古小說版畫史略》，《古本小說版畫圖錄》（線裝書局，1996年）。
[29]　周心慧：〈晚明的版刻巨匠劉素明〉，收入《中國版畫史叢稿》（北京：學苑出版社，
　　　2002年），頁67-73。

圖8-5-1

圖8-5-2

稱：「此刻圖繪精工……覽者便知」，可見出版者對這本書的版畫也是頗為自豪的。學者多著錄此書為萬曆刻本，但藏本中似無梓行年月刊記可證。[30]（圖8-5-1）

　　劉素明所刊圖還有《新刻洒洒篇》六卷，署「嘯竹主人編」、「鄧百拙生（鄧志謨）校」，明天啟年間（1621-1627）刊本。鄧志謨為明代文學家。據孫楷第的說法：「謨字景南，號竹溪散人（一作竹溪散生），亦號百拙生。……嘗遊閩，為建安余氏塾師，故所著書多為余氏刊行。」[31]此本無梓行刊記。考同刊於天啟年間的鄧氏撰集余氏萃慶堂梓《七種爭奇》，圖版繪刻風格版式與《洒洒篇》同，故疑此本也刊于建陽無疑。[32]（圖8-5-2）

　　《明珠記》，兩卷，明陸采撰，雲間陳繼儒（眉公）批評，古閩徐蕭穎（敷莊）刪潤，右上角刻有「劉素明刊」字樣，萬曆年間潭陽蕭鳴韋（鳴

---

[30] 同前註。

[31] 孫楷第：《中國通俗小說書目》卷五，明清小說部二（北京：作家出版社，1958年），頁169。

[32] 周心慧：〈晚明的版刻巨匠劉素明〉。

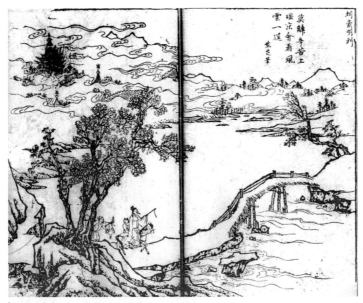

圖8-6

盛）師儉堂刊《二刻六合同春》版。（圖8-6）師儉堂蕭騰鴻於萬曆年間刻
有「鼎鐫」六種曲，亦題陳眉公批評六種曲。傅惜華稱，此本有清乾隆年
間文治堂輯印「六合同春」本，卷首有情癡子撰《二刻六合同春小引》，
可見萬曆年間已有初、二刻六種曲，今僅知一種。[33]除了《明珠記》，徐
蕭穎刪潤的還有《丹青記》、《異夢記》，卷首皆題「雲間陳繼儒眉公批
評」、「潭陽蕭儆韋鳴盛校閱」，蕭鳴盛應為明代著名書坊師儉堂的主
人。[34]

　　明萬曆中晚期，劉素明與劉次泉合刻蕭騰鴻師儉堂本《鼎鐫紅拂記》、
《鼎鐫琵琶記》、《鼎鐫玉簪記》、《鼎鐫繡襦記》、《鼎鐫幽閨記》。這
些本子繪刻精麗，與建本《三國志》等書較為質樸的風格已大不同。《六合
同春》本《鼎鐫玉簪記》第十一齣的插圖本可約略窺見劉素明的畫風，手法
細膩，如一幅幅工筆的國畫山水，雙面相連式圖版，山林間有鹿悠遊，樹下

---

[33] 周蕪、周路、周亮編著：《日本藏中國古版畫珍品》（南京：江蘇美術出版社，1999
年），頁114-115。
[34] 廖華：〈明代戲曲命名初探〉，《戲劇文學》2011年第八期（總第339期），頁51。

圖8-7

圖8-8

兩人對奕，一人拄杖站立觀棋。此圖值得注意的是有兩處劉素明的署名與方章，可見書坊是在意劉素明的落款的，由此也更能確定他在當時書坊的分量。（圖8-7）

　　《鼎鐫玉簪記》第三十五齣的插圖也是如此，劉素明完全將繪者的意境表現淋漓，松下清風，枝條搖曳，款擺生姿。此圖也有落款，「劉素明」三個小字在全圖左側的邊邊。（圖8-8）

圖8-9

　　《鼎鐫陳眉公先生批評繡襦記》，二卷，明薛近兗撰，陳繼儒評，蔡汝佐（沖寰）畫，萬曆年間師儉堂蕭騰鴻刊本。臺北國家圖書館、蓬左文庫、北大圖書館等地都有藏書。北京中國國家圖書館書名題《鼎鐫繡襦記》，署名「素明」兩字。（圖8-9）

　　明徐表然纂輯《武夷志略》，牌記上題萬曆47年（1619）崇安孫世昌刻本。《武夷志略》書分文、行、忠、信四集，武夷山人徐表然德望甫纂集，邑人孫世昌登雲甫劂梓。在忠集有一幅山水版畫，一塊不起眼的岩石上，署名「書林劉素明刻像」的字樣。[35]（圖8-10）山水畫栩栩如生，藝術手法純熟，顯非入門之作，而落款在不起眼之處，可見不是書坊的賣點，而連名帶姓，不是隨意以「素明」二字帶過，推測此時劉素明還不到名氣顯赫的情況。萬曆47年這個明顯的時間點，可推測他應該在建陽嶄露頭角，而落款「素明刊」則大都是他更出名以後的天啟年間左右。

　　《詞壇清玩西廂記》二卷，附《會真記》一卷，卷端署「盤邁碩人增改定本」，則為天啟年間金陵刊本。署名畫家有魏之璜、劉素明、錢貢、吳彬、董其昌等十餘人，多為晚明著名畫家，或有偽託。其中最引人注

---

[35]　明・徐表然纂輯：《武夷志略》四卷，明刊，原藏天津師範大學圖書館，《河北大學圖書館藏稀見方志叢刊》第16冊（北京：國家圖書館出版社，2011年），頁358-359。

圖8-10：《武夷志略》

意者為劉素明。此本圖刻精絕，與早期金陵版畫的雄勁粗豪已大不同。[36]
《新刻魏仲雪批點西廂記》二卷，二十齣，元王實甫撰，關漢卿續，明魏
浣初評，崇禎年間存誠堂版。此書卷首冠圖，雙面圖十幅，署「仿唐六如
筆，陳一元」，為陳一元所畫，又刻有「鶯鶯遺像」，刻圖者或署「素明
刊」。內閣文庫藏書。[37]這兩個版本讓讀者見到劉素明刻圖也繪圖的情形，
《詞壇清玩西廂記》中難得的劉素明繪圖，小橋流水，垂柳亭台，美人仕
女，在小園中閒步，表現春光爛漫情景，繪事技巧，非一般泛泛可比。
（圖8-11）

　　萬曆間武林寶珠堂《陳眉公批評丹桂記》二卷，蔡沖寰繪，是劉素明與
金陵名工陳聘洲、陳鳳洲合刻的，圖是雙面連式，繪刻都屬一流，此書封頁
上題道：「本堂搜請原本，費既不貲，評復軒豁。字體依乎古宋，畫意出自
名家，足稱鄭虔之三絕。付諸欹劂，良苦心哉！歷五寒暑，始克竣工，商者
以碔砆混良玉焉」。這個廣告說此書刻了五年，可見版刻的用心，而與當
時的金陵名工合作，又可見萬曆年間二十幾歲的劉素明已活躍于金陵的書

[36] 首都圖書館編輯：《古本戲曲十大名著版畫全編》上（北京：線裝書局，1996年），
　　頁192。
[37] 昌彼得：《明代版畫選初輯》（臺北：國立中央圖書館，1969年），頁220。

▎圖8-11：金陵刊本《詞壇清玩西廂記》

坊中。[38]鄭振鐸認為，劉素明的刀刻是十分精緻的，尤長於深遠的山水，細小的人物。以雙版的大幅把浩瀚的山光水色佈滿全域，其中著一葉扁舟，舟中有幾個小小的人，乃是他所擅長的畫面，是工麗的，也是無瑕可擊的。[39]

　　明末夏履先《禪真逸史‧凡例》以《禪真逸史》的插圖為例加以說明：「圖像似作兒態。然《史》中炎涼好醜，辭繪之，辭所不到，圖繪之。昔人云：詩中有畫，余亦云：畫中有詩。俾觀者展卷，而人情物理，城市山林，勝敗窮通，皇畿野店，無不一覽而盡。其間仿景必真，傳神必肖，可稱寫照妙手，奚徒鉛槧為工。」[40]《禪真逸史》，全稱《新鐫批評出像通俗奇俠禪真逸史》，八卷四十回。本書有明天啟年間杭州爽閣主人履先甫原刊本，圖八十葉，極精細，半葉九行，行二十二字，又有本衙爽閣藏板本，崇禎年間翻刻本，圖二十葉。[41]《禪真逸史》為劉素明於天啟四年（1624）金陵

38　周心慧：〈晚明的版刻巨匠劉素明〉。

39　鄭振鐸：〈中國古代版畫史略〉，載《鄭振鐸藝術考古文集》（北京：文物出版社，1988年），頁373。

40　明‧夏履先《禪真逸史‧凡例》，《古本小說集成》據浙江圖書館藏本衙爽閣本影印《禪真逸史》卷首。

41　蕭欣橋：〈禪真逸史‧前言〉，清溪道人編次：《禪真逸史》，《古本小說集成》編委會編（上海：上海古籍出版社，1994年），頁1。

所刻。[42]天啟年間應是劉素明版刻最為人所知的時期，他的藝術成就到達成熟期。

劉素明參與刊刻的書籍，目前所見大概超過二十種，除了六合同春本師儉堂《鼎鐫紅拂記》、《鼎鐫繡襦記》、《鼎鐫玉簪記》、《鼎鐫琵琶記》、《鼎鐫幽閨記》、《鼎鐫西廂記》之外，還有建陽吳觀明刊本《李卓吾先生批評三國志》、《武夷志略》、《陳眉公先生批評明珠記》、《陳眉公先生批評異夢記》、《陳眉公先生批評丹桂記》、《陳眉公先生批評丹青記》、《孔夫子周遊列國大成麒麟記》、《新刻陳眉公先生批點昆侖奴》、《槃薖碩人定本西廂記》、《古今小說》、《新刻洒洒篇》、《硃訂琵琶記》、《硃訂西廂記》、《警世通言》、《有圖山海經》、《新刻魏仲雪批點西廂記》、《禪真逸史》等。

許詩敏的論文《繪刻兼善：劉素明與明末版畫的製作》將劉素明的版畫成就，做了有系統的歸納與剖析。不只是劉素明的繪畫成就，也將他的版刻藝術做了清楚的定位。[43]

另有學者指出，劉素明還曾刻有《金瓶梅》，可能有誤。[44]賈晉珠提到，劉素明至少有五個親戚是畫工和刻工，得到業內的認可，並與安徽黃氏的刻工在南京合作過。劉素明刻的二十多部書在多處刊行，包括建陽、杭州、蘇州、無錫，這說明他和很多刻工一樣，走遍了整個福建和江南地區。[45]

從劉素明所刻的圖來看，時間點大概是萬曆晚期開始，天啟年間是版畫刊刻的巔峰期，有些圖也出現在崇禎時期。

五、劉素明刊《有圖山海經》

現藏美國國會圖書館的明刻本《有圖山海經》十八卷，刻地與年代都不詳，有圖74幅，置於全書各卷中，為跨頁的雙面圖，第一圖題「素明刊」，

---

[42] 周心慧：〈晚明的版刻巨匠劉素明〉。

[43] 許詩敏：《繪刻兼善：劉素明與明末版畫的製作》（台北：台師大美術所碩士論文，2019年）。

[44] 李國慶：《明代刊工姓名索引》（上海：上海古籍出版社，），頁234。李國慶說明來自魏隱雲《古籍版本鑑定叢談》（北京：印刷工業出版社，1984年），其實，魏書註明為劉素明所刻之書為《明珠記》，非《金瓶梅》。

[45] 賈晉珠著、邱葵、鄒秀英等譯：《謀利而印：11至17世紀福建建陽的商業出版者》（福州：福建人民出版社，2019年），頁211。

圖8-12：明蔣應鎬繪《有圖山海經》

在圖的右上角（圖8-12）。此書卷末題：「廣陵蔣應鎬武臨父繪圖，晉陵李文孝希禹鐫。」書衣有彤雲子云：「《山海經》記自禹、益，昔無圖相；本堂鳩工繕鐫，圖篆精良，海內具眼者辨焉。」這個圖版影響深遠，在江戶時期的《山海經》翻刻本中，一直都很常見，普遍藏於目前日本各大圖書館。

　　明代流傳的帶圖《山海經》有兩大系統，一種是胡文煥《山海經圖》的右圖左說形式，他的圖沒有背景，一神一圖一說；另一種則是蔣應鎬的合頁連式，畫面以神祇鳥獸為中心，有背景的情節式構圖敘事性方式。

　　繪圖者蔣應鎬是廣陵人，除此之外，他的生平背景資料罕見有人提及，刊刻文字的刻工李文孝李希禹也是一樣，似乎只知道他是晉陵刻工，另一位刻圖者王杏春（第62圖右上方、第66圖左下方）的背景也一直查無所獲。劉素明署名置於第一圖上，顯示他應是此部圖像本的主要刊刻者，刻工劉素明似乎成為此書的關鍵人物。

　　有學者認為，今傳本《有圖山海經》為萬曆年間廣陵蔣應鎬繪。[46]肯定此書成於萬曆年間，可惜未提太多證據。森正夫則強調，晚明中國的出版業

---

[46] 謝巍：《中國畫學著作考錄》（上海：上海書畫出版社，1998年），頁11。

圖8-13：大業堂《圖像山海經》

者組織著名畫家提供畫稿，畫家與刻工密切合作，促進出版事業，蔣應鎬所繪圖的《山海經》在崇禎間出現。[47]蔣應鎬繪圖的《山海經》何以是崇禎間本子？森正夫並未詳細說明。然而，《山海經釋義》的附圖《圖像山海經》，是明萬曆四十七年常州蔣一葵堯山堂所藏的本子（圖8-13），其中所附75圖有74圖與蔣應鎬繪圖本似乎同一母本，從這一點看，蔣應鎬所繪圖的《山海經》不應晚至崇禎年間，而素明刊本也有許多待討論的問題。

天啟初吳縣天許齋刊本《古今小說》與金陵兼善堂刊本《警世通言》在書前的圖都署名「素明刊」，身為刻工的劉素明不僅署名，《警世通言》還在書的第一圖落款，可見劉素明在書坊的地位不低，也受到讀者的青睞。「素明刊」似也意味著「素明」二字眾所皆知，即劉素明。《有圖山海經》與《警世通言》情況近似，都在首圖署名「素明刊」，或許可以推測，這是在劉素明成名後，書商以「素明」二字作為標榜，以刺激讀者的消費。

蔣應鎬繪圖本與胡文煥無背景一神一圖的格局不同，是按《山海經》十八卷的順序穿插於經文中，圖像採用合頁連式，即由左右兩頁連成一圖，每

---

[47] 森正夫：〈文化交流的三個課題與明末清初中國版畫在日本的影響〉，《成大歷史學報》第三十五號（2008年12月）。

圖由一個到五、六個不等的神怪異獸組成。七十四圖共畫神與獸346例，神靈73，異域49，畏獸113，奇禽59，鱗介（魚蛇蟲）50，神山2。[48]蔣應鎬繪圖本是目前所見晚明用圖像詮釋十八卷《山海經》的絕佳作品。

馬昌儀說，以山海及各種自然景物、人或鳥獸為背景，是蔣氏繪圖本有別於其他明版圖獨有的重要特色。在蔣氏繪圖本中，作為圖像背景的不僅有山海湖泊、樹木屋宇等自然景物，神祇的坐騎、武器、工具、與之相伴的鳥獸都是背景的重要組成部分。圖像的背景不僅勾勒出神話主人公的生活環境、故事的地點、人與神的關係、人與自然的關係、人與動植物的關係，同時也是原始時代以山祭與水祭相區別的原始結構與政治組織的一種標誌。[49]用圖說故事是《有圖山海經》最突出的特色，圖像採用情節式的敘事方式，畫面以神祇鳥獸為中心，主要形象與周邊形象及背景之間，有著情節性關係，可演繹出故事來。與目前所見若干明、清時期的山海經圖本相比較，蔣繪本在以「圖繪全像」的方式再現《山海經》的內容，以及設圖立意、圖文編排、圖像結構、奇神異獸的造型和刻畫技法等諸多方面，處處顯示出與眾不同。[50]

從《有圖山海經》可歸納出以下幾種特點：

（一）

圖繪者特別強調《海經》中的異域空間，海外國度裡，遠國異人置身山巔水湄，有些鳥獸蟲魚明顯被省略，只出現在《山經》的山林中。蔣本將《海外南經》中的結胸國、羽民國、讙頭國、厭火國、載國、貫胸國置於第四十圖（圖8-14）同一個空間，各自刻繪這些遠國異人的外形特徵。其實，《海外南經》的這一段文字還提到比翼鳥與畢方鳥，應是因為繪刻者已在第十一圖《西山經》中呈現過蠻蠻（即比翼鳥），在第十四圖亦繪刻過畢方鳥，於是第四十圖就特別集中呈現一個異域的世界，未讓《海外南經》的比翼鳥與畢方鳥再重複在此出現。另一個差異在於，胡本將「厭火國」當「厭火獸」，歸入怪獸之列，不置於新刻《嬴蟲錄》的異域中，而置於新刻《山

---

[48] 馬昌儀：〈明刻山海經圖探析〉，《文藝研究》（2001年第3期），頁119。
[49] 同前註，頁122。
[50] 馬昌儀：《全像山海經圖比較‧導論》（北京：學苑出版社，2003年），頁43-55。

圖8-14：《有圖山海經》，左為第40圖，右為第41圖。

海經圖》的神怪異獸中。然而，蔣本第四十圖中，繪刻者明顯將厭火國當成
異域處理，這似乎更是忠實呈現〈海外南經〉的敘事，厭火國中有厭火獸。

在第四十一圖中則主要繪刻《海外南經》的幾個異域國度。（圖8-14）
此圖明顯也將獸鳥神靈省去，只留下遠國異人。文本中狄山、湯山所出現的
各種動物，在第四十一圖中全部被略去，而「為人短小，冠帶」的周饒國在
不死樹旁，一身人間官服的裝扮，在僅以布幔遮蔽下身的遠國異人中，顯得
與眾不同。海外國度的異界他者，以那樣生動的幾片短布或樹葉就凸顯出來
了，系統而全面的圖像呈現，讓讀者看到異於平常的交脛國、不死民、三首
國、長臂國。

（二）

繪刻者善於在圖像上用對比的敘事方式。《有圖山海經》第四十五圖
（圖8-15）是有神獸、能長生的神聖異域，丈夫國、軒轅國、女子國、肅慎
國，軒轅國「不壽者八百歲」，神獸「乘黃」騎了「壽二千歲」，展現一個
長壽無憂的異域空間。《海外西經》中也有關於女子國的記載：「女子國在
巫咸北，兩女子居，水周之。一曰居一門中。」郭璞注：「有黃池，婦人入
浴，出即懷妊矣。若生男子，三歲輒死。周猶繞也。」郭璞《圖贊》又曰：
「簡狄有吞，姜嫄有履。女子之國，浴於黃水。乃娠乃字，生男則死。」
《離騷》曰：「水周於堂下也。」女子國是《淮南子》所記海外三十六國之
一，其民曰女子民。《大荒西經》有女子之國。

傳說女子國在海中，四周環水。國中無男子，婦人在黃池中沐浴即可懷

圖8-15：《有圖山海經》，左為第45圖，右為第63圖。

孕生子；若生男子，三歲便死，故女子國純女無男。中國有不少古書都有關
於女子之國的記載：如陳壽《三國志‧魏志‧東夷傳》中說：「有一國在海
中，純女無男」[51]。我們所見到的圖像中，佩劍作揖的丈夫國，顯示一個彬
彬有禮的男子形象，對比沐浴水中的女子國中兩女子，上身裸露，我界與他
界的殊異，讓人一目瞭然。

　　除了男女的對照襯托，《有圖山海經》還自然生動地呈現大小比例的構
圖，這樣的方式讓一般讀者很容易就產生視覺上的差異比較。

　　《山海經》所記這類小人有四，除《海外南經》的周饒國外，還有《大
荒東經》的靖人，《大荒南經》食嘉穀的焦僥國，名曰菌人的小人。周饒國
即焦僥國、小人國，袁珂認為，周饒、焦僥，並侏儒之聲轉。侏儒，短小
人；周饒國、焦僥國，即所謂小人國也。疑菌人、靖人均侏儒之音轉。[52]

　　在第四十一圖見到「為人短小，冠帶」的周饒國與捕魚的長臂國對照。
在第六十三圖（圖8-15）的小人國則要表現《大荒東經》中與大人國、奢比
尸、五采鳥、帝舜、帝俊並存的異域國度。在這幅圖中，大人國與小人國都
是裸露的，而兩者比例懸殊，形成強烈對比。

（三）

　　《有圖山海經》成功地塑造西王母與女媧的形象。蔣應鎬繪圖本第十三
圖（圖8-16）完全表現《西次三經》中西王母所居玉山的情景，山上薑草依

---

[51]　陳壽：《三國志》（台北：鼎文書局，1981年），頁847。
[52]　袁珂：《山海經校注》（台北：里仁書局，1992年），頁200。

圖8-16：《有圖山海經》，左為第13圖，右為第57圖。

稀可見，圖的右上是豹尾虎齒的如人狀西王母，左上是食魚的勝遇鳥，左邊是與西王母類似的人狀豹尾的山神長乘，水中有會吃魚的鱎魚，右下角是如犬而豹文的狡獸。讀者由圖很容易理解到整個情境，西王母是這個空間的主神。

第五十七圖《海內北經》的主軸則是西王母身旁的三青鳥與三足烏。圖的右上是西王母，右邊是三足烏；左邊天上是西王母南方的三青鳥，其實《西次三經》早就有三青鳥居三危之山的記載。三青鳥是為西王母取食的神鳥，廣員百里的三危山則是三青鳥棲息的神山。圖中的三青鳥面朝西王母而來，三足烏站立一旁，凸顯持杖梯几而坐的西王母的神威。三足烏是日中神鳥，雖未見於本經經文，卻出現於郭璞的注中。

劉素明在刊刻的圖中，完全讓圖像來說話，全圖未出現任何一個字的說明，與大業堂的《圖像山海經》有異，圖中的文字說明越來越多，圖像的重要性似已慢慢消滅。

馬昌儀認為，三足烏有雙重身分，一作為供西王母差遣、為之取食的使者、侍者。《史記》司馬相如《大人賦》說：「亦幸有三足烏為之使。」漢代以後，三足烏就常與三青鳥、九尾狐一起，作為祥瑞的象徵，成為西王母神話系列原始圖像中的重要組成部分。另一個身分是作為陽鳥、日中神鳥。《大荒東經》說：「湯谷上有扶木。一日方至，一日方出，皆載于烏。」早期的陽鳥二足，到了東漢始與三足烏相合。[53]

---

[53] 馬昌儀：《古本山海經圖說》（桂林：廣西師範大學出版社，2007年），頁905。

圖8-17：《有圖山海經》第68圖

　　第五十七圖的左下方還有騎乘可以壽千歲的吉量馬，由此似也見到西王母所處的神界不凡，右下則是犬戎國，犬戎是黃帝後裔，與神界的西王母同一空間似是順理成章。我們在左右這兩幅關於西王母的圖像中，見到鮮活的西王母形象，豹尾虎齒的如人狀西王母似乎是玉山的善神，衣袂飄飄，極為慈藹可親，而頭上所戴的「勝」，不像髮簪，卻似男性戴的東西，尤其是第五十七圖，西王母梯几而坐，更像是男神形象。

　　胡文煥的《新刻山海經圖》雖然刊刻時間較早，其中卻對西王母與女媧毫無著墨，相形之下，《有圖山海經》的圖像敘事則將西王母與女媧所處的神界做了一個系統的建構，讓讀者對這個生動的故事一目瞭然。我們在六十八圖中見到女媧人面蛇身的造型，十八卷《山海經》中並無女媧人面蛇身的文字，這樣的女媧造型應與明代社會的認知使然，或者也與繪圖者刊刻者受漢代以來畫像石畫像磚上的人面蛇身女媧形象影響。（圖8-17）

　　學者認為，由建陽起家的劉素明原本有建陽古樸見長的風格，因為往來於江浙間，也受到徽派版畫的影響，構圖上以景物為主，情景交融為最大特色，顯出小巧精緻的造型特徵。[54]劉素明刊刻圖像小巧精緻、情景交融，《有圖山海經》應該是最好的說明，合頁連圖，有景有人，如一幅幅充滿

----

[54]　周亮：《明代版畫家劉素明》，《消費導刊》（2008年10月）。

奇幻色彩的山水畫，他將繪圖者的用心凸顯出來，呈現他身為版畫家的藝術追求。

《山海經》是否先有圖後有文？目前尚無定論，可以確定的是，蔣應鎬與劉素明用圖說故事，將《山海經》中零碎的文字做系統的連結，一幅圖是一個故事，一個奇幻的他界異界神話故事。

另一個值得思考的問題是，能畫會刻的劉素明在刊刻蔣應鎬繪圖本時，他是否只單純地刊刻，這其中是否會有身為畫家的劉素明的個人「創作」？《有圖山海經》固然是蔣應鎬的繪圖，所呈現的精神氣韻可能更多來自刊刻者劉素明對十八卷《山海經》的體會與詮釋。

六、結語

在早期的中國，添加插畫的書籍一向被視為「俗」物，但添入繪圖，可說反映這些出版物的通俗特性。但在明中葉以後，尤其是晚明，添加插畫的書籍大量刊行，甚至以繪畫為主體的眾多畫本也紛紛刊行於世。[55]

青木正兒將中國的圖像繪本分為五類：第一是具有啟蒙教育性質的圖解類。第二類是先賢的畫傳。第三是戲曲小說的插畫，即所謂的繡像本。第四相當於日本的名所圖繪，近似名山圖。第五則為習畫指南的畫譜類。[56]

庶井小民畢竟與知識份子不同，可能有通過插圖瞭解故事情節的需求；而有的讀者偏愛文字敘事與圖像敘事同時進行，這一項可能更是插圖書籍暢銷的關鍵，也是書坊不厭其煩刊刻大量全像小說迎合讀者的原因。[57]然而，馮夢龍與劉素明的聯手畢竟非同等閒，馮夢龍如果是天許齋主人，那麼劉素明為《古今小說》的刊圖就是馮夢龍延聘的，他深獲馮夢龍青睞，書坊是為了以生員為主的科舉考生和商賈這兩個層面的讀者而有了如此的陣容安排。

以劉素明在晚明的版畫巨匠地位，馮夢龍所編輯的話本小說在書坊與讀者心目中是有一定分量的，而書坊能慧眼識英雄，找到繪刻《三言》圖像的

---

[55] 大木康：〈明末「畫本」的興盛與市場〉，《浙江大學學報》（人文社會科學版），第40卷第一期（2010年1月），頁46。

[56] 青木正兒：〈支那の繪本〉，《青木正兒全集》（東京：春秋社，1970年）第7卷，頁91-101。

[57] 曹院生：〈明代書籍插圖藝術的生產與消費狀況分析〉，《江西社會科學》2010年第2期。

頂尖版畫家，在劉素明的繪畫兼版刻的藝術成就下，原為俗物的插畫插圖與文字的重要性不分軒輊，足以分庭抗禮，也說明兩人各有文學藝術的不凡成就與視野。

劉素明除了繪刻「三言」中的《古今小說》、《警世通言》外，也刻了許多傳奇戲曲的圖像，我們由此見到明代戲曲普遍附有圖像的情況。插圖與小說刊刻密切相關，對馮夢龍的《三言》而言，劉素明似乎也是他極為器重的刊圖人選。

明代坊刻小說的刊刻型態最為常見的就是上圖下文，還有單面整幅插圖或雙面相連式插圖。嘉靖、萬曆至崇禎時的坊刻小說則普遍採用單面整幅插圖或雙面相連樣式，《三言》就是典型的單面整幅插圖樣式，每卷卷首都有單幅插圖兩幅。[58]馮夢龍《墨憨齋定本》十四種傳奇都無圖，而他的《三言》都有圖，而且四十頁圖都在正文之前，都是名家刊刻的圖，這不能不說是馮夢龍有特殊的考慮。傳奇是為了舞臺搬演，有另一種圖像呈現，平話小說不然，是讀者或知識階層讀者閱讀的，圖像與文字可以相得益彰。版畫家劉素明與著名刻工郭卓然都能達到與馮夢龍對話的層次，甚至他們都一起掌握了讀者的喜好與品味。《三言》會獲得多數讀者青睞，影響深遠，名家刊刻的圖像不能不說是因素之一。

小說插圖有助於直接展示人物言行、性格。萬曆後期，吳承恩曾撰《狀元圖考》五卷，在書前凡例就說：「圖者，像也，像也者，象也。象其人亦象其行。」[59]圖像與文字一樣，表現人物的形象、性格，甚至悲喜。而圖像似乎更能獲得市井小民的認同與共鳴。

小說插圖具有審美的意義，從刊刻層面而言，小說插圖體現裝飾性的特點，配上插圖，可以美化圖書，提高閱讀的興趣，減輕閱讀疲勞；另一方面，插圖的運用，可以突出小說的詩情畫意，增加小說的意境。[60]

《有圖山海經》是繪圖者蔣應鎬與刻工劉素明的完美結合，而兩者又似乎都能對《山海經》這部典籍有深入論釋，每一幅圖都像似是一個獨立的故

---

[58] 程國賦：《明代書坊與小說研究》（北京：中華書局，2008年），頁159-162

[59] 明・吳承恩：《狀元圖考・凡例》，萬曆刊本，收入《故宮珍本叢刊》第60冊，史部傳記類，海南出版社2001年版。

[60] 程國賦：《明代書坊與小說研究》，頁167。

圖8-18：左為《有圖山海經》，右為大業堂刻本《圖像山海經》。

事，有山川草木背景，有鳥獸蟲魚，有神有人，而鳥獸蟲魚各具姿態，神人異於平常。

周心慧先生曾說，北京首都圖書館所藏《山海經釋義》，圖為雙面連式，鐫繪甚精，背景繁複，刀刻婉秀，屬徽派版畫風格。[61]王崇慶（1484－1565）的《山海經釋義》，是明萬曆四十七年常州蔣一葵（萬曆22年舉人）提供的本子。蔣一葵本有圖七十五幅，只第一幅不同，其他七十四幅與劉素明鐫圖本一樣。

大業堂刻《圖像山海經》未標明[62]「素明刊」。我們可以從圖本間形式和細節的比對，來討論蔣應鎬繪本、劉素明刊刻的《有圖山海經》，與大業堂刻本《山海經釋義》中所附的圖像，有何差異？

《有圖山海經》有圖74幅，平均分布於各卷；《圖像山海經》的版本，則有75圖（以蔣應鎬本所無的「俞兒神」作為第一圖，圖形與胡文煥刻本相似），所有圖像集中於卷首，版心注明為《圖像山海經》。《有圖山海經》的第一圖右上，標記有「素明刊」的字樣；第62圖右上方、第66圖左下方則署名「王杏春」，可見全書刻圖者非只劉素明一人。此外，《有圖山海經》與《山海經》經文、郭璞注合刊；《圖像山海經》則與萬曆年間再版的王崇慶《山海經釋義》合刊。凡此，皆可見出兩者在形式上的差異。

---

[61] 周心慧：《中國版畫史叢稿》（北京：學苑出版社，2002年），頁33-34。
[62] 大業堂是明代中後期金陵地區非常出名的書坊，孫楷第、張秀民認為大業堂的堂主為周希旦；杜信孚則以為是周如山。許振東、宋占茹：〈明代金陵周氏家族刻書成員與書坊考述〉，《河北大學學報（社會科學版）》第36卷第2期（2011年4月），頁107。

除了外部形式的差異，《有圖山海經》和《圖像山海經》在圖像的表現上，雖構圖相似，細節上卻有所落差。以〈南山經〉的圖像為例：版面上狌狌站立於水岸，需要注意的是，素明刊本中，表現水岸的線條，恰恰切入狌狌的膝窩，而《圖像山海經》的版本，水岸線則落在狌狌的膝窩以下。圖像的左上的樹木，素明刊本一幹分為二枝；《圖像山海經》的版本則僅有一枝。由圖本細節的討論，則可見出素明刊本與《圖像山海經》，雖然圖形類似，但應為不同的版本。

有些後來刊行的蔣應鎬繪圖本《山海經》也無刻圖者名號，這些版本每一幅圖上都有文字說明或者神獸的名稱。我們從圖像刊刻有否「素明刊」來思考，第一幅圖就將刻圖者劉素明亮出，可見他在書坊的地位，而以劉素明在晚明的繪畫與版刻都專精的成就上，似乎不可能他摹刻別人的圖，還大刺刺在第一圖冠上名號。因此，素明刊《有圖山海經》應與金陵周氏大業堂同一系統，都與蔣應鎬圖繪本有關，卻可能各自刊刻。《有圖山海經》的落款既是簡單的「素明刊」三字，又刻在第一頁，與天啟四年金陵兼善堂所刻的《警世通言》情形相同，可見當時劉素明已非小有名氣，而是書坊用來廣告、招徠讀者的利器，也許可以推測劉素明刊《有圖山海經》大概在天啟初期，或者也是金陵一帶的書坊所刻。

雙面連式的《有圖山海經》七十四幅圖都如一幅幅完整的畫作，上面有許多文字說明的似乎都是後來的摹刻本，因為此舉無異破壞了圖像的完整性，任何一個專業畫家或專業版畫家都不會允許的。

馬昌儀先生很多年前就注意到，日本刻印的《山海經》漢籍圖本並不罕見，都是蔣應鎬繪圖本，七十四圖。目前所知的若干明版有圖的《山海經》本子，都以蔣應鎬繪圖為底本，只是在圖像細部和編排上略有差異。[63]其實，江戶時期一直到明治晚期，蔣應鎬繪圖的和刻本在日本都很普遍，而且很明顯是劉素明所刊刻的摹刻本，在第一幅圖上都明白標示「素明刊」三個字。可見劉素明刊刻的《有圖山海經》影響深遠，用圖說故事，在晚明或日本江戶時期，應該都很能獲得市井小民青睞，約略查了一下日本的圖書館，摹刻劉素明的和刻本就超過二十種。

---

[63] 馬昌儀：〈明刻山海經圖探析〉，頁119。

晚明圖書生產的成本，已經較前有了大幅度的下降，書價也明顯的降低，通俗實用的商業出版品，自然屬於讀者面發行量大、定價較低的讀物。晚明書坊將讀者定位於大眾，所謂「天下四民」、「愚夫愚婦」、「士大夫以下」也就不難理解了，而晚明以市場為導向、以治生謀利為目標的商業出版能夠得到充分的發展。[64]坊刻的本子在這樣情形下，越來越粗糙，可能也更廉價了，於是有更多的摹刻本出現，大多與《有圖山海經》雷同，卻非「素明刊」，直到有清一代都屢見不鮮，可見劉素明的刊刻本影響深遠。

---

[64] 郭孟良：《晚明商業出版》（北京：中國書籍出版社，2011年），頁182-184。

附錄二　明代異域異人、神祇鳥獸對照表

表一　異域異人對照表[1]

異域志	異域圖志[2]	新編京本贏虫錄	新刻贏蟲錄	三才圖會	文林妙錦	異國物語
扶桑國1	○	○2	○3	○	○	○3
長生國2	不死國	不死國	不死國	○	○	○
朝鮮國3	高麗國1	高麗國1	高麗國2	高麗國1	高麗國1	高麗國2
日本國4	○	○3	○4	○	○2	大日本國1
焚人5						
緬人6						
木蘭皮國7	○	○	○	○	○	○
韃靼8	匈奴	匈奴8	匈奴9	匈奴4	匈奴韃靼國	匈奴韃靼8
包石9	○		○	○		
阿思10	○		○	○		
歪剌11						
巴赤吉12	○	○10	巴赤舌		巴赤吉	巴赤國9
黑契丹13	○	○9	○10	○	○	黑契丹國10
乞黑奚國14	乞黑溪	乞黑奚	乞黑奚	○	○	乞黑國
木思奚德國15	木思奚德	本思奚德	木思奚德	○	○	木思奚德
土麻16	○	○	○	○		土麻國
女暮樂17	○	○	○	○	女慕國	女暮樂國
阿里車盧18	○	○	阿裏車盧	○		阿里車盧國
深烈大國19	○	深烈大	深烈大	○	○	○
波利國20	○	波利	波利	○	○	○
滅吉里國21	○	滅吉里	滅吉裏			
擺里荒國22	○	擺里荒	擺裏荒	擺里	擺里國	○
大羅國23	○	○	○	○	○	○
果魯果訛24	果暮果訛	巢魯果訛	巢魯果訛	巢魯果國	巢魯果訛	巢魯國
無連蒙古25	○					

---

[1] 對照表中以《異域志》為首，與《異域志》國名同的以○代替，如表格中空白，即表示此書未收錄該國。

[2] 《異域圖志》，有些微缺損與錯置情形，故不詳列前十個的順序。

異域志	異域圖志[2]	新編 京本蠃虫錄	新刻蠃蟲錄	三才圖會	文林妙錦	異國物語
吾涼愛達26	○		吾涼愛達	○		
結賓郎國27	○	紅賓郎國	○	○	○	○
七番28	○	○	○	○	○	○
隴木郎29	○	隴木節	隴木節			
大食 弼琶羅國30	○		○	○		
注輦國31	○	○	○	住輦國	○	○
娑羅國32	○	婆羅國	○	○		婆羅國
女真33	○	○6	女真國7	○2	女直國5	女真國6
弩耳干34						
大野人35	野人國	○	○	○	○	○
小野人36						
采牙金彪37	○	○	○	○	○	
鐵東國38	鐵東	○	○	○	○	○
烏衣國39	○	○	○	○	○	○
歇祭40	○	○	○	○	○	○
退波41	○		○	○		
的刺普刺國	○	○	○	○	○	○
不刺43	不刺	不刺	○	○		○
回鶻44	○	○	○	○	○	回鶻國
吐蕃45	○	吐番	○	○	○	吐蕃國
于闐國46	○		○	○		
大食勿拔國	○		○	○		
大闍婆48	大闍婆國	大闍婆國	大闍婆國	○	○	大闍婆國
東印度國	○	○	○	○	○	○
蘇都識匿國	○	蘇都勿匿國	○	蘇部識匿國	○	○
龜茲國51	○	龜茲國	○	○	○	○
馬耆國52	○	焉耆國	焉耆國	○	○	馬耆國
馬耳打班53						
入不國54	○	○	○	○		
西南夷55	○		○	○		○
西蕃56	西番國	西番國	西番國	西番國	○	西蕃國
鳩尼羅國57	○	○	○	○	○	鳩厄羅
沙弼茶國58	○	○	○	○	○	沙弼茶
蒲甘國59	滿甘國	○	○	○	○	○

異域志	異域圖志[2]	新編京本臝蟲錄	新刻臝蟲錄	三才圖會	文林妙錦	異國物語
斯伽里野國60	○	司伽里野國	期伽裏野國		○	○
崑崙層期國61	○	○	昆侖層期國	○	○	○
暹羅國62	○	進羅國	○8	暹羅國3	○	○7
虎六母思63						
郫羅64						
蘇門答剌65	○	○			○	
西洋國66	○	○	○	○	西洋古里	西洋古里
烏伏部國67	○	鳥伏部國	○	○	○	○
真臘國68	○	○	○	○10	○7	○
西棚國69	西柵國	○				
爪哇國70	○	○	○	○	○	○
道明國71	○	○	○	○	○	○
近佛國72	○	○	○	○	○	○
散毛73						
交州74	交趾	○	交趾國	○7	○6	○
大琉球國75	○	○4	○5	○	○4	○大流球國
小琉球國76	○	○5	○6	○	○3	○5
占城77	占城國	○	○	占城5	占城國9	○
伯夷國78						
三佛馱國79	三伏馱國？	○	○	○	○	○
可只國80	○	○	○	○	○	○
馬羅國81	○	○	○	○		
印都丹82	○	○	○	○	○	○
黑暗國83	○		○	○		
天際國（天門國）84						
天竺國85	○	○	○	○	○	○
大食無斯離國86	大食勿斯離國	大食勿斯離國	大食勿斯離國	○	大食勿斯離	○
撒母耳干87			撒馬兒罕	○	○	○
訶條國88	阿陵國					
眉路骨國89	○	○	○	○	○	○
藏國90	○	○	○	○	○	○
勿斯里國91	○	○		○	○	○
南尼華羅國92	○	頁64A缺	○	○	○	南厄花羅

異域志	異域圖志[2]	新編京本贏蟲錄	新刻贏蟲錄	三才圖會	文林妙錦	異國物語
乾駝國93	○	頁64B缺	乾陀國	○	○	○
頓遜國94	○	○	○	○	○	○
白達國95	○	○	○	○	○	○
吉慈尼國96	○	吉慈厄國	○	○	○	○
阿薩部97	○		○			
婆彌爛國98	○					
麻離拔國99	○		○	○		
單馬令100	單馬國		○			
昆吾國101	○	○	○	○	○	○
三佛齊國102	○	○	○	○	○[10]	○
婆登國103	○	○	○	○	○	○
佛羅安國104	○		佛囉安國	○		
麻嘉國105	○	○	○			
默伽臘國106	○	○	○	○	○	○
古皮臨國107	故臨國		○			
大食國108	○		○	○		
日蒙國109	○		○	○		
麻阿塔110	○		○			
方連魯蠻111	方連暮蠻	○（缺圖）	○	○	○	
訛魯112	訛暮		○	○	○	○
大秦國113	○	○	○	○	○	○
骨利國114	○	○	○	○	○	○
孝臆國115	○	○	○	○	○	○
新千里國116	○	○	○	○		
王瑞國117	玉瑞國	瑞國	正瑞國	○	瑞國	○
擔波國118	○	檐波國	○	○	擔波國	○
悄國119	○	○	○	○	○	○
三蠻國120	○	○	○			
奇肱國121	○	○	○	○	○	○
登流眉國122	○	登流眉	○	○	○	○
阿陵國123	訶陵國		○	○	○	○
義渠國124	○	○	○	○	○	○
烏萇國125	○	○	○	○	○	○
撥拔力國126	○	○	撥枚力國	○	○	撥枚力
波斯國127	○	波廝國	○	○	○	○

異域志	異域圖志[2]	新編京本臝虫錄	新刻臝蟲錄	三才圖會	文林妙錦	異國物語
晏陀蠻國128	○	○	○	○	○	○
默伽國129	○	○	○	○	○	○
胡鬼國130						
賓童龍國131	寶童龍	○	○	賓童龍國9	○	○
獠132	○	○	○	○	獦獠國	○
木直夷133	○	○	○	○	木直國	○
潦查（老抓）134	老撾國	○	○	○8	○	老過國
紅夷135	○	紅夷國	○	○	○	○
女人國136	○	○	○	○	○	○
後眼國137	○	○	○	○	○	○
阿黑驕138	○	○	○	○	○	阿黑驕國
盤瓠139	○	○	○	○6	○	瓠犬國
狗國140	○	○	○	○	○	狗骨國
敢人國141						
囉囉142						
阿丹143						
沙華公國144	○	○	○	○	○	沙花公
莆家龍145	○	○	○	○	○	○
昏吾散僧146	○	○	○	○	○	○
黑蒙國147	○	○	○	○	○	○
蜒蠻148	○	蜒（溪）蛮	蜒三蠻	○	○	○
五溪蠻149	○	○	○	○	○	○
生黎150						
熟黎151						
苗152						
洞蠻153						
都播國154	○	○	○	○	○	○
無腹國155	○	○	○		○	○
無脅國156	○	○	無臂國	無脅國	無臂國	無脅國
穿胷國157	○		穿胸國	○	○	○
烏孫國158	○	○	○	○	○	○
丁靈國159	○	○	○	○	○	○
柔利國160	利國	柔利國	○	○	○	○
羽民國161	○	○	○	○	○	○

異域志	異域圖志[2]	新編京本臝虫錄	新刻臝蟲錄	三才圖會	文林妙錦	異國物語
小人國162	○	○	○	○	○	○
聶耳國163	○	○	○	○	○	○
交頸國164	交脛國	○	○	○	○	○
長臂人165	長臂國	○	○	○	○	長臂
懸渡國166	○	○	○	○	○	○
猴孫國167	○	○	○	○	○	○
婆羅遮國168	○	○	○	○	○	○
繳濮國169	○	○	○	○	○	○
文身國170	○	○	○	○	○	紋身國
大漢國171	○	○	○	○	○	○
長人國172	○	○	○		○	
三首國173	○	○	○	○	○	○
三身國174	○	○	○	○	○	○
一臂國175	○	○	○	○	○	○
一目國176	○	○	○	○	○	○
長腳國177	○	長腳人	○	○	○	○
長毛國178	○	○	○	○		○
氐人國179	○	○	○	○	○	○
南羅國180	○	○				
赤上國181	○	○				
般番國182	般般國	殺殺國				
日國183	○	月國				
白花國184	○					
淨泥國185		○			○	○
奔沱浪國186	○	奔泥浪國				
奇羅國188	○	○				
石樸國189	○	石檬國				
溢亨國190	溢亨國	口亨國				
白杞國191	○	○				
賀屹羅國192	○	○				
鄂崿國193	遏今國	遏遏國				
詹波羅國194	○	○				
丁香國195	○	○				
莆黃國196	莆黃國	甫黃國				

異域志	異域圖志[2]	新編京本蠃虫錄	新刻蠃蟲錄	三才圖會	文林妙錦	異國物語
羅殿國197	○	○				
地竦國198	地涑國	○				
地域國199	地城國	○				
迷離國200	○	○				
三泊國201	○	○				
麻蘭國202	○	○				
火山國203	火土國	○				
師魚國204	帥魚國	師漁國				
彌舍國205	稱合國	○				
紅蘭國206	○	○				
夵裏國207	○	○				
蘭無里國208	○	蘭无異國				
地生國209	生地國	日生國				
黑間國210	黑開國	黑閒國				
	屹曾國	屹魯國	屹魯國	○	○	○
	點戛斯國					
	驅度寐國					
	禪國					
	滑國					
	厭達國					
	缽和國					
	三曈國					
	大盧尼					
	西女國					
	吐火羅					
	蝦夷國					
	鬼國					
	夜叉國					
			君子國1	○		
			回回國82	○	○	○
			哈蜜國149	○	○	○
					火州	火州

1. 《異域志》抄本，傳元末周致中編，《藝海彙函》卷之四格物類，正德二年（1507）梅純序。179國有完整文字敘述，31國只有國名。南京圖書館藏。
2. 《異域圖志》刻本，收錄有完整的171個圖文並存的國度，31國有文無圖，成書不晚於1489。劍橋大學圖書館藏。此書有十幾個在其他書罕見的無文無圖國名。

3. 《新編京本羸虫錄》，分上下冊，大概收錄將近一百四十個國度，有缺頁，有文無圖也是31，嘉靖29年（1550）靜德書堂刊本。東京御茶水圖書館成簣堂文庫藏。
4. 胡文煥新刻《羸蟲錄》，四卷本，有161圖。萬曆21年（1593）文會堂刊。東京尊經閣文庫藏。
5. 《三才圖會》，萬曆35年（1607），圖文與胡文煥本似同一系統。
6. 《文林妙錦萬寶全書》，萬曆40年（1612），139國。
7. 《異國物語》，万治元年（1658），138圖，第一圖大日本國，138國，只比《文林妙錦萬寶全書》少訶條國，可見兩書的沿襲系統近似。

表二　神祇鳥獸對照表

山海經圖	三才圖會	文林妙錦	山海異形	怪奇鳥獸圖卷
俞兒1	登山之神1	俞兒1	○1	
褥泰	○	褥泰2	○2	
蓐收	金神5	蓐收3	○3	
驕蟲	○	驕蟲4	○4	
強良	○	強良5	○5	○
燭陰	○	燭陰	○8	○
帝江	○	帝江	○	○
天吳	○3	天吳	○	
神媿	○	神媿	○6	○
奢尸	奢北之尸	奢尸	○7	○
相抑氏	○	相抑氏	○（分入**蟲類**）	○
蟞蠪	○	蟞蠪1	○9	蟞撻2
鍾山神	鍾山之神2	皷	○10	○
神陸	○4	神陸	○	○
鵲神	鵲山之神	鵲神	○	○
畢方	畢方	甲方鳥 **禽類**	○	○
○	○	玄鶴	○	○
○6	○	青耕		
○	○	鴟鳥		
世樂鳥	世樂鳥	樂鳥	○	
○		窩脂		
○	○	**鸓**鳥		
○	○	蠱肥		
疏斯	○	踈斯	○	○
○	○	比翼鳥	○	○
○	○	鶼	○	○
○	○	鳴鵪	○	○9
潔鈎	潔鈎	絜鈎	○	絜鈎
○	○	精衛	○	○1
○		鳥鼠同穴		
○	○	顒	○	
○	○	當扈		
○	○	鷪	○	○
○	○	鷪鷟	○	○2

山海經圖	三才圖會	文林妙錦	山海異形	怪奇鳥獸圖卷
○	○	鶹鷂	○	
○	○	鵃	○	○7
○	○	鵁鶄	○	○8
○	○	瞿如	○	○
○	○	蚩鼠	○	○3
數斯	數斯	瘦斯	○	數斯4
○	○	鶛		
○	○	鳧溪	○	○5
		白雉		○
		馬雞	○	○
		駝雞	○	○6
		長尾雞	○	○10
○2	○	白澤	○	○
○	○	騶虞	○	○
○5	○	窮奇	○	○
○8	○	貘	○	○
○4	狻	狻犬	○	○
○	○	辣	○	○
		渥洼	○	
○	○	玃		
○	○	蔥聾	○	○
○	猛豹	猛豹	○	○
○	○	臘疎	○	○
○	○	青熊	○	○
○	○	猙	○	○
○	○	旄牛	○	○
○	○	玄豹	○	○
○	○	龍馬	○	○
○	○	羬羊	○	
○	○	天犬	○	○
○	○	類	○	○
○	○	當庚	○	○
○	○	天狗	○	○
○	○	蠚	○	○
○	○	馬腸	○	

山海經圖	三才圖會	文林妙錦	山海異形	怪奇鳥獸圖卷
○	○	朱獳	○	○
○10	○	猛槐	○	○
○	○	獬豸	○	
○	○	夔	○	
○	○	黑狐	○	
○	○	旄馬	○	○
○	○	比肩獸	○	
○	○	兕	○	
○	○	貘	○	○
○	○	山獋	○	
○	○	獌	○	
○	○	駮	○	○
○	○	梁渠	○	
○	○	飛鼠	○	○
○	○	蠻		
○	○	諸犍	○	
○	○	赤豹	○	
○	○	角獸	○	
○	○	乘黃	○	○
○	○	猩猩	○	
如人	如人	狒狒	○	○
○	○	白猿		
○	○	蠪蛭	○	○
○	○	酋耳	○	○
○	○	土螻	○	
○	○	九尾狐	○	○
○	○	玄豹	○	
○	○	赤貍	○	○
○	○	蠱雕	○	
○	○	囂	○	○
○	○	黑人	○	
○	○	天馬	○	○
○	○	長毚	○	○
○	○	三角獸	○	
○	○	厭火獸	○	○

山海經圖	三才圖會	文林妙錦	山海異形	怪奇鳥獸圖卷
黑人	屏翳	其人		
○	○	幽頞		
○	○	驊馬		
○毫豬	○毫豬	毫彘		
		泉下馬		
		大尾羊	○	
○	○	齁犬	○	○
		羚羊	○	○
		靈羊	○	○
		福祿	○	○
○	貙	耳鼠	○	
○	○	鹿蜀	○	
	○	猴	○	○
		角端	○	
○	○	羬	○	○
○	○	猾裏	○	○
		白鹿		○
		吼	○	○
○	○	應龍	○	
○	○	鱳魚	○	
比目魚3	○	比目魚		
鮭	○	鮭	○	
鱷鱷魚	○	鰡鱷魚	○	
巴蛇	○	巴蛇	○	
阿羅魚9	○	阿羅魚	○	
鯈魚	○	鯈魚	○	
	○	玳瑁	○	
鮯魚	○	鮯魚	○	
○	○	玄龜	○	
鰷魚	○	鰷魚		
珠鼈	○	珠鼈	○	
長蛇	○	長蛇	○	
		建同魚	○	
		納魚		
人魚7	○	人魚	○	
文鰩魚	○	鰩魚		

山海經圖	三才圖會	文林妙錦	山海異形	怪奇鳥獸圖卷
		牛魚		
蠣龜	○	蠣龜		
		浮胡魚		
蚌魚	○	蚌魚		
飛魚	○	飛魚		

1. 胡文煥新刻《山海經圖》萬曆21年（1593），共133類。
2. 《三才圖會》，萬曆35年（1607），與胡本出入不大，鳥獸卷與《山海經》相關的圖有111
   圖，神祇則在人物卷。
3. 《文林妙錦萬寶全書》，萬曆40年（1612），共146類。
4. 天理大學圖書館藏有奈良繪《山海異形》四冊，分作「神、獸、魚、蟲」四類，共113圖，
   少了「禽類」。東京大學圖書館所藏奈良繪《山海異形》一冊，此書收入「禽類」的27種圖
   像，剛好補足天理圖書館所缺的「禽類」。從附表看來，兩地的《山海異形》圖，共有140
   圖，似與《文林妙錦》為同一系統。
   《山海異形》有部分《妙錦》所無的圖像，「禽類」包括鵸、猷、鵑；「獸類」包括狃、
   豽、辕、獤；「魚類」包括鱎、鰊、鮯、鱉、魮；「蟲類」中的蜼、蛻、蜩等3圖。
5. 《怪奇鳥獸圖卷》（江戶時期），共76類，鳥獸明顯取材《文林妙錦萬寶全書》。

徵引書目

本書目分兩類，一為專著，二為期刊論文，按照原文或譯文出版年代排列。

一、專著

漢・《竹書紀年》，收入（清）王謨輯《增訂漢魏叢書》，臺北：大化書局，1983年。

漢・楊孚撰、（清）曾釗輯：《異物志》，收錄於「百部叢書集成」，臺北：藝文印書館，1965-1971，據清道光嶺南遺書本影印。

漢・劉向輯，漢・王逸章句，宋・洪興祖補注，陳直拾遺：《楚辭章句補注》，臺北：世界書局，1956年。

漢・東方朔撰，晉・張華注：《十洲記》，上海：上海古籍出版社，1990年。

漢・王延壽：〈魯靈光殿賦〉，收錄於蕭統編、李善注《文選》長沙：岳麓書社，2002年。

晉・陳壽撰、（宋）裴松之注：《三國志》，臺北：樂天書局，1984年。

晉・郭璞注：《山海經》十八卷，西安：西安地圖出版社，2006年，據宋淳熙七年（1180）尤袤池陽郡齋本影印。

晉・張華：《博物志》，臺北：中華書局，1965年，據士禮居本校刊影印。

晉・郭璞：《爾雅疏》，臺北：藝文印書館，1965年。

晉・葛洪：《抱朴子》，臺北：中國子學名著集成編印基金會，1978年。

梁・孫柔之：《瑞應圖記》，《叢書集成續編》，臺北：新文豐，1989年。

唐・李延壽：《南史》，臺北：鼎文書局，1979年。

唐・歐陽詢撰：宋本《藝文類聚》，上海：上海古籍出版社，2013年。

唐・白居易：《白居易文集》，北京：中華書局，1979年。

唐・張彥遠：《歷代名畫記》，《景印文淵閣四庫全書》，臺北：臺灣商務印書館，1986年。

宋・李昉等編：《太平御覽》，《日本宮內廳書陵部藏宋元版漢籍選刊》第98冊，上海：上海古籍出版社，2012年。

宋・李昉：《太平廣記》，臺北：文史哲出版社，1981年，據談愷刻本參校本影印。

宋・張君房：《雲笈七籤》，北京：書目文獻出版社，1995年。

宋・黃伯思：《東觀餘論》，《景印文淵閣四庫全書》，臺北：臺灣商務印書館，1986年。

宋・周去非：《嶺外代答》，上海：上海遠東出版社，1996年。

宋・朱熹：《朱子全書》，上海：上海古籍出版社，2012年。

宋・黎靖德編，王星賢點校：《朱子語類》，北京：中華書局，1999年。

宋・陳元靚：《新編纂圖增類群書類要事林廣記》，西園精舍刊本，現藏東京內閣文庫。

明・宋濂等同修：《元史》，臺北，臺灣中華書局，1981年。

明・朱權：《漢唐秘史》，《四庫全書存目叢書》，濟南：齊魯書社，1996年，史部45，據中國人民大學圖書館藏建文刻本影印。

明‧朱權：《異域志》一卷，正德白棉紙抄本，《藝海彙函》卷之4，現藏南京圖書館。

明‧《異域圖志》，明刊本，現藏劍橋大學圖書館。

明‧朱謀㙔：《藩獻記》4卷，北京：書目文獻出版社，1988年，據明萬曆刻本影印。

明‧朱謀垔：《續書史會要》，臺北：臺灣商務印書館，1983年，《景印文淵閣四庫全書》第814冊。

明‧夏原吉等奉敕撰、中央研究院歷史語研究所校：《明太祖實錄》，臺北：中央研究院歷史語言研究所印行，1968年。

明‧作者不詳：《異域圖志》，刊刻年代不詳，藏劍橋大學圖書館。

明‧作者不詳：《新編京本贏虫錄》，4卷，嘉靖29年（1550），現藏東京御茶水圖書館成簣堂文庫。

明‧王崇慶：《山海經釋義》，嘉靖刻本，藏臺灣圖書館。

明‧胡文煥：《山海經圖》，格致叢書本，萬曆21年刊（1593），現藏日本東洋文庫。

明‧胡文煥：《新刻贏虫錄》，4卷，胡文煥編《格致叢書》本收錄此書，萬曆21年（1593）文會堂刊本，現藏首都圖書館。

明‧王崇慶：《山海經釋義》，《吳曉鈴先生珍藏古版畫全編》，北京：學苑出版社，2003年，據萬曆四十七年（1619）堯山堂刊本影印。

明‧王崇慶：《山海經釋義》，西安：西安地圖出版社，2006年，據萬曆年間大業堂刻本影印。

明‧蔣應鎬繪圖：《有圖山海經》，萬曆末至天啟初，美國國會圖書館藏。

明‧胡文煥：《稗家粹編》，北京：中華書局，2010年。

明‧李東陽等撰、〔明〕申時行等重修：《大明會典》，揚州，廣陵書社，2007年。

明‧劉雙松編輯：《文林妙錦萬寶全書》，收入日‧坂出祥伸、小川陽一編：《中國日用類書集》第12冊，東京：汲古書院，2003年，據建仁寺兩足院藏劉雙松重梓影印。

明‧不著撰者：《新鍥全補天下四民利用便觀五車拔錦》，東京：汲古書院，1999年，據萬曆35年建陽鄭世魁寶善堂刊本影印。

明‧不著撰者：《新刻天下四民便覽三台萬用正宗》，東京：汲古書院，1999年，據萬曆27年余象斗雙峯堂刊本影印。

明‧章潢：《圖書編》，收錄於王自強編：《明代輿圖綜錄》，北京：星球地圖出版社，2007年。

明‧作者不詳：《文林妙錦萬寶全書》，《中國日用類書集成》，東京：汲古書院，2003年。

明‧作者不詳：《新刻翰苑廣紀補訂四民捷用學海群玉》，23卷4冊，萬曆35年（1607）建陽熊成治種德堂刊本，現藏東京大學東洋文化研究所仁井田文庫。

明‧作者不詳：《鼎鋟崇文閣彙纂四民捷用分類萬用正宗》，35卷12冊，據萬曆37年（己酉1609）建陽書林余文台刊本影印，現藏京都陽明文庫。

明‧作者不詳：《新板增補天下便用文林妙錦萬寶全書》，38卷10冊，據萬曆40年（1612）建陽劉雙松安正堂刊本影印，現藏東京大學圖書館南葵文庫。

明‧作者不詳：《新刻搜羅五車合併萬寶全書》，34卷8冊，據萬曆42年（1614）樹德堂刊本影印，現藏宮內廳書陵部。

明・陳侃：《使琉球錄》，臺北：藝文印書館，1965-1971年。

明・鄭舜功著，三ケ尻浩校訂：《日本一鑑》（1939年），據舊鈔本影印。

明・焦竑：《國朝獻徵錄》，臺北：臺灣學生書局，1965年。

明・《新刻艾先生天祿閣彙編採精便覽萬寶全書》，37卷5冊，崇禎元年（1628）潭邑陳以信存仁堂刊本，現藏東京大學東洋文化研究所仁井田文庫。

明・馮夢龍：《古今譚概》，臺北：新文豐出版公司，1979年。

明・周履靖著，明・陳繼儒編：《梅顛稿選》，臺南：莊嚴文化事業有限公司，1997年，《四庫全書存目叢書》集部，第187冊。

明・吳寬：《家藏集》，臺北：臺灣商務印書館，1983年，《景印文淵閣四庫全書》第1255冊。

明・王賓：《光菴集》一卷，《吳中古蹟詩》一卷，附錄一卷，臺南：莊嚴文化事業有限公司，1997年，據北京大學圖書館藏清鈔本影印。

明・晁瑮：《晁氏寶文堂書目》，上海：上海古籍出版社，2005年。

明・高儒：《百川書志》，上海：上海古籍出版社，2005年。

明・徐𤊹：《徐氏紅雨樓書目》，上海：上海古籍出版社，2005年。

明・趙用賢：《趙定宇書目》，上海：上海古籍出版社，2005年。

明・周弘祖：《古今書刻》，上海：上海古籍出版社，2005年。

明・郎瑛：《七修類稿》，上海：上海交通大學出版社，2009年。

元・周致中撰，陸峻嶺校注：《異域志》，北京：中華書局，2000年。

明・呂柟：《涇野子內篇》，《景印文淵閣四庫全書》，臺北：臺灣商務印書館，1983年。

明・陳侃：《使琉球錄》，《台灣文獻叢刊》，臺北：台灣大通書局，1957年。

明・晁瑮：《晁氏寶文堂書目》，上海：上海古籍出版社，2005年。

明・鄭舜功著，三ケ尻浩校訂：《日本一鑑》，1939年影印本，藏於中央研究院傅斯年圖書館。

明・蔡汝賢：《東夷圖說》，《四庫全書存目叢書》，北京圖書館藏明萬曆刻本，台南：莊嚴文化事業有限公司，1996年。

明・《有象列仙全傳》（傳為王世貞所輯，萬曆28年由玩虎軒刊行），日本安慶3年（1650）重刊的和刻本，藏日本國立公文書館。

明・《新刻天下四民遍覽三台萬用正宗》，43卷8冊，萬曆27年余象斗雙峯堂刊，現藏東京大學東洋文化研究所仁井田文庫。

明・《新刻翰苑廣紀補訂四民捷用學海群玉》，23卷4冊，萬曆35年建陽熊成治種德堂刊本，現藏東京大學東洋文化研究所仁井田文庫。

明・洪應明編：《仙佛奇蹤》，藏台北國家圖書館。

明・王圻纂輯：《類書三才圖會》，萬曆35年槐蔭草堂藏板，臺北：成文出版社，1974年。

明・《新板增補天下便用文林妙錦萬寶全書》，38卷10冊，據萬曆40年（1612）建陽劉雙松安正堂刊本影印，現藏東京大學圖書館南葵文庫。

明・王崇慶：《山海經釋義》18卷，附圖1卷，萬曆47年大業堂刻本，藏新竹清華大學圖書館。

明・顧起元：《客座贅語》，《北京圖書館古籍珍本叢刊本》，北京：書目文獻出版社，

1988年。

明・陳繼儒：〈劉須溪評點九種書序〉，《四庫禁毀叢刊》集部六十六冊，北京：北京出版社，1998年。

明・清溪道人編次、夏履先刊印：《禪真逸史》，《古本小說集成》，上海：上海古籍出版社，1994年。

明・馮夢龍：《甲申紀事》，鄭振鐸輯《玄覽堂叢書》，1941年上海影印本。

明・馮猶龍增定：《三遂平妖傳》，東京：八木書店，1981年。

明・墨憨齋新編：《天許齋批點三遂平妖傳》，收入《古本小說叢刊》第33輯，北京：中華書局，1991年。

明・墨憨齋新編：《新列國志》，收入《古本小說集成》，上海：上海古籍出版社，1990年。

明・墨憨齋新編：《全像古今小說》，收入《古本小說叢刊》第31輯，北京：中華書局，1991年。

明・余邵魚編集：《春秋五霸七雄列國志傳》，《古本小說集成》，上海：上海古籍出版社，1990年，原書藏日本蓬左文庫。

明・可一主人評：《警世通言》，收入《古本小說叢刊》第32輯，北京：中華書局，1991年。

明・可一居士評：《醒世恒言》，收入《古本小說叢刊》第33輯，北京：中華書局，1991年。

明・徐表然纂輯：《武夷志略》四卷，明刊，原藏天津師範大學圖書館，《河北大學圖書館藏稀見方志叢刊》第16冊，北京：國家圖書館出版社，2011年。

明・吳承恩：《狀元圖考》，萬曆刊本，收入《故宮珍本叢刊》第60冊，史部傳記類，海南出版社，2001年。

清・吳任臣：《山海經廣注》，康熙六年彙賢齋刻本，藏臺北國家圖書館。

清・葉德輝：《書林清話》，北京：中華書局，1999年。

清・萬斯同：《宋季忠義錄》，收入《叢書集成續編》第253冊，臺北：新文豐出版社，1991年。

清・陳夢雷纂：《古今圖書集成》，臺北：鼎文書局，1985年。

清・張廷玉等奉敕修：《明史》，臺北：洪氏出版社，1975年。

清・江紱：《山海經存》，臺北：新文豐出版公司，1997，據中央研究院歷史語言研究所藏光緒二十一年（1895）樗立雪齋原本影印。

清・洪頤煊輯：《白澤圖》，臺北：藝文印書館，1965，《百部叢書集成》影印經典集林卷三十一。

清・倪燦：《補遼金元藝文志》，《叢書集成簡編》，臺北：臺灣商務印書館，1966年。

清・錢大昕：《補元史藝文志》，《叢書集成簡編》，臺北：臺灣商務印書館，1966年。

清・永瑢、紀昀等編：《四庫全書總目提要》，臺北：臺灣商務印書館，1983年。

清・李盛鐸著，張玉範整理：《木犀軒藏書題記及書錄》，北京：北京大學出版社，1985年。

清・永瑢、紀昀等編：《四庫全書總目》，北京：中華書局，1987年。

清・王聞遠：《孝慈堂書目》，《叢書集成續編》，臺北：新文豐出版公司，1989年。

清・黃虞稷：《千頃堂書目》，上海：上海古籍出版社，1990年。

清・張廷玉，楊家駱主編：《新校明史并附編六種》，臺北：鼎文書局，1998年。

清・錢謙益：《列朝詩集小傳》，上海：上海古籍出版社，2008年。

清・錢謙益：《絳雲樓書目》，《海王邨古籍書目題跋叢刊》，北京：中國書店，2008年。

清・胡之玟：《淨明宗教錄》，南昌：江西人民出版社，2008年。

清・范邦甸等撰，江曦、李婧點校：《天一閣書目・天一閣碑目》，《中國歷代書目題跋叢書》第三輯，上海：上海古籍出版社，2010年。

清・沈初：《浙江採集遺書總錄》，上海：上海古籍出版社，2010年。

清・陳廷敬、張廷玉等編纂：《康熙字典》，申集中「虫部」，北京：中國書店，2010年。

清・彭元瑞：《知聖道齋讀書跋》，臺北：臺灣商務印書館，1965年。

清・郝懿行：《爾雅郭注義疏》，濟南：山東友誼書社，1992年。

The Map Psalter, (London,1262-1300), British Museum.

Stephanie Leitch, Mapping Ethnography in Early Modern German: New World in Print Culture, New York: PALGRAVE MACMILLAN, 2010.

Hartman Schedel, Nuremberg Chronicle, Nuremberg: Koberger, 1493. 藏德國巴伐利亞圖書館。

Sebastian Münster, Totius Africae tabula et descripto universalis etiam ultra Ptolemaei limites extensa. 藏史丹佛大學大衛・拉姆齊地圖中心（David Rumsey Historical Map Collection）。

Sebastian Münster. Tabula Asiae VIII, Geographia Universalis. (Basel: Henrichum Petrum, 1540). 藏史丹佛大學大衛拉姆齊地圖中心（David Rumsey Historical Map Collection）。

許穆：《眉叟記言》（서울：景仁文化社，1996年），原集67卷，別集26卷記言，慶尚大學圖書館文泉閣所藏。

國史編纂委員會編：《世宗實錄》，《朝鮮王朝實錄》，서울：國史編纂委員會，東國文化社，1955-1958年。

國史編纂委員會編：《中宗實錄》，《朝鮮王朝實錄》，서울：國史編纂委員會：東國文化社，1955-1958年。

徐居正：《筆苑雜記》，서울：太學社，1996年。

吳慶元：《小華外史》，朝鮮刊本，中央研究院傅斯年圖書館善本室藏。

鄭士龍：《朝天錄》，《中韓關係史料輯要》，臺北：珪庭出版社，1978年。

吉田幸一編：《異國物語》，東京：古典文庫，1995年。

作者不詳：《山海異形》，江戶初期，《奈良繪本集》（八），東京：八木書店，2020年。

作者不詳：《唐物語》，巴黎：法國國家圖書館藏，時代不詳，奈良繪本。

中村惕齋：《訓蒙圖彙》（山形屋板，1664年）卷20第14冊，收入吉田幸一編《異國物語》，東京：古典文庫，1995年。

平住專菴編選、樨村有稅子繪：《唐土訓蒙圖會》，東京：國立公文書館藏，1719年〔享保4年〕刊本）。

西川如見編：《四十二國人物圖說》，早稻田大學圖書館藏，1720年〔享保5年〕渕梅軒藏板。

寺島良安編：《倭漢三才圖會》，日本國立公文書館藏，秋田屋太右衛刊印，1824年〔文

政7年〕。

作者不詳：《怪奇鳥獸圖卷》，東京：文唱堂株式會社，2001年。

作者不詳：《荒海障子圖樣》，早稻田大學藏。

作者不詳：《異國人物圖卷》 *Inhabitants of Fourteen Strange Lands*, 18th century, Minneapolis Institute of Art。

俳林淡二編輯，法橋關月畫：《珍說奇談畫本萬國誌》，沖繩圖書館藏，1826年〔文政9年〕刊。

曉鐘成編繪：《無飽三財圖會》，日本國立國會圖書館藏，1850年〔嘉永3年〕刊印。

歌川國芳：《淺草奧山生人形》，Museum of Fine Arts, Boston, 1855年。

Chavannes. Édouard 1909 *Mission archéologique dans la Chine Septentrionale*, Paris: Imprimerie nationale.

清野謙次：《太平洋に於ける文化の交流》，東京：創元社，1944年。

鮎澤信太郎：《鎖國時日本人の海外知識──世界地理・西洋史に關する文献解題》東京：乾元社，1953年。

張宗祥：《足本山海經圖贊》，上海：古典文學出版社，1958年。

孫楷第：《中國通俗小說書目》，北京：作家出版社，1958年。

《阿細的先基》，昆明：雲南人民出版社，1959年。

吳慰祖校訂：《四庫採進書目》，北京，商務印書館，1960年。

昌彼得：《明代版畫選初輯》，臺北：國立中央圖書館，1969年。

凌汝亨：《管子輯評》，臺北：中華書局，1970年。

李肯翊編、金教獻訂：《燃藜室記述・別集》下，서울：景文社，1976年。

胡萬川：《馮夢龍生平及其對小說之貢獻》，臺北：政治大學中文研究所碩士論文，1976年。

李燦：《韓國古地圖》，서울：韓國圖書館學研究會，1977年。

李約瑟（Joseph Needham）：《中國科學技術史》，香港：中華書局香港分局，1978年。

徐嘉瑞：《大理古代文化史稿》，北京：中華書局，1978年。

M. Loewe（魯惟一）1979 *Ways to Paradise: The Chinese Quest for Immortality*, London: George Allen & Unwin.

波赫士（Jorge Luis Borges）著、楊耐冬譯：《想像的動物》，台北：志文出版社，1979年。

四川省民族研究所：《白馬藏人問題討論集》，成都：四川省民族研究所，1980年。

郭思九、陶學良整理：《查姆》（彝族史詩），昆明：雲南人民出版社，1981年。

袁珂：《山海經校注》，臺北：里仁書局，1982年。

毛星主編：《中國少數民族》，長沙：湖南人民出版社，1983年。

羅希吾戈：《試論彝族淵源》，1983年楚雄州彝族文學學術研討會論文。

谷德明編：《中國少數民族神話選》，西北民族學院研究所，1983年。

《彝族敘事長詩選・尼蘇奪吉》，昆明・雲南民族出版社，1984年。

王重民：《中國善本書提要》，臺北：明文書局，1984年。

李霖燦：《麼些研究論文集・麼些族的故事》，台北：國立故宮博物院，1984年。

柏朗嘉賓著，耿昇譯：《柏朗嘉賓蒙古行紀》，北京：中華書局，1985年。

劉文典：《淮南鴻烈集解》，臺北：文史哲出版社，1985年。

鹿憶鹿：《馮夢龍所輯民歌研究》，臺北：學海出版社，1986年。

弗雷澤（J.G. Frazer）著，徐育新譯：《金枝》，北京：中國民間文藝出版社，1987年。

《洪水氾濫》，昆明：雲南教育出版社，1987年。

鄭振鐸：《鄭振鐸藝術考古文集》，北京：文物出版社，1988年。

張秀民：《中國印刷史》，上海：上海人民出版社，1989年。

陳官祿等蒐集整理：《十二奴局》，昆明：雲南人民出版社，1989年。

莊吉發校注：《謝遂《職貢圖》滿文圖說校注》，臺北：國立故宮博物院，1989年。

陸堅、王勇：《中國典籍在日本的流傳與影響》，杭州：杭州大學出版社，1990年。

蕭兵：《楚辭的文化破譯》，荊門：湖北民族出版社，1991年。

徐顯之：《山海經探原》，武漢：武漢出版社，1991年。

張文勛主編：《滇文化與民族審美》，昆明：雲南大學出版社，1992年。

李零：《中國方術考》，北京：人民中國出版社，1993年。

屈曉強、李殿元、段渝主編：《三星堆文化》，成都：四川人民出版社，1993年。

李力主編：《彝族文學史》，成都：四川民族出版社，1994年。

王子堯譯，康健等整理：《洪水紀》（彝族史詩），成都：四川民族出版社，1994年。

楊義：《中國古典小說史論》，北京：中國社會科學出版社，1995年。

首都圖書館編輯：《古本戲曲十大名著版畫全編》上，北京：線裝書局，1996年。

勒內・德・內貝斯基・沃杰科維茨著，謝觀勝譯：《西藏的神靈與鬼怪》，拉薩：西藏人
　　民出版社，1996年。

吳永章：《黎族史》，廣州：廣東人民出版社，1997年。

謝巍：《中國畫學著作考錄》，上海：上海書畫出版社，1998年。

蕭兵譯注：《楚辭全譯》，南京：江蘇古籍出版社，1998年。

大庭脩著，戚印平譯：《江戶時代中國典籍流播日本之研究》，杭州：杭州大學出版社，
　　1998年。

沈津：《美國哈佛大學哈佛燕京圖書館中文善本書志》，上海：上海辭書出版社，1999年。

董立章：《三皇五帝史斷代》，廣州：暨南大學出版社，1999年。

伊藤清司：《中國古代文化和日本》，昆明：雲南大學出版社，1999年。

中國畫像石全集編輯委員會、蔣英炬主編：《中國畫像石全集・圖版說明》第1卷，濟
　　南：山東美術出版社，2000年。

信立祥：《漢代畫像石綜合研究》，北京：文物出版社，2000年。

苑利：《韓民族文化源流》，北京：學苑出版社，2000年。

神戶市立博物館編：《異國繪の冒險：近世日本美術に見る情報と幻想》，神戶：神戶市
　　立博物館，2001年。

譚帆：《中國小說評點研究》，上海：華東師範大學出版社，2001年。

劉少匆：《三星堆文化探密及《山海經》斷想》，北京：崑崙出版社，2001年。

阪出祥伸、小川陽一編：《中國日用類書集成》，東京，汲古書院，2001年。

馬昌儀：《古本山海經圖說》，濟南：山東畫報出版社，2001年。

伊佩霞：《劍橋插圖中國史》，濟南：山東畫報出版社，2001年。

周心慧：《中國版畫史叢稿》，北京：學苑出版社，2002年。

葛振家：《崔溥《漂海錄》評註》，北京：線裝書局，2002年。

薛冰：《插圖本》，南京：江蘇古籍出版社，2002年。

張步天：《山海經概論》，香港：天馬圖書有限公司，2003年。

馬昌儀：《全像山海經圖比較》，北京：學苑出版社，2003年。

孟西士（Gavin Menzies）著，鮑家慶譯：《1421：中國發現世界》，臺北：遠流出版事業公司，2003年。

竺可楨：《竺可楨全集》，上海：上海科技教育出版社，2004年。

葉舒憲、蕭兵、（韓）鄭在書：《山海經的文化尋蹤：「想像地理學」與東西文化碰觸》，武漢：湖北人民出版社，2004年。

李燦：《韓國・古地圖》，首爾：汎友社，2005年再版。

吳蕙芳：《萬寶全書：明清時期的民間生活實錄》，永和：花木蘭文化工作坊，2005年。

松田稔：《山海經・基礎的研究》，東京都：笠間書院，2006年。

鄭振鐸：《劫中得書記》，《中國歷代書目題跋叢書》第2輯，上海：上海古籍出版社，2006年。

巫鴻：《武梁祠—中國古代畫像藝術的思想性》，北京：三聯書店，2006年。

馬昌儀：《古本山海經圖說》，桂林：廣西師範大學出版社，2007年。

孫衛國：《大明旗號與小中華意識》，北京：商務印書館，2007年。

程國賦：《明代書坊與小說研究》，北京：中華書局，2008年。

巫仁恕：《品味奢華——晚明的消費社會與士大夫》，北京：中華書局，2008年。

馮驥才編：《中國木版年畫集成・俄羅斯藏品卷》，北京：中華書局，2009年。

祁晨越：《明代杭州地區的書籍刊印活動》，新加坡國立大學中文系博士論文，2010年。

石川透：《入門奈良絵本・絵巻》，京都：思文閣出版社，2010年。

葛兆光：《宅茲中國：重建有關「中國」的歷史論述》，北京：中華書局，2011年。

郭孟良：《晚明商業出版》，北京：中國書籍出版社，2011年，

陳連山：《山海經學術史考論》，北京：北京大學出版社，2012年。

程章燦主編：《中國古典文獻研究》，南京：鳳凰出版社，2013年。

大木康著，周保雄譯：《明末江南的出版文化》，上海：上海古籍出版社，2014年。

石守謙、廖兆亨編：《轉接與跨界：東亞文化意象之傳佈》，臺北：允晨文化，2015年。

吳政緯：《眷眷明朝：朝鮮士人的中國論述與文化心態（1600-1800）》，臺北：秀威資訊公司，2015年。

劉宗迪：《失落的天書：山海經與古代華夏世界觀》（增訂版），北京：商務印書館，2016年。

安伯托・艾可（Umberto Eco）著，林潔盈譯：《異境之書》，臺北：聯經出版公司，2016年。

廣島縣立歷史博物館編：《守屋壽コレクションが迫る近世日本の新たな異文化交流像》，廣島：廣島縣歷史博物館，2016年。

河添房江著，汪勃、山口早苗譯：《唐物的文化史》，北京：商務印書館，2018年。

何予明著：《家園與天下——明代書文化與尋常閱讀》，北京：中華書局，2019年。

賈晉珠著，邱葵、鄒秀英等譯：《謀利而印：11至17世紀福建建陽的商業出版者》，福州：福建人民出版社，2019年。

王崗著，秦國帥譯：《明代藩王與宗教：王朝精英的制度化護教》，上海：上海古籍出版社，2019年。

鄭淑方：〈萬國衣冠拜冕旒：職貢圖的形式風格及其意涵〉，《四方來朝──職貢圖特展》，台北：國立故宮博物院，2019年。

天理大學圖書館編：《奈良繪本集（八）‧蟲妹背物語‧山海異形》，東京：八木書店，2020年。

二、期刊論文

王以中：〈山海經圖與職貢圖〉，《禹貢半月刊》第1卷第3期，1934年4月。

王以中：〈山海經圖與外國圖〉，《史地雜誌》創刊號第1卷第1期，1937年5月。

酒井忠夫：〈元明時代の日用類書とその教育史的意義〉，《日本の教育史學》，卷1（1958年10月），頁67-94。

酒井忠夫：〈明代の日用類書と庶民教育〉，見林友春編：《近世中國教育史研究》（東京：國土社，1958年〔昭和33年〕3月），頁39-51。

羅哲文：〈孝堂山郭氏墓石祠〉，《文物》，第四、五期（1961年）。

中村拓：〈朝鮮に传わる古きシナ世界地圖〉，《朝鮮學報》39、40號（合刊），1966年，頁1-73。

林巳奈夫：〈漢代鬼神の世界〉，《東方學報》（1974年），京都版，第46冊。

胡萬川：〈馮夢龍與復社人物〉，《中國古典小說研究專輯》（一），臺北：聯經出版公司，1979年。

周士琦：〈論元代曹善手鈔本《山海經》〉，《中國歷史文獻研究集刊》1980年第1集。

海野一隆：〈李朝朝鮮における地圖と道教〉，《東方宗教》第57號（1981年），頁14-37。

于為剛：〈胡文煥與格致叢書〉，收入《圖書館雜志》第4期（1982年11月）。

狩野直禎：〈巴蜀古史の再構成〉，《四川史學通訊》1983年第2期。

鮑里斯‧希克洛著，吳岳添譯：〈史詩英雄的演化〉，《民族文學譯叢》1983年第1輯。

大木康著、吳悅摘譯：〈關於明末白話小說的作者和讀者〉，《明代史研究》第12號（1984年）。

夏超雄：〈孝堂山石祠畫像的年代及主人試探〉，《文物》第8期（1984年）。

傅光宇、張福三：〈創世神話中「眼睛的象徵」與「史前各文化階段」〉，《民族文學研究》1985年第1期，頁32-42。

廖以厚：〈試論明代戲曲小說插圖的興盛原因〉，《撫州師專學報》1987年第3期。

庹修明：〈試論彝族儺戲「撮泰吉」的原始形態〉，油印本，貴州民族學院民族研究所，1988年。

楊鳴健：〈楚些今蹤──談白馬藏族民歌中出現的「些」〉，《中央民族學院學報》1988年6期。

森田憲司：〈關於日本的《事林廣記》諸本〉，收入《國際宋史研討會論文選集》，保定：河北大學出版社，1992年。

王韜：〈新說西遊記圖像序〉，收入劉蔭柏編：《西遊記研究資料》，上海：上海古籍出版社，1990年。

王寶平：〈中國胡文煥叢書經眼錄〉，《中日文化論叢－1991》，1992年10月。

周士琦：〈穿胸之謎〉，《文史雜誌》，第5期（1992年）。

陳世鵬：〈彝族婚媾類洪水神話瑣議〉，《貴州民族研究》1993年第1期。

星漢、欒睿：〈司馬遷民族觀批判〉，《殷都學刊》，1993年第1期，頁93-97。

李豐楙：〈先秦變化神話的結構性意義──一個「常與非常」觀點的考察〉，《中國文哲研究集刊》第4期，1994年3月。

陳建憲：〈中國洪水神話的類型與分布──對433篇異文的初步宏觀分析〉，《民間文學論壇》1996年3期，頁2-10。

馬孟晶：〈十竹齋畫譜和箋譜的刊印與胡正言的出版事業〉，《新史學》十卷三期（1999年9月），頁1-54。

駱水玉：〈聖域與沃土──《山海經》中的樂土神話〉，《漢學研究》第17卷第1期（1999年）。

鄭振鐸：〈明清二代的平話集〉，《中國文學研究》，北京：人民文學出版社，2000年。

尾崎勤：〈《怪奇鳥獸圖卷》與中國日用類書〉，《汲古》第45號（2004年6月），頁68-75。

賈文勝：〈陳繼儒仕隱生活及心態淺論〉，《浙江社會科學》第4期（2007年），頁201-205。

項裕榮：〈演義觀的變遷與《三國演義》的影響──《新列國志》與《列國志傳》比較〉，《寧波大學學報（人文科學版）》，第15卷第4期（2002年12月）。

黃鎮偉：〈陳繼儒所輯叢書考〉，《常熟高專學報》第5期（2003年），頁103-106。

宮哲兵：〈羽民、穿胸民、鑿齒民與南方民俗──《山海經》奇談的人類學詮釋〉，《廣西右江民族師專學報》，第13卷第3期（2000年）。

王寶平：〈胡文煥叢書考辨〉，《中華文史論叢》2001年第1輯，2001年5月。

王寶平：〈明代刻書家胡文煥考〉，收入《中日文化交流史論集──戶川芳郎先生古稀紀念》，北京：中華書局，2002年。

徐寧：〈國圖所藏李朝朝鮮後期的圖形地圖研究〉，《中國歷史地理論叢》第17卷第4輯（2002年12月），頁146-151。

耿立言：〈《山海經》「貫胸國」民俗信息解讀〉，《遼寧大學學報》，第5期（2002年）。

馬昌儀：〈明代中日山海經圖比較──對日本《怪奇鳥獸圖卷》的初步考察〉，《中國歷史文物》2002年第2期（2002年4月），頁42-49。

鹿憶鹿：〈眼睛的神話──從彝族的一目神話、直目神話談起〉，《東吳中文學報》第8期（2002年5月），頁223-244。

伊藤清司、王汝瀾譯：〈日本的山海經圖──關於《怪奇鳥獸圖卷》的解說〉，《中國歷史文物》2002年第2期（2002年4月），頁38-43。

安京：〈《山海經》與《逸周書‧王會篇》比較研究〉，《中國邊疆史地研究》（2004年）。

海野一隆：〈江戶時代刊行の東洋系民族図譜の嚆矢〉，《日本古書通信》2004年3月號

（2004年3月），頁3-6。

海野一隆：〈《異國物語》の種本〉，《日本古書通信》2004年9月號（2004年9月），頁12-13。

海野一隆：〈世界民族図譜としての明代日用類書〉，《汲古》第47号（2005年6月），頁30-39。

魏佑國：〈朱權崇道芻議〉，《南方文物》第4期（2005年），頁96-98。

大木京子：〈《異國物語》諸本とその変遷——錯綜する異国情報の一端を見る－〉，《國文學論考》41號（2005年3月），頁70-84。

三浦國雄〈《萬寶全書》諸夷門小論—明人の外國觀—〉，《大東文化大學漢學會誌》第44期，2005年。

葛兆光：〈從「朝天」到「燕行」——17世紀中葉後東亞文化共同體的解體〉，《中華文史論叢》，2006年3月，總第八十一輯，頁29-58。

大木京子：〈《異國物語》諸本とその変遷（二）〉，《國文學論考》42號（2006年3月），頁49-62。

久能清香：〈近世の世界觀——《和漢三才圖會》と《唐土訓蒙圖彙》の考察〉，《廣島女學院大學國語國文學誌》第37期（2007年12月），頁61-77。

王明坤：〈對「穿胸民」的探析〉，《廣東技術師範學院學報》，第8期（2007年）。

傅承洲：〈天許齋小考〉，《文獻季刊》第4期，2008年10月。

大木京子：〈《異國物語》諸本とその変遷（三）〉，《青山語文》38號（2008年3月），頁48-56。

森正夫：〈文化交流的三個課題與明末清初中國版畫在日本的影響〉，《成大歷史學報》第三十五號（2008年12月）。

黃阿明：〈明代學者郎瑛生平與學術述略〉，《蘇州科技學院學報（社會科學版）》第26卷第1期（2009年），頁98-103。

大木康：〈明末「畫本」的興盛與市場〉，《浙江大學學報（人文社會科學版）》第40卷第1期（2010年1月），頁45-53。

許暉林：〈朝貢的想像：晚明日用類書「諸夷門」的異域論述〉，《中國文哲研究通訊》第20卷第2期（2010年6月），頁169-192。

劉喜濤、趙軼峰：〈中朝關係史料比勘中的「兩個」萬曆皇帝〉，《求索》2010年第10期，頁241-243。

杜曉田：〈從《明史》看中朝官方交往〉，《蘭台世界》，2011年4月（下），頁59-60。

劉喜濤：〈文化視域下的朝鮮「小中華」思想研究：以《小華外史》為中心〉，《北華大學學報》（社會科學版）第12卷第3期（2011年6月），頁60-65。

江曉原：〈中國文化中的博物學傳統〉，《廣西民族大學學報（哲學社會科學報）》第33卷第6期，2011年11月。

黃普基：〈歷史記憶中的集體構建：「高麗棒子」釋意〉，《南京大學學報（哲學‧人文科學‧社會科學）》第5期（2012年），頁113-122。

章宏偉：〈明代杭州私人刻書機構的新考察〉，《浙江學刊》第1期（2012年）。

鹿憶鹿：〈明代日用類書〈諸夷門〉與山海經圖〉，《興大中文學報（新世紀神話研究之

反思）》第27期（2012年12月），頁273-293。

鹿憶鹿：〈元明地圖上的崑崙〉，收入趙宗福編《崑崙神話與世界創世神話國際學術論壇論文集》（西寧：青海人民出版社，2012年），頁17-28。

鹿憶鹿：〈《山海經》中的一足神話——兼論奇肱國與奇股國問題〉，《淡江中文學報》第29期（2013年12月）

馬孟晶：〈名勝志或旅遊書——明《西湖遊覽志》的出版歷程與杭州旅遊文化〉，《新史學》24卷4期，2013年12月。

齋藤真麻里：〈描かれた異境——明代日用類書と『山海異物』〉，《絵が物語る日本：ニューヨークスペンサー・コレクションを訪ねて》（東京：三彌井書店，2014年），頁283-284。

何立民：〈王圻父子《三才圖會》的特點與價值〉，《史林》2014年3期。

鹿憶鹿：〈《臝蟲錄》在明代的流傳——兼論《異域志》相關問題〉，臺灣師大《國文學報》第58期（2015年12月），頁129-166。

鹿憶鹿：〈殊俗異物，窮遠見博——新刻《山海經》、《臝蟲錄》的明人異域想像〉，《淡江中文學報》第33期（2015年12月），頁113-146。

劉宗迪：〈《山海經》與古代朝鮮的天下觀〉，《中原文化研究》第6期（2016年），頁14-23。

鹿憶鹿：〈嗜奇愛博，名物訓詁——《山海經廣注》的圖與文〉，《淡江中文學報》第37期（2017年12月），頁101-139。

鹿憶鹿：〈西王母與伴隨的瑞獸珍禽——以明清《山海經》圖本為例〉，《東亞漢學研究》（特別號）2018年12月。

鹿憶鹿：〈晚明《山海經》圖像在日本的流傳——以《怪奇鳥獸圖卷》與《異國物語》〉，臺灣師大《中國學術年刊》第41期（2019年12月），頁1-34。

圖片來源

第一章　《蠃蟲錄》在明代的流傳
——兼論《異域志》相關問題

圖1-1，《異域圖志》彭元瑞題識，藏劍橋大學圖書館。

圖1-2，高麗國，《異域圖志》，藏劍橋大學圖書館。

圖1-3，《異域圖志》書影，藏劍橋大學圖書館。

圖1-4，《新編京本蠃虫錄・序》書影，出自川瀨一馬編著：《新修成簣堂文庫善本書目》，東京：御茶水圖書館，1992年），頁1046。

圖1-5，扶桑國圖，《異域圖志》。

圖1-6，扶桑國圖，《新編京本蠃蟲錄》。

圖1-7，扶桑國圖，胡文煥：新刻《蠃蟲錄》（北京：學苑出版社，2001年）。

圖1-8，扶桑國圖，《文林妙錦萬寶全書》，小川陽一等編：《中國日用類書集成》，東京：汲古書院，2003年。

圖1-9，日本國圖，《異域圖志》。

圖1-10，日本國圖，《新編京本蠃蟲錄》。

圖1-11，日本國圖，胡文煥：新刻《蠃蟲錄》（北京：學苑出版社，2001年）。

圖1-12，日本國圖，《文林妙錦萬寶全書》。

第二章　殊俗異物，窮遠見博
——新刻《山海經圖》、《蠃蟲錄》的明人異域想像

圖2-1，俞兒神，胡文煥：新刻《山海經圖》（北京：中國書店，2013年）。

圖2-2，白澤，胡文煥：新刻《山海經圖》。

圖2-3，比目魚，新刻《山海經圖》。

圖2-4，貘，胡文煥：新刻《山海經圖》。

圖2-5，厭火獸，胡文煥：新刻《山海經圖》。

圖2-6，如人，胡文煥：新刻《山海經圖》。

圖2-7，九尾狐，胡文煥：新刻《山海經圖》。

圖2-8，君子國，胡文煥：新刻《贏蟲錄》。

圖2-9，撥枚力國，胡文煥：新刻《贏蟲錄》。

圖2-10，丁靈國，胡文煥：新刻《贏蟲錄》。

第三章　人神共處，常異不分
——晚明類書中的《山海經》圖像

圖3-1，西王母圖，左為《有象列仙全傳》，藏國立公文書館；中為《仙佛奇蹤》，藏國家圖書館；右為《三才圖會》，明・王圻編、黃曉峰重校：《類書三才圖會》（臺北：成文書局，1974年，據槐蔭草堂雍正乾隆間後印本影印）。

圖3-2，蔣應鎬本西王母圖，《歷代山海經文獻集成》（西安：西安地圖出版社，2006年）。

圖3-3，神陸（吾）等圖，胡文煥：新刻《山海經圖》。

圖3-4，神陸（吾）等圖，王圻：《三才圖會》。

圖3-5，小人國等圖，胡文煥：新刻《贏蟲錄》。

圖3-6，小人國等圖，王圻：《三才圖會》。

圖3-7，九尾狐等圖，胡文煥：新刻《山海經圖》。

圖3-8，九尾狐等圖，王圻：《三才圖會》。

圖3-9，龍圖，王圻：《三才圖會》。

圖3-10，應龍圖，左出胡文煥：新刻《山海經圖》，右出王圻：《三才圖會》。鳳圖，出王圻：《三才圖會》。

圖3-11，鸞鳥圖，左出胡文煥：新刻《山海經圖》，右出王圻：《三才圖會》。

圖3-12，鶹鴒等圖，胡文煥：新刻《山海經圖》。

圖3-13，鶹鴒等圖，王圻：《三才圖會》。

圖3-14，左阿羅魚、文鰩魚圖，胡文煥：新刻《山海經圖》；右阿羅魚、文鰩魚圖，王圻《三才圖會》。

圖3-15，玃等圖，胡文煥：新刻《山海經圖》。

圖3-16，玃等圖，王圻：《三才圖會》。

圖3-17，《五車拔錦》書影，《中國日用類書集成》。

圖3-18，《三台萬用正宗》書影，《中國日用類書集成》。

圖3-19，左為《萬用正宗不求人》書影，右為《萬書淵海》書影，皆出《中國日用類書集成》。

圖3-20，左為《文林妙錦》書影，右為《學海不求人》書影，皆出《中國日用類書集成》。

圖3-21，明‧徐會瀛：《新鍥燕台校正天下通行文林聚寶萬卷星羅》，《北京圖書館古籍珍本叢刊》76（北京：書目文獻出版社，1988年）。

圖3-22，《學海群玉》，萬曆35年種德堂刊，藏東京大學東文研。

圖3-23，《士民便用一事不求人》，藏京都大學。

圖3-24，頓遜國等圖，《文林妙錦萬寶全書‧諸夷門》，《中國日用類書集成》。

圖3-25，麻離拔國圖，左為《異域圖志》，右為王圻：《三才圖會》。

圖3-26至圖3-29，白鹿等圖，皆出《文林妙錦萬寶全書‧諸夷門》，《中國日用類書集成》。

圖3-30，麒麟圖。左為明代沈度有《瑞應麒麟圖》，劉芳如、鄭淑方主編：《四方來朝：職貢圖特展》（臺北：國立故宮博物院，2019年），中為劍橋大學藏《異域圖志》，右為王圻《三才圖會》。

第四章　異形‧異體
——《山海經》中的一目、一足、穿胸神話

圖4-1，一臂國，《圖像山海經》，《歷代山海經文獻集成》。

圖4-2-1，一目國，《圖像山海經》，《歷代山海經文獻集成》。

圖4-2-2，一目國，右為《異域圖志》。

圖4-3，深目國，《圖像山海經》，《古本《山海經》圖說》（桂林：廣西師範大學出版社，2012年）。

圖4-4，燭陰，仿蔣應鎬本，和刻本（藏早稻田大學）。

圖4-5，1540年塞巴斯蒂安亞洲地圖：Münster Sebastian. *Tabula Asiae VIII*, Geographia Universalis. (Basel: Henrichum Petrum, 1540). 藏於史丹佛大學

大衛・拉姆齊地圖中心（David Rumsey Historical Map Collection）。

圖4-6，一臂國，《異域圖志》。

圖4-7，柔利國，《異域圖志》。

圖4-8，柔利國，胡文煥：新刻《贏蟲錄》。

圖4-9，柔利國，《文林妙錦萬寶全書》，《中國日用類書集成》。

圖4-10，神魂圖，左為《圖像山海經》（《古本《山海經》圖說》），右為《山海異形》，《奈良繪本集》（八）（東京：八木書店，2020年）。

圖4-11，夔圖，左為《圖像山海經》（《歷代山海經文獻集成》），右為《山海異形》（《奈良繪本集》（八））。

圖4-12，畢方，《圖像山海經》，《歷代山海經文獻集成》。

圖4-13，奇肱國，蔣應鎬繪本，《古本《山海經》圖說》。

圖4-14，奇肱國，清汪紱《山海經存》（杭州：杭州古籍出版社，1984年，影印光緒二十一年立雪齋石印本）。案，汪紱《山海經存》中〈海外〉四經與〈海內〉四經散逸，此圖乃汪紱後人據吳任臣《廣注》圖本重新繪製補入。

圖4-15，奇肱國，左為《異域圖志》，右為胡文煥：新刻《贏蟲錄》。

圖4-16，天下圖中的奇股國，韓國圖書館學研究會編：《韓國古地圖》（漢城：韓國圖書館學研究會，1977年）。

圖4-17，獨腳野人，《物始紀略》。

圖4-18，Livre de Merveilles，安伯托・艾可：《異境之書》（台北：聯經出版社，2016年）

圖4-19，一足人，安伯托・艾可：《異境之書》。

圖4-20，一足人及一目人，《自然之書》。

圖4-21，一足人，《紐倫堡編年史》。

圖4-22，1540年塞巴斯蒂安（Sebastian Münste，1488-1552）的《亞洲地圖》。

圖4-22，一足人，賽巴斯蒂安：《亞洲地圖》。

圖4-23，上為山東孝山堂石祠畫拓片，下為林巳奈夫繪製的拓片線描圖，《武梁祠—中國古代畫像藝術的思想性》（北京：三聯書店，2015年）。

圖4-24，私人描圖。

圖4-25，貫胸國，左起蔣應鎬繪本（《歷代山海經文獻集成》）、《異域圖志》本、胡文煥：新刻《臝蟲錄》本。

圖4-26，貫胸國，《五車拔錦》（《中國日用類書集成》）、《三台萬用正宗》（《中國日用類書集成》）、《文林妙錦萬寶全書》（《中國日用類書集成》）、近文堂本（《古本《山海經》圖說》）、四川成或因本（《古本《山海經》圖說》）。

圖4-27，貫胸國，成或因本（《古本《山海經》圖說》）。

圖4-28，《外國圖》，《日本初大ベトナム展》。

第五章　元明地圖上的崑崙

圖5-1，歷代華夷山水名圖，《宋本歷代地理指掌圖》。

圖5-2，《翰墨全書》，國立故宮博物院藏書。

圖5-3，元至順本《事林廣記》（國立故宮博物院藏書）。

圖5-4，四海華夷總圖，章潢：《圖書編》（臺北：成文出版社，1971年）。

圖5-5，〈山海輿地全圖〉，王圻《三才圖會》。

圖5-6，《文林妙錦萬寶全書》，《中國日用類書集成》。

圖5-7，《四海總圖》，李燦編：《韓國の古地圖》（韓國：汎友社，2005年再版）。

圖5-8，天下圖，私人收藏。

第六章　高麗國的圖像與文字敘事
　　　　——以晚明日用類書「諸夷門」為中心

圖6-1，高驪國，劉芳如、鄭淑方主編：《四方來朝：職貢圖特展》（臺北：國立故宮博物院，2019年）。

圖6-2，高麗國，《四方來朝：職貢圖特展》。

圖6-3，高麗國，《異域圖志》，劍橋大學圖書館藏書。

圖6-4，高麗國，《三才圖會》。

圖6-5，高麗國，《三台萬用正宗》，《中國日用類書集成》。

圖6-6，朝鮮國，《萬錦全書》，《中國日用類書集成》。

圖6-7，高麗國，吉田幸一編：《異國物語》，收入『古典文庫』第588冊

（東京：古典文庫，1995年）。

圖6-8，朝鮮國，《萬國人物圖》，早稻田大學圖書館藏書。

圖6-9，朝鮮國《萬國人物圖》，早稻田大學圖書館藏書。

圖6-10，《珍說奇譚話本萬國誌》高麗國（沖繩圖書館藏書）。

圖6-11，〈萬國進貢異相分野全圖〉，《中國木版年畫集成・俄羅斯藏品卷》
（北京：中華書局，2009年）。

第七章　晚明《山海經》圖像在日本的流傳
──以《怪奇鳥獸圖卷》與《異國物語》為中心

圖7-1，相柳，左起《怪奇鳥獸圖卷》（東京文唱堂出版）、汪紱《山海經
存》（《歷代山海經文獻集成》）、胡文煥新刻《山海經圖》。

圖7-2，絜鉤圖，左起《怪奇鳥獸圖卷》、汪紱《山海經存》（《歷代山海
經文獻集成》）、胡文煥新刻《山海經圖》。

圖7-3，彊良圖，《怪奇鳥獸圖卷》、汪紱《山海經存》（《歷代山海經文
獻集成》）、胡文煥新刻《山海經圖》。

圖7-4，燭陰圖，左起《怪奇鳥獸圖卷》、《文林妙錦》（《中國日用類書
集成》）、汪紱《山海經存》（《歷代山海經文獻集成》）、胡文煥新
刻《山海經圖》。

圖7-5，奢（比）尸圖，《怪奇鳥獸圖卷》、《文林妙錦》（《中國日用類
書集成》）、汪紱《山海經存》（《歷代山海經文獻集成》）、胡文煥
新刻《山海經圖》。

圖7-6，玄鶴、卑方鳥、鵲神、神陸圖，上為《文林妙錦萬寶全書》（《中
國日用類書集成》）；下為《怪奇鳥獸圖卷》。

圖7-7，窮奇、騶虞、白澤，上為《文林妙錦萬寶全書》（《中國日用類書
集成》），下為《怪奇鳥獸圖卷》。

圖7-8，天吳等圖，《山海異形》，《奈良繪本集》（八）。

圖7-9，猙等圖，《山海異形》，《奈良繪本集》（八）。

圖7-10，猙等圖，《山海百靈》圖本，賽克勒美術館藏。

圖7-11，珠鱉等圖，《山海異形》，《奈良繪本集》（八）。

圖7-12，蜚等圖，《山海異形》，《奈良繪本集》（八）。

圖7-13，玄鶴圖，東京大學藏《山海異形》，《奈良繪本集》（八）。

圖7-14，日本國，左起王圻：《三才圖會》、《異國物語》（東京國會圖書館藏書）、《唐物語》（巴黎國家圖書館藏書）。

圖7-15，黑蒙國，王圻：《三才圖會》、《異國物語》、《唐物語》。

圖7-16，《異國物語》書影。

圖7-17，《唐物語》書影。

圖7-18，《文林妙錦萬寶全書》書影，《中國日用類書集成》。

圖7-19，小人國，王圻：《三才圖會》、《文林妙錦萬寶全書》（《中國日用類書集成》）、《異國物語》、《唐物語》。

圖7-20，一臂國，王圻：《三才圖會》、《文林妙錦萬寶全書》（《中國日用類書集成》）、《異國物語》、《唐物語》。

圖7-21，一目國，王圻：《三才圖會》、《文林妙錦萬寶全書》（《中國日用類書集成》）、《異國物語》、《唐物語》。

圖7-22，小人國與貫胸國，《異國訪問物語》，《入門奈良絵本・絵卷》。

圖7-23，一目國與柔利國，《異國人物圖卷》（藏Minneapolis Institute of Art）。

圖7-24-1，《世界人物圖》，左圖出自《異國繪の冒險》（神戶：神戶市立博物館，2001年）；右圖出自《守屋壽コレクションが迫る近世日本の新たな異文化交流像》（廣島：廣島縣歷史博物館，2016年）。

圖7-25，大人國與小人國，左起下關博本，神戶市立博物館編：《異國繪の冒險》（神戶：神戶市立博物館，2001年）、守屋壽藏本，《守屋壽コレクションが迫る近世日本の新たな異文化交流像》；神戶博藏本《異國繪の冒險》；九州博本，九州博物館編：《日本初大ベトナム展》（福岡：TVQ九州放送，2013年）、廣島博本，九州博物館編：《日本初大ベトナム展》。

圖7-26，遠國異人圖像，《倭漢三才圖會》（東京國會圖書館藏書）。

圖7-27，長人國與小人國，《四十二國圖說》（早稻田大學圖書館藏書）。

圖7-28，長人國語小人國，《增訂四十二國人物圖說》（早稻田大學圖書館藏書）。

圖7-29，《珍說奇談畫本萬國誌》書影及其中一目國（沖繩圖書館藏書）。

圖7-30，《無飽三財圖會・外夷部》書影（東京國會圖書館藏書）。

圖7-31，〈淺草奧山生人形〉，左藏於神戶市立博物館、右藏於波士頓美術館。

圖7-32，〈萬國島回壽古錄〉，《異國繪の冒險》。

圖7-33，〈萬國壽吾陸〉，《異國繪の冒險》。

附錄　關於《三言》的圖像——兼論版畫家劉素明

圖8-1，天許齋《古今小說》第74圖、第41圖，《古本小說叢刊》（北京：中華書局，1991年）。

圖8-2，兼善堂《警世通言》第4圖、第1圖，《古本小說叢刊》。

圖8-3，葉敬池梓《醒世恆言》，《古本小說叢刊》。

圖8-4，《新編孔夫子周遊列國大成麒麟記》，《繪刻兼善：劉素明與明末版畫的製作》（臺北：臺師大美術所，2019年）。

圖8-5，左為《李卓吾先生批評三國志》，右為《新刻洒洒篇》，《日本藏中國古版畫珍品》（南京：江蘇美術出版社，1999年）。

圖8-6，《明珠記》，《日本藏中國古版畫珍品》。

圖8-7，六合同春本師儉堂《鼎鐫玉簪記》第11齣，《中國版畫史叢考》（北京：學苑出版社，2002年）。

圖8-8，六合同春本師儉堂《鼎鐫玉簪記》（中國國家圖書館藏書）。

圖8-9，六合同春本師儉堂《鼎鐫繡襦記》（中國國家圖書館藏書）。

圖8-10，《武夷志略》，《河北大學圖書館藏稀見方志叢刊》第16冊（北京：國家圖書館出版社，2011年）。

圖8-11，劉素明繪、金陵刊本《詞壇清玩西廂記》，昌彼得編：《明代版畫選初輯》（臺北：國立中央圖書館，1969年）。

圖8-12，明蔣應鎬本《有圖山海經》，《歷代山海經文獻集成》。

圖8-13，大業堂本《圖像山海經》，《歷代山海經文獻集成》。

圖8-14，《有圖山海經》第40、41圖，《歷代山海經文獻集成》。

圖8-15，《有圖山海經》第45、63圖，《歷代山海經文獻集成》。

圖8-16，《有圖山海經》第13、57圖，《歷代山海經文獻集成》。

圖8-17，《有圖山海經》第68圖，《歷代山海經文獻集成》。

圖8-18，左為《有圖山海經》、右為大業堂刻本《圖像山海經》，《歷代山
海經文獻集成》。

秀威經典　　　　　　　語言文學類　PC0980　新視野69

異域 異人 異獸
——《山海經》在明代

作　　者/鹿憶鹿
責任編輯/陳彥儒
圖文排版/楊家齊
封面設計/郭北郭
封面完稿/蔡瑋筠

出版策劃/秀威經典
發 行 人/宋政坤
法律顧問/毛國樑　律師
印製發行/秀威資訊科技股份有限公司
　　　　　114台北市內湖區瑞光路76巷65號1樓
　　　　　電話：+886-2-2796-3638　傳真：+886-2-2796-1377
　　　　　http://www.showwe.com.tw
劃撥帳號/19563868　戶名：秀威資訊科技股份有限公司
　　　　　讀者服務信箱：service@showwe.com.tw
展售門市/國家書店（松江門市）
　　　　　104台北市中山區松江路209號1樓
　　　　　電話：+886-2-2518-0207　傳真：+886-2-2518-0778
網路訂購/秀威網路書店：https://store.showwe.tw
　　　　　國家網路書店：https://www.govbooks.com.tw

2021年1月　BOD一版
定價：520元
版權所有　翻印必究
本書如有缺頁、破損或裝訂錯誤，請寄回更換

國家圖書館出版品預行編目

異域 異人 異獸：《山海經》在明代 / 鹿憶鹿著. -- 一版.
-- 臺北市：秀威經典, 2021.1
　　面；　公分. -- (語言文學類；PC0980)(新視野；69)
BOD版
ISBN 978-986-99386-3-1(平裝)

1. 山海經　2. 研究考訂

857.21　　　　　　　　　　　　　　　　109019913

讀 者 回 函 卡

感謝您購買本書，為提升服務品質，請填妥以下資料，將讀者回函卡直接寄回或傳真本公司，收到您的寶貴意見後，我們會收藏記錄及檢討，謝謝！如您需要了解本公司最新出版書目、購書優惠或企劃活動，歡迎您上網查詢或下載相關資料：http:// www.showwe.com.tw

您購買的書名：_____

出生日期：_____年_____月_____日

學歷：□高中 (含) 以下　　□大專　　□研究所 (含) 以上

職業：□製造業　□金融業　□資訊業　□軍警　□傳播業　□自由業
　　　□服務業　□公務員　□教職　　□學生　□家管　□其它_____

購書地點：□網路書店　□實體書店　□書展　□郵購　□贈閱　□其他

您從何得知本書的消息？

　□網路書店　□實體書店　□網路搜尋　□電子報　□書訊　□雜誌
　□傳播媒體　□親友推薦　□網站推薦　□部落格　□其他_____

您對本書的評價：(請填代號　1.非常滿意　2.滿意　3.尚可　4.再改進)

　封面設計____　版面編排____　內容____　文／譯筆____　價格____

讀完書後您覺得：

　□很有收穫　□有收穫　□收穫不多　□沒收穫

對我們的建議：_____

_____

_____

_____

11466
台北市內湖區瑞光路 76 巷 65 號 1 樓

秀威資訊科技股份有限公司 　　收

BOD 數位出版事業部

....

（請沿線對折寄回，謝謝！）

姓　　名：＿＿＿＿＿＿＿＿　年齡：＿＿＿＿　性別：□女　□男

郵遞區號：□□□□□

地　　址：＿＿＿＿＿＿＿＿＿＿＿＿＿＿＿＿＿＿＿＿＿

聯絡電話：(日) ＿＿＿＿＿＿＿＿＿　(夜) ＿＿＿＿＿＿＿＿＿

E-mail：＿＿＿＿＿＿＿＿＿＿＿＿＿＿＿＿＿＿＿＿＿